大花

王　方　晨　長　篇　小　說

目次

從我這裏走進苦惱之城，
從我這裏走進罪惡之淵，
從我這裏走進幽靈隊裏。

——但丁《神曲》

第一部

仁慈的祖宗啊，您總算對我們的不孝發下大怒啦。我們都是一個個的浪子。我們背離了您在上天指引的大道。我們作惡，犯下了不可饒恕的罪行。

1

一天深夜，我和父親匆匆逃離故鄉。歷經多年，當時的情景仍會在我眼前一遍遍重現出來。父親到死也沒再回核桃園。

後來我們住在北京。在我結婚前單位經常派我出遠差，動輒十天半月，父親也就只好獨守在家。我一直都在擔心他很寂寞。而實際上，我的擔心是多餘的。每當我出差回來，我都要看到父親雙手放在自己膝蓋上，一動不動地端坐在房間的某個陰暗角落，也不知已經坐了多久。那個樣子就像有人在為他拍攝身份證照片。父親在老家時，也常是這個樣子的。我就知道，他雖身在異鄉，而他的心卻沒有走出核桃園半步。在父親眼裏，北京再大，立交橋再多，也仍然只不過是一個古老的村莊。

鄰居對父親的表現，極不理解。

2

有一回，我無意中聽到別人說，我家裏有具可怕的乾屍。

我跟那人打了一架。他輸啦，當了孬種，連連向我告饒。可是，兩天過後，在我下班回家的路上，一些陌生人把我攔住。

「你撿到我們的金戒指了嗎？」他們迎面就問。

我不理他們。

「我們的金戒指一定叫你撿去啦。」他們並不放過我，在我的後面，緊跟了好一陣，仍舊非要說我撿了他們的金戒指。

再往前走幾百米，就是天安門啦。我突然大聲說：

「讓金戒指見鬼去吧！我從來就沒把它當作什麼好東西。它的那種顏色，只能讓我噁心！」

他們蠻不講理地說：「難道這只金戒指不是你撿的嗎？」他們手上，果真準備著一隻黃燦燦的戒指。

我就知道，自己遇到麻煩啦。我掃視四周，看有沒有人走來幫我一把。我一眼就看見罵我父親是具乾屍的那人，遠遠站在街道的拐角。我一看他，他就馬上躲開啦，但我還是喊出了他的名字。趁那夥人一楞的當口，我就想快步走開。結果他們一擁而上，我被扯倒在地。

走進家門之前，我自信把臉上的血跡擦乾淨啦，但父親仍舊看了出來。

「你打架啦。」父親說。

我沒說什麼。

「你可再不要跟人打架啦。」父親又說。

我說：「行。」

父親沉默啦，過一陣，才抬起頭告訴我，他把飯做好啦。

我們就吃飯。每看到父親吃飯，我總會產生一個奇怪的念頭，彷彿覺得父親吃飯是多餘的。父親吃飯，簡直是在活受罪。而今天，我的這種感覺，似乎比以往任何時候，都要強烈。

我幾乎吃不下去啦。我身上受傷的地方，又陡然疼痛起來。父親卻突然放下碗。他的眼睛朝著我，但他並不是在看我。他對我說話時，常常是這個樣子的。

「在外面跟在家裏不一樣，」他說，「但凡能忍就忍一下。」

我的心，猛地一震。我明白，在父親眼裏，我工作的這個城市，仍然，也只能是外面。

父親天性沉默寡言。這一次他說的話，可夠多啦。我想，我父親是不是忘啦，我即使在他所謂的家裏，也挨過打，而且挨得比這回更厲害，更窩囊。

我是讓核桃園大作坊的一個叫袁廣田的年輕人打的。

那件事說出去，也並不怎麼光彩。

3

我在北京一家大報做記者，其實我是學圖書管理的。有段時間，我和父親住在離圓明園很近的鄉村，那裏還住著許多不拘一格的畫家，和一心指望旦夕之間在演藝界功成名就的好姑娘、好小夥子們。

在那裏，我認識了我現在的妻子羅慧。她早在幾年前，就放棄了成為著名演員的夢想。她是個很稱職的妻子。我給她在一家合資企業，找了份打字員的工作。她每天都做得津津有味，對我充滿了感激和愛情。

羅慧對我父親也很好。特別是父親臨終的時候，她的那片孝心，都讓父親捨不得離開人世啦。要知道，說句實在話，這世道是不值得父親留戀的。這世道給予父親的，只有無盡的痛苦和遺憾。

我現年三十八歲。父親是在一年前死去的。我的出生，讓父親整整忍受了三十七年痛苦的折磨。我想不出誰能有如此強大的毅力。他在三十七年的時間裏，獨自一個人承受了這份痛苦，讓自己的心在已碎裂的情況下還能繼續跳動。

羅慧的孝心，總使我想起一個人。

我想起了童年的夥伴芒妹。我有十多年沒見過她啦。

4

我叫莊稼祥。

我們核桃園裏的人家，都姓莊。我們把所有別姓的人，都看成外人。娶到我們村的女人，不在我們村克己敬業地生活上好幾年，是沒誰把她當成我們村的人的。這並不是我們排斥異己，而是因為，一個從來沒在核桃園生活過的人，是無法理解核桃園，為什麼會生長著那麼多的核桃樹和榆樹。

除了這兩種樹，核桃園村幾乎沒有別的樹。

5

現在，我要說說我和父親，是怎樣離開核桃園的吧。

已經過去十四年啦。

那天夜裏，我去了趟村裏的小賣部。我在那裏買了包煙。雖然家境不好，但我還是在大學裏學會了抽煙。有時候，我抽煙很兇，但有時候我是一根也不抽的。我會抽煙這件事，一直讓我深感內疚。要知道，我上學花的錢，來得很不容易。我的父親不像別人，他只會種地。你要知道，一個農民如果只會收了麥子種玉米，收了玉米種蘿蔔，絕然不會把日子過得很寬裕。

在大學的四年間，我享受著獲得知識的快樂，也真切地感受了生活的窘迫。我不止一次地想到，如果我的父親不是莊道潛，而是莊鐮伯，那該有多好。那樣，我就可以坦然一些地抽抽煙，也可以把煙的檔次抬高一點。但是，這種想法，也讓我覺得，很對不起自己的父親。

小賣部是村裏一個叫莊老八的人開的。但莊老八一天到晚都住在核桃園大作坊裏。掌櫃的是他的妻子，雖已四十多歲啦，但仍是個很妖冶的女人。

我到那裏買的，是很便宜的煙捲。一包煙，花不了兩毛錢。以前物價便宜時，這種煙才賣幾分錢，當地人稱作一毛找。八嬸很熱情，我也不好意思馬上走開。閑扯了好一陣，我才告辭。

我叼著一根煙，在黑下來的村子裏，慢慢往家走。空氣裏，有種清甜的味道。那是從夏天的核桃樹上，散發出來的。我很喜歡這種味道。我故意走得很慢。

走到家門時，那根煙捲差不多快燃盡啦。我想，我還是快吸兩口，把煙蒂丟在院子外面吧，省得讓父親看見。即使他不說我，我也不會感到自在。

我把煙蒂抽得很小，才丟在地上。

我走進院子裏去，忽然看見一個人影，從我家的房門裏衝了出來。我認出他是鐮伯。我叫了他一聲。他可能根本沒聽到，直直地走過來啦。我急忙一躲，他才沒有撞到我身上。

鐮伯走出去啦。鐮伯是核桃園大作坊的坊主。我活這麼大，還從未見過鐮伯到我家來過。我很疑心剛才發生了什麼事。

走進屋裏，我看見芒妹還在跟父親一起坐著。

芒妹是鐮伯的女兒。他們沒有看我。芒妹在牆角低著頭，一眼就能看出，她的激動剛剛平息。我準備問她怎麼回事，可她慢慢站起來，一語不發地離開了我家。

我瞧著她的背影，疑惑地說：「大大，不對頭啊。」

父親過了會兒才吭聲：「你鐮伯想讓她回去，天晚啦，她也該回去啦。」

我想一想，好像並沒什麼疑問。

我剛想坐下來，父親又突然問我：「你去北京，是不是先要坐汽車到兗州，再從兗州上火車？」我說是的。

我很納悶。父親從未問過我，是怎麼乘車去上學和回家的。只是別的人，比如村裏的根兒爺，他就喜歡向我打聽這，打聽那，父親在一旁可能聽見啦，就記在了心裏。

又過了會兒，父親活動了一下身子，說：「祥兒，我想跟你去北京，你不反對吧。」

我笑了笑，說：「大大，你說哪兒去啦？我會接你跟我一起住的。」

「不，」父親說，「我不是那意思，我想這就跟你走。」

我驚訝地瞪大了眼睛。可是父親已經站了起來。他開始收拾東西啦。「大大，」我說，「你這是幹什麼？」

父親看也不看我，就說：「別問啦，你也把你要用的東西收拾收拾。」

我記得，這是父親有生以來，第一次如此堅決地命令我。

我們沒有什麼值錢的家當。不長時間，就收拾好啦。但我仍沒想到，父親竟然等不到天明，立刻就要走。

我說：「天這麼黑，車站沒車。」

父親仍然要走。

我又說：「既然要走，也得告訴姥爺和舅舅一聲。」

父親只想了一下，就回答我：「不用啦，你在牆上寫幾個字，就行啦。」

我站在牆下，好一會兒，也想不出一句話，就一橫心，說：「算啦！回北京，給他們拍封電報得啦。」

我們出了村子，往北走。

6

這條通往金鄉縣城的道路，我走過了很多次，但在黑夜裏行走，還是頭回。

當時，我還沒有意識到，這是父親與故鄉的永訣。我只覺得如此匆忙地離開村子，有些不可思議。雖然對我來說，核桃園遠不是我所熱愛的，實際上，在我的內心，核桃園是讓我反感，甚至可以說仇恨的一個地方，但我仍不能理解父親遠離它的迫切心情。在我看來，他的樣子，好像核桃園就在他身後，緊緊追趕著。核桃園一伸手，就可以把他給逮住。

父親開始時，走在我的前面。我們經過了一個又一個沉睡的村莊。走到一片曠野中的時候，父親的腳步，漸漸慢了下來。

我們並排走著。我想，我當時已經忘記啦，我們是去車站。我覺得自己就像跟父親一起漫步。

我要告訴你，我的故鄉的土地是很肥沃的。一到夏天，沒人數得清在那片土地上，到底生長著多少種植物。它們蓬蓬勃勃地生長，覆蓋著整個大地。即使在路上，也會有農民種下的棉花和芋頭。除了那張幽暗的夜空，我所看到的，都是黑黢黢的莊稼，和遠處的村莊的影子。

我和父親被莊稼包圍著。我們踩著魯西南深厚的土地。我心裏又陡生這樣一種感覺，那就是，我並不是在遠離家園，而是正在往家園的中心持續地深入。這個家，就是廣闊的土地。這個家，有著更博大的心臟。這個家，蘊含著更為豐富的血液。這個家，越是在黑夜裏越顯得明亮。一瞬間，我幾乎要高唱了起來。

我沒有唱。但是我相信，在我心裏，已經響起了一支寬廣無比的讚歌。如果不是父親在場，很難說我就不會停下腳步，攤開四肢，仰臥在地上。

夜色是如此的美。我只能用天鵝絨來形容它。在這樣的夜色裏，我和父親不知不覺地，來到了縣城的車站。

我們在車站等到天色麻麻亮。有去兗州的車啦。父親沒有遲疑，讓我買了票，我們就坐上去。

汽車向北開去。坐在車上，看著後移的一片片生機勃勃的田野，我才意識到，核桃園在離我們遠去。

7

換上火車，一直向北走。父親長時間地扭頭看著窗外。他突然對我說：「坐火車真好。」這幾乎是我們到達北京之前，父親對我說的唯一的一句話。我本想著，坐在車上，父親能夠向我解釋些什麼，但父親什麼也沒有解釋。一直到父親死去，他也沒有解釋。

父親甚至沒有提起過核桃園。

8

我在一年後，才往村裏寫信給我姥爺莊至行。

姥爺讓舅舅回了信。我記得信上好像告訴我，在我們離開核桃園的當天晚上，大作坊突然起火，鐮伯也被燒死啦，芒妹已經嫁給了那位跟我打架的袁廣田。

我的手，猛然顫抖得幾乎拿不住信紙。父親問我出了什麼事。我說鐮伯死啦，是那天夜裏燒死的。父親臉上，什麼表情也沒有。他默默轉過身，出去啦。

父親是讓我找回來的。

我看到父親時，他正獨自坐在一個僻靜的土坎上。他的背後不遠，就是著名的圓明園。我還能看見，籠罩在夕陽餘輝裏的圓明園廢墟的頂端。回來後，父親沒有說什麼。

我也給姥爺回了信，告訴他我們在北京挺好，不用他們掛念。寄出信之後，我就為自己的無聊和虛偽悔恨。雖然我沒有在過去的一年裏，向村裏寫信，但他們也沒給我們寫，我們那樣匆匆離開核桃園，就不怕我們出什麼意外麼？而我現在竟還要說不讓他們掛念之類的話。

父親從沒有對我提過要回家看看。我也以為我們跟老家的聯繫斷絕啦。可是，在父親嚥下最後一口氣之前，他突然拉著我的手，吃力地說，祥兒，工作不忙時，回趟老家，別忘了給你鐮伯墳上添把土。

我很納悶，父親不提我的姥爺——他老人家也肯定去世多年，核桃園沒有來信告訴我們，我們不得而知——不提我的那些舅舅，不提我的伯伯叔叔，和我們家的老屋，卻單單提了與我們關係並不密切的鐮伯。

我來不及問他為什麼，他在等我點頭，我就把頭點啦。父親這才安然闔上了眼睛。

9

我把父親的骨灰寄存在了殯儀館。

有段時間，我總睡不好覺。夜夜夢見我的父親。父親在幽暗裏，張著嘴，向我說什麼，可我什麼也聽不清，每次都是這樣把我急醒的。在剛醒來的那一刻，我還會聽到格登格登的響聲，就像一個人背著一隻裝滿了乾核桃的布袋，在匆忙地走。我嚇得冷汗淋漓，羅慧也被鬧得夜不能寐。

抽空去了殯儀館，面對父親的骨灰盒，給父親的在天之靈，說了一些話，又把骨灰盒細細地擦了一遍。在轉身想走的時候，我忽然發現父親瘦瘦的遺相上，露出了一絲笑容。要知道父親在世時是很少笑的，即使當初在我接到大學錄取通知書的時候，他也沒有對我笑笑。我想，艱難的生活，已經使他的笑容，完全地失去啦。我回過頭來再看，父親的臉上，果真有一抹微笑。

我離開了殯儀館。可是走不多遠，我就覺得有問題啦。

父親的那種笑容，很明顯並不是一種很安祥很平和的笑。他倒像是在對他仍然活在世間的兒子，進行無情的嘲諷。

我又趕了回去。不知出於何種目的，我把父親的骨灰盒，從靈堂裏抱了出來。我穿過前來祭弔親人和朋友的人群，走到了大街上。

風吹著我的臉頰，好像有人對我耳語，總算不憋得慌啦。

我先是走到了一個沒人的圍牆後面。在那裏，我遲疑啦。我看見又有一個人，走了過來。他沒有弄清我的懷裏抱著的是什麼。他沖我一笑，就在牆下縱情地撒起尿來。我也裝著剛撒完尿。這時候，我想起來，自己應該找一個地勢較高的地方，來做這件事。

於是，我想到了香山。

但在去香山的路上，我忽然想到那天夜裏，我和父親離開核桃園的情景。父親先是走在我的前面，後來我們就並排走，或者我走在他的前面。而現在，我是懷抱著父親。

父親只是一把骨灰。父親孤獨地封閉在一個一尺見方的小盒子裏。再準確一些說，父親是待在一隻盒子裏，讓我挾在胳膊底下的。

我挾著父親，轉向了去豐台火車站的路。到了永定河旁，我打開了骨灰盒，將骨灰倒入了融融的流水裏。

父親真的走啦。

那一天，是個晴朗的日子。

我看見一群一群的鳥，掠著河面飛。還有一群一群的鳥，在天上飛。

我還看見了更遙遠的一片大水，如玉鑑萬頃。還看見了更多的飛鳥，和更高的天空。

10

我的睡夢，從此安寧啦。雖然我幾乎把父親彌留之際叮囑我的話給忘記啦，我仍然很安靜很幸福地生活著。

重歸故鄉之日，遙遙無期。

11

我對核桃園的回憶，綿綿不斷。

那年夏天，我被免試為北京大學圖書管理系的研究生。往家返的時候，已經接近九月，但到了家裏，才知道那裏剛剛七月中旬，是古老的七月。一下火車，我就覺得什麼都變啦。別說是月份，就是連紀年在我的感覺中也是另一種樣子。當時，我壓根兒沒想到，這將是我此生最後一次返回故鄉，而且前後只在那裏待了三天。

我事先已給父親寄了封信，信上寫了我被免試為研究生的事。這次回來的心情，跟往年大不相同，因為我從此可以基本上卸去父親供養我上學的經濟負擔。對我和父親來說，這件事確實是個喜訊，雖然我心裏並不是多麼的喜歡這門學科，實際上，我一想到以後的歲月，將要埋在故紙堆裏，就止不住一陣陣發怵。也許從那時候起，我就已做好了改行的心理準備。我很對不起我的白髮蒼蒼的導師。我在北京的許多同窗好友，每逢過年過節，都要邀我去看望他老人家，但我每次都拒絕啦。我這樣說，你們也許會認為我是個薄情寡義的人。

隨你怎麼說吧，我照舊還會這麼做。

12

七月流火。

不管你怎麼引經據典，說流火是顆星星，我都不會放棄一般人對它的解釋。七月就是個燃燒的季節，車廂、房屋甚至廁所都是一個個蒸籠。我下了火車，無疑就是從蒸籠裏出來，又走到噗噗的火焰裏。我想，這樣炎熱的天氣，是會把人燒成粉末的。沒有誰能躲過這鋪天蓋地的火焰。我受不住啦。我從火車站廣場一溜小跑地到了汽車站，又鑽進了汽車，這個更糟糕的籠子裏。火焰的熱力，無處不到，經過了一個多小時的顛簸，我從汽車裏出來，就像已經被蒸乾啦。我成了乾巴巴的一個人。我頭暈，口渴，但我沒有去車站外面的小攤上，買杯涼茶。我就是要試試，看我能不能噴出火苗。

核桃園離金鄉縣城，足有二十五里路。我走在大地上，心裏說著我要燒啦，我要燒啦。

我想大地上的植物，那些玉米啦，芋頭啦，芝麻啦，穀子啦，高粱啦，大豆啦，南瓜啦，還有狗尾巴草、馬唐草、節節草、牛筋草、莎草、蒺藜、白茅、馬齒莧、矢車菊、婆婆丁、米娘蒿，以及那些樹，楊樹、槐樹、柳樹、榆樹、楝子樹、梧桐樹、蘋果樹、柿子樹，高昂的樹，婆娑的樹，是不是都在各自的心裏一遍遍地說，我要燒啦，我要燒啦。我相信，它們都在說。

我聽見魯西南大地上沙沙的，四處都是繁密的耳語聲。

二十五里路，我又走了一個多小時。

我終於來到了故鄉的村口。我看見了一個小黑點，那是我的父親。他向我走來啦。我忽然覺得。自己受不住啦。我就要燒啦。我停下來。

父親的身影，越來越大。他走到我跟前，拉著我的手，非要讓我坐在路旁的一個土堆上歇歇。

「別累壞啦。」我的父親低聲對我說。他先坐了下來。

我隨後坐了下來。

土地被太陽烤得熱騰騰的，我就像坐在一隻剛出籠的饅頭上。我還記得，小時候父親給我擦腚的情景。我把腚撅得老高，父親就拿根木棍兒，或者乾坷垃，在我的屁股溝裏仔細地揩。

我有了股衝動，竟然還想撅起屁股。我想父親肯定會看到，我的屁股被燙紅啦。

我們不說話。我們在核桃園村外的一個小土堆上，坐了很久。日光的熱力，漸漸退啦。我扶我的父親起來，我們就一同慢慢走向村裏去。

在進村的時候，我們碰見了核桃園大作坊的坊主鐮伯。我叫了他一聲，但他好像沒有聽到。其實他聽到啦。他慢慢向我們轉過臉，看了我們一眼。那目光是有力的，是團堅硬的火。當時我是不會想到，幾天之後他會在深夜死於大火的。

現在，我想，他即使逃脫了外在的火，也逃脫不了內在的火。

13

我想補充一下，十幾年前，莊鐮伯肯定是自焚於他慘淡經營了多年的大作坊。我的舅舅，沒有在那封信上明確地說，但我能猜得出來。

舅舅說，他是燒死在材料堆裏的。

我去過大作坊，我看見過那個材料堆。大作坊的院子很大，材料，就堆在院子的東南角，從那裏到西邊院門口的大柳樹，足有五十米，平時堆得像小山一樣。材料堆著了火，如果一個人不是爬到上面躺著等死，或者鑽進裏面去，根本不可能燒死。況且，材料堆是些做苕帚用的空高粱穗子。在農村生活的人都知道，如果不用風吹著，這東西燃燒得並不快，而且即使燃燒起來，也會不停地發出噼里啪啦的響聲，足以把一個吃飽了沒事幹，躺在材料堆上睡覺的人驚醒。

莊鐮伯是自焚無疑。

至於鐮伯為什麼活得不耐煩啦，非得想死，我知道得不多。我也不想多作推測。但是我相信，一個人想死，自然有他想死的理由。人一旦有了想死的念頭，死就會像一棵樹，你能夠去了它的枝梢，甚至樹幹，但你很難除了它的根，只要環境適宜，我是說不一定非得在溫暖濕潤的季節，只要有可能，它就會重新生長出來，而且還要比原先更加蓬勃和不可抑止。

14

那天傍晚，鐮伯對我看了一眼。那眼神，分明是把我看成了異己。他臉上的不屑，是顯而易見的。但是我想，我又沒有得罪過他，他大約情緒不好，他經營著那麼大的一個作坊，不會總是有那麼多順心的事，所以我沒在意。再說，我們村裏的人，一直都認為他是非常可怕的。他古怪，不可捉摸。我們對他的所有表現，都已習以為常啦。

我和父親住的，是兩間土屋。屋頂，是用蘆葦和泥土做成的。一年四季，上面都覆蓋著茂盛的野草，榮枯輪回。

父親沒有多餘的錢來蓋新房。他要供我上學。我的學習成績很好，從小學到初中，從初中到高中，我一直都在班裏拔尖兒。父親是以我為榮耀的，我比誰都清楚這個。

鐮伯的女兒芒妹，學習也不錯，在小學和初中時，我們同班，除了我，就數她啦，可是她卻莫名其妙地輟了學。在我這次回鄉的時候，她已務農八年。我真為她感到可惜，如果她能夠繼續她的學業，考個名牌大學，根本沒什麼問題。不過，話又說回來，她的父親，那麼有錢，她要走啦，誰在家裏繼承那份讓很多人為之眼紅的家業？我不是還想過鐮伯是我的父親嗎？也難怪我要那麼想，我受夠了捉襟見肘的窮困。那種劣質煙草，把我變成了這個樣子，牙是黃褐色的，我瘦得像根麻稈兒，在自己的臉頰上，別想摸到肉。

我曾聽過一個外國學者講課。他開口就講了句讓我落淚的話。

他說，他很難過，因為他看到眼前不少孩子，都營養不良。

他把我們都叫作孩子。我當時淚就下來啦。我想告訴他，這還不是最艱難的日子。我在金鄉縣城上高中的時候，還有過三天沒吃一口飯的紀錄。我被餓暈啦，結果還是我的一個同學，用半塊乾硬的生著綠毛的饅頭，讓我清醒過來。

可是我卻是土裏生長出來的孩子，本質上和那些莊稼草木是一個樣子。而且我還經常在作文裏，誇耀我故鄉的土地多麼肥沃。

……土地呀，你肥沃個鬼！我恨你！

那節課講的是什麼，我都忘記啦。

我不止一次地對自己說，我恨你，土地！從你的底裏，你沒有生產出自由，沒有生產出富裕，沒有生產出尊嚴和高貴。你只會消耗人的生命，你只會讓一個人的心靈，跟常年累月地承受無邊重負的脊背一樣扭曲。你無疑是一種無與倫比的謊言和幻象，你欺騙了很多人，而且還在耍弄著很多人。

我只對一個人說過那句話。

我是對芒妹說的，想一想真是不該。

我不該攪亂芒妹生活中的安寧。

說恨土地的，只能是那些從土地走開的，也許說愛的，也只有這些人，我不想就此下結論。我覺得還不到下結論的時候。誰輕易對什麼事情過早地下結論，誰就是愚蠢的。

15

那天，我和父親來到家裏，沒想到院子裏竟然站著那麼多人。除了我的姥爺和幾個舅舅，人群中還有村裏的老族長根兒爺。

根兒爺見了我，上前就抓住我的手說，祥兒，你是好樣兒的，快告訴我，那個研究生在朝裏是幾品官？我說那不是官。根兒爺固執地說，不是官也跟官差不多。在場的人，轟地一笑。

次日要在我家吃族席，就是根兒爺提出來的。這已不是第一次啦。四年前，我剛考上北京大學，也是根兒爺提出要吃族席的。所謂的族席，就是全村每戶人家都出點錢，辦場酒宴，以慶祝村裏發生的大事件。在我之前，核桃園還從沒出過大學生，當然要算村裏的大事。

根兒爺輕易不使用他的特權，一言既出，沒有個不從的。那場酒宴，在核桃園真是史無前例，我至今記憶猶新。全村的男女老幼，都來啦。院子裏擺不開，就擺到了街上。

大熱的天，那麼多的人，在日頭裏吃呀鬧呀，像過年一樣。

可是酒宴一結束，父親就招架不了啦，楞在床上躺了一天。我知道他累壞啦，也知道並不是這場酒宴一下子把他累壞的。我活到高中畢業，父親從沒有接受過別人一分錢的周濟。我的幾個舅舅，不像父親身子那麼弱，家裏過得比我們好，可是父親跟他們幾乎從不走動。他也不喜歡我到他們那裏去。我能考上大學，是對他多年付出的辛勞的報償。他總算能鬆口氣啦。

在我上大學的四年裏，父親和姥爺一家的關係有所緩和。聽父親說，我的舅舅們主動要求承擔一部分我的學習和生活費用，他沒有拒絕他們。因為現在，跟過去不同啦。我考上了大學，如果再像過去那樣，跟他們不相往來，會讓他們在核桃園沒面子。畢竟還是親戚。父親不想給任何人難堪。

這次又要舉辦族席，父親仍然沒有表示反對。村裏的晚輩，或者地位不高的人家，根兒爺負責派人通知啦。那些有身份的，還得我和父親上門去請。別的人都好說，只有鐮伯使父親費了些躊躇。我記得四年前，我們也請了他，但他沒來。這一回，父親問我，該怎麼辦。我覺得鐮伯是跟一般人不一樣的，他的事情多，就說待會兒見了芒妹，讓芒妹回去說聲就行啦。

16

我對在族席開始之前見到芒妹，十拿九穩。果然，當天夜裏，我就從坐在我家說話的人群中，發現了芒妹。我有心叫她一聲，但當著那麼多的人，又怕臊了她，就裝作沒有對她留心。倒是父親走過去對她說啦。我只顧回答著村裏人提出的問題，再去找她時，不知她什麼時候走掉啦。

說句實在話，芒妹是我最想見到的村裏人之一。就是遠在北京，她也曾一次次地走進我的夢裏來。我還沒見過比她更好的女人。我這樣說的意思是很模糊的，但我不知道究竟該怎麼說。

17

我和芒妹的關係，自始自終都是非常純潔的，即使有一次我把她摟在了懷裏。僅此一次。

不出我和父親所料，鐮伯沒有參加宴席。但是這次族席的規模，仍舊遠遠超過了以往，因為在核桃園大作坊的許多幫工也都來啦。那是根兒爺親自去叫的。

在這些幫工中間，有一位是我的表兄，在整個宴會的過程中數他鬧得最兇，好像考上大學的、當上研究生的，是他，而不是我。他讓我和父親很不自在。

其實，即使沒有這位表兄胡鬧，我也是不自在的。

因為我壓根兒，就不想在自己家裏，搞什麼族席這一套。我回到核桃園，只是想看望我的父親。那一套全是核桃園村裏的人強加給我的。我不能一口回絕。我的父親，還要在這裏生活下去，而且我歸根結柢，還是從村子裏出去的。

幾乎鬧了一天，我穿梭於那些老爺爺、老奶奶、大爺爺、二爺爺、小爺爺、小奶奶、大爺、大娘、叔叔、嬸嬸以及哥哥、嫂嫂之間，還有一層親戚，就是跟我姥爺一家近的那些人，姥爺、姥娘、舅舅、妗子，光稱呼他們，就把我的嘴唇磨起了皮。我看到他們臉上，淌著油汗，被酒薰得目光散亂，說起話來，就像在扒心窩子。我想，也許他們自己也不知道自己在說什麼吧。

我終於熬到筵席散盡。那些桌子和碗筷，大都是借用的，根兒爺留下的幾個人，幫我和父親把它們收拾乾淨，又挨門挨戶地送回去。做完這些，已是夜裏啦。本來是很累啦，我卻有些興奮起來。熱鬧了一天的村莊，在夜裏是很寂靜的。我在家裏坐不住，就想去看看寂靜中的村莊。

我從一條巷子，慢慢走到另一條巷子，幾乎沒有碰到一個人。莊老八的小賣部，也關了門，四處都是漆黑一片。人在黑暗中，可以聽到白天裏聽不到的很多動靜，我就覺得自己聽到了什麼人在不住地、低低地呼著長氣，像是傳到了星空，又像是從星空回傳了來。

我沒想到，會在鐮伯家院門外的臺階上，看見芒妹。

我路過鐮伯的家，就順便扭頭去看探在他家院子上空的一株黑黑的老榆樹。雖在夜裏，我仍然看出那棵老榆樹還是過去的樣子，幾根粗粗的枝幹，有力地挑在空中，上面看不到有多少樹葉。我記得，這棵老榆樹早在我上中學的時候，就快要枯死啦，可它仍然牢牢地生長在那裏，簡直就像座不倒的紀念碑。

我不是說過，鐮伯是個古怪的人嘛，這個村子裏沒有比他更有錢的啦，但他住的房子，竟跟我家的差不多，也是低矮的泥巴房。這種房子，只有像金元那樣的乞丐來住，才合適，但是金元是拿天地當房子的。今天我見到金元啦。這個乞丐，在我童年的時候，帶給了我很多的樂趣。

現在，我覺得今天的族席，如果缺少了金元，那才是最大的遺憾。我很後悔，當時心裏怎麼沒把宴席當成是為金元舉行的。那樣，我就不會感到那麼不自在啦。

芒妹低聲叫我啦。我看見了她。她站起來，我們一同向前走去。

18

我們停在村口的一個場院裏，一起望著不遠處的核桃林。那是核桃園村裏每個人的安息之地。我們的祖先，已經在那裏躺了幾百年，或者上千年。現在，他們無疑正在呼吸著那裏的黑暗和寧靜的氣息，就像他們沒死。他們實際上是居住在一座神秘幽深的宮殿裏。

芒妹說：「很對不起，稼祥，我大大不該那樣對你。」

我就說沒什麼。

芒妹猶不釋懷，還在說：「你放心吧，我會讓大大把你表兄留下的。」

我就笑啦，說：「我沒把那件事放在心上。我這表兄是自作自受，誰讓他灌點黃湯就在作坊裏點火玩呢？引起火災那還了得！別說是鐮伯，就是換了我，也得趕他走。」

芒妹站在我的上方。我聞到一股柔和的香味。芒妹說：「你就會安慰人。」

我說：「我不是安慰你，這是真的。」我說：「芒妹。」那股香氣，不是從沾滿露水的涼絲絲的莊稼上散發出來的，那只能是人體的香味。

芒妹抬頭看看我，我就不再說什麼啦。

我們把手牽在一起，後來我們坐下啦。芒妹躺在我的懷裏，她緊緊地抱住我，我發現她在一個勁兒地抖。她熱呼呼的。我有些害怕，我突然也抖了起來。在我們旁邊，是一個被夜空襯得很黑的麥秸垛。在我們身下，是散開的麥秸。麥秸還在散發著麥子成熟的氣息。我也不知道，為什麼會這樣，我只是抖。我覺得自己的那個樣子，跟在寒冬時節光著身子一樣。我清晰地聽見了我的牙齒的得得聲。

可是芒妹又說話啦。「稼祥，」她說，「你是不是不再回來啦？」她輕輕地喘息著。

我覺得她問得蹊蹺，就說：「我怎麼會不回來呢？」她提出的這個問題，就像多年前，她父親在核桃林裏，問我的問題一樣。我記得，鐮伯是問我是不是想離開核桃園。

她從我身上起來，很肯定地說：「我就覺得你不會回來啦。」

我笑啦。「我怎麼不會回來呢？」我說，「這裏是我的家，有我的大大，還有你。」我的口氣又有點像開玩笑。

芒妹站在我面前，又一次說：「你就是不會回來啦！」

我怎麼會不回來呢？這裏有我的老屋，有我的土地，有我的樹、草、莊稼，有這麼多，與我同宗同血緣的人，我怎麼會不回來呢？這裏的大地，多麼寬廣，這裏的空氣，多麼純淨，這裏的草木，多麼蓬勃，這裏的星辰，多麼明亮。一切，都是那樣華麗，又是那樣質樸，華麗得使每個人的目光，都會顯得那樣灰暗，質樸得使每個有良心的人，都不忍心去做損害它或辱沒它的事。

「你心裏在說——」我心裏說，你承受的讚美實在太多啦，已經成為你的擺脫不掉的重負。芒妹說你在說——我在心裏說，我恨你，土！——我說出來：「土讓我仇恨。」

這是我第一次說出口來。

我不知道，我有這種想法多少年啦。

我一說出來，就有種如釋重負的感覺，非常的真切。

芒妹默然無語，她又向前走去啦。她走得很快。

我顯得很激動。我的心，突突直跳。我朝著芒妹的背影追上去。我越過了她。我轉過臉來，擋住她的去路。

我說：「芒妹，你別生氣，我不該那麼說。」

芒妹對我望了一陣，她說：「我沒生氣。你是對的，你是不用再回來的。」

我說：「我也不知道為什麼，我一想到老家，就很不安，好像我在這裏做了虧心事，其實我什麼也沒做。我總是不能夠像別人那樣，什麼負擔也沒有。你看我這張臉，皺巴巴的，都像小老頭啦。你知道嗎，芒妹？很多人都說我是未老先衰。」

芒妹被我逗笑啦。我們不再談論什麼土地啦。芒妹重又變得很快活。

19

那一夜，我們還說了很多別的。

我回去的時候，父親已經熄燈睡下啦。我沒有驚動他，悄悄躺在床上，眼望著黑沉沉的屋頂，細細回想了一遍跟芒妹漫步的情景，讓我自責的只有那句話。

我想彌補一下，就準備明天把我從北京給父親捎來的一隻小佛俑轉送給芒妹。她會喜歡的。

我又聽到了深夜某處發出的、那種綿長的、輕輕的吁氣聲。

20

在這裏，我有必要，再提到袁廣田這個名字。

袁廣田家住離核桃園只有三四里路的袁寨，跟我們村裏的人很熟。他讓我噁心，已經達到讓我忍不住在他的名字上呸上一口，還不罷休的程度。

不，袁廣田讓我感到恐怖！

我一想到他，眼前就會出現一種生長在皮膚上的、亮晶晶的紫葡萄一樣的毒瘤，不論從外觀上，還是從內裏，它都彙聚了所有的醜惡。但這並不是說袁廣田長得難看，事實上，他還是一個模樣很不錯的小夥子。

讓人恐怖的是，他的那種時刻窺視著你的眼神，即使在燦爛的陽光下，他的那種眼神，也會讓你感到，他是躲在一個非常陰暗的角落裏，那個角落，散發著撲鼻的臭氣，滿是腐爛的雜草，和污濁的糞便。

我這樣貶低他，並不是因為他無理取鬧地打過我一頓，而他確實是那樣子的。土地生長出莊稼，也長出了狗尾巴草。那莊稼裏面，還會有變異的毒粒。土地長出了人，長出了芒妹那樣的人，當然也會長出袁廣田這樣的。我現在無意中把芒妹和袁廣田相對提出來，都不由得使我膽怵。難道在他們之間，存在著一種宿命的結局嗎？就像我根本不可能與芒妹結合一樣！

我怕啦。離開故鄉十幾年，芒妹也許已是一個或兩個孩子的母親。但願她嫁的那個人，不是袁廣田！我相信芒妹是不會決定嫁給他的。就像土地給鳥兒準備好了穀粒和草籽一樣，也給好女人，準備好了她應該嫁的好男人。我儘管放心。

21

那天上午，我去鐮伯的大作坊。為大作坊當門衛的莊老八，把我拉到他的小房子裏跟我聊天。莊老八問我，北京好不好，是不是北京那地兒的人都見不到一寸土啦。我如實說，北京有的人的確見不到一寸土，但是北京再大，也是在土裏，跟輪船泡在水裏沒什麼兩樣兒，土要是猛烈地湧動起來，也會把那些鋼筋水泥鑄成的高樓大廈，和水泥地面，打個稀爛的，跟浪濤把船板給打爛不差分毫。再說，北京也有土，公園裏，石頭縫裏，四合院裏，都能見到土。

莊老八就笑啦，說：「人在那裏不跟栽在花盆裏一樣嗎？」

我說也差不多。

莊老八臉色鄭重起來，又對我說：「稼祥，你要記住，在那裏憋悶啦，就回來。你看咱們核桃園多好，咱就住在土裏，土給你暖著腳，土給你吃的給你穿的，土給你躺的地方。你隨便往哪兒躺，都行。你想吃新鮮蔬菜啦，伸手就能摘到。我就覺得家裏比哪兒都好。我不是沒有到北京看看的機會，我只是捨不得離開好幾天。當然，你是年輕人，跟我和你鐮伯，是不一樣的，該出去見見世面。你到老啦，不還得衣錦還鄉嗎？來，我帶你四處看看，我想告訴你，我為什麼願意跟鐮伯老大在作坊幹活。你看看就知道啦。」

作坊比四年前的規模大多啦。莊老八只顧興奮，忘了我過去是來過的。我們看了縛苕帚的，做叉子的，撈紙的，做豆腐的，染布的，織草苫子，織草袋的，工藝流程跟過去沒什麼不同，只是做工的人數多啦。比如說那撈紙的，已開了七個大池子，按一個池子由兩人負責來算，就得有十四人。

跟莊老八回到門衛室，他顯得頗為得意和滿足。

「我就是願聽石磨的響聲吶。」他說，「鐮伯老大就是一分錢不給我呢，我也願意在這裏待著。」

這時候，一個青年走了進來。他很不客氣地對莊老八說：「老八，你悠閑啊，鍾杵掉了三天啦，你怎麼還不安上？你是成心等作坊出了事，不讓大家知道吧。這可是大熱天，日頭都會把木頭曬著火啦！」

莊老八的臉色很難看。那青年這才看見我，但他那眼只朝我一掃，就讓我不由得打了個寒顫，好像我一不小心抓到手裏一隻疙裏疙瘩的、毒汁四溢的大蟾蜍。莊老八說：「你去吧，我就要修啦。」

「就要修啦？」他重複一句。他的目光，落在我面前的茶碗上。「我看你還是把你家的燒水壺，搬到柳樹杈上去吧。這院裏的柴火，多著呢，夠你燒水喝的。」

說著，就向門口走去。臨出門，還回頭用眼睛狠狠地剜了我一下，那種不友好的意味，絲毫沒加掩飾。

我沒想到，往日威風凜凜的莊老八，會變得如此猥瑣，竟讓一個毛頭小子給熊成那個樣兒。

那青年一走，莊老八就對我自我解嘲地笑笑，說：「你昨天可能見過他，他叫袁廣田，南村袁寨的。老大看上他你感到奇怪吧，他很精呢。三年前剛來的時候，還不這樣呢，你踹他兩腳，他都不會吭聲，過後還追著你叫大爺。現在可好，他都要成了大作坊的質量檢查員啦，誰的苕帚上少根小苗兒，他都能看出來。你以為我是怕他呢。我不光不給他安那棰子，今天連夜也不給他守，讓他瞧瞧。我是說到做到的！」

22

離開大作坊，我突然想到，昨天我在族席上的不自在，也許就是因為那位袁廣田在場。現在，我覺得他的那種目光，仍然黏在我身上，樹木、牆壁，任何物體都不能阻擋。我是躲不掉他的。

果然，在我跟父親下地幹了一會兒活兒回來之後，他就在離我不遠的地方出現啦。我想，他該不是在跟蹤我吧。我把鋤頭放在院子裏，父親端好了新汲的井水，叫我洗洗身上的汗泥。我洗啦，父親就說，祥兒別出去啦。外面很熱，在屋裏涼快涼快吧。

我坐下來，看著屋門口的白光。我一點兒也坐不踏實。我總在想那個跟蹤我的人。我沒惹他，他跟蹤我幹什麼？我滿腹疑惑，藉口要去莊老八家的小賣部買煙，就離開了家。

剛出門，我就又看見了袁廣田。他蹲在一戶人家屋牆後的陰影裏，一見我出來，就馬上站起身，但他還沒有勇氣走近我的家門。看來，他是在等我無疑啦。我倒想知道，他準備拿我怎麼樣。父親還在背後叮囑我，讓我買了煙，不要在外面耽擱。我一邊答應著，一邊向小賣部走去。

袁廣田並沒有馬上離開陰影。他大約是怕把我嚇回去。我走到了另一條巷子，他才慢吞吞跟上來。太陽筆直地照在村子裏，我腳下的影子，只是一小團，我就像踩在一隻圓球上。本來我是不緊張的，但是太陽的熱力，讓我的頭腦發暈。巷子裏光芒刺眼。我有些看不清前面的道路，汗水也順著我的臉頰流下來啦。我不由得加快了腳步，幾乎要奔跑起來。我知道，袁廣田也開始加快速度。在離小賣部不遠的地方，他追上了我。

因為天熱，人們都躲在家裏不出來。街上沒有別的人，袁廣田肆無忌憚地從後面扭住了我的脖子。我叫都沒來得及叫，就被他拖到街旁的兩堵夾牆之間。他拚命地擠我，他那兇狠的樣子，好像是要用手把我捏死。我的眼睛，都快憋得發直啦。

「識相點兒！」他這樣警告我，「別打芒妹的主意！」

我有些明白啦，我想分辯，可他仍不放我。我一動，他就捏得更狠啦。

「鐮伯已經把她許配給我啦，她是我的女人！」他說，「你想活命，就在核桃園老老實實待著。你想活得安穩，就從村子裏滾出去！」

我一聽就想笑，我好不容易透了一口氣。我說：

「芒妹怎麼成了你的女人啦？你問過──」

沒等我說完，他突然朝我的小腹下面伸出手去。我防不勝防，我那脆弱的東西，就落在他毫不留情的鐵鉗似的手中啦。我失聲叫了起來，他馬上威脅我：「再叫，我就讓你斷子絕孫！」

我咬著牙，不敢叫啦，但他還不鬆手。他好像興味正濃，臉上似笑非笑地對我說：「怎麼樣？你要是再去招惹芒妹，我就把你這東西捏個稀巴爛，你不覺得得不償失麼？我做事，最懂得抓住要害，男人是知道男人的弱點的。」

當然，我也知道，他的所謂弱點，在哪裏。我的臉，就貼在他的肚子上，他的弱點離我的嘴很近，在他說這話的時候，我不是沒有想過用嘴咬他，或者伸手用他對我的辦法對待他，可是，他只讓我一陣陣噁心。我身上虛汗淋漓，不知道自己還能堅持多久。他的手抓得越來越緊啦，我覺得自己變成了一架風車，在他手上，飛速旋轉起來。

就在這時，我聽見了一陣急促的腳步聲。我還聽見女人的一聲尖叫。袁廣田鬆開了我，我痛苦地抱著肚子，根本直不起腰來。袁廣田想要從我身邊走開，但我想我不能饒了這王八蛋。我咬咬牙，想還擊一下，可是我的手剛一抬起來，我就支持不住啦。我跌倒在地上。

那個給我解圍的女人，是八嬸。她拉住了袁廣田，可是袁廣田的力氣大，她想拉也拉不住。

袁廣田見我想打他，就又回轉身來，在我身上踢了幾下。我想，這人怎麼一點君子風度都沒有。他捏我那麼狠，我只是想打在他背上，他就又不願意啦，況且，即使我能打著他，也不會使他疼痛的，因為我已經沒有力氣啦。

我躺在地上，就像躺在一隻飄行在空中的、金光閃閃的大盤子上。我的眼前，五顏六色的。那種絢麗的圖案，實為人間少有。可是即使我這個樣，他還要踢我。如果不是更多的人趕來，他是不會善甘罷休的。

我躺在地上。我不想讓人看到我那種蜷曲的、抱著小腹的滑稽樣子。一旦劇痛稍微減輕，我就無力地把身子伸展開啦。

23

袁廣田是在我的村子裏打了我，可是別人竟那樣輕易饒了他，沒有人走上去揍他一頓，他們只是圍著我看，看我被打傷了沒有。我已被他們從夾牆裏抬了出來，我又被放在了一家屋山旁邊的地上。我想。那也只不過是讓更多的人看得更清楚一些吧。我的頭腦昏昏沉沉的，我一直都在盼望聽到一個聲音從人群裏響起：

別讓他走啦！

我沒有聽到。

我只是聽到袁廣田還在威脅我，不要再打芒妹的主意。

人們開始七手八腳地抬我。這時候，我才意識到，那個王八蛋早就輕輕鬆鬆離開了現場。在人們抬我的時候。我已經能夠看清人們的臉啦。我別的事情都能忘啦，我就是忘不了那些抬我的好心人的臉。他們一臉的肅穆神情，彷彿我已經死掉八天啦。他們小心翼翼的，可是我知道那份肅穆和小心就像張紙——不，就像層水膜一樣薄，一樣容易破裂。他們內心壓抑著什麼，如果沒有這張紙，或這層水膜，他們早就是另一副樣子啦。

果然，也不知道是誰的手一滑，我身子的一側，就先落在了地上。別人由於沒有防備，也沒能把我抓住，我就整個人撲通掉了下去。他們連楞的工夫都沒有，就哄堂大笑起來。他們在正午的街頭，笑了又笑。他們沒能見到袁廣田怎麼捏我，但他們都能想像出來袁廣田捏我的樣子，那是多麼的逗，多麼的色情，多麼的滑稽呀。

被我的身體擊起的塵土，灼燙著我的臉。我沒有動。他們笑夠啦，才又重新把我抬起。我知道，我已經滿身是土啦。我沒有辦法把自己搞得乾淨一些，就被他們抬到了家裏。他們抬著我，大聲呼喊我的父親。

父親慌忙從屋裏出來。我的狼狽的樣子，讓他呆呆地站住啦。他不知出了什麼事，他們也不告訴他，就要把我往屋裏抬。我掙扎著，他們抬不住我，就要把我放下。我的雙腳，踩著了地。就連我自己也沒有想到，我會一下子站了起來。

我站在那裏，我感覺不到一絲的疼痛。我看到他們出了油汗的臉上，佈滿了吃驚的神色。我在那裏，站了好大一會兒。他們沒有向我父親解釋。他們一個一個地走掉啦。院子裏，重又只有我和父親，以及刺眼的陽光。

父親沒有問我，我在床上躺了一下午。天快斷黑的時候，芒妹來看我。我沒有那麼嬌嫩，她一進屋，我就馬上坐起來。我想，自己面對女孩子更不能顯出羞恥的樣子，我就裝作什麼事兒也沒有，而且我還決定從家裏走出去。

我要從從容容地走到街上去。我還要人人都看見我，知道我是誰。

24

讓烈日普照了一天的村子，只有在這時候才能透口氣。很多人都站在了街上。暑氣漸退，他們說話的聲音，都恢復了清晰和嘹亮，不像中午時候，有種囈語的朦朧感覺啦。

我再一次往莊老八的小賣部走去。那裏，經常聚集著一些閑聊的人。八嬸自然還要提到正午的事，她說，當時，她遠遠地看見我向小賣部走了過來，袁廣田就跟在我的身後，她並沒有意識到會發生什麼事。只在一轉眼的工夫，我和袁廣田就不見啦。她到底是不放心，最後還是離開了小賣部，她就在夾牆縫裏發現了我們。袁廣田正在捏我的那個地方。出現她腦中的第一個念頭就是，那還了得！

25

這兩天發生的事情，形成了一種強烈的反差，幾乎讓我覺得自己受到了村裏人的捉弄。

那位袁廣田，在我們村裏如此的有恃無恐，不能不說是跟鐮伯有著直接的關係。我知道，村裏所有的人，對鐮伯老大的敬畏，已經到了無以復加的地步。這倒不是說，他對人是多麼的兇狠。事實上，他並不對人怎麼樣。他只是陰沉沉的，就像覆蓋在核桃園上空的、一塊無邊的黑色的屍布。可是，人們離不了他，彷彿一旦這塊厚厚的屍布，從村子上空揭開，就會有足以殺傷每個人的強光，無遮無攔地照射進來。人們需要他，同時也因為他有著一種力量，這種力量，使我們的村子就是這個村子，使我們的土地就是這片土地，它們不會像羽毛一樣，輕飄飄地飛起來，以致變得毫無著落。

我沒法可想，鐮伯怎麼會看上袁廣田這種小人。他對我說的那些話，假如不是鐮伯果真向他透露過什麼口聲，就是完全出自他的臆想。但是村裏人對此並不表示懷疑。也許因為在可怕的程度上，他們兩人是旗鼓相當的。這一天，除了莊老八，幾乎沒有一個人對袁廣田的肆無忌憚表現出自己內心的憤怒或不滿。他們只是對我的身體，表示關心。而這只能讓我感到，仍是一種侮辱。我以我的從容，和不以為意，回答了他們，使他們想到，如果再對此發問，就是愚不可及的。

果然，在莊老八的妻子重新向來小賣部的人，敘述了一遍中午的場景之後，人們的目光，很快就轉移到別的事情上去啦。他們講他們茂盛的莊稼，講他們上城的新奇的見聞，有時候也會講到金元。

26

金元，又來我們村上啦。我已經在昨天的族席上見過他。他還是那個老樣子，一件黑色的棉衣，不知穿了多少年，上面積滿了厚厚的污垢，油亮亮的，像一件堅硬的鐵甲。但是這麼熱的天，他卻不出汗。他的慘白的臉上，有一層寒光，彷彿結著一層透明的冰殼。一年四季，他總是這身打扮，也沒見他凍壞，也沒見他像別的人一樣，熱得氣喘。

金元並不是核桃園的人，但他顯然把核桃園當作了他的家。他是什麼時候來到核桃園的，我也說不清楚，反正在我還很小的時候，我就看見過他。他並不是老在核桃園的。他會突然從核桃園失蹤，也會突然出現在核桃園的大街上。這一年，他會很喜歡住在誰家的豬舍旁，另一年他又會成天睡在場院上的柴草堆裏。他最常住的地方，則是我們村中的火塘。

聽老人們說，火塘是過去村裏的幾家富裕些的人家出資興建的。作為一種公共設施，一到冬天，那裏就會擠滿了在冬天燒不起柴的村裏人。現在，火塘僅餘廢墟。可是歷經多年，那屋頂，仍然沒有完全坍塌下來。別人都不敢冒險走近它，唯有金元不怕。

我從小就聽到過，金元在傍晚的時候，坐在一棵大樹下歌唱。他唱的一些歌子，並不適合小孩子們聽到，但大人們無法阻止他當著小孩子的面唱歌。我現在想，那也是並沒有什麼妨礙的。在村子裏，只要有一個人坐在大樹底下唱歌，就足夠啦。歌唱的內容，並不是緊要的。他吃的，是人家的剩飯。他還吃夏天的田野裏能捉到的每一種動物。我就親眼見過，他抓起一隻不停蠕動的毛毛蟲，塞進了嘴裏。我有很長一段時間，一想到他吞吃毛毛蟲的情景，就感到噁心和恐怖。但他對每個孩子來說，的確是個非常有趣、溫和的人。他從田野回來，很經常地為村子裏的孩子帶來一些燒熟的螞蚱、小鳥、幼蟬。他把螞蚱用根細細的柳樹枝穿成一串。一進村，那種混著焦糊味的香氣，就遠遠地飄過來，把很多小孩子吸引過去。孩子也是可以捉到螞蚱的，但他們總不能像金元那樣捉得多，也許還不如金元烤得香。他的螞蚱，很快就會被小孩子們哄搶一空。

黑衣人金元，年復一年地這樣生活著。等我長成了大人時，他幾乎一點沒變。我只是偶爾聽人說，他比過去愛睡啦。有時候，他會在大街上一睡兩三天，讓你鬧不清他是睡著，還是死啦。

現在，已經沒有人，再提把他趕出村去啦。雖然他或是姓王或是姓馬，但他已經是核桃園的人啦。我的父親告訴過我，村子裏曾經有一段時間想把他攆走，還是鐮伯阻止了大家。

在村子裏的糧食，不夠人們填飽肚子的年月裏，鐮伯也沒忘了給他留份口糧。人們相信，這份口糧並沒有吃進他的嘴裏，因為他並不生火做飯，而到底被他弄到哪裏去啦，只有天知道。

27

我這麼說起金元，你也許以為他是個瘋子。其實，金元僅僅是個乞丐。

可以說，沒有鐮伯，金元說不定早死在荒郊野外啦。但是，就是金元，竟成了核桃園唯一的一個不害怕鐮伯的人。我這樣說，你也許不相信，但事實就是這樣。假如大夥兒正聚在一堆說東道西的，一旦鐮伯走了過來，大夥兒一般情況下就會噤若寒蟬，但唯有金元照舊會談笑風生，也許比剛才更為興奮，做出一萬種的怪樣。鐮伯拿他沒辦法，鐮伯也不對他怎麼樣，他就像沒看見他似的。他如果有事就說事，沒事就繼續走他的路，腳步是那麼的沉穩，和堅定不移。他走開啦，大夥兒好像剛才被人捏住自己的脖子一樣，鬆了口氣。

28

我不知道，鐮伯的力量，從哪兒來。但他的確讓人感到畏懼，也讓人無緣無故地喪失殆盡反抗的意識。他讓人們在他的面前，變成了一個被徹底征服的女人，只會一個勁兒地說，是的是的。我猜想，那種力量，來自他對土地的維護和背叛。

鐮伯並不是一個古舊的人。他是核桃園村的老村長，可是有一天，他突然宣布他再也不當什麼村長啦。他幾乎在一夜之間，成了我們村的百萬富翁。他的大作坊，把我們村周圍的十幾個村的小手工製作集中在了一起。大作坊的產品，幾乎壟斷了整個金鄉縣的此類產品的市場，而且還在向周邊地區輻射。我是見過核桃園大作坊熱鬧過一陣子的，社會上很多方面的人，都往這裏湧，但是鐮伯依舊是那位頭腦冷靜的鐮伯。他使這種現象消失啦。他讓核桃園重新恢復了寧靜，只剩下繁忙的工作的聲音。

鐮伯在核桃園，是一種財富的象徵，但他並沒有喪失他的權力。沒有他的參與，村裏的大小幹部，是不敢自作主張的。不過，有段時間，他的從村長位置上的引退製造了一種假像，那就是村子裏權力的頂峰消失啦。

村子開始不安起來，滿地的芋頭，都開出了美麗的花朵。先是老年人開始在村子裏奔走，後來，就是那些擔負著養家糊口責任的男人、女人，甚至連孩子也出來啦。他們手拿著一束一束的芋頭花，眼裏是那種驚恐的神色，他們在擔心芋頭沒有收成，也擔心別的莊稼沒有收成。他們眼望著他們的孩子，誰知道這些孩子會不會突然輕飄飄地飛到天上去，使他們所有的願望落空呢？他們感受到的恐慌，是那麼真切，他們幾乎觸摸得到啦。

在村子沉寂了幾十年的老族長根兒爺，勇敢地站出來，拯救村子啦。他走到人們面前，用拐棍打掉人們手中的芋頭花，不可違拗地說：

「祭祖！」

人們似乎這才想到，核桃園共同的老祖宗，業已在天上忍饑挨餓很多年啦。芋頭開花，莊稼不結實，這就是祖宗對後代子孫不恭和忘祖的懲罰。怎麼樣？現世現報了吧。也許馬上再做補救，還為時不晚。

29

我也參加了祭祖的行列。幾乎整個村子裏的男人，都跪在了根兒爺的後面。根兒爺口裏唸唸有詞，我看不見他背上的那根小辮兒，因為他把身子曲得那樣低，從後面只能看到他的屁股。我還看到，陽光直直地照在那裏。那裏有了一片陰影一樣的東西，不大一會兒，陰影就消失啦，那裏變得非常乾燥，並顯出了一片淡黃色的印跡。後來，那裏又出現了一次陰影，也同樣在陽光的照射下消失啦。

我和村裏人，在地上跪了很久，根兒爺屁股上的淡黃色印跡，到了最後，已經很明顯啦。

根兒爺一直在那裏唸唸有詞。開始我能記著他的話，後來我就記不住也聽不清啦。根兒爺好像在說，各位列祖列宗在上，不肖子孫莊德根今率闔家兒男負罪來求寬恕。根兒爺在說，您餓了吧，渴了吧，這吃的喝的，都是我親眼看著他們做的。他們可是淨過了三遍手哩。根兒爺說仁慈的祖宗啊，您總算對我們的不孝發下大怒啦。我們都是一個個的浪子。我們背離了您在上天指引的大道。我們作惡，犯下了不可饒恕的罪行。我們隨便往地上吐唾沫。我們在您的祭日，讓女人們懷上了孕。我們沒有告訴我們更小的孩子，誰是我們的祖宗。我們沒有教他們，怎樣對老人恭敬，怎樣平息內心的怒火，怎樣再把您的準則一代一代傳下去。我們走了很遠。我們迷失了方向。我們追隨外來的人，他讓年輕的人喪失廉恥和良心，甘願與螻蟻畜生為伍。祖宗啊，看在我們還能夠懸崖勒馬的份上，您要讓該開花的開花，該結果的結果，該生育的生育。您要懲罰怙惡不悛的，懲罰大逆不道的，懲罰不贍養父母的。您要對有罪的放逐，對行善的收留。我們在向正道上走啦。您的忍饑挨餓的日子，將不會再有啦。我們將不忘按時供奉您的英靈。

我不記得他還說了什麼。我在地上，跪得久啦，腦子裏，就嗡嗡響。你要知道，是他們讓父親專門把我從學校裏叫來的。我連早飯還沒有吃呢。但祭祖結束時，已是午後四點多鐘啦。我費了好大的勁兒，才從地上爬起來。

我頭暈眼花地站在那兒，我沒看見，父親離開人群奔跑起來。人們也有像我一樣站起來的，也有在地上坐著不動的。那位根兒爺，被兩個女人攙著坐到了一把椅子上。等我好受一些，我就看見根兒爺仰著頭靠在椅背上，從他閉著的眼睛裏，流出了眼淚。那兩個女人，也在跟著哭。她們哭得終於站不住啦。她們蹲在了地上，手拍著地面，大聲嚎啕起來。

父親回來啦。他手裏拿著一塊饅頭，和一小塊鹹菜。我接過來，塞到懷裏，忙著走出村子。一到田野裏，我就開始飛跑。我掏出饅頭和鹹菜，邊吃邊跑。我跑得是那樣急，把迎面吹來的風，都給吃進肚子裏去。

30

不久，我就聽說核桃園要修家譜啦。其實，那段時間要修家譜的，並不只是核桃園一個村子。我的很多別村的同學，都說他們村子裏也在鬧騰這樣的事，而且還在準備把祠堂修起來。我覺得很無聊，我覺得應該有一個人站出來管管這種事。結果沒有人敢冒天下之大不韙。我父親，向村裏捐了三十塊錢。那三十塊錢，足夠我兩個月的伙食費啦。但是這還不算完，村裏在那一年的末尾，又在醞釀像別的村子一樣把祠堂修復起來啦。誰也沒有理由說，不應該修復祠堂，因為這一年芋頭的豐收，是前所未有的。如果沒有祖先的在天之靈佑護，誰又能保證今年不是顆粒無收呢？父親的壓力很大。我知道，要他一下子拿出二三百元，真是難為他。我不免也替他發愁。

31

這一年的十一月份，芒妹退學啦。她沒有告訴過我，她退學的理由。她只是有一天，再也不來上學啦。我回家時，碰見她正和一幫婦女在一起。她在做一隻鞋子。她一看見我，就趕快把鞋子藏到身後去。

我也有了退學的打算。新年過去啦，我的一週半的假日，也結束啦。我沒有回到學校。我走到街上，看著街上熙來攘往的，都是些走親戚的人。我知道親戚間的這種走動，要一直持續到正月十五。他們提著一包一包的點心，包點心的紅紙，差不多都快破損啦。這樣的禮品，要在新年後的半個月的時間裏，不知輾轉多少人家，才能結束它們的旅行。沒有誰那麼早就把它們打開。從這位親戚手裏接過來，一般情況下，都會再送到另一家人家。那家人家，同樣也會轉送給別人。這就是我們那裏的風俗。

我家的親戚很少。再加上我父親身體不好，即使有親戚也不常走動，都已生疏啦。我家的探親活動，不到初六，就結束啦。

我就在村子裏看人家走親戚。上午，多的是迎客的場面。那真是一片歡聲笑語，可是我的心裏，卻備感淒涼。我在想像著，我將永遠是村子裏的一個人。我會在這個村子裏生活一輩子。我即將像我的父親，整天在田裏勞動，在家裏養上一窩兔子、幾頭豬、幾隻羊。我的腰，也會早早地彎下來。在我四十歲的時候，我就會像我父親一樣，讓自己心如止水，表情木然。

是的，我暗暗決定了要那樣生活。我從大街上回家時，人們已開始送客啦，滿街上，都是依依惜別的景象。

32

父親沒有讓我走進家門。他提著一包我上學用的東西，站在我家的院門口。我想，他也許在那裏站了一天啦。反正他不是剛剛站在那兒的。父親把那些東西交給我，就說，快走吧。我還在遲疑，父親就把院門關上啦。

我家的院門，是用樹枝編成的。我能從外面看見父親。父親慢慢地向屋裏走。父親走到屋裏去啦。屋門洞開著，但我看不見父親。我肯定父親在屋裏坐了下來，他以多少年都沒變過的姿態，坐在當門的一把椅子上，目光也並不見得要去注視什麼。

我不再去想逐漸沉入幽暗裏的父親。我一轉身，離開了院門。

33

在核桃園大作坊不遠，有座快要傾頹的房子，那就是我們村過去的祠堂。我記得那座房子，曾經作過一段時間的磨坊，但更多的時間裏，就像一座廢墟。我小時候聽到的恐怖故事，也大多發源於那裏。

剛一開春，村裏就開始籌款修葺這座廢墟。我在二月底回家的時候，父親已把該交的款項交上啦。我不用問也知道，那錢是借的。我也沒問是借的誰的。可是在我下一次回村時，已經沒人再提修葺祠堂的事啦。父親交的錢，也被返還。原來是鐮伯從中作梗，他倒不是明確地提出不讓人那麼幹。實際上，他只是表現得不大熱心，而這就足夠啦。

核桃園權力的頂峰，並沒有消失。鐮伯連熱心不熱心，都談不上呢。他根本沒把核桃園要修葺祠堂，當成一回事。也不知他是不是有意，從這一年的十一月，那時候，正是村子裏剛剛開始醞釀怎樣修葺祠堂，鐮伯的大作坊，就把核桃園很多雇工的工資克扣下啦，甚至過年的時候，也沒有補發。我的父親在村裏算是交錢早的。那些遲遲不交的，跟我家一樣，也是困難戶。因他們都在大作坊做工，就一起找到鐮伯，央求他把拖欠的工錢發下來。

「修祠堂，可是村裏每個人的事兒哩。」他們說，「我們可不能做對不起祖宗的事，讓祖宗連個遮風擋雨的地兒都沒有。」

鐮伯是不會馬上去理他們的。鐮伯要讓他們搜腸刮肚把話說完，說得再也沒有一句話。他們就接著說：「我們都是孩子多的，也都在上學。賣糧食的錢，又都在種麥的時候，買化肥，撒在了地裏。我們是連這個大年，都沒過好的。親戚們都在說啦，親戚們說，核桃園成了富村，可對禮尚往來不在意啦。你聽聽，我們又不是沒那個心，我們只是做不到。」

他們在鐮伯面前沒話說的時候，就不知怎麼辦好啦。他們開始面面相覷，都像讓人抓緊了脖子的鴨，嘴在翕動著，可是沒有聲音。

「你們是可以做到的，」鐮伯低低地說：「你們在修祠堂。好的，修吧。」

他們一無所獲地來到根兒爺的家。

根兒爺的家，在那次祭祖活動期間，就成了村子裏的聖殿。根兒爺的失禁症，也神奇地消失啦。每一天，根兒爺都不離開他家的那張黑漆漆的太師椅。他在太師椅裏端坐著。他的一個兒子，在一旁恭敬地為他裝著煙斗。

「去，山羊。」他半閉著眼睛說，「告訴鐮兒村裏要修祠堂。」

山羊是一個男人的名字。山羊出去啦。山羊又很快回來啦。

「根兒爺，」山羊如實說，「他讓我問安，您好。」

「去，豆子！」

豆子也出去啦。

豆子回來啦。

「根兒爺，」豆子不敢撒謊，「鐮伯他說修祠堂可不能大意啦。要修就得推倒重來，神像也得黃金鍍身。」

「去，有錢！」

「去，大虎！」

「去，看家！」

「留住！」

「黑蛋！」

根兒爺顫顫巍巍地從太師椅上站了起來。他的兒子，給他拿來了拐棍。他拿在手裏，但又扔掉啦。山羊、豆子、黑蛋們發現，根兒爺是一個很高大的人，也似乎不像有些人想像的那樣老。他還能再活上八十年，甚至更久。但是他們立刻驚呆啦，一種發抖的跡象，從他的雙腿上出現啦，在極短的時間內，就傳遍了他的全身。他們圍了上去，扶他坐下來。他的身上，還在抖著。他的花白的頭，抖得更厲害，幾乎像是在急速地搖動啦。

他們聞到一種溫吞吞的氣味，從他的身上升起來，又潮濕又古老。

34

兩個星期之後，根兒爺第一次走出了家門。他的確是一個和善的老頭兒。很多人都停下來，向他行禮。他仍舊贏得了人們的尊敬。很多人站在了街上，他們停下了一年剛剛開始的勞作，手裏還拿著各種各樣的工具。

這是春天，空氣暖洋洋的。人們眼望著根兒爺慢慢走進鐮伯的家門。

到中午啦，根兒爺還沒有出來。陽光沙沙地響，村子就像含著豐富的酵素一樣，在寂靜的溫暖的正午，悄悄地萌生著什麼。

根兒爺終於走出來啦。他走過人群，在人們的注目下，回到自己的家裏。

很少有人知道，根兒爺做出了多麼令人欽佩的舉動。我是在幾年之後，才從芒妹的口裏，得知在那個春天的正午，根兒爺是去懇求鐮伯出任族長的。鐮伯推辭啦。鐮伯就是這麼一個人。

根兒爺無話可說。根兒爺開始在很多事情上保持沉默。

35

鐮伯的大作坊，越來越紅火啦。我在他死去的那年，已經二十四歲，芒妹也已經是二十三歲的大姑娘啦。其實，袁廣田的痴心妄想，也是無可非議的。鐮伯的那份產業，實在讓有些人垂涎三尺，而芒妹又是那麼出色的一個姑娘。不過，我仍舊難以置信，鐮伯會看上袁廣田這種人。在我眼中，他的目光可以洞穿十二道鐵板，而達到每種事物的中心。可那位袁廣田，整天走動在他的眼皮底下，他卻不能明辨。也許袁廣田有種障眼法，他能夠很好地遮掩自己，而使鐮伯也被蒙蔽啦。

我很理解芒妹內心的痛苦。我覺得，芒妹跟我們村的大部分人一樣，也是一個不能從鐮伯的陰影裏走出，或者在鐮伯陰影的籠罩下喪失能力的人。她的悲哀，是無濟於事的，我明白這個。我也明白，自己的所謂勸解也是無濟於事的。

那天晚上，我把她跟我父親留在家裏，一則是要向村裏人顯示一下我沒傷一根毫毛，二則也是為了讓她放下心來，我所能做的也只有這樣啦。

36

又過了四五年，我在北京結了婚。一直到現在，我和妻子羅慧也沒有孩子。我不知道，是不是我真的不能生育，也不知道我的不生育，是不是跟那次受傷有關係。

37

芋頭花，在那一年的夏季，再次盛開。

一群群的人，湧出村子，來到田野裏。他們採集花朵，幾乎把芋頭秧子全都扯光啦，一片片黃褐色的地皮，從稀疏的芋頭葉子中間，顯露出來。

根兒爺的兒子，在一天早晨打開房門。他看到芋頭花快把自己的院子塞滿啦。他當時什麼也沒想，驚叫了一聲，就返回屋裏。他的妻子，也從窗子裏看到了外面的景象。她沒等丈夫張口說話，就抓起窗臺上的梳子，朝他扔過去。他還從未見過她的這種樣子，一時楞在了那裏。可是妻子並沒有管他，而是衝出門去。他們的大兒媳，正好來到門口。兩人撞了一下，那媳婦就站在了一邊。

根兒爺住在他們家的正房裏。他已經起了床，正在床沿上坐著。他看到他的兒媳，急沖沖地趕了來。她指著公爹，還沒有說出話。根兒爺坐在床沿上，他摸出一隻煙斗，不動聲色地往煙嘴裏裝著煙葉末子。他的兒媳，終於說出話來：

「滿院都是芋頭花！」

根兒爺就像沒有聽到，他含著煙嘴兒，咂了一口。

房間裏還是幽暗的，也幾乎沉在寂靜中。那女人已年過半百，她的視力，尚不能使她把公爹看得十分清楚。她覺得公爹濕漉漉的，像是剛從水中浮現出來的一樣。她囁嚅起來，說：

「人們都把芋頭花扔到咱家裏來啦。」

根兒爺吸完一袋煙。他站了起來。他擦著兒媳婦的身子，走到屋門口。他看到那些芋頭花，經過了一夜露水的滋潤，開得更加新鮮啦。他還看到一些人，從院門外面，把芋頭花向他家投過來。他不能看見那些人是誰，因為他們可能是彎著腰的，而且他們投擲過來之後，就很快地跑開啦。

根兒爺又回到床上坐下。他的目光，看著腳下的尿壺。他的兒媳的視線，也被他牽引了過去。他們就共同看著那只黑黢黢的尿壺。

他的兒媳，聞到了一股刺鼻的氣味。他的兒媳，站在那裏不由自主地搖晃著，但她沒有摔倒。她一轉身，走了出去。她在走出公爹的房門時，看見了她自己的兒媳，正端著另一隻尿壺，從她的房子裏走出來。

一直到正午，還不斷有人把芋頭花往根兒爺家院子裏投擲。那些花朵已經蔫啦，在正午的陽光下，散發著淡淡的清香。

「今年的芋頭還要增產。」人們說。

人們聚在一起打賭，可是沒人敢下賭。

「俺可不敢，」人們說，「俺可知道芋頭為啥開花。」

人們都覺得去年的事有些可笑。人們說，俺可沒得罪誰，芋頭開花，可不是因為俺的哪位老祖宗在生俺的氣。人們說，芋頭開花，是因為栽芋頭的時候，把芋頭秧子栽倒啦。

現在，已經沒有人再像去年一樣，相信迷信啦。

但是仍舊有一個人說：「我下賭，我要賭我家的那頭牛哩。」他滿口的大話。「今年的芋頭，要是能增產，」他說，「我給你們每家買一頭牛。」

人們聽啦，便一起叫他賴子。

「賴子。」人們恥笑他說。人們都知道他買不起那麼多的牛，而且他家的牛，已經不能耕作啦，賣牛肉也值不了幾個錢。

根兒爺一家人，躲在屋裏，不出來。別人家的煙囪，開始冒煙啦，可他家的煙囪，仍舊沒有動靜。人們都想看看，誰先走出屋子。他們三五成群地聚在一起。有的人，還爬到了樹頂上，那樣是很可以把根兒爺家的院子看得清楚的。

在他們快要等得不耐煩的時候，鐮伯老大走來啦。他們馬上停止了說話，一起注視著鐮伯越走越近。在他走近之前，那樹上的人，也全都溜到了地上。他們注視著鐮伯走進了根兒爺家的院子，就像那一天根兒爺走進他家的院子一樣。

38

祭祖是在三天後進行的。鐮伯雖然沒有參加，但他湊的錢比誰都多。根兒爺家的兒媳婦，自覺沒臉見人，在祭祖的當天傍晚，乘暮色悄悄回了娘家。

根兒爺向所有的人顯示了自己的大度，次日天一亮，就派兒子去接她，而她並沒有跟丈夫一起回來。村裏人猜度她是真的覺得沒臉。她實在是昏了頭腦，做了大半輩子賢惠媳婦，怎麼會突然改變了呢？這都是該死的芋頭花鬧的。

過了半個多月，人們遠遠看見有兩個人影穿過芋頭田，向村子走了過來。芋頭秧子，早就重新覆蓋了地表。整個大地，就像一張巨大的厚厚的地毯。送根兒爺的兒媳回村的，是她的一位頭髮花白的老哥哥。

這位老人一進村，就把頭低低地垂了下來。他的臉色通紅，像個做錯事的孩子。已經有人飛快地跑去告訴了根兒爺。根兒爺站在自己家的院門口，給予了那位老人極大的禮遇。村裏人，也表現了足夠的熱情。他們爭相邀請老人到自己家裏做客。幾乎全村的人，都請了他。

一眨眼，七八天就過去啦。因為正值農忙季節，老人苦苦作辭，才得以離開村子。

「核桃園，仁義呀。」臨走時，老人對根兒爺翹起了大拇指。

39

我沒有親眼看到這一年的祭祖儀式。據說，那種虔誠的場面，以後再也沒有過。可是我總覺得讓他們彎下強壯的脊樑的，不是那神壇上的祖宗之靈，而是活生生的核桃園大作坊主莊鐮伯。莊鐮伯就在那神壇的後面。他隱身在那裏，臉上或許並不完全是那種威嚴莊重的神色，在他的嘴角卻不可能沒有一絲冷冷的笑意。

不知因為什麼原因，這樣的祭祖活動在舉辦了三年之後，悄悄地銷聲匿跡啦。芋頭花仍在盛開，只是沒有那幾年開得那麼盛大，而祭祖竟然沒有人再提啦。

但是根兒爺是不朽的。我每次回村看到他時，我就覺得他永遠不會死。

是的，根兒爺不會死。他已經進入了另一種時間裏，在那裏的每一秒鐘，都比我們的一百年還要綿長。而我的父親，的確老得很快。我是在那一年的春天發現，我父親已經老得跟他的實際年齡很不相稱的。在那之前，我幾乎從沒有想到過父親的年齡。我甚至無法具體描繪一下父親的形象。我覺得我父親已經不是一個實在的人。他就像我每時每刻都在呼吸的空氣，無處不在。

我用不著抬起眼來細細地打量他。我的視線，每次落到他身上，都會變成匆匆的一瞥。

40

那年的春天，我用了好幾天的時間跟蹤他，而他絲毫沒有察覺。我跟蹤父親緣於非常偶然的一件事。

我忘了我是不是說過，我是在金鄉縣城讀完高中的。我上學的那個學校，坐落在金鄉縣城的東關。那是一所教學質量非常好的學校，可是相對於鄉下簡陋的中學來說，又是一所昂貴的學校。我知道在這樣的學校讀書，很不容易，所以很珍惜自己的學習機會。別人可以以散心為藉口，走出學校，去開眼界，而我卻不能欺騙自己。我很少走出過學校。可是仍舊有一次，在同學的慫恿下，我來到了離我們學校不遠的東關大市場。

因為正值青黃不接，市場上賣菜的人，並不多，菜攤子也是隔好遠才有一個，出售的菜也多是蘿蔔、白菜、菠菜之類，很難見到賣水果的。能夠在這樣的季節吃上一口紅心水蘿蔔，就算很奢侈啦。邀我出來的那位同學，家境要比我好。他很大方地買了一隻水蘿蔔請我。我實在推託不掉，就接受啦。也許當時光想著將來一定加倍地還報人家的好意，吃到嘴裏，就覺不出有什麼味兒啦。從市場這頭走到那頭啦，心情稍安一些，才覺出蘿蔔的好吃。可是我的同學突然停下啦。

我順著他的目光看去，只見市場頭上的一根電線杆子後面，蹲著一個人，身影是那樣的熟悉。說他蹲著是很不恰當的，他更像是蜷縮在那裏。我止不住留神一打量，心裏就猛地格登一下。

那是我父親。在我父親的面前，是一攤只有寸把長的小鯽魚。我絕沒有想到，父親也做起小販來。我離他很近，他都沒有看見我。他的目光，只放在那些已被風吹乾的小鯽魚上，根本注意不到別的。但是也沒有一個買菜的人發現他。他是那樣的專注，彷彿忘了自己在幹什麼。不時吹過來的風，又乾又冷，它們在他的魚攤旁邊，輕輕捲起了一股一股發白的塵土。

我的喉嚨被卡住啦。那塊蘿蔔，就梗在那裏，吐不出來也嚥下不去。我悄悄地把吃剩下的蘿蔔丟在身後。

我同學不認識我父親。他對我說：「市場上就這一份賣魚的，換個地方應該是很好賣的。」他走上去，這樣告訴了我的父親。但是父親沒換地方，他也仍然沒有看見我。

「木頭。」我的同學低聲說。他一轉身，發現我的蘿蔔吃完啦，又讓我吃他的那一塊。他看出我不可能吃他的，就一揮手把蘿蔔扔得遠遠的。「回去吧。」他拍拍手說。他向前跑了幾步。

「回去吧。」他說。他跑開啦。

我跟了上去。我停下來。他跑得遠啦。他回頭說：「你怎麼磨蹭起來啦？你是喜歡讓風這麼吹你的臉吧。」他竟忘了是他說服我出來的。

「你先回去吧。」我說。我又為自己找了個理由，我說：「我的肚子不好受。」

我的同學就笑啦。「你吃了涼的，等暖和過來就好啦。」他說，「我可不願意這樣讓風吹。」他又向前跑去啦。我看不見他啦。

4 1

我在一個角落蹲下來。從那裏，正好看見我的父親。將近中午，才有一個人走到父親的攤子前。他們在說什麼，那可能是簡短的討價還價，可我相信父親根本就沒還什麼價。他在十分不熟練地使用一桿秤。我暗暗鬆了口氣，父親總算做成了今天的第一樁生意。可是不妙的事情，出現啦。那位顧客，伸手提起鋪在地上的尼龍片子的四個角，不顧父親的阻攔，往市場西頭跑了起來。父親跟在他的後面，他的腳步趔趄著。這無疑是父親遭到了搶劫。我什麼也沒想，就衝出角落。

剛跑幾步遠，我又停下來。那位顧客，把魚放在了一個菜攤旁邊。我剛才差不多誤解了他的意思。他是在幫助我的父親。

那位好心人離開不久，我父親的魚就賣光啦。他收拾了一下筐子，就背著它去路邊的饅頭房裏買了個饅頭。他顯然餓極啦，也不避風，就站在街上吃起來。

我已經回到了剛才躲避的角落裏啦。我目送著父親走出市場，心裏酸溜溜的。當時，我還沒有想到父親那些小魚的來源。我回到學校後，才開始想這個問題。離我們核桃園村不遠的地方，倒是有一條河，叫萊河。但從我記事起，就沒見過在這樣的時節萊河有過水。這條河也從縣城的東關通過，據說多年以前曾是一條大河，一直通往幾十裏外的微山湖，是微山湖幾條重要的支流之一。我敢肯定，父親今天賣的魚，不是在我們本地弄到的。如果在本地能夠弄到，又有這樣的行情，市場上也絕不會僅有父親的一份魚攤。

42

第二天，我又在市場上，看到了我的父親。他帶的鯽魚，比昨天多得多。他已經不再像昨天一樣，去選那種糟糕的攤位啦。魚賣完的時候，已是下午。父親把空筐子往身上一背，就離開了市場。我悄悄跟了上去。父親就要出城啦。果真不出我的所料，父親並沒有往回家的方向走，他折向了城東。我突然決定今天不回學校啦。我要尾隨父親。

到了萊河岸上，父親就開始沿著河走。我在家鄉見過的河流，都有很高的岸。那些早發的樹上，都蒙著一層嫩綠。走過了兩個多小時的路程，整個岸上，就都是灰濛濛的啦。父親對我一無覺察，也許因為今天收攤時晚了些，他要加快趕路的速度。儘管如此，等我看到一片白茫茫的大水時，天色就很黑啦。

水邊上，有個小碼頭。父親站在碼頭上，一個勁兒地望著水面。我看出他在發急。四周沒有一個人，遠遠近近的，都是些大大的葦垛。終於有一聲欸乃，自水面飄來。我看見一艘能盛八九個人的小木船，出現在暮色中。父親很興奮，但他很快就變得垂頭喪氣啦，這艘船肯定不是打漁的。

船靠岸啦。我聽見父親在和艄公講話。那是一艘小渡船。艄公告訴父親，他來晚啦。漁民本來在這時節打不了多少魚，天不黑就能被小販子買光。父親聽啦，就止不住嘆氣。「我是從金鄉來的，」他說，「我趕了五十里路。」

艄公把船挽好啦。「說不準到湖裏還能買到，」他說，「你可以坐我的船到湖裏去的。島上賣的，比這裏的還要便宜些。」

父親一聲不響地望著小船。

「我只收你半價。」艄公又說。他在碼頭上坐了下來。他在等人。可是渡水的人，遲遲不來，艄公就說：「算啦，我行行好送你一個人吧。這樣的事，我是常做的。」

父親猶豫了一下，還是上了船。艄公往船上一跳，小船晃晃悠悠的，父親差點摔到水裏去。

「坐下！坐下！」艄公嘴裏喝著。

父親坐下啦。

他們走啦，可是我的心，卻被提了起來。我早就聽人說過湖上經常發生謀財害命的事情。如果那位艄公心懷不軌，我父親是很難抵擋得住的。可是我無法追上他們，只有眼看著小船，在暮色沉沉的水面上，倏地消失啦。

我在岸上等了很久，也沒見別的船劃過來。岸上漸漸地積聚了好幾個人。我因為肚子空空的，就感到很冷。實在受不住啦，就縮一縮肩膀，靠到一隻葦垛上。從水面吹來的夜風，格外的涼。我忍不住在葦垛上掏了一個洞，把身子藏了進去。過了一會兒，我覺得暖和一些啦。再朝水面看去，只有些微的亮光，別的什麼也看不見。

也不知過了多久，水面上傳來有人說話的聲音。渡船回來啦，我趕緊留心聽著每一個人的動靜。船又開走啦，碼頭上的人，也很快走光啦。四周又是一片寂靜。我忽然看見一個人影，朝我藏身的葦垛，緩慢地走了過來。不用我仔細看，我也知道那是我的父親。他的身影，顯得非常臃腫，那是因為在他的背上，有一隻筐子的緣故。隨著他的走近，我鼻孔裏的魚腥味越來越濃。

父親在葦垛旁停了下來。我估算著如果馬上趕路，到了金鄉縣城是在後半夜。父親沒有急著趕回去，大約也是考慮到這個因素。他放下裝滿魚的筐子，也開始像我一樣，在葦垛上掏洞。我的身子縮緊啦，生怕弄出聲響驚擾了父親。

洞掏好啦，父親鑽了進去。父親哪裏知道，僅在咫尺之遙，竟藏著他的兒子。他可能是太累啦。我傾聽著，從他身下發出的沙沙聲，很快就消失啦。我想，父親肯定是睡著啦，但我仍不敢動。我聽著夜風掃過葦垛。我聽著湖水在輕輕地蕩漾。我聽著父親微微的呼吸聲。眼淚再也抑止不住，嘩嘩地順著面頰淌下來。不久，我也睡著啦。

43

我是被一陣急促的腳步聲驚醒的。我一睜眼，就馬上鑽出葦垛。我看見了父親背著沉重的筐子奔跑的身影。父親的身影，黑呼呼的。我抬頭看了一下星空，判斷此時也許剛到後半夜。我沒有在葦垛下停留，我跟在父親的後面，又走上了那道萊河岸。

父親幾乎沒有放慢走路的速度。一路上我一直都在想把父親叫住，我要把那只筐子接過來，放在自己背上，我要告訴他我是可以幫他賣魚的。但我一次次克制住了自己。我只是跟在他的身後。

到了縣城，天剛濛濛亮。街上有不少跑步的人，可是父親不跑啦。他慢慢走著，像個步履蹣跚的老人。我聽到了學校食堂開早飯的鈴聲。

44

父親這次販來的魚，質量不好。我正午在學校吃過飯，趕到市場時，見他才賣掉一點。我沒有去上課，我看到父親面對著那些賣不出去的魚發起愁來。日落時分，父親覺得已經沒有指望賣光啦，才離開市場。我跟著他。他走到街旁的一個小飯店裏，人家把他趕了出來。他又走到另一家飯店，結果運氣仍舊不好，沒誰要他的魚。

這一回，他已死心啦，就直接出了城。他是走在回家的路上。我跟了一段路，就看見他停下來，彎著腰，在筐子裏翻揀。過了一會兒，他又開始趕路啦。我在他剛才停下的地方看到了一攤雜亂的水草，和一些叫不出名來的爛魚。父親在昨天晚上，肯定讓人給騙啦。

45

我回到了學校。隔了一天，我又在市場上，看到了我的父親。以後接連幾天，我都要去市場，遠遠地看父親賣魚。那時候，我無法得知父親賣魚賺了沒有，但是父親的臉色，讓我很擔心。我覺得他有些心慌意亂。我再次跟蹤父親，來到微山湖。因為來得早，載著父親的渡船剛走，緊接著又來了一艘。我想都沒想，就坐了上去。

父親販魚的地方，叫南陽島。

整個島，就是一個大鎮，店鋪林立，相當繁華。我目無旁顧，一直暗暗注視著父親把魚買到手，裝到筐子裏。

我和父親乘坐的船相距不到十米。也許父親從沒有想到，我會跟在他的後面。他根本不能從乘客中間發現我。碼頭很快就到啦，艄公挽好船，人們就忙著上岸。我一下子瞪大了眼睛，幾乎失聲叫出來。父親背著魚筐，搖搖晃晃地從船上站起來。在他剛把腿抬起來，準備上岸的時候，腳下一滑，那魚筐猛地脫離了他的身體，撲通一聲掉進了水裏。當時的情景太突然啦，很多人都沒有反應過來，還以為是人摔了下去，一旦看清是只筐子，就轟地笑了起來。我坐的這艘船上的人，也都在笑。我看見人們邊笑邊幫忙撈那筐子。我上岸的時候，那筐子已經撈上來啦，但那是空的。

父親呆呆地站在岸上。我聽見有人在安慰他。在他們的眼裏，那筐魚並不值什麼。唯有我知道，那筐魚真正的價值，但我沒有上前去勸慰父親。我只是遠遠地看著。我看著父親忽然轉身離開了擁擠的碼頭。他連那筐子也不要啦。他向前走去，走走，停停。

我跟在父親的後面，也是走一走，停一停。

我們走了一夜，才趕到金鄉縣城外。父親沒有進城。他沿著萊河岸，繼續向前走。剩下的那一段回家的路，我不知道父親又用了多長時間。

46

父親做生意，賠光了本來那筆應付村裏集資修建祠堂的錢，而且是父親借的。從那以後，父親再沒有動過做什麼生意的念頭。他更加老實本分地種地，連自己的村子，也不輕易走出去啦。但是他卻讓我滿腹疑惑。核桃園村那麼多的人，都在鐮伯的大作坊做工，他也是可以去找點活兒幹，以補貼家用的。以前，我覺得，他總像是礙於什麼。當我看到他能夠吃那麼大的苦，離村販魚之後，我就想，他該不會是礙於面子吧。

我永遠不會認為，給鐮伯幹活，是有失臉面的事。

47

鐮伯在我心中引起的崇敬，幾乎跟父親讓我產生的敬愛是旗鼓相當的。我覺得，鐮伯可以把我們核桃園村生活中的很多古老的東西打碎，又不至於讓我們的生活變成一片空白。

我有心勸說父親去大作坊做工。學校的課程很緊，每月只休息一天。一到這個月底的休息日，我就匆匆往家趕。

是父親端出來的一碗鹹魚，把我口裏的話堵回去的。我望著那碗魚，什麼也沒有說出來。很顯然，父親把那天沒賣掉的魚做成鹹魚啦。

經過那幾天的勞累，父親又像老了十歲。我好像記不起當時自己是不是真的打量過父親。我只記得，碗裏那些鹹魚，乾巴巴的黯淡的模樣。

從那以後，我就再也見不得鹹魚啦，也更不用說去吃它。

第二天，我有生以來，第一次，實實在在地面對了鐮伯。

48

在我的勸說下，父親決定，把大部分的芋頭地，都改成種棉花。

過去種植芋頭，一直沒能使我家的日子好過起來。父親不像其他的人，可以把芋頭粉賣給大作坊。父親每年都是早早地在離我們村六七里地的馬集出售盡了芋頭粉，甚至是以比核桃園大作坊還要低的價格出售的。現在你明白啦，我們為什麼每年種那麼多的芋頭吧。那實質上是為鐮伯而種的。大作坊生產的粉絲，在金鄉縣遠近聞名。

我們採用了新的棉花種植方法，那就是當時在別的村很流行的營養鉢種植法。以前種棉花，都是直接把棉籽播到地裏，時間也要等到氣溫合適、商情又好的四月份。而採用營養鉢種植法，就足以把播種期提前一個月。

49

我在村南核桃林邊我家的田地裏，先挖了一個長方形的土坑，再用挖出來的土，就地拌上肥料，弄得顆粒均勻啦，就用一種專門的工具壓出一個頂端有凹坑的圓柱形的小土塊。我做鉢，父親往凹坑裏點籽。我們幹了快一個上午啦。父親看看天色，就讓我回家歇歇。做這活兒累不著，我想繼續幹，父親就一個人回家去做午飯啦。

父親走後不久，我就做了很多的鉢，排在土坑裏很好看。這時候，我突然看到了鐮伯。他似乎是剛剛走到不遠處的一個低矮的小機井房那兒，又像是在那兒站了好大一會兒啦。我感到非常的不安。雖然我是位學生，但我仍然是核桃園村的人，我不可能不受到鐮伯的影響。我想，鐮伯也許沒有看到我。我猶豫著，決定不了是不是叫他一聲。在我這樣想著的時候，我並沒有停止幹活。我假裝沒有看見他。但我發現，鐮伯又走到機井房後面去啦。隔了一會兒，他又出來啦。他在機井房的旁邊徘徊。我斷定，他也在裝著沒有看見我。他在那裏朝村子眺望，像是在描繪遠大宏圖的樣子。他又朝田野眺望。他坐下啦。他站起來。

我也不再偽裝自己啦。我抬頭看見鐮伯向我走來。「鐮伯。」我叫了他一聲。

鐮伯腳踩著暄軟的土地。那上面還有不少乾枯的芋頭根鬚，和一些蔫巴巴的芋頭碎塊。鐮伯一步一步地走到我的附近。他停下啦。他沒有馬上說話。他的臉處在陰影裏，太陽的白光，照著我的眼。我看到他的臉，黑黑的。

「我在種棉花。」我說。我沒想到，說這麼一句話，會讓我費了很大的勁兒。

鐮伯很輕地唔了一聲，但我還是聽到啦。

「我們不種芋頭啦。」我又說。我覺得好多啦。我悄悄地挺了一挺腰。「芋頭不賣錢，別的村也都在種棉花，」我說，「種好的話，一畝地能收入五六百塊呢。我的很多同學，都回家種棉花啦。」

鐮伯的視線低低的。我順著他的視線，看到了土坑裏的那些營養鉢。

我說：「這是一種新的種植方法。做好鉢子後，還要用塑料布把土坑蓋上，等棉籽發了芽，就可以在溫暖的天氣裏移出去啦。」

鐮伯不說話。我重新感受到了他的逼迫。我侷促地挪動了一下雙腳。我注意到了我的沾滿泥土的舊鞋子，我早就發現這只鞋子的底，都快磨光啦。我還注意到我身上的衣服。它們也並不是新的，也並不是足夠大。我一伸胳膊，袖口就會滑下去，露出我的瘦削的手腕。我想，我此時的樣子，是不會比那些灰撲撲的棉籽強出多少的。

鐮伯身體高大。他在那裏稍微站得一久，他的腳就開始往土裏下陷。

「稼祥。」鐮伯輕輕叫道。

我傾聽他的聲音。

我分明覺得，那聲音並不是從他魁梧的身軀裏發出來的。那是從土裏發出的，是從樹裏，從初萌的草裏，從核桃林後面的村莊裏發出的。我不知道，自己怎麼會有這樣一種古怪的感覺，反正我覺得，他的聲音把我給狠狠地震了一下。

「你過來。」鐮伯又說。他看了我一眼，就轉身往核桃林裏走。

我根本不能抵擋他的命令。他走到核桃林的邊上啦。他沒有回頭看我。我跟了過去。這是中午時分，陽光明媚，每株核桃樹，都被照得那麼的鮮艷和美觀。但我不知道在核桃林裏究竟會發生什麼事。鐮伯已經走進去啦。鐮伯還在往裏走。那是片很大的核桃林。我跟著鐮伯。我們來到了核桃林的深處。

鐮伯停下啦。他站在兩株核桃樹之間。他沒有看我。

我按捺住自己的心跳，等待鐮伯開口，或者看我一眼。鐮伯仍然沒有看我。鐮伯臉上也沒有什麼表情。

我也不看他啦。我看核桃樹華美的枝條和綠葉。

「稼祥。」鐮伯開口啦。我的身子再次一震。我把目光從核桃樹上挪開。我看出，鐮伯在努力讓自己輕鬆起來。他能夠以較為輕鬆的口吻說話啦。「稼祥，你是想離開村子吧，」鐮伯說，「你是不是很想離開村子？」他沒有看我。

我不懂他的意思。

「你那麼愛上學，是不是想離開村子？」鐮伯又說。

我還是不能理解他的意思。我說：「我要考大學。」

「你考大學不就是，」鐮伯停頓一下，接著說，「為了離開村子嗎？」

我說我沒想過。我說的是實話。我當時真的沒想過，有朝一日我會離開核桃園。

「你是可以考上大學的。」鐮伯說。隔了會兒，又說，「那樣你就可以離開村子啦。」

我被他的問題搞得非常惶惑。我說：「如果我能考上大學，我也會經常回來的，我哪能把自己的老家給忘了呢？」我說：「我不是那種人。」

鐮伯不易讓人覺察地微微一笑。「你是說哪種人？」他問我。

我卻回答不上來。

鐮伯已經不讓我回答啦。

「你大大，」他說著，停頓了一下，「很難。」他說，「我想幫你。」

我吃了一驚。我望著鐮伯。鐮伯不望我。

「你可以從我這裏拿到些錢，」他說，「就不要跟你大大說啦。」

我想開口，他止住了我。可是他真地沒看我。

「等你將來掙到錢，你再還我好啦。」他說。

我低著頭。我竟然在核桃林裏，聞到了一股濃濃的魚腥味兒。好大一陣，我都沒把頭抬起來。核桃林裏沒有別的動靜。我還以為鐮伯已經走開啦。核桃林裏很靜，能聽到陽光從嫩綠的核桃葉上滑過的聲音。

「稼祥。」我忽然聽到有人低聲叫我。我又一吃驚。我看見鐮伯還在那兩株核桃樹之間站著。他站在那裏，把臉轉向了我。他的那種表情，使我不由得退後了一步。那是一種可怕的表情，好像一個人被大火燒傷後，第一次抬起臉來。他蠕動著嘴唇，他就要向我走來啦。「稼祥。」他再次叫道。我看出，他馬上就要受不住啦。他就要露出猙獰的臉色啦。他就要撲通跌倒在地上啦。我幾乎能夠看見一股煙塵，隨著他的倒地，呼的一聲，從地上升起來，而且很快地把核桃林籠罩住，以至瀰漫到整個天空。

我也要倒啦。我伸手抓住了背後的一根樹枝。

可是，鐮伯臉上的神情，忽然凝固了下來。他默默地轉過頭去。他又開始往核桃林深處走，核桃樹漸漸把他的身影擋住啦。

我的父親，隨後走了過來。我一看到父親，心神才開始穩定一些。父親並沒有問我什麼。他在離我不遠的地方，站了一會兒，就從核桃林裏出去啦。我也走了出去。

50

父親帶來了午飯。我和父親一起坐在土坑邊上，吃起來。父親吃得很慢。他不像村裏的許多人一樣，吃起飯來叭噠叭噠響。今天的午飯，還有一份昨天沒吃完的鹹魚，我只吃父親炒的菠菜雞蛋。太陽照得我的耳輪發熱。我停下來，對父親說：「鐮伯——」我剛提到鐮伯的名字，父親就用目光止住了我。

父親先吃完啦。他又開始往營養鉢裏點棉籽。他屈著身子，背對著我。我悄悄地打量著他，止不住想到，鐮伯對我提的那件事。我嘆了口氣。

51

我家的棉花，在這一年的秋天，獲得了豐收。我想，這件事是很對不起鐮伯的，因為第二年，村裏就有不少人，也跟我家一樣，大面積地種起棉花來。

芋頭在核桃園村是越來越少，鐮伯大作坊所需要的芋頭澱粉，也只得從別的村大量購進，但這並沒有妨礙大作坊的興旺。鐮伯根本不在意村裏人願意種什麼。他的大度，使很多人都不能坦然地面對他。人們也覺得自己正受到背信棄義的報償。棉花的確給他們帶來了一些好處，卻又讓他們付出了更為艱苦的勞動。棉田裏害蟲成災，棉蛉蟲、紅蜘蛛、蚜蟲、造橋蟲，還有數不盡的、叫不出名字的蟲子都出現啦。持續在毒日頭底下噴藥滅蟲的滋味，是很不好受的。每壟棉花，都好像望不到盡頭。很多人，因承受不了烈日的照射，和農藥的薰染，而一聲不響地暈倒在地。他們無法像我在一本好書上看到的那樣，吹著口哨奔跑。他們也不穿什麼能夠踩得霍霍響的膠皮靴，赤著腳就夠他們受的啦。我想，他們踩出的，也只能是一種吱吱哇哇的響聲，因為汗水順腳桿流到了地上，已經快把那太陽照不到的土，變成泥巴啦。總之，我沒法想像，他們能夠體會到，在晴朗的天氣裏幹活真來勁兒的感覺。但是蟲子仍舊是一年比一年多。有人把捉到的棉蛉蟲，放到剛買來的呋喃丹溶液裏，隔了一天再去看，蟲子似乎比昨天活得更歡實。把它重新弄到棉花上，看它貪婪的樣子，胃口竟是更為驚人啦。

村子裏的每個人，都覺得自己受到了懲罰。廣闊無邊的棉田，讓人感到炫目和恐懼，但人們並沒有因此停下來。炎熱的夏季裏，人蟲大戰，愈加如火如荼啦。

我不得不承認，對核桃園村裏人的這場綿綿無絕期的磨難，是由我先引起的。在我們種植棉花之前，是沒人敢於打破常規，把芋頭換掉的。我對改種棉花，究竟意味著什麼，應該是清楚的，但我還是忽視啦。鐮伯也終究是鐮伯，像我這樣的一個平常人，是對他構不成什麼威脅的。在鐮伯的眼裏，我充其量不過是個只會逗逗哏的小丑吧。他並沒有對我在意。他還準備給我提供上中學的學費呢。強有力的鐮伯，只消輕輕一揮手，就能把什麼都給抹去。

但是，棉花也沒能從根本上，使我家脫離拮据的生活。我想說，我可不願意享受什麼苦難。我在困境中，可沒有那份從容。我急躁不安，一次次地發出詛咒。我還經常不要臉地想到，我前面說過的那件事。我想，我要是有個像鐮伯那樣有錢的父親，就好啦。跟鐮伯相比，我的父親簡直就是無能。父親在我家種棉花的第二年，差點讓那三畝棉花累垮啦。他前邊剛背著沉重的噴霧器走過去，蟲子就緊跟著猛撲上來。我回家的時候，看到那些棉花，幾乎只剩下一根根光桿兒。殘存的葉子，也都是網狀的。父親依舊在地裏噴著藥。他看見我來啦，不知為什麼順手把噴霧器往腳下一丟，就坐在了地上。

我走過去，他又掙扎著站起來啦。

他的臉色如土，是那種乾透了的黏土。

52

鐮伯不是我的父親。我在小時候——十歲的時候吧，村裏有個人開玩笑似的，問我，願意讓誰當我的父親。我很鄭重地向他表示，提這樣的問題的人，是個不折不扣的蠢貨。誰都應該知道，莊道潛是我的大大！

「錯啦，小祥，」那人說，「鐮伯才是你大大。」

我抓了一把土，揚了他一臉。在他抹臉的當口，我飛快地逃走啦。

53

第二天，我一個人去野外割草。我走了很遠，不知不覺地發現自己來到了萊河岸上。那是夏季，萊河裏有水，岸上的樹枝，都垂到水面上啦。岸上還有很多草，深深的，都快要把我埋住啦。我在那裏割滿了一筐，就坐在一棵樹上，望著河水緩緩地流動。我還看到了一棵樹，那棵樹斜斜地長在岸邊，看上去，就像要往水裏跳似的，而且我覺得這棵樹似乎曾經在我的睡夢中出現過多次。

我看那棵樹出了神。我沒看見芒妹也來割草啦，她已走到了我待的那棵樹下。她才割了小半筐。她看見了我就叫我。我從樹上溜下來。

「你逮住什麼啦？」芒妹問我，「你爬得夠高的。」

有一隻知了，在樹上叫。我踢了樹一腳，它就不叫啦。

「我在看樹。」我說。

「看樹？」芒妹不解，「樹有什麼好看？」

我還在看著岸邊的那棵樹。「我在看那棵樹。」我說。

芒妹也開始看那棵樹。「樹要往下跳啦。」芒妹說。

「你看著樹想往下跳嗎？」

「我看它想。可它跳不動。根把它扯著呢，它就是跳下去，也漂不走。人們會把它撈上來，曬乾了當柴燒的。」

那只知了又叫啦。我可管不了那麼多。我把自己筐裏的青草，分給芒妹一些。我們就開始一起割起來。不一會兒，我們兩個人的筐子都滿啦。我們在河岸上，坐了下來，又看了一會兒那棵樹。我們越看，那棵樹就越像要往水裏跳。

在回家的路上，我忽然想起，昨天那人對我說的話。我不由得慢了下來，落在了芒妹的後面。芒妹回頭瞧瞧我，我撇嘴笑了一下，我什麼也沒說，我們就繼續往前走。

田野裏生長著繁茂的莊稼，路邊和溝渠，也都被紫穗槐、蓖麻什麼的蓋滿啦。為了躲避驕陽，我和芒妹，專找有植物陰影的地方走。我們背著筐子，如果我落在後面，我就看不見芒妹啦。我在前面的時候，芒妹也同樣只能看見筐子裏的晃動的草。

有段路的兩旁，既沒有樹，也沒有茂密的蓖麻叢。太陽把我們的影子直接投射到地上，草筐讓我們的影子變成黑呼呼的一團，我和芒妹都不敢認它們啦，但它們並沒有停止向前移動。這樣在毒日頭下走路，誰都受不了。我們就轉入不遠處的跟道路同一方向的溝渠裏。溝渠裏長滿了高高的蕘和紅麻，它們把陽光給遮住啦。

我忽然聽到了一陣擊打的聲音。我停下來。芒妹也聽到啦，她也停下來啦。她有些害怕。我用手示意她不要弄出動靜，就一個人悄悄往前走。趕到發出聲音的地方，我伸手撥開一叢蕘。我看到我的三位身強力壯的舅舅，正在毆打一個人。那人一邊呻吟，一邊求饒。他在溝底滾來滾去，把蕘叢都壓倒啦。

「狠揍！狠揍！」舅舅們說。

我認出來，挨打的就是昨天那個對我說鐮伯是我大大的村裏人。我不知道舅舅們為什麼打他，而且打得那麼狠。看了一陣，我就有些害怕。那人忽然瞧見我啦。「稼祥！」他大聲叫道。

舅舅們也瞧見了我。他們停下來。我走出蕘叢。

「稼祥，我什麼也沒說吧。」那人很可憐地望著我。他已經渾身是土啦。

我沒有說話。

我的一位舅舅，又踢了他一腳。「稼祥，你告訴你舅舅，我什麼也沒說。」他趴在那裏，再次求助於我。

另一位舅舅，把我背上的草筐拿下來。我身上猛地一輕，竟不由自主地向那人點了點頭。那人面露委屈的神情，又說他昨天什麼話也沒對我說。

可是舅舅們顯然不相信。「你再多嘴多舌，我們打你比這還狠。」他們威脅道。那人連連答應著，同時還朝我討好地一笑。

「起來！」舅舅們對他說。

他卻不起來啦，還在那裏趴著。「你們把我打狠啦。」他說。話剛落地，一位舅舅，就又抬腿朝他踢去。他騰的一聲，站了起來。舅舅們命令他替我背著草筐，我們就一起走出溝渠。我跟在舅舅們的後面，竟把芒妹給忘在溝渠裏啦。

來到村口，舅舅們才讓他把草筐還給我。他們留在原處，看著我走進了村子裏。

等我又從家裏返回溝渠的時候，芒妹正一個人坐在那裏哭。她以為我被人搶走啦，而她卻不敢去看看究竟。女孩子就是這樣，一離開家就成了膽小鬼。她一見我回來，就不哭啦。我在自己心裏罵自己渾蛋，但她是不會聽到的。這一次，是我為她背草筐。

我一直把她送到她家門口。她讓我先不要走，自己進去一會兒，又出來啦，給我拿了一隻翠綠綠的小甜瓜。

54

這兩天發生的事情，不能說對我什麼影響也沒有。在我的腦子中，悄悄移進一個很不好的念頭，那就是，我不時會想起鐮伯也是我的父親。等我長大一些，那種不良影響才算消失啦，但也免不了使我對這個問題產生疑問。既然那位多嘴的村裏人是在開玩笑，我的舅舅，是用不著動怒的，還不顧同村人的情面，大打出手。我想不出究竟為了什麼。

反正，我能夠斷定，父親和姥爺一家發生過什麼不愉快的事。舅舅們也知道父親不喜歡我和他們待在一起。如果我不是考上大學的話，我們兩家的關係根，根本不可能得到改善。

我的母親死得很早。父親說，母親死的時候，我還是個嬰兒。芒妹的母親，也死得早，但我見過她，我叫她麥娘，她是個很漂亮的女人，在我的印象中，我的母親，就應該是她那樣的。她被埋在了村南的那片核桃林，在地面上有個小小的墳子。我不知什麼時候，開始把麥嬸的墳墓當成我母親的墳墓啦。我在想像母親的時候，眼前就會出現核桃林裏的那座孤墳。我一直沒有想到問問父親，我母親的墳墓到底在哪裏。等我想問的時候，也就是現在，父親已經過世一年多啦。

55

看來，核桃園隱藏了很多關於我的身世的秘密。我構造了很多不同風格的我出生的故事。一種是這樣的。我父親與母親相愛，但是遭到了姥爺一家的阻撓，他們千方百計地破壞他們的婚姻，終究沒有得逞。父母衝破封建家長制的束縛，結成了美滿的家庭，不料母親卻因為生我而丟了性命。這給父親的打擊很大，使他對世上的一切怨恨起來，當然包括當初極力阻攔他們的姥爺家的人。

我自己最相信這一種，而且，我還具體地揣度了父母反抗姥爺一家的方式。他們在一個月黑風高的夜晚，私奔異鄉，共同度過了一段美好幸福的時光。一年以後，父親一個人回到了村裏，他懷抱個嬰兒，那就是我，而我的母親，卻沒有跟著回來。

但是我對這種構思最大的疑問就是，依父親的性格，他是做不出那種勇敢的、蔑視世俗的舉動的。我相信，在他同母親婚前的交往中，他也絕對不敢越雷池一步。

況且我也不甘心成為非婚生兒。

我所最不相信的，是另一種。那就是我母親被逼無奈，嫁給了姥爺選中的一個人。我姥爺莊至行，是核桃園村多年的老村長，跟一般人相比，應該是見多識廣的，所以就有可能結交一些在鄉村有頭有臉的人，不說是跟人家指腹為婚吧，也許三不知地就把女兒的婚事給定啦。這個青年，或是別村的，或是本村的，比如說鐮伯，他是我姥爺給撫養大的，姥爺不一定不會看中他，況且核桃園村的好小夥子，不見得就他一個。可是問題出現啦，我母親嫁出去不久，就被人甩啦。人家不要她啦，因為她的心思不在人家身上，她一天到晚總想自己的心上人。我覺得，找個老婆心思不再自己身上，整天不是淚眼麻花，就是唉聲嘆氣，誰也受不啦。姥爺也不再搞什麼待價而沽那一套，只要父親不嫌棄，他也就求之不得啦。

接下來的兩種可能就是，我或者是父親的兒子，或者不是，父親娶我母親的時候，她已懷有身孕。我覺得後一種猜測是很無聊的。

56

不管怎麼說，我幾乎就是父親苦難的根源。我違心地繞了不少圈子，可就是繞不過我自己。我說過，從我出生開始，父親就承受著極大的痛苦的折磨，並不是言過其實的。父親和母親的婚姻，不論經受了多少波折，但他們總算走在了一起，如果不是我，又有誰能把他們拆散？我體會不出幾十年前的愛情，究竟含有怎樣撼人心魄的意味，但我敢肯定，我的父母之間的那段情緣，絕不會像如今隨處可見的那種赤裸裸的情愛一樣廉價。

再次回想起來，我把鐮伯老大當作自己父親的想法，非常可恥。我父親不強壯，種不好棉花，也不會做買賣，但這並不妨礙他的偉大。我相信父親撫養我，只是因為他在愛惜我的生命。他不求傳宗接代，不求我給他多大的報償。但他卻不怎麼愛惜自己。

57

父親死的時候，剛到六十歲，可是誰看他，都覺得他像一位百歲老人。那一年，我和羅慧一起陪父親去逛公園，走到一個經常舉辦畫展的展廳門口，我忽然從海報上發現，這裏正在搞一個在新疆出土的木乃伊展覽。我拉了拉羅慧，可是羅慧只顧新鮮，沒有理解我的用意，跑過去就買了三張門票。她看到我的臉色時，已經後悔啦，便想把門票扔掉。可是父親見剛才羅慧喜歡，就堅持要去。

我們出來的時候，誰也不說話。

以後我，再也沒從這裏看過畫展，因為我很容易再次想到那些木乃伊。

我是那樣的害怕。

58

幾天來，我總是坐臥不安，一到家裏就四處翻尋。

羅慧不知道我是在尋找一封信，她什麼也不問我，而我每次從外面回來，家裏就又是整潔如初啦。我幾乎覺得我會這樣一直找下去的。

「你該回老家看看。」羅慧終於打破了沉默。她站在我的身後。

「父親去世一年多啦。」羅慧又說。

我當然記得父親臨死前說的話。我翻動著書頁，嘩嘩地響。我沒有抬頭。從書頁裏掉出來一張書簽，帶著一種記憶的顏色。

羅慧撿起來，拿在眼前看著。

「我壓根兒沒工夫，」我說，「報社又要安排我去海南採訪啦。」

羅慧把書簽遞給我。她默默地走開啦。

她在臥室裏很長時間，沒有動靜。我想了想就跟上去。她正坐在床上。臥室裏沒有開燈，但我仍然看見她在暗暗垂淚。

「你怎麼啦？」我問她。

「你在騙我，」她肯定地說，「你一有煩心的事就說報社派你去採訪。我知道你有時候哪裏也沒去，你就在大街上逛。我看見過你。你就像一個流浪兒，東瞅瞅西望望，看哪兒能讓你躲過一晚上的夜寒。」

我不說話啦。

「你從來就不跟我說你心裏的事，」羅慧說，「你應該找個更有頭腦的女人。」

我順手把她擁在懷裏。「誰說你沒頭腦啦，誰說你沒頭腦啦。」我嘴裏喃喃著。

可是羅慧還在說沒有頭腦的事。

「我不瞞你，我是指望靠臉蛋兒過日子的，」她說，「跟了你我才知道自己一點都不漂亮。我又沒頭腦，我現在覺得自己沒有一點指望。」

她這麼自卑真是出我意外。「我也是沒頭腦的，」我說，「我不是炒股票給賠了麼？我就是搞不清那一套。我在做生意上不行很像我的大大。」

「你在安慰我，你安慰人的話都是假的。」

「我說的是真的。」我說。

「你不會說真話的。」

我一楞，羅慧就從我懷裏站起來。她走到窗子那裏，朝窗外看著。

她讓我有些心慌——「我不會說真話！」

「你不會說，真話會要了你的命。」

我不知該說什麼啦。

「你膽子太小。」

羅慧回過頭來。她看著我。她是直視著我的。在她身上陡然有了一種高傲的神氣。她的目光雪亮，我更是無話可說啦。我無力地坐在床上，低著頭。

羅慧繼續在窗子那裏站著，帶著那股高傲的神氣。她沒有弄出聲息。她靜靜的。

過了好大一會兒，我才抬起頭來。我看見皎潔的月光，照在了羅慧身上，她像濕的一樣。

「我在找一封信。」我慢慢說。

羅慧走了過來。她靠著我。她不讓我說啦。我覺得她身上的確很濕。

躺在床上的時候，我看見一個纖細的月亮，出現在窗子裏。

我以前從沒有在我家的窗子裏看到過月亮。這真算得上是一顆久違的月亮。可是它在窗子裏，僅僅停留了不到半個小時，就移過去啦。再過一會兒，我就不相信自己果真看到了什麼月亮。

窗子裏的那團清輝，應該是徹夜不眠的城市射到高空的燈光。

我想找到的，是我和父親逃離核桃園後的第二年舅舅寄來的那封信。我希望還能從信上看出一些什麼，而且再次得到肯定芒妹究竟嫁的是誰，鐮伯是不是死啦。

但我已經失望啦。你要知道，我家在這十幾年間搬了好幾個地方。除了一些書籍，別的東西，幾乎全都是新的。

我注定要為自己的健忘和疏忽，感到不安。歸根結底，是土地讓我不安。土地，讓不愛它的人感到不安，讓愛它的人呢？我不由得想到了鐮伯老大。但我仍然可以肯定地告訴你，我是不會再回到核桃園啦。

我是在自己身上絕了的。

第二部

「誰要違背誓言誰就是一隻老鼠——不，」莊道潛說，「你不會怕當一隻老鼠的。誰要違背誓言，誰就要被烈火燒死，不是別人的火，就是自己的火。」

59

從兒子把我丟到河裏的那天起，我就開始尋找回家的路。能夠在不同的世界裏生活，是件很快樂的事情。我漸漸把自己聚集起來，雖然我已變得不是那麼完整，但這並沒有妨礙我在遼闊的天空，自由飛行和眺望。我剛從盒子裏出來時，我都高興得笑出聲來啦，我不知道兒子聽到沒有，也許他沒有聽到，因為一陣風，恰巧順河面吹過來，他是有可能把它誤以為是種風聲的。在空中，我朝兒子俯看著。他也好像忽然變得很輕鬆啦。他能夠這樣，我很喜歡。假如他在那裏露出悲傷的神情，甚至於流出淚來，我倒要跟著難過啦。

那條河叫永定河，我聽兒子在心裏這麼說的。

兒子在河邊徘徊不停，一會兒看看河水，一會兒看看緊傍河面的飛鳥。他還朝天空看來著。可他並不是看我，他哪會知道我在天上呢。我很想告訴兒子，回去吧回去吧。可是我竟覺得自己的嘴巴，足有三千里闊，使平常的勁兒，根本呼不出什麼聲音來。我幾乎在自己身上找不著嘴，這得算當死人的一項不好處。兒子離開河岸的時候，我才開始我的長途旅行。

說是長途旅行，其實在我的印象中，一忽兒就到啦。

麻煩就出在這兒。我走得太快啦，根本記不清楚是不是走錯了路。我來到的，是一個破破爛爛的村子，房舍零零散散地分布在冬天的原野中間。我恍然大悟，這是幾十年前的核桃園。我其實是來找當前的核桃園的。

這究竟是怎麼回事？

我想問問過往的君子，可是眼前呼一聲一個影子，呼一聲一個影子，我不知道叫誰，且誰也叫不住。

我想算啦，到幾十年前的核桃園看看，也好。

我慢慢地降落在核桃園的上空。我先是看見了村南的那片核桃林，我想看看老大的大作坊的時候，卻怎麼也找不到。我知道，這並不是因為大作坊已經燒掉啦，而是因為幾十年前，村子裏根本就沒有什麼大作坊。那裏是一片空地。當然我看到了村裏的祠堂，屋頂還好好的，上面蓋著一層黃褐色的枯草，看上去好像屋頂很厚似的。

我在空中遊覽了一遍之後，就想找到我家的老屋。

我一眼看見了它，它混在眾多的土屋之間，很不顯眼，但我還是認出了它。

你以為我還指望會在老屋中看到我的兒子呀！我沒那麼糊塗。我兒子是北京的大記者，他這會兒怎麼能在這兒呢。我在我家的院子裏看到了我。我覺得這有點可笑，但我還是向他飛去啦。我用我的身體碰碰他，看他是不是假的。看來他假倒不假，只是對我麻木得很。我心裏想，你個王八蛋，怎麼能不知道我是誰。看我要怎麼收拾收拾你！

我忽然聽到一陣喧囂聲，扭頭一望，街上跑著一群羊，趕羊的，不是別人，正是根兒爺。我給根兒爺打了聲招呼，根兒爺從街上走過去啦。我想回頭再看看我，可是他不見啦。我已經不知什麼時候，走到了他的身子裏面。

我的肚子很痛。

60

奇蹟，是在去年過了端午節，開始出現的。

鏟除核桃林的計劃泡湯之後，人們就在它的旁邊修建了一個巨大的打麥場。麥子源源不斷地被運到場院裏來，吸引了十裏八鄉的人都來觀看。核桃園的土，一夜之間變成麥子的消息，不脛而走。麥子在場院裏，堆積如山。又過了一個月，麥子不見啦。場院的地面，被人踩得像鐵一樣硬，村裏每天都要派人守護，以防誰家的雞，來撿吃遺落的麥粒。麥場守護隊，半個多月一隻雞也沒捉著，倒是逮住了一個人。當時守護隊員莊老八，在朝場院走去的路上，遠遠看見那裏有一團黑呼呼的東西。他以為那是別人丟棄在那裏的一件破棉襖，走到跟前，才看清是個乞丐。從乞丐身上，發出的臭氣，幾乎把莊老八給薰跑啦。但他一想到集體的財產在受損失，就不顧惡臭，一腳將那乞丐踢翻在地。

太陽剛從東邊升起來，田野裏一無遮擋，場院也就顯得不是那麼灰暗啦。莊老八看見那乞丐滿嘴是土。他還在抓起一把含著麥粒的塵土，往嘴裏送。地上是一些雞爪子撓出的痕跡，其實那是乞丐用自己的手指劃出來的。他用冒血似的黑紅的眼睛，瞪著莊老八，竟讓莊老八一時忘記了自己是來看守場院的。

「你不要吃土啦。」莊老八這樣阻止他。

他吞嚥著口裏的東西。「我沒有吃土。」他含混不清地說，「你沒看見嗎，我在吃麥子哩。」他的表情，的確像是吃得很香。

莊老八上前拉他起來。「你瘋了嗎？」他指著腳下堅硬的場院說，「這怎麼能是麥子呢？麥子早交了公糧啦，剩下的都在倉庫裏放著。這要是麥子我們都來吃土好啦。」

可是他一鬆手，那乞丐又撲通倒下去。莊老八不拉他啦。他離開場院，把場院上來了一個吃土的瘋子的事，告訴了村裏人。

「快去看吧，」他在街上邊走邊說，「快去看吧，有人在場院上吃土呢。」

人們聞訊一起湧出村子。來到場院裏，看到那乞丐，已經躺在地上呼呼地睡著啦。他的嘴裏，塞滿了土，還不時地輕輕咀動著。人們都站在那裏圍著他看，一直到他從夢中醒來。他沒想到自己周圍會有那麼多人，止不住吃了一下驚，但他馬上變成那種酒足飯飽的樣子啦。他毫無顧忌地打了一個長長的哈欠，簡直把人羨慕得要死。當一個乞丐，比幹什麼都強，每個人都不由得產生了這樣一種古怪的念頭。

誰都想親眼看到，乞丐能夠再次為大家表演一下吃土的情景。他們捨不得乞丐馬上離開核桃園，可是硬是留了三四日，乞丐也沒有再往嘴裏塞一口土。他們有些不相信莊老八啦。莊老八當時剛剛十五歲，還是個孩子。孩子的話可信麼？他們沒有耐心再等下去啦，便一心盼望那乞丐離開，因為人們實在不敢恭維他身上的那種氣味。可是，一個星期過後，乞丐還沒有要離開村子的跡象。他先是跟小孩子們混熟啦，接著又讓一些二賴子整天跟在他的屁股後頭。

村長莊至行，是從孩子們的口中得知他的名字的。莊至行常常聽到一些孩子圍在他身旁，一聲聲地呼叫，「金元唱一個！金元唱一個！」甚至有些大人，也會笑嘻嘻地懇求他，「金元，啦個呱兒吧，啦個呱兒咱聽聽。」

村裏來了金元之後，幾乎熱鬧起來啦。可是誰也沒有想到，金元從此會把核桃園當成了他的村子，他不管流浪到哪裏，流浪到多遠，多久，總要在某一天，回到村子裏來。

毫無疑問，是土都能變成麥子的核桃園，把金元給牢牢拴住啦。人們無一不認為，他是在得知了這個消息後，趕到核桃園的。

61

奇蹟接二連三地在核桃園出現。土在麥季稍後的季節，又變成了玉米，接著，又變成了大豆、芝麻、芋頭。到了秋天，大地一片金黃。寒風吹來，樹葉一片片地落到地上。有了土，人們什麼也不需要啦。豐收的芋頭和胡蘿蔔，埋在地裏，也沒誰稀罕去刨。冬天來啦，春天來啦，夏天來啦。

秋天四野光禿禿的，疲乏地昏睡著。

62

冬天又到啦。是個乾燥的冬天，大地上塵土迷漫。很多臉色枯黃的母親，坐在自家門口，懷裏抱著嬰兒發呆。她們的孩子們，也都變得老老實實的啦，在大街上的隨意一個角落一躺，就不動啦。但是即使有一片小小的乾枯的槐樹葉，被風吹著向他們滾來，也能把他們驚醒。街上不時地會響起一陣短暫的爭搶槐樹葉的騷動，打破村子的沉寂。

可是在田野裏，仍然會有人慢慢走動。他們偶爾會在地裏找到一塊半塊往年遺留下來的胡蘿蔔，或者芋頭。土已經被鐵鏟、叉子、削尖的木棍什麼的，翻動過多次啦，但希望仍舊會在土裏出現。

63

金元從一入冬，就沒有遠離過村子。他在村子附近的田野裏游蕩。別看他是一個乞丐，可他的運氣，總會比別人好一點。打得再深的老鼠洞，也會被他敏銳的鼻子發現。對他來說，土地仍是非常富裕的。冬眠的青蛙、蜥蜴、餓暈的老麻雀，常常成為他的一頓美餐。那種躲在地層深處的肥滾滾的大豆蟲，烤熟啦，吃起來滿嘴是油，能讓喉嚨裏噴香幾天。金元不再吃土啦，那東西拉不出來，又脹人，又墜肚子。他在田野裏轉悠了半天，就要走回村去啦。可是，他忽然發現，不遠處有個女孩子，正歪著頭，一動不動地坐在地上。他沒用多看，就知道她是餓壞啦。他走過去。他走近啦，那女孩子也沒有抬頭看他。

一團塵土，撲過來，把他卷住啦。塵土又撲向那女孩子。

塵土卷過去啦，金元認出這女孩子，竟是村長莊至行的女兒。他沒想到村長的女兒，也會餓成這個樣。「丫丫。」他叫了她一聲。丫丫仍舊沒有動靜。

金元從懷裏掏出一塊凍蔫的芋頭，放在她的身邊。他想，丫丫可能不吃他的東西。他打定主意，如果她不吃，他就再回來拿走。他走開啦。他走到一道溝渠的涵洞那兒，遠遠地往丫丫看。

丫丫開始時沒有動。又一團塵土，卷過去啦。丫丫騰地跳起來。她就像是在追逐那團塵土似的。彷彿塵土卷走了她最心愛的東西，她緊追個不停。但是，塵土忽然消失不見啦。丫丫還在跑。她跑得可夠快的。

村裏很多人，都看見丫丫一路跑來，飛也似的。這姑娘怎麼啦？人們都在暗暗發問。她都快把身子跑散啦。她要是跑散了身子，可就要了她大大的命。她大就她這一個寶貝閨女。

可是丫丫一轉身，就折向了一道巷子。沉睡在牆角的孩子們，也醒啦。他們看著丫丫大步從眼前一閃而過。丫丫在一個院子外面，放慢了腳步。她一推院門，就走了進去。

有一個人，正躺在乾燥的地上，燃著一堆碎柴火。碎柴火只冒煙，沒有火光。他的兩手，就伸在柴火上，被一股細細的煙霧繚繞著。丫丫看到他把煙霧吸到鼻子裏去啦。他坐了起來。

丫丫順手把一塊凍蔫的芋頭，給他擱在柴火上。她停都沒停，就走了出去。那人看清，她給他放的，是一塊芋頭，但他沒看清她是怎麼走開的。

院門重又關上啦，就像沒有人來過。他的肚子裏，突然襲來一陣劇痛。

64

丫丫回到家裏。她的弟兄們，也在院子裏坐著。她兩手空空地從他們身旁走過去。她來到自己的房間裏。她開始喘起氣來。她坐在了床上。她的腦子裏，嗡嗡地響。她沒留心她的弟兄們跟了過來。她的弟兄們，並沒有馬上說話。她的弟兄們，慢慢地調整著各自的姿勢。

「你去莊道濳家了嗎？」他們聲音很低地問她。

丫丫好像什麼也沒聽到。但她發覺了他們的目光。然後她才看見了他們。

「你去莊道濳家幹什麼啦？」他們又問，聲音仍是很低。

丫丫很納悶，弟兄們的消息會是如此的靈通。她不易覺察地點點頭。

「你給了他一塊芋頭。」他們說，「他又不是一個小孩子，他怎麼找不到一塊芋頭？你沒去咱娘的屋裏看看，咱娘也快餓得不行啦。」

這幾個男人很累。他們說著，就順勢坐在了妹妹的門檻上。

丫丫站了起來。她朝外走。可他們把她出去的路擋住啦。她從他們的頭上，透過門洞，看見了她的父親莊至行。

「殺羊。」她父親的聲音傳過來，低低的，但她能聽得見。「殺羊。」她父親又說。

弟兄們微微轉了一下臉。「誰又饞啦？」他們相互問道。

「反正不是大大。」一個兄弟說。

「那會是誰？」

「我口水出來啦，」一個兄弟說，「你瞧，快滴噠出來了吧。」他向哥哥張著嘴。他的嘴裏，是乾的。他還要讓哥哥看，有沒有口水往外滴噠。

丫丫說：「我要出去。」

他們又轉頭看妹妹。「你出去幹啥？」他們說，「越跑越餓。」

「我去把芋頭要回來。」丫丫低著頭有氣無力地說。

「你真傻。」他們說，「莊道潛餓成了一條狗，他把柴火都吃啦。我敢說，你剛一轉身，他就把那塊芋頭，整個吞下去啦。他這會兒，在打飽嗝呢。」

丫丫還要往外走。

「傻妹妹，」他們說，「聽我們的話，別去啦。他就是不吃，咱也不去要啦。」他們的臉色，忽然變啦。那最小的一個，竟然出了幾粒細細的汗，掛在臉上，像幾顆發亮的砂子。他們喘起來，急促地說，「別說話啦，別說話啦，說話費勁兒。」

他們不說話啦。他們坐在門檻上，一動不動。可是，他們父親疲憊的噝噝的聲音，又傳過來，「殺羊。」他們的父親，在院子裏轉著圈子。父親轉得並不快。父親的聲音，輕飄飄的。如果他不是他們的父親，他們聽他的聲音，是會笑出來的。看他的拖動腳步的樣子，也會讓他們笑出來。可是他是他們的父親，他們不想笑。

「殺羊。」

空氣裏，飄著父親虛弱的嗞嗞的聲音。

父親停下來，用一種陌生的目光，看著他的兒子們。他的兒子們，也在看他。

隔了一會兒，他的腿，像是軟啦。他慢慢地坐到了地上。他們相互望著，誰也不說話。他想，別看兒子們，都長得五大三粗，可是他們全沒用。他們不能為他解除憂愁。就是把刀子，放到他們手裏，他們也沒膽量走到根兒爺家去。他們根本沒膽量，走進根兒爺的羊群。光是羊兒們，就會把他們嚇怕的。羊兒叫一聲，就能讓他們嚇得尿褲子。他真有些為自己的兒子失望。他還能指望誰呢？再不把一隻肥羊送到塔鎮上去，住在塔鎮的那位農村調查員，就要發怒啦。農村調查員一發怒，明年連一天二大兩的芋頭粉，都沒核桃園的份兒。他前天到塔鎮的時候，農村調查員告訴他，年底，那二大兩芋頭粉，就能兌現。他有信心，再熬上仨月，可他沒信心，熬上一年。仨月零一天，他都沒信心。他想，農村調查員，到核桃園體察民情的時候，沒看見根兒爺的羊群，就好啦。

可是，那一天，根兒爺偏偏把羊群，趕到了他的跟前。羊群擋住了農村調查員的路，把他擠在中間，好長一陣子。他還以為農村調查員會生氣，不料，農村調查員當時根本沒把這當成一回事。過去一個多月啦，農村調查員，才突然向他提起根兒爺的羊群。農村調查員，把它稱作社會主義的繁榮景象。他說，誰別有用心地敗壞社會主義都不行。羊群，就是社會主義繁榮發展的鐵的證據。他就要弄一份鐵的證據，讓那些別有用心的人瞧瞧。丫丫的父親莊至行，有幾個膽子，敢私匿這種證據！而且，那也是事關核桃園每人每天的二大兩芋頭粉啊。

65

莊至行坐在院子裏的地上，愁眉不展。他坐在地上，不想起來啦。可是，天漸漸地黑了下來。一大片陰影，從村西，不可阻擋地蔓延到他的頭上。

「村長。」他聽見有人在叫他，那聲音，就像是暮色帶來的。他定定神，看見了一個小夥兒已站到自己跟前啦。他想趕快爬起來，可他的手腕一軟，他又坐在那兒啦。

「鐮兒。」他感到很不好意思。小夥兒向他伸出了手，他猶豫了一下，才把手交給他。他被小夥兒拉了起來。「鐮兒。」他又說。

那小夥子扶著他。兩人一起走到屋子裏去。「鐮兒來啦。」他衝著里間的黑影，說了一句。里間就發出了一個女人的嗚嗚的聲音，那就是對小夥子的招呼啦。

「殺羊。」他在幽暗的屋子裏，脫口而出。他坐在對著屋門的一張椅子上。被他叫做鐮兒的小夥子，站在他的一旁。

小夥子的臉，隱在陰影裏。不一會兒，屋子裏就漆黑一片啦。他看到村長莊至行黑呼呼的。他站在那裏，也是黑呼呼的。

「殺羊。」莊至行嘆了一口氣，又一次不由自主地說。

小夥子短促地一笑。「村長，」他說，「我去殺。」

莊至行沒出聲。他向上看小夥子的臉，可他看到的，只是黑呼呼的一個影子。

「讓我去殺好啦。」小夥子說，「那不就是『嗤』一聲麼？要把刀子磨快些。」

莊至行就像看清了他的臉一樣。他想說什麼，可沒說出來。他離開椅子，走到一個牆洞那兒，摸索了一陣。小夥子的眼，被一道雪亮的光，刺了一下。莊至行拿出的，是一把刀子。他把刀子交到小夥子的手上。他還要再說什麼。他可能是想讓自己更加鄭重一些，可是小夥子像拿一件很平常的東西一樣，把刀子接過去啦。他又短促地笑了一聲。他沒有停留。他走了出去。

小夥子來到寂靜的院子裏。他把刀子揣在懷裏，停了一會兒，就朝ㄚㄚ的屋子走。他還沒走到那兒，就發現門檻上坐著的那三兄弟。他不由得停下來，想轉身回去，但他走近啦。三兄弟沒有跟他打招呼。

「ㄚㄚ，」他在門外說，「ㄚㄚ在嗎？」雖然沒人回答他，他卻並沒有覺得有什麼尷尬。他不知道自己的眼神，總是在必要的時候那麼好使。他看見了ㄚㄚ，而且使ㄚㄚ看見了他。ㄚㄚ沒有從他的銳利的視線中躲開。她垂著頭。

「你們別擋著我的路啦，」小夥子對那三兄弟說，「我在這屋裏住過不少年。你們擋著幹什麼？」三兄弟不好不講話啦。「我們很累。」他們說。他們訕訕地朝他笑了一笑。

「很累？」小夥子說，「那就不如上床去躺著。全村的人都躺下啦，你們卻還在門檻上坐著。」

「你懷裏裝的是什麼？」三兄弟之一問道。

「一把刀子。」

「老大，你真會開玩笑，你拿刀子幹什麼？你到我妹妹的屋裏來，還用拿著刀子？」村裏同輩份的人，都管他叫老大，好像他本來就叫這個名字似的。

「我拿刀子準備殺羊。」老大說，「我是替你父親殺羊。」

「替我父親殺羊？」他們不解，「替我父親殺什麼羊？我們要是有羊就好啦。」

「你們當然沒有羊。」老大說，「我要去殺根兒爺的羊。村子裏誰都知道啦，你父親要殺根兒爺的羊。」

「可是村子裏沒誰敢殺他的羊，也沒誰敢剪他的辮子。」他們肯定地說，「那在吹大話。你吹吧，反正吹大話也不向誰交錢。」

「我沒吹大話。」老大說。

「還沒吹。」他們捂住嘴，嗤嗤地笑了起來。他們把手拿開。「說話費勁兒，我們不說話啦。」

他們就真的不說話啦。他們稍微朝門框兩旁閃了閃。

「丫丫，」老大說，「你跟我去看殺羊吧。」

丫丫不吭聲。她被黑暗包圍著。老大的身影，融到屋裏的黑暗中啦。她就被黑暗緊緊地包圍著。她被包得很緊。黑暗好像是一種窒人的氣息，她喘不過氣來啦。

「你不跟我去看殺羊是吧。」老大從黑暗裏發出聲音，「你不跟我去看殺羊我就去叫道潛。道潛會跟我去的。我會把刀子交給他。」

丫丫只能看到黑暗。門洞也是黑的啦。

「我的小床呢？」老大說，「你們把我的小床弄哪兒去啦？」

沒有誰吭聲，黑暗裏只有微弱的喘息。

6

老大走出屋子。他來到冷呵呵的、死寂的街頭。他沒有到自己家裏去。家裏的那口土屋，是他父親給他留下的。他一個人生活在那裏。他果真去找莊道潛啦。但是他又是一個人出來的。他站在街頭，他聽見金元正在某個地方，低低地，拖長了聲音，唱歌。

他倚在一堵牆上，細聽了一會兒。

金元已經不像在歌唱啦。他像在不停嘆氣，而且是在遙遠的另一個世界裏。那種輕輕的嘆氣聲，就像一片黑色的大水一樣，持續地往四周蔓延著，以浩大之勢，很快將悄無聲息的村子，深深地淹沒住。

67

羊群躺臥在院子裏，就像一堆飄落在夜色中的灰白的棉絮。

有兩個人影，從街上的黑暗裏，出現啦。他們來到院門外面，什麼聲音也沒有似的，走了進來。如果後面的那個人，不轉動方向，根兒爺就看不見他懷裏的那一道閃光。根兒爺躺在羊群裏。他昏昏地睡著，但他是年老的人，即使昏睡著，也好像坐在那裏，進行他那不為人知的、漫長的回憶。但他什麼也沒想。他肚子裏的陣陣絞痛，使他仍有一束目光，從那鬆弛的眼角流露出來。他看到了那兩個人，也斷定他們不是來偷羊的。他的羊群，早在幾天前，就莫名其妙地少了一隻。他睡在羊群裏，也是為了以防萬一。

「根兒爺。」走在前面的一個人，在叫他。羊群並沒有受到他們的驚動，它們躺臥著。有一隻羊，在吃他的頭髮。

「你們來幹什麼？」根兒爺望著他們。「你們不是來殺我的羊的吧。」

「根兒爺，」那個人又叫他，「我給你帶來了吃的。」他掏出一塊黑東西。那東西散發著稗子面的香味。他的肚子裏，一陣絞動。

「沒人敢殺我的羊。」根兒爺仍舊喃喃地說，「莊至行想毀了核桃林，我老根不點頭，他也不敢。建那麼大的打麥場，有什麼用，還不是閑在那裏？他竟記恨起我來。要殺我的羊，他還是不是核桃園的人！他要是不姓莊啦，我就讓他殺。鐮兒，你是他派來殺我的羊的吧。我勸你還是回去，告訴他，只要他說了他不是人，就什麼都好辦。」

老大把那塊稗子面窩頭，塞到他手裏。「你先把它吃啦。」老大說。

根兒爺拿著窩頭，剛送到嘴邊上，又停下啦。「你是來殺我的羊的吧。」他抬起臉又問。「你要是來殺我的羊，我就讓人，把你趕出去。你再回不到核桃園村裏來。」

老大沒有馬上說話。他聽到了根兒爺身上顫抖的聲音。「是的。」他點點頭。

根兒爺身上顫抖的聲音，止息啦。他想把手舉起來，可是他沒有更多的力氣。他舉手是想把窩頭朝老大砸過去的。他沒有砸。陡然間，他低下了花白的頭，俯在窩頭上，狼吞虎嚥地吃起來。粗礪的稗子面窩頭，像木棍一樣地塞入喉嚨裏，竟給他帶來了一陣非常美妙的、充實的感覺。窩頭一眨眼就下去啦。他滿足地、大口大口地喘息著。

「殺羊吧。」他看著老大的那位持刀的助手。「殺吧。」他指指自己的胸口，「就殺緊靠我後背的那一隻。」

「別耽擱啦，根兒爺。」老大說。

「我沒有耽擱，殺吧。」

「村裏人誰也熬不過年底。半個月都熬不啦。」老大說，「小孩子都不哭啦，眼睛直勾勾的。」

「你讓八子來，你不敢是不是？」根兒爺朝老大的助手說，「八子，我敢打賭你殺不死羊。你還不到殺羊的年齡。你嘴上剛長了一撮茸毛。你看我，全都是白的。」他托著自己的鬍子，又強調一句，「白的。」

「根兒爺！」

「住嘴！」

羊群站起來啦。

「世道真是變啦！」根兒爺說，「鐮兒，你敢帶著人來殺我的羊。」他抱著一隻羊。他在發抖。他轉向莊老八，「八子也只聽他的。八子，我看出來，他要是讓你殺了你的大大，你也是肯的。」

莊老八的手，快要拿不住刀子啦。

「鐮兒，你最好換一個人來，他快不行啦。」

「根兒爺！」

「你去叫他大，我要看看他和他大是不是一路貨。」

刀子啪噠一聲，掉在了地上。羊群開始驚慌地叫啦。老大彎下腰，從地上拾起那把刀子。刀子上的亮光，一閃。他聽到了，亮光飛動的聲音。

根兒爺伏在那只羊身上。「他大大也不敢，他大大就是再生八個兒子也是白搭。」他嘴裏嗚嗚地說，他快要說不清話啦。「核桃園只有一個人有這膽量。」他抬起頭來，看著老大。老大手持刀子，站在他的眼前，沒有動彈。他融入黑暗中啦。

可是根兒爺突然抽泣起來。他伏在羊的背上，一個勁兒地抽泣著。

過了一會兒，老大伸出一隻手，把他拉起來，扶著他往屋裏走。老大的另一隻手裏，還拿著刀子，臨進門的時候，才把刀子，丟在了院子裏的地上。

「殺吧。」他回頭朝莊老八小聲嘟噥了一句。他和根兒爺，進屋裏去啦。根兒爺抽泣個不停。但是院子裏，久久沒有動靜。到院子裏有動靜的時候，差不多是在後半夜啦。那是莊老八在朝院子外面走。老大離開根兒爺的身邊，他站到屋門口。他看到那把刀子還插在地上。有一線亮光，直直地射到沉沉的空中去，像是在夜色裏劃了一道狹窄的縫隙。他往門口一站，莊老八就停下了腳步。羊群朝他咩了一聲。他顯然是猶豫了一下，他慢慢地返身回來。老大退到根兒爺身邊去啦。接著，院子裏傳出了一陣騷動聲。羊群在奔跑，莊老八在羊群裏奔跑。羊在驚懼不安地叫喚。根兒爺身上開始抖啦，老大覺得他就要坐不住啦。

一隻羊，在驚懼地叫喚。根兒爺抓住老大的胳膊，他站了起來。他走到了門口。他看到羊群，都躲到了院子的一角。有一隻羊。在地上打滾。有一個黑影。在那只羊的周圍跳躍著。刀子的亮光。舞作一團。

那只羊突然爬了起來。它奔向羊群。可是它又跌倒啦。亮光在它身上舞作一團。它悽慘地號叫著。它跳起來啦。它跳到了空中。夜色也在舞動，含著刀子的亮光，和那只受傷的羊的灰白的身影。

根兒爺向屋裏轉過頭去。「八子。」他低低地叫了一聲。

莊老八撲到那只羊上啦，但是羊又掙脫了他的手。羊跳躍著，號叫著。莊老八再次撲到了它的身上。它倒在了地上。莊老八揮動著手臂。手中的刀子，閃爍著朝它刺去。那道亮光，竟然像一根繩子，將羊兒高高地吊了起來。羊兒懸在莊老八的眼前。莊老八手中的刀子，啪噠一聲，掉在了地上，可是那羊兒依舊在空中懸著。它保持著站立的姿勢，發出了一聲悠揚的長鳴。它把整個村莊，都從睡夢中喚醒啦。莊老八眼睜睜地看著它，越升越高，並射出一團奪目的光輝。莊老八伏在地上，號啕大哭起來。

很多人都趕來啦，他們看見莊老八還在伏地痛哭。那只羊，血淋淋地躺在根兒爺的院子中央，四肢已經僵硬啦。

68

晨曦初露的時候，根兒爺和老大一起走出了村子。跟在他們身後的，是一個推著獨輪車的小夥子。他們不時地往後看看，叮囑小夥子走好，因為小夥子有些失神的目光，讓他們很不放心。小夥子身上還有不少血跡。

「八子，別忘了朝前看。」根兒爺一路上沒少這樣叮囑他。可是小夥子仍舊不能把目光抬得更高一些。獨輪車喑啞地響著，他們走得並不快。灰黯的光線，漸漸明亮啦。他們沒有感到一絲的暖意，只是走路讓他們的腳底有些熱了起來。

「八子，朝前看。」根兒爺又叮囑了一聲。

莊老八機械地挪動著步子，好像不是他推著車子在走，而是車子拉著他，使他不能停步似的。隨著光線的加強，隱藏在大地上各個角落的灰黯，已經被稀釋，而至於消失乾淨啦。莊老八的臉色，也好看了一些，但那上面的點點血跡，比剛才更加清晰可見啦。與其說那是血跡，不如說是一些發紅的黑痂。他的纏結在一起的頭髮，因沾了血，而變得又硬又直，凜冽的空氣，一挨到它，就幾乎被割出了布匹扯裂一般的聲音。

他們順順當當地經過了第一個村莊。第二個村莊，早已得到了他們即將經過的消息。很多人站在路口，向白髮蒼蒼的根兒爺，表示敬意。根兒爺只得停下來，跟村裏的主事人寒暄幾句。第三、第四個村莊也是如此。這無疑耽誤了他們到達塔鎮的時間。塔鎮近在眼前的時候，差不多已是中午啦。獨輪車上放著的死羊，幾乎被顛簸得散了架。他們停下來，把羊頭重新擺放端正，又塞好了掀開一角的羊皮。

塔鎮有一條長長的街道。鎮上的人家，無一不把大門打開，像是迎接根兒爺的到來。還有不少人躺臥在街上。他們用手撐起身子，目送根兒爺從自己的身邊走過。

「老鄉，」根兒爺一邊走，一邊向街道兩旁的人拱手，「我們要找調查員，誰告訴我們怎麼走？」

那些熱心的人，掙扎著站起來，朝前指著，「瞧見那座大房子了吧。」

根兒爺搭起眼罩。「瞧見啦，」他說，「那不是塔鎮大商店麼？我在那裏買過一塊胰子呢。想想可是兩年前的事啦。」

「您老兩年多不來，身子骨可硬朗？」

「托您的福，還算硬朗。」根兒爺自豪地說，「我走了這十五里路，都沒歇一口氣。昨晚上我才吃了一塊稗子面窩頭，就讓我有了這麼多的力氣。」

「稗子面怪好吃。」他們不由得嚥著口水。

「香哩。」根兒爺說，指指一言不發的老大，「是鐮兒省給我的。」

他們便一起對老大投去讚賞的目光。

根兒爺帶著兩位年輕人，繼續往前走。塔鎮的人，在他們後面說：

「記住嘍，認準那座大房子。到那裏一拐，就是調查員的辦公室。」

「留步留步。」

「根兒爺，我看你這羊夠瘦的，你還是回去換一隻吧。」他們好像是剛剛發現，獨輪車上的那隻死羊。可是根兒爺不想解釋。他和兩個年輕人，一直往那座大房子走去啦。

根兒爺在大房子的臺階前，朝裏望瞭望。裏面只有幾架空空如也的櫃檯，可是，仍舊有一縷淡淡的甜點的味道，飄了出來。

他們從大房子一旁拐過去，就進了一個十分寬闊的院子。還沒問人哪是農村調查員的辦公室，就有人捂著肚子跑過來，指著一間房子說：「您伸伸頭，就可以看見他啦。」

獨輪車吱吱哇哇。莊老八放下獨輪車。他們把不少人都從房間裏吸引出來。「出什麼事啦？出什麼事啦？」人們相互打問著。莊老八古怪的模樣，增加了他們的疑問。

根兒爺記不住誰是從農村調查員的辦公室出來的。他在核桃園趕著羊群遇上他時，也並沒多加留心。根兒爺心裏暗暗判斷著。

也有人是見過根兒爺的，就悄悄跟別人說：

「瞧這老頭，是核桃園村的吧。」

根兒爺聽見啦。「不錯，各位老少爺們兒。」他含笑說，「有勞哪位告訴咱，誰是農村調查員。多謝啦多謝啦。」

人們不吭氣啦。過了一會兒，人們就不由得向兩旁閃開，剩下一個人侷促地站在那裏。那是一個深眼窩闊嘴巴的男人，個子很高，但是雙腿短了些，看上去就像只有軀幹似的。

根兒爺屈了屈腰，含笑說：

「調查員，您要的羊我給您送來啦。」

那男人，一時間，臉色不是臉色。他努力鎮定下來，一揮手，嚴厲地說：

「胡鬧！這可是一級政府機關。快給我走開！」

根兒爺仍舊含笑說：

「調查員，這是您要的羊。」

他可不管那男人怎麼樣，示意了一下，老大一伸手，就把獨輪車上的羊皮揭開啦，露出了一副完整的光溜溜的骨架。

圍觀的人，全都睜大了驚奇的眼睛。莊老八和老大，在眾目睽睽之下，把羊架和羊頭，小心翼翼地從獨輪車上抬下來，放在了農村調查員的腳邊。還沒等他反應過來，根兒爺向莊老八一擺手，莊老八就推起車子從院子裏離開啦。莊老八的情緒好多啦，他也被眼前發生的事搞得非常興奮。剛拐過塔鎮大商店，他們就聽見背後一陣笑鬧聲，轟地傳了過來。

69

老大沒跟根兒爺一塊回去。他們走出塔鎮不遠，莊老八就把身上的血痂，一把一把地抓下來。老大讓他用獨輪車推著根兒爺，自己就轉向了另一條路。根兒爺在他背後叮囑他，不要忘了回核桃園喝羊肉湯。他沒告訴根兒爺自己去哪裏，他答應著，走遠啦。

塔鎮往東五里，有個村子叫牛王廟。那裏有老大前年趕廟會時，認識的一個女人。這個女人單名叫麥。老大今天就是要去看望她的。麥是她家裏的獨生女兒。那父母早在一年前，就盼著老大把女兒娶過去啦，但老大當時剛剛十八歲，雖然是一個人過活，卻沒想過馬上娶妻。通過多次的接觸，那父母已知道，老大是一個志向高遠的青年，也就不再拿那種事煩問他啦。在這饑饉的年月，要是再向老大提起婚事，就很容易顯得像是給他增加難處。一家三口人，餓得眼都綠啦，卻還是歡歡喜喜地接待了他。她們虛弱的樣子，讓他看了很難過。

當他從牛王廟趕回來的時候，整個核桃園村裏，溢滿了羊肉湯的香味。他沿著空無一人的巷子，來到家裏，就沉沉地躺在了床上。不知過了多久，他醒來啦。屋子裏站著一個人影。他認出，她是根兒爺的大兒媳婦。他從床上坐了起來。那媳婦子，就把手裏的一碗羊肉湯，放在了他的窗臺上。他腦子裏昏昏的，也沒聽清媳婦子說了什麼。她走開啦。

70

那碗羊肉湯，是根兒爺讓大兒媳給他送來的。其實他一進村就有人看見了他。這一天，全村的人，都在根兒爺家的院子裏，喝到了一碗稀稀拉拉的羊肉湯。熬湯用的是一口大鐵鍋。那鍋本來是村裏過年殺年豬時，用來燙豬的。羊肉在根兒爺和莊老八從塔鎮回來的時候，已被幾個女人切得粉碎啦。根兒爺一到家，火就生了起來。有人不知從哪裏弄來了一布兜乾枯的槐樹葉，也放進了鍋裏。全村的人，都湧來啦。院子裏站不下，就站在了外面。湯熬好啦，每人分到了一碗，雖然稀了些，照得出人影，但那湯水噴噴香，把多日的饑餓感，在一瞬間都給驅散啦，彷彿香氣也能吃到嘴裏，被人細細地嚼上一陣的。全村老老少少，三百多口，也只能這樣啦。全村人在根兒爺的院子內外，吃得呼嚕呼嚕響。根兒爺看到眼裏，比那羊兒還活著都高興。當然第一碗是盛給他的，那也許是最稠的一碗啦。

71

隔了一天，根兒爺又讓人宰了一隻羊，同樣是採用老大的辦法，把羊皮剝下來，剔出骨架，裹好啦，再安上死羊頭，送到塔鎮上去。這樣如法炮製了一個月，根兒爺的羊群，一隻也不剩啦。第一次送羊之後，根兒爺就沒再去。很多男人，都被這件事搞得興奮起來。他們爭相自告奮勇送羊，就連從不喜歡出頭露面的莊道潛，也送過一次。他們開始時還是把裹著羊皮的骨頭，從獨輪車上，搬到那位倒黴的農村調查員的辦公室門口，後來就乾脆往院子裏的地上一丟了事。

莊至行一直沒有意識到這件事的嚴重性，卸下一樁心事，他也就不再愁眉苦臉的啦。他跟別的村裏人一樣，一心面對著饑餓，並期盼著根兒爺家熬煮羊肉湯的激動人心的日子。誰也沒想到，那樣的日子，竟會不再有啦。

72

可是，村裏突然來了一位新的調查員。那時候，很多人，又一聲不吭地躺臥在街上。莊至行直不起腰來。他捂著肚子，陪調查員在村裏走了不到兩條巷子，就坐在了地上。

「抱歉。」他臉上冒著虛汗說，「抱歉。」

調查員懷疑地望著他。「你是消化不良吧。」

「就好就好。」他回答說。

調查員很有耐心地等了他一陣。他果真好了些，就扶著身旁的一面土牆，彎腰站了起來。他扶著牆。往年牆上長的一排仙人掌，不見啦。他記得牆上是有一排肥大的仙人掌的。他指著牆後一戶人家。調查員朝那戶人家的院子裏看了看。有個穿紅棉襖的女人，正坐在低低的門檻上。女人垂著頭，頭上亂蓬蓬的，像是睡著啦。

「她就是莊二混剛娶的媳婦，」莊至行說，「是霍古市村霍老五家的小閨女兒。」

調查員沒把目光從那新媳婦的身上拿開。他忽然發現，她猛地搐動了一下，就像他的目光刺著了她一樣。「欣欣向榮。」他嘴裏小聲嘀咕著，又看一看臉色蠟黃的莊至行，補充道，「好啊——大好！」

「前面還有一家，」莊至行說，「那媳婦有點殘疾，玻璃眼，也不算有大妨礙。」

「大好。」

「娶媳婦的，可都是些老光棍兒哩。」

「好啊。」調查員又說了一句，聲音輕飄飄的。「鐵樹開花，枯木發芽。」

他們往前走。可是他們聽到莊二混的新媳婦嘔吐了起來。他們會意地相對一笑。「要麼是社會主義新一代正在孕育之中，要麼是羊肉吃多啦。」調查員非常風趣地說。調查員笑出聲來。他們沒到另一家去看人家新娶的媳婦。他們在朝根兒爺家裏走。可是，莊至行又捂著肚子坐在了地上。他也乾嘔了起來。調查員這回沒開他的玩笑。他嘔了一陣，就抬起頭來，調查員看到他的嘴角，流出了一道黃綠色的黏黏的液體。

「調查員。」他無力地呻喚了一聲。

調查員不知道他想說什麼。他看著他。可是，他又什麼也不說啦。他靠在身旁的一棵扒光了皮的榆樹上，氣喘吁吁。調查員順著樹幹往上看去，一直到高高的枝杈那兒，都沒有一寸皮。榆樹光溜溜的。

「這是羊啃的吧。」他歪著腦袋，看著榆樹說道。

「羊啃……」莊至行氣息微微，「誰說不是呢？」

調查員還要往前走。

「調查員……」莊至行再次呻喚道。

調查員停下來，回頭看著他。他幾乎是倒在了那棵榆樹上。

「我聽見，羊在叫。」他喘息著，斷斷續續地說，「羊在，吃草，羊在跑。我，聽見啦。羊在生，小羊。小羊，在長大。」

他的樣子，果真像在傾聽。調查員一時間也聽到了，眾多的羊群，在原野上奔跑的聲音。羊群，把整個原野都蓋滿啦。羊群奔跑的聲音，是如此的浩大。村子都像在聲音中，漂浮了起來。村子像一隻被風從榆樹上吹落的、乾燥的、半透明的榆錢子，漂浮著，漂浮著，不知所終。

73

那位農村調查員，後來也沒到根兒爺的家中去。但他的確聽到了，很多的羊在叫。羊的叫聲，像潮水一樣，在他離開村子的時候，響個不停。他走了很遠，還能聽得到。他被這種聲音鼓舞著，眼前就幾乎看到了一支巨大的羊群的影子。羊群擠滿了大地，又迅速地佔據了更為寬廣的天空，就像一片片熠熠閃光的白雲。

74

在這一年即將結束時，核桃園如數從塔鎮領到了每人每天的二大兩芋頭粉。因為有消息說，萊河左岸的張王樓村，發生了一起活人不幸被芋頭粉撐死的事件，核桃園也便早準備好了一間大糧倉，由人專管分發，每人只能領到一天的份額。為了把自己的那一份節省下來，餘給家裏人，很多男人都報名參加了圍湖隊，前去幾十裏外的微山湖畔，加築堤壩。

在那裏，能吃到八大兩的雜合面，另加兩根胡蘿蔔。

75

一個月後，男人們回家過年。村裏新娶的媳婦，待在娘家，再不願回來啦。那幾位丈夫，各自前去叫了好多趟，每次都是隻身而回。媳婦們見了自己的丈夫，就像見了強盜，不是躲就是藏，比較明曉事理的父母，要是勸兩句，那就是一番無止無休的號啕。核桃園很多人，都為這些可憐的剛當上丈夫不久的男人發愁，去跟根兒爺說啦，根兒爺不聽則罷，一聽就想親自出馬。

「羊肉湯可不能白喝。」誰都這麼說。

根兒爺吩咐道：

「再去看看，告訴她們，她們可是喝了羊肉湯的。」

丈夫們有了底氣，仰著頭，來到光想沾便宜的岳丈家裏。他們把根兒爺教給他們的話說啦。岳丈們倒是沒什麼可說，媳婦們在裏間隔著簾子開口啦。「俺可是只喝過三碗，還光聞得見膻味兒，連個羊肉絲絲都用筷子挑不出來，湯清得照出人臉哩。」她們無限委屈地說。當然，也有說只喝過一碗兩碗的。丈夫們雖然也覺得有些慚愧，但仍強打精神說，一碗是喝，兩碗是喝，就是喝一口也是喝哩。媳婦們沒聽他們說完，就已經哭罵開啦。「核桃園在糟踐人哩。」她們說，「說是天天都能吃上羊肉，騙到那裏又不吃啦。誰吃他一碗羊肉，就甘心跟他當老婆，誰就是賤貨。你當我是賤貨，小心我跟你拚命！」

丈夫們好不容易攢起的底氣，在女人的哭罵聲中已經洩啦。他們慢慢往門外退去，口裏說著，「看看，看看，怎麼能說到賤貨不賤貨上去？」他們退到門外，也不再耽擱，一溜兒小跑地出了村子。

根兒爺已經不再對那些媳婦子抱有幻想啦。「反了她們啦！」他說。他扎好了長長的棉布腰帶。一位丈夫，早把獨輪車備好啦。但是，還沒出村，就見一家的岳丈，遠遠地將女兒送了來。等他們近啦，那丈夫見果真是自己的妻子。一問，才知道岳丈村裏的當家人，在他離開後來到了岳丈家裏。他是得知根兒爺有話了才來的。岳丈也是要在村裏過活為人的，他可不敢讓人在背後戳脊樑骨。

根兒爺為他找了個臺階。「沒啥，閨女想在娘家多住，也是有的。」他樂呵呵地說。

媳婦子的大大臉上，已經舒展開啦。「你要給你娘爭氣。」他扭頭教誨著自己的女兒。

他不準備進村去啦，根兒爺挽留了一陣，他還是回頭走啦。

其他的幾個媳婦子，也陸續被送到了她們的丈夫身邊。

76

在村裏不斷宰羊的那些日子裏，老大也動了把麥迎娶過來的念頭。但這件事不可能是他一個人決定啦，就一切妥當的。他有必要讓另外一些人知道。因為他沒有父母，是莊至行把他給撫養大的，即使是表示一下尊重，也應該先去告訴他一聲。可是，在他走出家門以後，他忽然又改變了主意。他來到了莊道潛的家裏。

莊道潛躺在一堆柴草上，看見老大來啦，就往旁邊挪動了一下。老大坐在他的身邊，久久沒有出聲。柴草裏，有不少的又細又短的樹枝。莊道潛撿出了一根，放進了嘴裏，用牙齒輕輕地磨擦著。他再把樹枝拿出來的時候，樹枝就只剩下中間那條堅韌的木質啦。木質上留著淺淺的牙齒印。

老大坐在他的身邊，可是老大顯得那麼孤獨，彷彿與他相距百八十里不止。

莊道潛繼續咬著從柴草裏撿出的小樹枝，老大卻忽然打破了沉默。

「道潛，你知道我在想啥麼？」老大問他。

莊道潛看了他一眼。嘴裏的樹枝，有股子苦味，可能是楝子樹的枝條。

老大又問了他一句。

莊道潛用舌頭，推出口裏的樹枝。老大以為他不會開口的。他覺得莊道潛不應該總是很冷漠地對待他。他感到有些傷心，可是莊道潛開口啦。

「你問我麼？」他說，「我知道你在想怎麼樣能當上村長。」

「你說什麼呢，道潛？」

「可是塔鎮對你不放心，」莊道潛說，「你讓他們害怕你啦。」

「別說啦，道潛。」老大有些發急地阻止他。

莊道潛不吭聲啦，在他的嘴角上卻有一絲不易讓人察覺的笑意。

過了一陣，老大才接著說：

「我想娶親啦。」

「你娶親？」莊道潛竟不由得感到緊張起來，「你娶誰？」

「這你不用管啦。」老大說，「我就是想娶媳婦。」

「你見那幾個光棍娶親了就想跟著湊熱鬧，」莊道潛說，「可你才十九歲。」

「我說你別管，你就別管！」老大加重語氣說，「他們娶他們的，我娶我的。」

「你可以娶到的。」莊道潛說，「這年月，別說端著碗羊肉湯給人家姑娘喝，就是拿一塊芋頭也可以換個媳婦。」

老大從他的話中聽出了一種譏諷的意味。「可是，」老大說，「我要是不從外村娶呢？我就從核桃園娶一個，怎麼樣？」

莊道潛訕訕地一笑。「你操著玩兒唄。」

老大真的感到很傷心。他從莊道潛的身邊，站起來。

「我現在告訴你，我不是『操著玩兒』。」他說，「我想『操著玩兒』可用不著誰來提個醒兒。我就是要從核桃園娶一個試試。」

他走開啦。是莊道潛，讓他感到傷心。

老大每次想把他當作朋友，他都要流露出一種深深的、近乎本能的敵視。老大鬧不清楚，這是為什麼。他倆的分歧，就像從一棵樹上長出的兩道粗杈，一旦長出，就別想再長到一起。老大急沖沖地離開了莊道潛家的院子。

77

不知不覺地，天已經黑啦。老大只顧往前走，沒看見丫丫從前面走了過來。丫丫一發現他，就停下腳步。在她想往一旁躲的時候，反而驚動了老大。老大向暮色裏吐了口氣。「丫丫，你是要找莊道潛吧。」他不懷好意地似的說，「你別找他啦，他年輕輕的就死啦。你別指望他會讓你暖和過來。他沒出娘胎的時候，手腳就冰涼啦。」

丫丫轉身就走。她低著頭走在老大的前面。「哪有紅口白牙咒人的？」老大聽見她一個勁兒地說，「咒人是要折壽的。」

「我說實話就是咒人麼？」老大說，「我即使咒人又怎麼著？我要活那麼大歲數幹啥？我還沒見過活不夠的人哪。」

兩人走得都很急促。

「我看你早活夠啦。」丫丫說，「你還想讓別的人也活夠。」她的腳步，凌亂起來。她跑起來啦。老大也跑起來啦。

老大追上她，抓住了她的胳膊。她拚命掙脫著。顯然老大手上的勁兒太大啦，她的掙脫絲毫無用。但她猛地轉過頭來，憤怒地瞪視著他。從她眼裏噴射出來的，是那種黑色的怒火。要是換了另一人，就會在這怒火之中畏縮，但是她面對的，是像鋼鐵一樣的、堅硬的老大。他有著任何東西都無法摧垮的、結結實實的身板，和比烈火還要熾熱的意志。她很快就意識到自己的怒火，是毫無用處的啦。她抖動了起來。

「我求你啦，老大。」她說，「求你放開我。」

她快要哭出聲來啦。她忽然覺得，如果不是老大在抓著她，她是會癱倒在街上的。

「你為什麼要怕我？」老大壓低聲音。黑沉沉的臉孔，幾乎逼在丫丫的眼上。

丫丫抖動著。她知道掙脫是沒有用的，但她還是用哽咽的聲音說出來，「你別問我，我從小就怕你，從你來到我家的那天起。」

「那已經是十年前的事了是不是？」

「一點不差。」丫丫向後彎曲著身子，「我的弟兄們也怕你，我家的人全都怕你。」

老大賞玩著她的恐懼。「你大大也怕我嗎？」

「我大大？」

「你大大要是怕我，就不該把我收留在自己家裏。」老大說，「我當時是要像金元一樣，做一個乞丐的。是他，讓我成了現在這樣的人。」

「我不知道他——」丫丫說，「別人會看見我們的。別人會說閑話。」她慢慢地往地上縮下去。老大覺得抓在自己手裏的，不是一個人，而是一團輕飄飄的棉花。他放開了手。

但是出乎他的意料，丫丫剛一蹲在地上，就像踩了彈簧一樣，騰地跳了起來。她以老大不敢想像的速度，從他身旁，跑開啦，很快就跑到了巷子的拐角。老大沒有去追她。他在聽不到她的腳步聲時，才開始慢慢往前走。他沿著丫丫跑去的方向走去，可是寂靜的村子，沒法使人相信，剛剛有一個受驚的女人，從街上跑過。他來到莊至行家的院門外，朝院子裏看了看。院子也是靜悄悄的，也是黑呼呼的。他走了進去，影影綽綽地看見莊至行，坐在正屋門口的椅子上。他真鬧不清楚，村裏的大部分男人，在家裏，除了坐著，還會幹些什麼。像他這樣，還能在村子裏四處走走的人，可不多。

老大在莊至行的面前，已經打消了要告訴他，自己準備娶親的念頭。

78

核桃園圍湖隊，在微山湖畔，待了將近一個半月。老大回來後，又去了一趟牛王廟，發現麥一家人，氣色還算不錯。他已經不再考慮近期結婚啦。這倒不是他還沒過夠一個人的日子，而是另有打算。

饑饉漸漸過去，鄉村彷彿是一具激素分泌旺盛的人體，時時散發著躁動不安的氣息。人們經常看到成群結隊的小夥子，挨村亂竄，不是隨手向誰家空空的豬舍裏丟塊瓦片，就是拿塊坷垃，去嚇唬在街上扎堆玩的孩子們，引得村子裏的人一見他們從村頭走進來的影子，就齊聲喊打。他們只得整天整天地待在發酵似的田野裏，像脫韁的驚馬一樣不停奔跑。也有小夥子突然停了下來，全身像觸電似的發出一陣劇烈的顫抖。緊接著，昂奮的神情消失啦，臉上呈現出一種鬆弛的愜意的表情。他會立刻遭到同伴的調笑，而且還會被他們不由分說地拉掉褲子。田野裏坦坦蕩蕩的。小夥子沒有忙著再把褲子提上，他們把臉湊在那兒，幫他弄掉了沾在褲子上的一攤黏液。他們像幹一件很神聖的事情似的。恢復元氣的土地，滋滋地歡快地接納了這攤依舊蘊含著年輕人體溫的黏液。

不久之後，那些能言善辯的媒婆，梳著光光的頭，開始一撥一撥地往每個村裏湧來。她們把小夥子們蠱惑得暈頭轉向，對她們言聽計從。人們看見她們，不斷地把一些羞澀的小夥子，帶出村子，慢慢走到萬物復甦的田野上。小夥子含羞的神情，使他們的父母很不放心。如果他在人家姑娘面前，還是這個樣，那就不能很好地相看一下。每個當父母的人，都希望自己兒子帶回家的女人，又周整又大方。媒婆的一面之辭，是聽不得的。

田野上，分布著很多往年看莊稼的小屋或窩棚。在饑饉的日子裏，這些破敗的小屋和窩棚，成了那些沿村乞討的異鄉人遮風擋雨的棲息地，而現在，有不少血氣方剛的小夥子，在那裏失去了童身。

但是媒婆仍然不能沒有，只是人們一見那種眉眼之間風風流流的，就很有些信不過。核桃園做得乾脆利落。根兒爺帶著七八個強壯的中年漢子，用了整整一天的時間，把村子周圍本村地界的那些小屋和窩棚，全都拆掉啦。幹那種事，總得要有個擋眼的地方吧。要是他們真的想學發情的狗，在任何一個地方苟且，那誰也沒辦法。

79

村子裏喜氣洋洋的。一時間，娶的嫁的，絡繹不絕。到了這年的年底，老大二十二歲啦。他長得更加高大啦，看上去也更冷峻。沒有人給他提親，他一個人孤獨地生活在他的土屋裏，正像丫丫說的那樣，很多人都怕他。那些風騷的媒婆子，連想都不敢想打他的主意。有時候，他會有很多天，都不從家裏走出來，見了人，也好像不大願意說話。

「你是村長，」根兒爺找到莊至行，鄭重地說，「你得管管，得想法給鐮兒定門親事。他已經不算小啦。」

「我不是不管。」莊至行說，「他是我養大的，我把他，當我的親兒哩——他比我的哪個兒子，都強。再說，我也得對得起至桓兄弟不是？至桓兄弟，就留下這一道香火。」

「你一提至桓我就傷心哩。」根兒爺嘆息了一聲，「至桓在村裏也算是有出息的人，可就怎麼會突然沒啦？」

「那是打仗，槍子兒也不長眼。」

「槍子兒不長眼，別的出去的人都好好的，偏偏攤上他，可見是命。」

「您說的不假，根兒爺，這是命哩。」

「可是你是村長，你得管管鎌兒娶親的事。」根兒爺說，「過幾天我聽你回話，你得仔細嘍，好好給挑一挑。」

根兒爺要離開啦。莊至行把他送到院門口。莊至行眼望著根兒爺遠去的背影，出了好大一會兒神。他沒有再回到屋裏去，而是走到了街上。他在街上慢慢走著，低著頭，也不看街上的人。那些被扒光樹皮的榆樹，依然在原地豎著。才只有兩年多的工夫，從根部生出的枝條，已經像小孩的胳膊一樣粗啦。莊至行來到老大家的院門前時，灰黯的影子，就像有了爪子似的，沿著光滑的榆樹幹，爬了上去，又從頂梢輕輕縱身一躍，就在村子上空，擴散開啦。

80

老大家的院子裏，也有棵榆樹。長了有二十來年了吧，做樑足夠啦。像這樣一棵樹皮完好無損的榆樹，在村裏是不多見的。莊至行直接走到老大住的屋裏。他看到那青年，正在床上躺著，雙手搭在肚子上，目光直直地望著屋頂。莊至行叫了他一聲，但他沒有馬上起來。他的形只影單的樣子，讓莊至行心裏不由一陣發痠。根兒爺說得對，是該給他定門親事啦。莊至行怎麼能夠沒想到呢？他深深地責怪著自己，就坐在離老大的床不遠的一條矮木凳上。從那裏，可以看到院子裏的那棵榆樹。

「鐮兒。」莊至行心裏陡然湧起一股濃濃的溫情，「鐮兒。」他都要為此說不出話來啦。他接連叫了老大三聲。

老大在床上動一動身子。他發覺了莊至行神情舉止的不尋常。

「我來給你商量個事兒。」莊至行低低地說，聲音小得幾乎聽不見。

老大把雙手從肚子上拿下來啦。他屈著胳膊，好像只要聽到什麼意想不到的話，就會馬上把身子撐起來。

「你也該定門親事啦。」莊至行表達得很不利索，「根兒爺找我啦，根兒爺的意思——我是來跟你商量，商量的。」

老大不想打斷他，可他卻自己停下來，望著老大半天不出聲。

「你要覺得ㄚㄚ好，」他努力著，有什麼東西，梗著他的喉嚨，「你們的事我也看到啦，你就，娶了她吧。」

老大的胳膊，支起來，可是又猛地放下啦。

門咣當一聲響，屋裏就站進來一個人。那是急沖沖的莊道潛。

「村長，」他聲音發抖地叫道，「使不得。」

莊至行把目光轉向他，對他看了看。

「他已經有啦，」莊道潛說，「是牛王廟的。她的名字叫李麥，她爹娘只她一個閨女。他跟她有來往四五年啦。你可以先去牛王廟問問。」

莊至行失望地嘆了口氣。「那好，」他從容多啦，「我就不用為這事操心啦，剛才的話就當我沒有

——」

「不。」老大翻身坐了起來。他堅決地說，「根本沒有那回事兒。」

「我親眼看到過，你去牛王廟找她，那家人就住在村頭上。」莊道潛說。

「牛王廟每月逢六是集，去趕集的不止我一個人。」

「可是只有你一個人認識那位麥姑娘。」

老大對莊至行說：「大大。」莊至行猛一哆嗦，腦子裏也嗡嗡地響起來。他恍恍惚惚地，又聽見老大叫了他一聲「大大」。他渾身發軟。

「我可知道他是什麼意思。」老大繼續說，「他看上丫丫啦。」

莊道潛的身上，也是軟軟的。他想抬起手來，指著老大，可是他的手上一點力氣也沒有。他剛把胳膊舉起一點，就垂下啦。

「他會害了丫丫。」莊道潛半天才說出這麼一句話。

老大朝他笑了一笑。「我怎麼會害了丫丫？」老大說，「我又不是個廢物。」

「你當然不是廢物。」莊道潛重複了他一句，「正是因為你不是什麼廢物。」

「道潛。」莊至行想對他說什麼，卻只叫出了他的名字。

「我要娶丫丫。」他撲通跪倒在莊至行的腳下，懇切地說。

「道潛。」莊至行又這樣叫他的名字。

「求你把丫丫給我吧。」莊道潛哭了起來。

莊至行朝他伸了伸手，老大發現他又把手縮回去啦。老大鎮定地看著他，他也發現了他在看他。莊道潛的哭聲，讓他感到很可憐，又很快讓他感到很厭煩。他求助似的看了老大一眼。老大沒出聲。老大把臉孔轉向了屋外。

莊道潛的哭聲，收住啦。

「村長，你要讓他發誓。」他抬起頭，嗓音沙啞地說，「讓他發誓他從來就不認識一個叫李麥的姑娘。」

莊至行為難地說：「這個——」

「你還要讓他發誓對丫丫好。」莊道潛擦擦眼淚，「他要能起誓，他就還能算得上是個有良心的人。」

莊至行望著老大。「你看——」

「大大。」

「怎麼樣？他是不敢起誓的。」莊道潛說。

「鐮兒，你就起個誓吧。」莊至行說，「都怪可憐的。」

老大轉過頭來。莊至行望著他。他站得很直，黑黢黢的，一副堅不可摧的模樣。他朝著莊至行猛地跪了下來。沉重的膝蓋，把地面都給震得一顫。

「我起誓——」他說。

「你從來就不認識牛王廟的麥姑娘。」莊道潛說。

「我不認識。」

「你要對丫丫好。」

「我對丫丫好。」

「誰要違背誓言誰就是一隻老鼠——不，」莊道潛說，「你不會怕當一隻老鼠的。誰要違背誓言，誰就要被烈火燒死，不是別人的火，就是自己的火。」

「會被烈火燒死，不是別人的火，就是——」

莊至行恐懼地輕輕哀叫了一聲。他幾乎從木凳上摔下來啦。

「就是自己的火。」老大接著把話說完。

莊道潛竟然氣喘吁吁的。「我服你啦，老大。」他衰老了似的說道，「你可以反悔的。我允許你反悔。」

可是老大在地上一動不動。

莊道潛漸漸不再喘啦。寂靜持續著，好像有一百年之久，甚至更長。他們幾乎能夠聽得見寂靜的聲音，難以跟微弱的星光穿過古老深邃的太空時所發出的聲音區別開來。他們在這種寂靜裏，沉浸得越久，越感到那聲音越清晰，而且變得不那麼遙遠啦。那種聲音，就來自他們的腳下。在他們腳下的土壤裏，堅硬的，或鬆軟的黑沉沉的土壤裏，一些根鬚，在著了魔似的，向更深的地方伸展。那也許是些榆樹的根鬚，是些堅韌的飽含著充沛的生命之液的榆樹的根鬚。他們也都看見了院子裏的那棵榆樹。

莊至行搖搖晃晃，從木凳上，站了起來。他走出去啦。院子裏，傳出了他的腳步聲。寂靜像一顆沉入無底水中的大鐵球一樣，隨著莊至行的離開，又砰然破出水面。老大看著院子裏那棵隱在茫茫夜色中的榆樹。它就像一種標誌。它雖然只顯出一道模模糊糊的影子，但他仍然得到了提醒，他並不是身處在那個完全黑暗中的世界，他是在跟他同村的莊道潛在一起。確切地說，他們正一同跪在他屋子裏的地上。

莊道潛用一隻手支著身子。在老大看來，他就跟一堆乾枯的柴草差不多，可以從他的身上，發現一些折斷的玉米秸稈、發黑的芋頭秧子、槐樹、楊樹、楝子樹、核桃樹的小枝條，以及數不勝數的各種樹木和莊稼的葉片。只要他一動，這些東西，就會發出簌簌的細碎的聲響。但他沒動，他只是用一隻手支住身子。

「你跟蹤我啦。」老大對他說。

他什麼也不想說啦。他慢慢爬起來，生硬地咳了一聲。

老大相信自己聞到了一股煙的氣味。那是從莊道潛的身上發出來的，就像柴草已經點燃啦，冒出了縷縷黑煙。他的身子，封閉得那麼嚴密，一縷黑煙也冒不到外面來，只有煙味兒，才能稍微透出他的軀殼。老大也相信，那些柴草即使在他的身子裏燒上一輩子，也產生不出一絲火光。

他走到屋門口，老大以為他不會再說話啦，但他竟又說啦。

「我允許你反悔。」他說。

他沒有回頭。他站在門洞裏。

「你可以當作什麼誓也沒起過，」他說，「你可以做到的。」

老大一聲不吭地看著他的凝固了一樣的背影。過了一會兒，背影消失啦。空無一人的門洞，把屋裏和屋外的黑暗，連在了一起。

81

整整一年的時間，丫丫幾乎每天都想離開核桃園。現在，村子裏已經沒有誰不知道，她即將成為老大的妻子啦。她開始時，是想求助莊道潛，但是莊道潛的表現，讓她極為失望。既而又去求助她的弟兄，也仍然沒有用。這倒不是弟兄們對她的事麻木不仁，而是父親堅絕不允許兒子們干預她的事。她的大哥，已經在饑饉結束的那一年結了婚。那嫂嫂跟她很合得來。有一天，她把自己的心事講給嫂嫂，求嫂嫂給她想個辦法，嫂嫂便掇攛丈夫邀了另外兩個兄弟，走到父親的屋裏。

「這很容易，」丫丫的大哥說，「我只要去塔鎮或是牛王廟問問就清楚啦。」

莊至行叭噠叭噠地抽著煙，臉上沒什麼表情。他的兒子們，發現他在這一年裏變化很大。他常常一個人在屋裏抽煙，而以前他是很少，或者說抽不了這麼多煙的。他也更喜歡一個人出神啦。有時候，別人叫他兩三聲，他都好像聽不到。像現在這樣，兒子們就在他的面前站著，可他仍舊連頭也不抬一下，就像根本沒發現屋裏來了人。

那位大哥，回頭看看自己的兄弟，又對父親說：「大大，我看妹妹的意思，好像是不大樂意……再說老大他——牛王廟的事，或許是真的。我們只要去走一趟，就可以……」

父親不抽煙啦。那位大哥不由得停下來。

「全村的人都知道，」父親的臉色，陡然間變得很難看，「鐮兒是我養大的，我把閨女許給他啦。你妹妹不樂意也由不得她。鐮兒不比道潛強一百倍麼？她還不樂意，她還要當娘娘去麼？」

「我是說——」大哥想爭辯。

「誰說也不行！」父親又開始叭噠叭噠抽起煙來，可他又忽然說，「牛王廟有沒有那位麥姑娘，都沒什麼關係。鐮兒為什麼就不能做我的女婿？你見過鐮兒在這一年去過牛王廟沒有？根兒爺都說啦，這件事好得很哩。根兒爺都開口啦，誰還有什麼話說？」

「妹妹又不是他的孫女——」

父親瞪著眼。「誰說丫丫不是根兒爺的孫女？」他氣呼呼地說，「你，我，全村的人，都是他的孫子孫女！別看我是村長，我是黨，可我也得當他的孫子。」

那位大哥，悚然地望著發怒的父親，一聲不敢吭啦。

「現在我就告訴你們，」父親說，「別說你想去牛王廟，你們就是去了塔鎮，敢跟別人問一句麥姑娘的事，我就當沒你們這些兒子。我連根兒爺那兒，都不要去說，就把你們趕出核桃園去，永遠也別想回來！」

說著，就站起身，從兒子們中間，走了出去。

兒子們面面相覷。那位大哥討了個沒趣，果真就再不提去牛王廟的事啦。

82

隨著時間的推移，已經沒有誰能助丫丫一臂之力啦。她忽然想到，自己一年來，差不多把莊道潛給忘啦。她飛快地趕到莊道潛的家裏，想法躲過他的父母。她知道，他的父母，也像村裏人一樣，把她當成了老大的妻子。那一對老實人，很怕村裏人的閑話。有好幾次，在她來到他家院門前時，不敢給她開門。她在最初的時候，還沒有考慮到事情的嚴重性，但她最不能理解的，還是就連莊道潛也對她冷漠起來。

這一次，莊道潛對她的態度，也不比以往好多少。他在這一年，迷上了用碧綠的蒲草，編織一些小昆蟲。在他的屋裏，四處擺滿了那種栩栩如生的蚱蜢、蛐蛐、知了，和另外一些完全出於想像的稀奇古怪的東西。丫丫剛一進去，他就低聲不滿地說：

「你小心些，別把紡織娘給踩啦。」

丫丫不由得用手提了提褲腿，踮著腳，從地上的那些紡織娘中間，走到他坐著的床前。

「潛」她目光迫切地望著他，「你得替我想個辦法，你再不想辦法我可活不成啦。我現在只能指靠你哩。」

莊道潛雙手靈巧地將一根長長的蒲草葉子破開啦。他在編織一種小昆蟲的頭部。

「我能想什麼辦法？你該指靠他啦。」

「你只要陪我去一趟牛王廟就成。只去一趟，」丫丫說。停了一下，又說，「我不敢一個人去。」她的眼裏，好像望到了什麼，使她不由自主地流露出一種恐懼不安的神情。

「我勸你還是別去啦。」莊道潛沒有停下手裏的活兒。他的聲音，乾巴巴的，有股冷酷的味道。「你去那裏幹什麼？」

「我要去見那位麥，我要告訴她村子裏將要發生的事。牛王廟准有一位叫麥的女人。」丫丫說。「我要是見到麥就有話對大大說啦。」

蒲草葉子，在莊道潛的手中，沙沙作響。丫丫諦聽著那種響聲。她也在諦聽莊道潛的聲音。可是莊道潛只顧編織，遲遲地不說話。丫丫有些急啦。

「你啞巴了嗎？」她說，「你要是啞巴啦，我就離開你。你看著，我離開你。」她拉出了要走的架勢。「我走啦。」她說。她扭頭望著莊道潛。「我要走得遠遠的。」她說。她開始走。「我說到做到的，你們誰也別想再見到我。」可是她又停下腳步。她傷心極啦。「潛，你沒啞巴是吧。你說呀，你沒啞巴。你說一聲好吧。」

莊道潛稍微抬了一下頭。

「你去了牛王廟也沒用。」他說，「那裏是有位麥姑娘，也許還有位豆姑娘、草姑娘什麼的。」

丫丫摒住呼吸。「你是說，我去牛王廟沒有用？」她不相信地看著莊道潛。

「麥姑娘不能幫你，誰也不能幫你。」

「為什麼？」

莊道潛也看著她。他終於停下手中的活兒啦。他沒有喘氣。他只是怔怔地看著她。

「不為什麼。」他說。他又低下頭，編織起來。

丫丫站著不動。她看著莊道潛的手。那根蒲草葉子，纏繞在他的細長的手指上，像是他的手上，長出的一道奇怪的觸鬚。他的手，也就變成了一種動物似的，有了它自己的生命。於是，它成了於莊道潛無關的啦。它自己在那裏蠕動著，呼吸著。丫丫看著看著，忽然笑出聲來。她笑著，半是克制，半是隨意。她的身子，也輕輕地搖晃起來啦。

「你也很怕老大是不是？」她笑著說，「你大，你娘，還有根兒爺都很怕他，你們不承認不行。他也不過一個頭一個身子，就把你們怕成這個樣兒。你還是男人呢。你呀。你只顧編你的玩意兒吧。」

她開始往外走。她的步子，趄趄趔趔的。她扭著腰肢，在屋門口回過頭來。「我踩壞你的紡織娘啦。」她含笑說，「你不怪我吧。我有姪子啦，就跟你討個紡織娘吧。」她盯著莊道潛的手，指著他，「就要你手上的那只。」她看清楚啦，那是一隻長著兩個頭的、叫不出名兒來的昆蟲。她走掉啦。

83

ㄚㄚ不用回頭也知道，莊道潛的父母，此刻正扒著窗戶往外看。她在他們心情鬆弛下來的目光中，離開了他家的院子。ㄚㄚ在村中游蕩著。她從一堆堆的柴垛旁走過。那都是些剛從秋天的田野里拉回來的莊稼秸稈，很多的葉子，還沒有完全乾透，呈現著一種萎黃的顏色。有不少雞群，圍著柴垛，覓食殘留在秸稈上的糧食顆粒。它們太專注啦，ㄚㄚ凌亂的腳步並沒能驚動它們。她走進了核桃林，用手撥打著伸到眼前的枝條。那些即將走到生命盡頭的葉片，一經她的震動，就會紛紛地從枝條上脫落下來。一落，就是一地。她的腳下，幾乎踩不到土地啦。她在一層層的葉片上面，就如同乘著一朵朵的雲彩，悠悠地，舒緩地飛行著。

可是不知不覺地，核桃林落在了她的背後。她看見了不遠處的那個寬闊的大場院。她微微地吃了一驚。她沒想到，自己會從核桃林中走出來。但她也沒有再回去。她走到了場院上，四顧著村莊和田野。沒有收穫的胡蘿蔔地，依舊青幽幽的一片。放了秋假的小孩子們，背著草筐，拿著竹筢子，在野外奔跑，並發出一陣陣此起彼伏的吆喝聲。ㄚㄚ站在了場院上。她傾聽著遠處的聲音。可是聲音竟然在她耳畔消失啦。她只能看見遠處的一個黑色的影子。暫時她還判斷不出那影子，是向村子裏走，還是向野外走。

84

那是金元的影子。丫丫不用走近，也能猜得到。沒人能夠像金元那樣，在田野上走路，彷彿他一到田野上，就不再是金元啦。他成了土地的一部分。丫丫能猜得到。金元又要遠離村子啦。他折向了偏北方向。丫丫馬上激動起來。她受到了提醒。她什麼也不怕啦。她這就要緊緊地朝金元追上去。在過往的一年多的時間裏，她把村子裏的人，幾乎挨個想了一個遍，卻單單沒有想到金元。難道金元不能夠陪她一塊去牛王廟會見那位麥姑娘麼？丫丫興奮得不能自持，她拔腳離開了場院。

在她只顧追趕金元的路上，那種死死糾纏了她一年多的恐懼感，陡然消失啦。從那年的初春開始，她就感到，有個沉重的陰影，壓得她喘不過氣來。她不但害怕夜晚，也漸漸害怕起白晝啦。她簡直無處可藏。在外面，她得不到一點安全感，而在家裏也好不了許多，甚至更糟。隨著時間的推移，她覺得世界彷彿越來越小啦，像一件嬰兒的衣服一樣，緊緊束在她的身上。只要她一個人待著，她就會看到一個影子。那是個高大的影子，而且還不僅僅是個高大的影子。它會在她的眼中，像個怪物一樣，突突地往上生長，一直長到雲端，或者，將天都刺破啦。

她做過很多離開核桃園的嘗試，但是那影子總會出現在她走去的路上，有時候也會不遠不近地跟在她的後面。她不敢想像，自己還能繼續走下去。

在她前面的，不光是人群和村莊，還有很多的溝溝坎坎，很多繁茂的莊稼地和樹林，以及那一座座看莊稼的小茅草屋或者窩棚。她只有在恐怖的驅使下，回轉身來，再做圖謀。

85

現在，也同樣有個影子，在她後面跟著她。但她一心想著遠處的金元，就根本意識不到別的啦。她在奔跑中，感到了一陣久違的輕鬆。這幾乎使她感激得流淚啦。村子已經被她遠遠地拋到了後面，可是，她仍然沒有追上金元，而且看樣子，金元對跟在自已身後的ㄚㄚ，也一無所知。他甚至都沒有回一回頭。ㄚㄚ也不清楚為什麼，金元看上去行走的速度，並不快，可是她仍然不能馬上追上他。再想回轉身來，已是不可能的。村子就像已經消失到天外去啦，況且，ㄚㄚ也從沒有產生過回去的念頭。

即使金元的身影，在她的眼裏，變得不那麼清晰啦，她也沒想過放慢一下急促的腳步。她相信只要她能看見他，她就最終有可能追上他。

不過，此時的田野，並不是一覽無餘的，上面還分布著不少沒有砍倒的空玉米秸稈，收穫過的玉米田，足以擋住她的視線。她一直希望金元能夠走出田野，來到那些撒滿莊稼碎屑的道路上，那樣，她就可以使追趕的速度，再加快一些。

86

ㄚㄚ的期望落空啦。金元不但沒有走到田間的路上去，反而專撿最坎坷的地方行走似的，ㄚㄚ發現他走過的路，有不少竟是剛剛翻耕過的大豆田，她一走上去雙腳就能陷進很深。在她拔腿的工夫，就有可能看不見金元啦。金元會被一塊方方的玉米田擋住，或者走進一座稀疏的小樹林裏去。有時候，金元也會停下來，可是等她追到那兒，就會發現他是在另一個地方，就好像他在故意逗她一樣。

比這更糟的事情，終於出現啦。丫丫眼看著金元正在穿過一道隆起的溝渠，可是他竟沒有再從溝渠裏走出來。她擔心地趕到那兒，順著溝渠向兩側望望，一個人影兒也沒看到。丫丫迅速地判斷，這裏離她的村莊已有四五里路的光景啦。她只要再走上這麼遠的路，相信就可以到達牛王廟。可是，她的雙腿，突然一軟，身後的腳步聲，就緊追了上來。她害怕極啦，也顧不得溝渠的坡度，就滑了進去。她沒等站穩，就慌忙往上爬。翻過溝渠，是一片玉米地。玉米秸稈，被人在收穫的時候，踩得東倒西歪。

丫丫磕磕絆絆地往前走。她好像聽到金元就在她的前面。她幾乎能夠聞得到金元身上的那種特殊的氣味啦。她同樣是在忽然間發現玉米地走盡啦。她來到一座小樹林裏。那裏混雜著矮小的棠棣樹、沙果樹和一些不結果的小樹。在這些樹木中間，佈滿了一些土堆和樹坑。她已經不能判斷，自己究竟是來到了什麼地方。她慶幸自己沒走幾步，就看見了樹林外面的空地，但是，同時她也肯定，那塊空地對她來說已變成即使用上一生的努力，都仍是遙不可及的啦。

丫丫汗水淋漓地仰臉倒在了地上。「老大，饒了我。」她絕望地哀求著。透過樹梢間的縫隙，她看見了斑斑駁駁的天空。

可是那人沒有動她。那人坐在她旁邊的小土堆上，背對著她。她躺平啦，就像一點力氣也沒有啦。從那片玉米地吹來的，是一種溫吞吞的氣息，是一種讓人感到恍惚的氣息。丫丫滿面羞慚地坐起來。她雙手護著濕透的胸脯，目光散亂。她所受到的驚嚇，使她頭腦裏一片空白。等她的呼吸稍一喘勻的時候，她就忙亂地站了起來。她要走出小樹林。不料，那人再次拉住了她的一隻胳膊。她又倒啦。她眼望著樹林外的那片空地。

「牛王廟就要到啦，我知道。」她一邊掙脫著，一邊斷斷續續地說，「你怕我去找麥姑娘，我偏去找。」

那人沒有放手。他使了很大的勁兒。

丫丫呻喚著。「我非要去。」她說，「我非要去！」

那人用身子壓著她，但是她的力量，是他根本沒有想到的。她不停地踢動著雙腳，全身有力地扭來扭去。她都把自己衣服上的紐扣給蹭掉啦。汗水像噴泉一樣，在她的身上冒。那人雖然壓著她，還是讓她在地上打了好幾個滾。她滾到了一簇樹叢底下。樹叢擋住她，她滾不動啦。樹叢還攪亂了她的頭髮，她只要脖子一動，頭髮根就火辣辣地痛。可是她知道，她已經跟那人分不開啦。她的長長的頭髮，纏住了那人的腦袋。她發覺那人的眼裏，突然黑暗得像無底洞一樣啦。騰的一聲，她聽見一團火焰，從那幽深的洞裏，噴射出來。她的意識，竟然意外地清醒啦。她知道一切都已無法挽回。但她仍舊沒讓自己軟弱下來。她自始至終，都是頑強地把頭從地面上梗起來的。她不再呻喚啦，不再發出一點動靜。她瞪大了眼睛，緊咬牙關，把一聲聲哀嚎咬得粉碎。

小樹林上空的色彩，變幻無窮，但更接近破囊而出的膽汁的顏色。

那人真切地聽到了一聲，迸發自土層深處的咒語。

87

他們都沒有心緒去做什麼。莊至行本來準備像往常一樣，從外面一回來，就先抽上一袋煙，沉在椅子裏，等待孩子娘和大兒媳婦做好了晚飯，前來叫他。可是這一天，他總是把煙鍋裏的煙葉弄撒。他的腮上，還能不時感到一陣陣的肉跳。他瞥了一眼院子裏站著的兒子們，心想，如果他的兒子再把他們說過的話，向他重複一遍，他就一定毫不含糊地實施他的嚴厲懲罰。他們將成為無村之人，無父之人。莊至行已經肯定，他們是要來跟他說那些話的，只是他們還沒有鼓足勇氣罷啦。

天色，又漸漸地黑啦。莊至行沒有等到女人們來叫他，而實際上他也並不是多麼感到饑餓。很久以來，他的饑餓感，就彷彿消失啦。他覺得如果有可能，每天只讓他吞吃空氣，他也能活著。煙鍋還沒有裝滿，他有些忘記自己是在幹什麼啦。可是他聽到屋門一響，門軸轉動的聲音，讓他捏著煙末的手，止不住一哆嗦。

他的兒子們，走了進來。「大大，」他們竟然壓低嗓門叫他，這讓他很吃驚。「我妹妹回來啦。」他們像是怕別人聽到一樣。

可是，還沒等莊至行問他們到底發生了什麼事，他的大兒媳婦子，就站到了門口。她在叫他們父子去廚房吃飯。他們答應著，她就回去啦。她的丈夫，乘機對父親說：「我得讓她去趟娘家。」父親雖然沒有吭聲，但他仍能斷定父親是贊同他的提議的。他追上妻子。

「哎！」他在她的背後說，「你該去娘家看看啦。」

妻子滿臉的疑惑，半天沒反應過來。

「你去娘家住段時間吧，等我有空接你。」

妻子吞吞吐吐的。「俺沒做錯——」

「別說啦，讓你走你就走。」丈夫不容置疑地命令道。

「俺看妹妹回來沒有？俺想——」

「你什麼也不用管。」丈夫再次打斷她。

她已經放棄了要丈夫解釋，或者商議一下的念頭啦。「天黑啦——」她環顧著四周。

「我讓小三送你。」丈夫說，「你儘管放心好啦。」他不想再聽妻子說什麼，就呼喊他的弟弟。他的弟弟，從父親的屋裏出來。「你把你嫂子送到竇格莊。」他對弟弟說，「記住，路上照顧好嘍。」弟弟答應著。那媳婦子，雖然有很多話要問，但丈夫的樣子，看上去是不容她多嘴的。那小叔子站在了院門口，她就只得跟上去。她的丈夫，望著他們走到了昏暗的街上，又轉到另一道街角之後，才開始往父親的屋裏去。

「我們家的事，不能讓別人知道。」他對父親說，「大大你說這事該怎麼辦？」

莊至行在椅子裏，沒有動靜。過了好大一會兒，才聽到他用沙啞的聲音說，「你妹妹呢？」

「她一來就去她的屋裏啦。」那兒子說，「幸虧天灰暗啦，誰也看不清她。她披頭散髮的——」

父親緩慢地從椅子上站起來。他猜父親是想出去。父親要去看他妹妹。可是，父親又沉重地跌坐下來，壓得椅子吱哇一響。父親緊握著那桿煙袋。他沉吟著，疲憊無力。他的兒子，聽不清他在說什麼，其實他什麼也沒說。他只是沉吟著。他的兒子，很擔心他就要支持不住啦。可是，他又向他們轉過臉來，臉上竟是那種求助的神情。「你看怎麼好？」他氣若游絲地問道。

在兒子們的記憶裏，這幾乎是第一次見到父親用這樣的口氣，詢問他們的意見。「我想好啦，大大。」那大兒子果決地答道，「我們先要向妹妹問問清楚是誰幹的，也不要聲張，讓他們把親事辦啦，誰都不丟醜。」

「老大呢？老大怎麼辦？」

兒子說：「我們也不能對不起老大，什麼都告訴他，他大抵——不會反對妹妹另嫁人的。他也就可以去找——」

「住嘴！」父親嚷了一聲。他再次不可抑止地哆嗦起來。「我是說過，從來沒有——你不要聽人胡咧咧。」他放低了一些聲音，這樣說，「從來沒有。」

那兒子很不明白，事情已經到了這個地步，父親還要替老大說這些話。他壓制著自己心底對父親隱隱湧起的不滿，說道：「有沒有，我們不要管它啦。老大可以從張草廟、王妹樓，甚至從塔鎮上找到女人的。我們關鍵的是，要讓老大不發怒，而且把妹妹的事妥貼地辦啦。老大的脾氣，我們是知道的。」

那位承受著重大打擊的父親，也幾乎是第一次發現，兒子竟是如此的幹練和有主見。他看著兒子的眼神，已經隱藏不住那種感激的意味啦。「隨你去辦好啦。」他說。他又開始沉吟起來。「我是說過牛王廟從來」

「大大！」

「從來就沒有一位叫麥的姑娘。」他絮絮叨叨地說，聲音很低啦。「我說過沒有的。」

那兒子一轉身。他已顧不得再去干涉父親敘說麥姑娘的事啦。他跟弟弟使了個眼色，就從屋裏走出去。可是，他父親的聲音，仍然傳到了他的耳中。

「誰也不用去問的，我敢說。」

他們來到妹妹的屋子裏。妹妹正在床上的牆角裏，蜷縮著。「妹妹。」他們的鼻子一酸。他們以為丫丫見了他們，是會馬上哭出聲來的。可是丫丫就那麼地蜷縮著，有他們來，跟沒他們來一個樣。「妹妹。」他們又叫了一聲，卻一時不知道該怎麼說下去。那位大哥，不由得想到了離去不久的妻子。要是她來問，或許更好開口一些。不過，他不想讓這種醜事，被更多的人知道，即使是他的妻子。他也想到，可以去告訴娘。娘也許已經得知了家裏的不幸，但家裏的事情，是很少讓娘參與的。剛才他去跟父親商議對策，根本就沒有想到他娘，彷彿他娘在這個家裏，從來就沒有存在過。

丫丫在牆角裏，待著不動，甚至連呼吸聲都沒有。她的兄弟，站在她的面前為難。突然，那位大哥啪地在自己臉上打了一下。他猛一轉身，就走出了妹妹的屋子。他的弟弟，也跟了出來。他要憑自己的查訪，把事情弄個水落石出。

8

弟兄倆離開家，在街上轉了幾遭。可是，他們也不知道應該去找誰查問這件事。炊煙沉積在村子裏的每一個角落，不到半夜，是不會散盡的。家家戶戶，都在過著安寧的生活。大多數人，此刻或許還跟老婆孩子一起，圍坐在溫暖的灶台前面，享受著豐盛的飯食。可是，唯獨他們兄弟倆，正深深地為家中的不幸煩惱著。他們的心裏，紛亂如麻，根本理不出一個頭緒。他們想到，自己出來得也許匆忙了些。如果他們再耐心一些，就能夠從妹妹那裏得到些線索，對查找是有幫助的。那位大哥，不由得想到了回去。不知不覺地，他們就走向了回家的路。

在經過老大家的院門時，那位大哥停下了腳步。院子裏靜悄悄的，一線燈光，也沒有。他伸手摸了一下緊閉的院門，默不作聲地拐上了另一條路。他的兄弟，什麼也不問，就緊跟了上去。他們很快來到了莊道潛的家裏。莊道潛的父母，一見他們兄弟倆的臉色，就慌張起來。「我們是找道潛玩兒的。」他們黑著臉，安撫道。可是，他們越說，那兩口子就越心慌。

「潛兒去東地裏看莊稼啦。」莊道潛的父親，擔心地說，「他是跟二混一塊去的。你們要是有事，我去叫他回來。」說著，要走。

丫丫的大哥，擺手止住他。「不就是找他玩兒嘛。」他裝著若無其事的樣子說，「哪能耽誤他的事？我們再來吧。」

正要往外走的時候，他們又忽然提出要去看看莊道潛住的屋子。「聽說道潛兄弟的手很巧，我們也見識見識。」他們很容易就找到了藉口。

莊道潛的父親，端著一碗油燈，領他們進了莊道潛的屋子。在搖曳的燈光中，滿地是一些草編的小昆蟲。但是，誰也不能一下子就分辨清楚真假。ㄚㄚ的弟兄，沒心細看它們，只用目光，往裏面掃了一眼，就離開啦。

89

他們出了村子，直奔村東的一塊玉米地。這塊地，約有四五十畝，前兩天收穫過啦，可是還有很多玉米棒子，堆在地壟裏，沒來得及運回村。看玉米的人，分布在玉米地的四周。ㄚㄚ的兄弟一到，遇見了一個人。那人還以為他們也是來看莊稼的，並沒疑心。他告訴了他們莊道潛的位置，他們就直接去找他。

莊道潛用玉米秸稈搭了一個三角形的庵子。他已經躺了進去。他聽到了ㄚㄚ的弟兄走來的腳步聲，正想爬出去，ㄚㄚ的弟兄就擋在了庵子的門口。他們一彎身，擠進去啦。庵子被擠得滿滿登登的，莊道潛就意識到不尋常。他們一開始沒有說話。三個男人的呼吸聲，都聚在那麼小的空間裏，就顯得很粗，玉米乾燥的葉子，都好像被吹拂得簌簌響。

ㄚㄚ的大哥開口啦，他說：

「道潛，你一直想娶ㄚㄚ是吧。」

莊道潛沒有馬上說話。他在揣摸他話裏的意思。

「你想了很久啦，是不是？」那位大哥又說，「你還是可以娶她的。」

莊道潛囁嚅著，半天才說出來：

「你說笑話。」

「我說的是正經，你是可以娶她的。」

「她是老大的妻子。」

「不。」那位大哥說，「你聽誰說她是老大的妻子？」

「她是老大的妻子。」莊道潛肯定地說。他們都像在對黑暗說話。在黑暗中誰也看不清誰。「村裏人誰都知道。」

「可是現在你可以娶她啦，過了秋，你就可以把她娶到家裏。」

他們聽不到莊道潛的呼吸聲啦。他就像已經神不知鬼不覺地走了出去。但他的聲音，卻又在窄逼的庵子裏，響起來。

「不。」他說，「我不會娶她。」他說，「他是老大的妻子，她是為老大造的。」

丫丫的弟兄，沒有馬上理解他的話。

「我們都是為老大造的。」他又這樣加了一句。

丫丫的弟兄，覺得莊道潛的話十分費解。但他們的思緒，並沒有在這上面打轉轉。他們失望啦。他們的失望，僅僅是因為排除了對莊道潛的嫌疑。他們不再說什麼，就鑽出庵子。田野，被沉沉的夜色籠罩著。天上，一顆星星也沒有。丫丫的弟兄，一時間竟不知自己的村子是在哪個方向啦。家庭的不幸，使他們不敢挺直腰桿兒，坦蕩地辨認村子。他們覺得，如果再跟莊道潛把談話繼續下去，他們肯定會自持不住，露出自己的軟弱和無能來。他們沒想到莊道潛在他們幾乎把他忘了的時候，又從庵子裏說話啦。

「你們剛才是說。」他疑疑思思的，「我可以——」

丫丫的弟兄聽見啦，也說不上願意不願意他把話說下去。

「不，那不可能。」他自言自語似的說，「丫丫就是為老大造的，我不會娶她。」

90

丫丫的弟兄，回到村子裏。他們一無所獲。可是，他們沒想到，在他們剛剛離開家門的時候，丫丫從屋裏走了出來。她走到父親跟前，半天隻說了一句話。她向父親要求，嫁給莊道潛。然後，不管父親有什麼反應，一轉身，又走回自己住的屋子。她的父親把她的話，告訴了從野外歸來的兒子們。兒子們沉默著，感受著無邊的憤怒和無可奈何。

他們父子不願中止他們原定的計劃。兒子們暗中繼續做著細細的查訪，那位父親卻只會在獨自一人的時候，唉聲嘆氣。一轉眼，過去三四天啦，丫丫一口飯也沒吃過。她家的人，似乎這才發覺，她在過去一年多的時間裏，常常不吃飯。她瘦得太厲害啦。臉上的骨頭，都像長到了外面。兩隻眼，深深地陷進去。如果不是還有一絲微弱的目光，從那眼洞裏流露出來，就像連眸子都瘦得不見啦。他們不由想起，在不幸沒有發生以前的那段時間裏，丫丫走起路來總是輕飄飄的，似乎連一陣風，都可以把她吹到空中。

過去五天啦，有一個孤獨的身影，出現在了核桃園的村口。人們馬上認出他就是老大。誰也不知道他最近幾天去了什麼地方。人們正猜測的時候，他直接向莊至行家走去啦。

「大大，我這就娶了丫丫吧。」老大對莊至行的第一句話就是這樣說的。

那莊至行差不多要從椅子裏滾下來，把他緊緊抱在懷裏啦。

「我的兒啊。」莊至行嗚咽著叫了一聲。他低著頭，也不看他。

老大又說了一句。

丫丫的那位大哥，看見老大從外面進了父親的屋子，就走了來。父親掩著臉，站起來，往里間屋裏去啦。這裏只剩下老大和那位大哥。「老大，你來晚啦。」那位大哥語調悲淒地說。他要把家裏發生的不幸，毫不隱瞞地告訴他。

「我這就娶丫丫。」老大返身往外走。

「老大。」那位大哥在他背後叫他，可他根本不理。

他來到丫丫的屋裏。丫丫直挺挺地躺在床上，一發覺他進來，就抖成一團，但她沒有更多的力氣再繼續抖下去。她的深陷的眼裏，由於極度的恐懼，而充滿茫然的神情。不論是恐懼，還是憤怒，她都已沒有多餘的力氣來表現啦。她直挺挺的，跟死了一兩年似的。只有她的那雙瘦骨嶙峋的手，是個例外。它們緊緊地抓住胸口的衣服，好像正要把它撕扯下來。

老大的目光，只朝床上一掃，就扭向了別處。「丫丫。」他發音很困難，彷彿喉嚨裏塞著一塊拳頭大的生芋頭。丫丫的大哥隨後趕來啦。

「老大，」他說，「你別難過，我正想告訴——」

老大向他轉過臉來，對他堅決地說道：

「我要娶她！」

「我想這事，你是該知道的。」他悲淒地說。

「她就要死啦。」老大目光沉沉地說，「我就是要娶她！」

那位大哥幾乎感動得流淚啦。他想拉住老大的手。可是他們不曾想，丫丫掙扎著，翻了一個身，艱難地坐了起來，身子斜斜地倚在背後的牆上。

「我不願意。」她異常清晰地說。

他們全都轉過臉去看她。她把頭歪在垂落的肩上，眼睛卻變得炯炯有神。

「我死也不嫁老大。」她繼續氣息微微地說，「你們看著吧。我就嫁莊道潛。」

「可是，」那位大哥疑惑地說，「可是，道潛這會兒要不要你呢？我們也不能讓一個清白的——」

「他要不要我，問問就知道啦。」ㄚㄚ沒有把頭正一正，那是為了能節省一下說話的力氣。她的嘴唇上，爆著一層白皮。

「我去問他。」那位大哥說著，就想轉身。

「你問沒用，誰問也沒用。」ㄚㄚ說，「你去把他找來，我要親口問他，他要說不要我，我就……」她看了看老大，沒有說下去。

那位大哥出去啦。他趕到在村外收胡蘿蔔的人群裏，找到莊道潛，路上把ㄚㄚ要見他的話簡要地說了一遍。可是，那莊道潛並沒有直接跟他來見ㄚㄚ。他轉向了自己的家。那位大哥看見他跑進他家的院子，不一會兒就出來啦，懷裏抱著一包用衣服包著的東西。他們來到ㄚㄚ的跟前，那莊道潛就怔怔地站住啦。兩個人直勾勾地望著，突然，莊道潛雙手一鬆，懷裏的東西，嘩啦一聲散落在地。那是一些用蒲草編的蚱蜢、紡織娘之類的小昆蟲。老大還站在屋裏，可是莊道潛就像沒有看到他一樣。

「潛，」ㄚㄚ急促地問道，「你還要我嗎？」

莊道潛緊閉著嘴，盯著ㄚㄚ。

ㄚㄚ歇了口氣，又斷斷續續地說：「潛，你不要我啦，是吧？你點個頭，就說不要我啦。見你這一面，也足夠啦。」她沒有等到莊道潛點頭，就向牆壁轉過臉去，「你走吧。」

莊道潛踩著散落在腳下的草編昆蟲，喑啞地叫道：

「ㄚㄚ。」

那位大哥這才發現，老大不知什麼時候離開啦。他輕輕地來到門邊，也走出來，隨手把門給帶上啦。

他一扭頭，看見父親正站在正屋的門口，他走過去，父親忿忿地說：「這怎麼能行？這怎麼能行？」他把父親拉到屋裏。

「別說啦。」他壓低聲音嚷道。

他的父親，竟然乖乖地閉了口，像小孩子似的，默默走到椅子前，坐下啦。

91

秋天過去啦，金元又返回了核桃園。他沒有趕上莊道潛和ㄚㄚ的婚禮。其實，他們根本就沒有舉行什麼婚禮，因為是新時代，一切繁文縟節，都在趨於消亡之列。但是鑑於莊至行一家在核桃園的地位，ㄚㄚ並沒有被莊道潛在那一天直接領回去。莊至行從塔鎮借到一輛自行車，暗中讓莊道潛自己去騎了來。

在一個微風和煦的天氣裏，莊道潛騎著自行車，在野外象徵性地轉了一遭，就騎回村子。到莊至行家裏，接上病弱的ㄚㄚ，兩人又去了野外。他的車技很一般，馱著ㄚㄚ，在路上東扭西晃。大約騎了三四里地，才騎得平穩一些。

那輛自行車，牽引了他們結婚之途上遇到的很多人的注意。雖然沒有排場的婚禮，倒也算盡一時之榮耀啦。他們去了哪裏，沒誰知道。反正，他們回來的時候，已是暮色蒼茫啦。

92

當年村裏又受命組織了河工隊，他們要去清淤金鄉城北二十幾裏外的萬福河。村裏沒有安排莊道潛出河工，一是因他新婚，二是因他要照顧身體還沒有復原的ㄚㄚ。一個月後，河工隊結束了工作，回到了村子裏。冬季是非常悠閑的。街上每天都會聚集著很多人。他們聊天，打鬧。可是老大從不走進他們中間去。他變得愈發孤獨啦。村裏開始背後有人議論莊至行不守信用，他把女兒許給老大，卻把女兒嫁給了另一個人。老大本來是位孤兒，命苦，這下子更苦啦。他經常走到村外去，誰也不知道他要幹什麼，可是時間一久，人們就漸漸地認為他在尋找金元的足跡。

他們無緣無故地替他擔憂起來，他是不是會像金元一樣，做個無家可歸的流浪漢？臨近年底啦，莊至行早早來到老大的院門前，向裏面叫了一陣。

裏面沒有動靜，他就知道自己還是來晚啦。他走到村口，無意間看到了老大的身影。

老大在那座空蕩蕩的場院裏，徘徊著，像在尋找丟棄在那裏的什麼東西。莊至行斷定，他不是在撿壓進土裏的麥粒、玉米粒或者豆子。他一個壯勞力，在村裏幹一年活兒分的糧食，足夠他一個人吃的啦。那些拖家帶口的人家就不行，他們還需要在冬天，剜些草根，或撿些遺落在地裏的芋頭塊莖，接濟一下。

莊至行朝他走去，可是他卻離開了場院。他向北走進了裸露的田野。莊至行跟上去。他跟了老大很久。這是一條丫丫當時追趕金元的道路。老大在今天又重走了一遍。他不知道後面還跟著一個人。他在那個小樹林裏坐下來。樹葉落光啦，但是地上光溜溜的，一片葉子也沒有。樹葉早被人拾回家去當柴燒啦。老大坐在他坐過的一個土堆上，其實那是一個小小的墳墓。整個樹林，都是一座墳地。

老大臉色沉沉地坐著，把身子坐得都快僵硬啦。

莊至行來到了他的身後，讓他止不住受了一驚，彷彿是一個幽靈從墳墓裏鑽了出來。但他驚奇的神情，一轉眼就消失啦。他只是臉色沉沉的一個人，堅固，不朽，彷彿是用世外的什麼材料鑄成的。

「鐮兒。」莊至行開口道。他在老大旁邊的一個墳堆上坐下，可是。他又下意識地挪了下來，挪到一簇樹叢的旁邊。他的臉上，恭恭敬敬的。這倒不是因為他面對的是老大，而是因為他知道，這是在哪個村的墳地裏。他就是這麼個人。他的謹慎，使他在很多事情上，得到眾人的贊譽。「鎌兒，」他重新打開話題，「我給你辦啦，塔鎮會同意的。」

老大看著他，彷彿不知道他在說什麼。

「我老啦，」莊至行說，面露衰頹的神色，「我不能總是再往塔鎮跑，別人跑我也跟不利索。我是早想讓你去幹，可是你殺羊的事兒，讓塔鎮那裏有了考慮，就拖到現在。我讓他們放心啦，他們是再找不出比你能幹的人的。你比我強，你能讓村裏人過好日子，不受屈辱。可我辦不到。」

老大臉上還沒有表情，可是那莊至行說完這番話後，就像卸下了一件極大的重負。他暗暗地鬆了口氣。老大眼望著樹林外的空地。那是丫丫想達到而沒有達到的地方。

「去，鎌兒。」莊至行忽然說，「去。離這兒不遠就是麥姑娘的村子。去找她吧。」

老大沒有動。他幾乎變成了墳墓上的一隻雨跡斑駁的石羊。

「去吧。」莊至行再次說。

老大仍舊沒挪地方。那莊至行隱隱有些感動。「鎌兒，」他哽咽地叫道，「我會給你定門好親——」

「別讓他走！」他聽到自己幾個兒子的聲音，從樹林外傳進來。他回頭一看，他們急沖沖地趕到跟前，腿上沾著塵土，一副剛剛在田野裏匆忙奔跑過的樣子。他們二話不說，直撲向老大。

莊至行大聲呼出他們的名字。他們遲疑了一下，老大就緩緩地從墳堆上站了起來。他站在墳堆上，比他們高出很多。他從墳堆上下來，緘默地望著他們。

「他就是——」他們憤怒地然而有些膽怯地指著老大，對他們的父親說，「他是一個——」他們無法一下子找到一個能夠真正表現他們的憤怒的咒語。

莊至行不由得抽搐起來。他茫然地看著老大，就像那一天在老大的家裏，聽他發出誓言的時候一樣。

他緊緊抓著身旁的一根樹枝，嘴唇翕動了半天。

「去！」他不可違拗地對老大命令道，「快到前面的村子裏去，快去！」

老大一語不發地轉過身。他向小樹林外走出去啦。那些兒子還要攔他，但見他們的父親搖晃個不停，眼看就要躺倒啦，只好上前把他扶住。

93

第二年的春天，老大把牛王廟的麥姑娘娶到了家裏。麥很快贏得了村裏人的喜愛。她是一個看上去很羞澀的女人，一來到核桃園，就像把春天給留住啦。她從街上買來了十幾隻小雞雛，養在院子裏，還在院子的角上開了一個小菜園，種了小蔥和辣椒苗，牆下則種了一排向日葵。

到了夏天，雞雛早已褪掉了滿身的茸毛，小蔥長成了碧綠的大蔥，辣椒結出了尖溜溜的果實，那些向日葵，幾乎長得與屋檐一般高啦，並抽出了碩大的花頭。

老大的家煥然一新。老大自己也幾乎變了個樣子，往常籠罩在臉上的烏雲，化開了許多。

現在的老大，常常要去塔鎮開會。他在回來的時候，忘不了給麥捎買一些女人用的東西。塔鎮大商店，在兩年前就又被貨物塞滿啦。白羊肚手巾，打成一捆一捆的，堆在後院子裏，見了的人回來說，可以讓全塔鎮公社的社員同志們，以一年用兩條的速度，用上二十年的。

等使完了那些手巾，共產主義差不多就要到啦。

94

這一天，老大又去塔鎮開會啦。大家討論的，是社員的自留地問題。公社規定，每人的自留地是半分，可是，有不少村子裏，自留地竟然超過了二分半。而且公社還準備干涉社員在自留地種什麼，因為有一位農村調查員下鄉私訪，竟在一個村子的自留地裏，發現了國家嚴令禁止栽種的罌粟！會上初步規定，自留地裏要種蘿蔔和芋頭，因為豐收很容易通過蘿蔔、芋頭得到實現。那些人口多的家庭，在冬天就能借此補充一下口糧。總的來說，自留地要變成蘿蔔地，或芋頭地。每個村的社員，要壓種蘿蔔和芋頭，要壓把地交回。老大從鎮上領會回來的會議精神，主要是這些。那一年，核桃園大面積種植的，是一種矮稈的白高粱。種高粱的時節，還是莊至行當家呢。老大一路上穿過一片片的高粱地，弄了滿頭高粱花子。他來到家裏，發現麥出去啦。

老大站在院子裏的那棵榆樹底下，看著院子裏的辣椒、青蔥。小雞們進窩去啦，卻並不馬上休息，不時地鬧出一點動靜，大抵是一隻雞在啄另一隻雞。葵花的頭，垂著，花朵雖然沒有展開，但香味已經隱隱地發散出來啦。他這次沒給麥帶東西，因為他沒那心思。社員的自留地，種的五花八門，不論是茄子還是黃瓜，都已到了掛果的時候啦。要把那些青幽幽的蔬菜或莊稼，換成芋頭或蘿蔔，恐怕沒有一個人忍心。他想的就是這個。

麥回來啦。麥滿臉喜色。

「丫丫生了個男孩。」她告訴他。她在為那男孩的誕生感到興奮，並沒有留心老大的臉色。

第二天，麥去了一趟娘家。她當天就回來啦。她從娘家帶來了二十多個雞蛋。她自己養的雞，還不到下蛋的時候。她把那些雞蛋和從塔鎮買來的一包紅糖，送給莊道潛夫婦當了賀禮。她也在盼望自己的孩子出世。她的臉上佈滿幸福的神色。

95

過了幾天，下雨啦。老大閉門不出。雨越下越大，從屋裏往外看，白花花的一片，雨水就像倒流似的。雨下到半夜，還沒有停止的跡象。老大聽著大雨的聲音，發呆。麥以為他在為地裏的莊稼擔憂，也替他愁悶。又熬了一陣，麥就想勸他休息。可是透過雨聲，她首先聽到有人在街上拍打她家的院門。她想提醒丈夫一下，丈夫也聽到啦。他披上一件蓑衣，開門走到了雨中。麥聽不清他在跟誰說話。扒著窗戶看看，只見外面灰濛濛的。

老大回來告訴她，核桃園大隊的一個叫黃臺子的自然村來了人，說是他們村南的小水庫，決了口子。他只忙忙地說了兩句，就又出去啦。

大雨在第二天的下午才停。麥擔心地走到街上，看見地上雨水橫流，漂著被風雨吹打掉的青枝綠葉。很多人都在往村南跑。她跟在別人的後面，出了村子。他們遠遠地看見老大等人從南邊走來啦。麥這才鬆了一口氣。

老大原準備讓人砍掉靠村東池塘的一塊高粱地，再劃成小塊種上芋頭，塔鎮來了檢查的人，他就把他們往那裏領。可是現在用不著啦，大部分人家的自留地，都被雨水沖坍啦。莊稼東倒西歪，不可能再有什麼收成。

雨水漫在田野裏，幾天不退。離萊河三四里地，核桃園的人，都聽得見河水呼隆隆流淌的聲音。老大領著村裏人四處洩水，每天回來，都是一身泥漿。麥似乎覺察出他在試圖通過忙碌忘掉什麼。是的，他在試圖忘掉什麼。

他回到家裏，只不過是來吃口飯，使自己不至於垮掉在田野上。他幾乎不對麥說話啦。麥問他哪塊地怎麼樣啦，他都像懶得回答。他不回答，麥就覺得他的意思是，那還能怎麼樣呢。

雨水終於從田野裏洩盡啦。四處都是積水在縱橫交錯的小溝渠裏嘩嘩啦啦向萊河裏流去的響聲。

96

太陽持續照射著大地。大地熱氣騰騰的。村裏人又開始了在田間的勞動，但泥濘仍舊不時把人給陷進去。為了不至於發生意外，老大吩咐人們不要獨自在地裏幹活。土地乾爽一些啦，人人都感到有一種得到解放的感覺。他們有力地踩著地面，彷彿在有意讓土地顯示出多麼堅實似的。

但是自留地仍然不能走進人去。老大想去那裏看看，再拿主意讓人什麼時候，趁濕種上芋頭秧子。他沒想到，會在那裏碰到莊道潛。他一瞅見莊道潛的背影，就要轉身回去。莊道潛正在那裏伏身把被雨水沖倒的辣椒棵扶起來。老大禁不住朝他走過去啦。

「你不要再扶啦，扶了也要鏟掉。」老大在他背後說。他微微一楞，回頭看見是他，就又低下頭，繼續幹他的活計。「這裏要種芋頭。」老大指著眼前的一大片自留地說。

莊道潛兩手沾著泥土。有不少辣椒葉子，已經被太陽曬得乾蔫啦。「我不種芋頭。」他小聲說道。

「你不種芋頭，」老大說，「那就準備種蘿蔔好啦。」老大轉身又要走。

「我也不種蘿蔔。」莊道潛說，他攤開著兩隻滿是泥巴的手掌。他微笑著。「你還沒有給我道喜呢，老大。」

老大的目光，躲開他，沒有說話。

「我有了一個男孩，」莊道潛繼續微笑著說，「是一個兒子，一個帶把兒的，撲楞楞的，哇哇哭的，兒子。」

老大的臉色，讓正午的陽光襯得黑黑的，就像陽光也是黑的，只有照到他的那樣的面孔，才會顯出本來的顏色。老大沒有說話。莊道潛看出他想逃啦。是的，他將不是從容地離開這裏。他會像一條落水狗一樣，逃離自留地。

「我要把他親手撫養大！」莊道潛說，「他要成為一個很有用的人。」

老大再也自持不住啦。他在莊道潛微笑的目光裏，在暗含著黑暗的陽光裏，逃離了那片莊稼已東倒西歪的自留地。

可是這天傍晚，他回家的時候，忽然看到一個人跌跌撞撞地從另一道街上走過來。他馬上斷定那人是在亂走。等他走近些，才看清是莊至行。他的變化，竟使老大不能從遠一點的地方認不出他啦。老大正想等他過來，可他又掉轉了方向，自顧走去啦。

回到家裏，卻沒看見麥。他坐在那棵榆樹下，聽著一隻知了有氣無力地在樹上叫。葵花的香味，濃郁得很。他止不住打了個噴嚏。這時候，麥無聲無息地從外面回來啦。她就像沒看見他一樣，自己走到了屋裏。過了一會兒，他聽到了麥在屋裏的低低的抽泣聲。他十分擔心地走進去。

麥淚眼婆娑地朝他慢慢抬起頭來。

「丫丫……跳河死啦。」

老大立住不動啦。他想起正午在自留地裏見到莊道潛的情景。莊道潛的確是在朝他微笑呢，而且他是在他的微笑中逃離他的。

97

其實，我在老大剛從自留地走開的時候，就重又回到了天上。……世間的事兒，讓人掃興，我只能重新去經歷一遍，就像一個人鞭子沒挨夠，還非得求人家，再來狠狠地抽他。

我可不願讓任何人抽我。我想，我這時候離開我的身子恰到好處。我若是還賴在我那倒了八輩子霉的破爛軀殼裏，就會再被人家取笑一次。因為在我朝老大微笑的時候，丫丫已經安頓好了孩子，走到萊河邊上啦。我當時竟然一無所知，我還以為自己活得真不錯吶。我白撿了一個兒子。他雖然不是我的種兒，但我不煩。話說回來，我對老大微笑，並不是故意的。我不是笑給他看。他這人內心夠苦的啦。當時太陽照在我的背上癢癢的，辣椒的氣息。也有點發嗆。老大一過來，有這兩樣原因作怪，再加上老大的那番話，就讓我忍不住笑啦。

老大不讓我扶辣椒。倒是他的好心。我知道，那些辣椒扶起來之後。也沒能成活。可是他竟讓我去栽芋頭，狗吃了都會燒心的芋頭！我種自留地，就是為了多收兩布袋芋頭麼？我早把芋頭吃厭啦，不光我吃厭啦，我一見別人吃芋頭，也不禁生厭。在北京跟我的兒子享了兩年福，沒少見人去買街頭的烤芋頭吃。更讓人不可思議的是，吃芋頭的大多數還是那些時髦的穿金掛銀的年輕女人。她們真是夠賤氣的，拿錢買那狗屎吃。白給我我也不吃。不光不吃，我還要不管三七二十一，吐他們一臉。誰給我吃我吐誰。

我現在說什麼都不怕啦。我是天上的人，你能跟我比麼？我在天上，說悠這兒，就悠這兒，說悠那兒，就悠那兒。你別看著我在這兒，向你絮絮叨叨地說來說去，可是一旦我想去哪兒享享福，我立馬就到。我會專撿享福的那一段時間裏降落。我要是想受受苦，那就更容易啦，我只要隨便往下一掉，就能掉到苦難堆裏。可我不是那麼賤氣的。跟我不想吃那烤芋頭一樣，我找那罪受啊。

在天上——你肯定覺得，我一提起自己在天上，就有些得意。我真的不想隱瞞，我是有些得意。確切地說，我有萬分的得意——我像變了個人。我總是想說點什麼。我在活著的時候。說的話太少啦。我得補過來。有沒有人聽到，我是不在意的。也許，人們根本聽不到我的聲音。人們聽到的，只是風在空中吹過，雲在天上飄過。但是雲如果不是發出雷電，人們還會以為，它們總是靜靜的哩。所以，我絮叨不絮叨，對人們是無關緊要的。如果我在天上連絮叨都不能，那還真不如活在世上算啦。

那天，讓止不住我發笑的，另外一個原因，就是老大居然管起我在自留地裏種什麼莊稼這樣的小事。老大在他當上村長後的漫長的日子裏，管得也太寬啦。簡直事無鉅細，他都要插手。我不知道，他自己認為費那麼大的勁兒當上這個村長，是否值得。他所承受的磨難，大得讓他當個省長、總理什麼的，都算委屈他。我一直都在希望，他從沒有把我給他的那份詛咒算在份內的。我記得，我在那天離開他家的時候，赦免了他。他接受不接受，我都已管不著。反正我赦免了他。也許在他眼裏，像我這樣的人，並不具備什麼赦免的權力。他如果這麼認為，那可就糟啦。他會把我的那份咒語，背負一輩子的。不論是誰發出的咒語，只要背負上一條，就夠受的啦。我不能不認為，老大是我們村裏的一個傑出的人。我是不能跟他比的。世界上大抵所有傑出的人，都不可能不觸及到一些平常人無法承受的痛苦磨礪。在一定意義上來說，傑出就意味著磨難。這樣說，是沒錯的。因為我現在站得高，看得遠。你要相信死人的話，幾乎每一句，都含有真理的成份。

老大後來把村子的大權輕易地放棄啦。我認為，在最初的時候，他肯定沒有想到，自己有一天會把村子的最高權力放棄得那麼輕易。他也許認為那樣做，他就可以完全擺脫，時刻跟隨著他的無情的咒語啦。但我還沒見過一匹布，在染缸裏染黑啦，竟然還能漂洗到原來的樣子。我們很難讓一個腐爛的蘋果，回到剛剛成熟的狀態。除非是一個死蘋果，而不是一個腐爛的蘋果。比如我，我是一個死人，我就可以隨意回到過去。但是我的悲哀也在這裏。我雖然可以隨意回到過去，但我不能追趕上未來。人一死，就只能是過去的人啦。

我現在十分想念我的兒子，可是即使我費再大的勁兒，我也見不到他當前活著的樣子。所有的事情，一旦發生，就變成了過去。它只存在於過去的時間裏。我即使再回到我身上，見到的，也只是已經發生過的事情。讓我想想倒可以。我挨過了那場饑餓，經受了與妻子的生離死別，沒膽量再從頭來一回啦。我沒這膽量。並不是說我是膽小鬼。我不是膽小鬼。

在核桃園村，膽小鬼倒有一個。那就是丫丫的父親莊至行。他連讓兒子去麥的娘家牛王廟村瞧瞧的勇氣都沒有。他對老大的恐懼。也太讓人失望啦。

對老大產生恐懼的。不止莊至行一個人，但我覺得都不及莊至行。莊至行的恐懼。害的不是他自己，而是他的親生女兒。我即使已經死啦。也沒有原諒他。我想。丫丫也沒有原諒他。丫丫死在我的前頭，我倒想找她證實一下，但是，人一死。即使在天上也見不了面。

有人說，死人能在天上相會，那是廢話。

我眼前忽的一個影子，忽的一個影子，誰知道是誰。既然誰也不知道是誰，那就誰也不用管誰啦。我這人順其自然地活了一輩子，到了天上。可不能再跟自己過不去。

趁著和煦的微風，讓我帶著我的寬則可幾千里、幾萬里，小則可一粒微塵似的身體，向上，向上。好，那就一直向上吧。

第三部

當時，他一點不知道，那是他的外孫，正偕同父親，遠離核桃園，而他此生最為懼怕的那個人，也正在一步步，走向一場熊熊燃燒的烈火。

98

莊至桓跟一個陌生女人，從村外的小道上，慢慢走了過來。

最初，人們還都以為，他們僅僅是一對同路人。可是臨近了才發現，根本不是那麼回事兒。

莊至桓滿臉笑容，顯得既謙卑又得意。人們已經有很長一段時間，沒見到他啦。即使到了這時候，人們仍然沒把那女人當成他的老婆。人們還以為，他在城裏的大戶人家，找了份下人的活計。這女人，就是那戶人家的大小姐，跟了他來，是想在鄉下解解悶兒的。而她果真不同於那些村姑，站在人們面前，既不忸怩，也不膽怯，落落大方的，就像這是在她自己的家裏，她面對的，都是些能夠聽她隨意使喚的傭人。

她已經跟著莊至桓，穿過田野走了那麼長的路，但她身上仍舊是一塵不染的樣子，每個衣褶，都被撣得平平的，身上散發著一股好聞的淡淡的草藥香。

人們在她跟前，不由得變得恭恭敬敬，蹲在地上的，也站了起來，袖著的手，也抽開啦，連身子都向她微微地彎了些。

可是，莊至桓並沒有把她往自己家裏領。他們繞過他的家，走到了一座院子門前。人們發現，那女人像是望著那座院子舒了口氣。後來，人們得知，當時她是把眼前的院子，當作莊至桓的家啦。她跟莊至桓走了進去。

莊至桓把她領到一間房子裏，向她介紹著那裏的女人，不是老奶奶，就是老姑奶奶之類的，她也沒能記住。介紹完啦，把她留在那裏，自己則去了另一間房子。

那些女人全都睃著眼，瞧她。她在她們中間，不知道待了多長時間，但她們一句話也沒有給她說。她想，那是因為她們不知道該跟她說什麼。她們全是土頭土腦的樣子，緘默的時候，就跟發傻似的。她好不容易等到莊至桓從那間房子裏出來啦，他卻又把她往外領。出了院子，她不由得回頭望了一眼，好像是在表示遺憾。

莊至桓把她領到村中的另一個院子。在那裏，她見到了一個跟莊至桓的年齡差不多的男人，而且莊至桓跟他說的話，她也聽到啦。他同意暫時把她收留在自己家裏，開了院子西邊的一個小房子，莊至桓就同她走了進去。房子裏，堆著一些亂七八糟的雜物，散發出一種陳舊黴爛的氣味。在左邊的一個牆角，露著一張床架。

莊至桓走過去，拿開床上的一些農具。

女人在門口站著，眼看著他忙活。他把多年的積塵，都給弄得飛揚起來啦。她看見床上連張席子都沒有，床下結著灰色的蛛網。

「我要到你家去。」女人忽然張口說。

莊至桓停了一下。他顯然意識到，那女人並不是說說算啦。他回過身來。「我跟根兒爺說過啦，」他神色鄭重地告訴她，「我要明媒正娶。」——根兒爺在那時候就是村子裏輩份最長的。他在村子裏的威望，遠遠超過村西頭的，那幾家富戶的主人。

「我才不要明媒正娶呢。」那女人沒等他的話音落下，就接口道。

莊至桓重又彎下身，收拾著床鋪。灰塵，撲他一臉。

「你要不把我領到你家去，我這就走。」那女人又說，很堅決的樣子。

莊至桓低頭考慮著她的話。他沒有搭她的茬兒。

那女人轉過身去啦，可她又轉回來。「我不走啦，」她說，「反正跟誰都一樣，那個年輕人想要我，我就跟他。」

莊至桓把床鋪收拾乾淨啦。他回頭，向那女人笑了笑。「你就是這麼說說吧，女人沒有不喜歡明媒正娶的。」他斷定，「你要是累啦，你就上床歇歇。」

女人賭氣似的，走到床邊。可是那床只是一個木架子。「你讓我怎麼歇？」她嘟囔了一句，「這樣的床，我睡不慣的。」

莊至桓覺得女人的樣子非常可愛。他笑著從雜物裏取出了一隻草苫子，鋪在了床上面。他用手壓了壓。「這樣軟和多啦。」他說，「我再去咱家給你拿床鋪蓋來。」

99

女人叫靈草。

第二天，莊至桓把靈草娶到了家裏。但是一種傳言，很快在村子裏擴散開啦。人們無不認為，這女人是從縣城的金穀院逃出來的，甚至有人還說，自己曾在金穀院的門口，看見過她。她倚在金穀院的門框上，磕著瓜子，手捏一塊花手絹，向過路的行人不停招手。可是這些傳言，他們不敢讓莊至桓知道。莊至桓的那脾氣，他們是領教過的。

100

結婚剛滿一個月，莊至桓卻得知了另一件事。他回想起他在娶靈草的那天見到莊至行的情景。他先走到莊至行的跟前，要向他道謝，因為他讓靈草在自己家住了一晚。可是莊至行支支吾吾的，見了他像是很慚愧，連句應酬話都沒有。當時根兒爺之所以要他把靈草寄宿在莊至行的家裏，無疑是因為莊至行已經參加了很多秘密的活動，在村子裏，幾乎成了一位頭面人物。

他的家裏，經常會有些陌生的人到來。他們或者自己離開，或者由他安排人送出去。而他的年齡與莊至桓不差上下。若不是根兒爺有言在先，莊至桓是不會往他那裏領女人的。

莊至桓的家裏，傳來了女人的陣陣哀號聲。不過，那哀號聲響了不長時間，就戛然消失啦。莊至桓狠狠地打了一頓這位看上去總是纖塵不染的女人。他堵住了女人的嘴，直到她躺在床上不動彈啦，才把堵嘴的東西拿出來。

女人在他的威逼下，老老實實地招供啦，她在那天晚上的不軌行為。他給她送去了鋪蓋，安頓她吃了晚飯，就回去啦。可她在那間柴房裏，並沒有馬上睡著。她坐臥不安。躺下，起來，反覆了好幾次。後來，她終於拿定主意走了出去。

四處靜悄悄的。她看到院子裏，只有一間房子亮著一線燈光。細聽的時候，還可以聽到從那房子裏傳來的低低的說話聲。她走過去，扒著門縫朝裏望瞭望。裏面坐著三四個人，正小聲說著什麼。她認得其中的一個，就是這家的年輕主人。他們說了一陣，就有了想離開的意思。女人趕緊輕輕地走回自己住的那座小西屋。她在黑暗中，聽到幾個人的腳步聲，穿過院子，遠去啦。

等院子裏什麼動靜，也沒有啦，她才又走出來。一看，那年輕人住的屋裏，還有燈光忽明忽暗地亮著。她再次從門縫往裏望，見那年輕人正坐在床上發呆呢。在他要吹燈躺下的時候，忽然發覺了門外的響動。他立刻變得警覺起來，輕輕叫了一聲，「誰？」

女人躲在門外，可不防他走過來，猛地把門打開啦。他看到了女人，疑惑地問她要幹什麼。女人往裏面一擠，就從他身邊擠過去啦。她從容不迫地躺到了他的床上，斜著眼看他。可是他簡直嚇壞啦，站在門口動也不動。她只得又走下床來，不由分說替他把門關上啦。他驚慌失措地看著她，而她猛地將他一推，竟把他推倒在床沿上。

「我要跟你。」女人熱呼呼的身子，緊貼著他的臉。

莊至行嚇得渾身直冒汗。「你可是，」他結結巴巴地說，「你可是莊至桓的女人哩。」

女人抱著他的頭。「我不是莊至桓的女人。」她說，「我誰的女人也不是。」

「你那可不行，全村的人，都知道你是莊至桓的女人哩。」莊至行說，「明天他就要把你娶過去啦。」

女人眉一橫。她發起火來。「你是個窩囊廢麼？」她氣咻咻地說，「他能娶我，你就不能娶我了麼？你們誰先娶，我就是誰的。」

她抓住莊至行的一隻手，也躺下來。她把那只手放在自己的衣服裏。她覺得莊至行的手在她的衣服裏蜷成了一隻雞爪。她抖著，把他往自己的身上拉，可他竟然一下子從床上溜下去啦。他的那只手，還在女人的手裏。女人從床上冷靜地看著他。她覺得他可憐極啦。他幾乎要哭啦，兩隻眼裏，淚汪汪的。她一鬆手，他就跌坐在了地上。她簡直快讓他惹笑啦。等她剛要伸手再拉他時，他突然騰地一跳，奪門而去啦。

莊至桓聽女人哭訴著，臉色鐵青。女人說完啦，趴在床上抽噎。他越想越氣，伸手一提女人的胳膊，就她把翻了過來。他狠狠地捏著她身上的肉，口裏說著：

「告訴我你哪裏賤！你哪裏賤，我就給你在哪裏捏捏！」

女人又號叫起來。

莊至桓堵著她的嘴，氣平了些才住手。

女人把身子擰出了許多的彎曲。

「我要栽一棵樹！」莊至桓一字一句地對她說，「我要讓你一看到這棵樹，就把今天的事情記住。」

101

靈草成了莊至桓伏伏貼貼的小媳婦。可是，她在這天夜裏的哀號，使很多人對她的身世的諸多猜疑，得到了證實。兩個月、三個月過去啦。半年過去啦。可她的肚子，仍舊是平平的。人們心裏說，別看她那一身皮囊好，內裏早讓人糟蹋壞啦。這不，連顆種兒都懷不上啦。

莊至桓自從有了女人，就不大往外走啦。他精心地伺候著自己家裏的三四畝地。但是，常有一些村裏的女人，到他家來，問他要一些只有城裏才能買到的東西。靈草要是也在跟前，他就會對人家說，「你們去到貨郎挑子那裏買吧。貨郎挑子隔三差五地來村裏，他們什麼都能在城裏買到。」可是女人們還是希望從他這裏買。她們不想受那些一面不識的貨郎的盤剝。

靈草在來核桃園的第二年，才懷上孩子。很顯然，第二年懷上孩子，要等到第三年，或接近第三年的時候，才能生。結婚三年才生孩子，對於一個女人來說，時間夠長的啦。可是，這孩子總算截止了村裏大有泛濫之勢的謠言。

靈草不是從金穀院出來的。她的父親，是一個老中醫。在核桃園，她把自己在家裏耳薰目染學來的一點醫術派上了用場。刮痧、拔火罐，甚至號脈、扎針都難不住她。村裏的女人，已經對莊至桓死了心。他不會再四處游蕩，做辛苦的小販啦。可他的女人，卻又把她們吸引到了他家裏。

102

老大在他們結婚的第三年的正月，出生啦。孩子長到兩個月的時候，莊至桓那天在院子裏的栽下的榆樹，第一次結出了一簇簇的榆錢子。女人的身子，復原得很快。她經常在莊至桓出門幹活的時候，一個人站在屋門口，看著那棵榆樹出神。院子裏，沒有雞，很靜。女人不願在院子裏養雞。丈夫知道她天生喜愛乾淨。

榆樹的蔭影，落在地上，只是一小片，圍著細細的樹幹緩慢地移動，讓人幾乎覺察不出來。女人能夠清楚地看出，那一小片樹蔭的移動。她有時候看厭啦，就會走到院門外面。別的女人，看見她走出來，就會向她走過去。

眼前的世界，並不太平。村裏經常要有一些形跡可疑的人經過。但莊稼人總得種莊稼，莊稼人的日子，照過不誤。

103

女人懷抱著孩子，站在自家的院門口，跟別的女人一起，看著街上的一個貨郎挑子。那位貨郎背對著她們，一邊「嘣嘣」的搖著貨郎鼓，一邊跟村裏的一些老人和小孩進行交易。他把泥哨子、面人兒、爆米團、發網、卡子、針頭線腦賣出去，換回一把把的女人頭髮，或者一個兩個雞蛋。孩子們手拿剛買來的泥哨，你吹一聲，我吹一聲，跟貨郎鼓的聲音混在一起，讓人覺得，貨郎鼓實在用不著總是這麼搖著的。果然，女人們就開始議論啦。「他總是搖。」女人們對靈草說，「他就不會停一停。」

靈草輕聲哼著，哄著懷裏的嬰兒，跟別的女人一樣，注視著那位背對著她們的貨郎。

「這幾天他天天會來。」又一個女人說，「我家可沒有那麼多的頭髮。再說，他的貨總是那麼幾樣兒。老大的大，給我捎過一塊帶香味的胰子，他那挑子上就沒有。給死人扎的白頭繩，他倒有一把。」

「不過，他的貨是便宜的。」另一個女人插嘴說。她懷裏的嬰兒，猛地哭了起來。一個孩子，吹著泥哨，從她跟前跑過，她就伸手打了他一下。「吹！吹！」她氣洶洶地罵道，「你娘死挺啦，這是給你娘發喪吹響器呢。」

那孩子頭也不回，野馬似的，吹著哨子跑開啦。

嬰兒不哭啦。她們又去看那貨郎。這個貨郎也真是，他那貨郎鼓，就不能停一停麼？「嘣嘣嘣，嘣嘣嘣」，無休無止的。

「靈草。」有個女人猛地叫了靈草一聲。靈草不由一楞。「靈草，」她說，「你買過他的東西麼？你信不信，他的東西都有股草藥味兒。他身上，也有股草藥味兒呢。」

靈草輕輕搖晃著懷裏的孩子。「我沒買過，我用不著。」她低低地說道。

「嘣嘣嘣，嘣嘣嘣。」

靈草一轉身，「我該餵奶啦。」她向院子裏走去。

那女人說：「你餵奶在街上餵得啦，你看我。」她旁若無人地撩開了胸前的衣服，露出碩大的乳房，把一顆黑棗兒似的乳頭，塞進嬰兒的嘴裏。可是靈草已經走進院子裏去啦。她向別的女人一笑。到底是城裏女人，給孩子餵個奶，也怕讓人看見。充沛的奶汁，汩汩有聲地流入了嬰兒的嘴裏。她的臉上，漸漸露出愜意的、忘我的神情。

女人們正要散去。莊至桓從地裏收工回來啦。她們跟他打了招呼：「回來啦，老大的大大。」莊至桓含笑說：「回來啦。你們是找他娘玩的吧。」她們就說：「可不是呢。」「不再待會兒啦？」「不能呆啦，俺孩子的大也快回了吧。」「我見他啦，他說還要鋤一壟。」「噢。」莊至桓走進院門裏啦。可是那女人卻又在背後說：「老大的大，你看見那個人了麼？」莊至桓停下來，不解她的意思。她說：「你說這貨郎怪不怪？天天來，來了就停在那兒，『嘣嘣嘣，嘣嘣嘣』。」

莊至桓回過身來。過了一會兒，他就走到那貨郎的身邊去。「這位大哥，」他稱呼道。

那貨郎，抬頭看了看他。「嘣嘣嘣。」

「你生意好啊？」莊至桓又說，「你這樣是賣不了幾個錢的。」他低頭察看著挑子上的貨物，「你的貨也太少啦。」他看著貨郎，發現貨郎是一個面色很白的男人。

「你是，行家。」貨郎搪塞地說。貨郎鼓響得慢了一些。

莊至桓心情很好。他呵呵地笑啦。「行家，可算不上。」他謙虛地說，「我只是把村子裏人們在雨天採的蘑菇、木耳收購起來，再賣給城裏人。城裏太太小姐的舊衣服，弄到村裏，也是可以換上一點錢的。」

正說著，他看見莊至行帶著兩個人朝這裏走了過來。「你要是口渴啦，就去我家喝口水。我家在那裏。」他指給貨郎看，然後在莊至行走近之前，離開啦。

莊至行走到貨郎跟前。他在盤問貨郎什麼。莊至桓關上院門。「嘣嘣」聲停了下來。莊至桓進了屋子。靈草正坐在凳子上給他兒子餵奶。他走過去，從她後面抱住她，頭低在她的脖子上。他聞著脖子的氣味。

「嘣嘣」聲，又響了起來。

靈草的脖子，熱呼呼的。靈草的呼吸，變得急促啦。她把嬰兒順手放在了身旁的搖籃裏。莊至桓把她緊緊摟住啦。她也摟住了莊至桓。他們倒在了床上。女人躺在男人的下面，可是她的那個樣子，好像她總是在努力翻到上面去。床在發出劇烈的響聲，但他們聽到的不光是床的聲音。一種「嘣嘣」的聲音，在裏面跳躍著，時時被他們聽到。他們覺得自己就像是在一張繃緊的鼓面上。他們聽到是戰鼓的聲音。可是他們從鼓面上滾了下來，幾乎把地上的搖籃，給撞到牆根底下。他們的喉嚨裏，就像擠滿了千軍萬馬。

千軍萬馬一起吼叫著。他們吼叫著，無聲地吼叫。一股股熱浪，從他們的身上疾馳而過。漸漸地，他們覺得自己乾透啦。乾成了一片輕飄飄的羽毛，在「嘣嘣」聲中不停地飛翔著。

他們不知道「嘣嘣」聲什麼時候消失的。那可能是在夕陽西下的傍晚，也可能是在滿天星斗的深夜。他們雙雙意識到，自己正躺在屋裏的地上。

104

第二天，靈草沒有再次聽到那種聲音。她在院門前怔怔地站了半天。第三天，第四天，那位貨郎仍然沒有出現。榆樹上的榆錢子，已經落啦，長出了嫩綠的幼芽。靈草喪魂失魄地抱著咿咿呀呀的孩子。突然，孩子大哭了起來。一個男人，站在了她的面前。「給我喝碗水吧。」她聽見那人低聲說。

靈草飛快地轉過身。那男人等在門外。她出來啦，手裏果真端著一碗水。那人接啦，幾口就把水喝完啦。他把空碗交給她，然後就默默地轉過身，擔起放在路邊的貨郎挑子，向村外走去啦。靈草端著那只碗，呆呆地站在院門外。那人留下的草藥香味，久久不散。孩子不哭啦。村裏的女人們見她在院門口站著，就又走攏過來。

「我看他不像個貨郎。」她們對她說，「那天村長盤問他半天，他露出馬腳來。過了這麼長時間，他才敢進核桃園。我看他像個從炮樓裏出來的探子，叫人把他抓起來就好啦。」

靈草就像沒聽見一樣。她突然撩開胸口的衣服，眾目睽睽之下，讓雙乳從懷裏跳了出來。可是孩子緊閉雙唇，一口也不吃。白白的奶水，噴湧而出，澆在孩子的臉上。

女人們驚奇地望著她的不尋常的舉動，也驚奇地望著她的那兩隻肥碩白膩的乳房。這樣的乳房，簡直能讓男人們給饞死，就連女人們都止不住想要上前摸一把啦。但是，人家生了孩子，還是老樣子，那腰兒並不比姑娘們的粗多少。

孩子張開了嘴，含進了乳頭。可是靈草的臉色陡然一變。「怎麼啦？」女人們急忙問她。汗珠，從她的額頭上，滲出來。

「他在咬我。」她哀嘆道。

女人們更加驚奇啦。「他咬人！他才這麼小。」她們說，「那就快拔出來吧。」

靈草沒有從孩子嘴裏拔出乳頭。她忍受著。奶水，溢出了孩子的小嘴。

「拔拔拔！」女人們叫道。她們下意識地用手護住自己的胸口。

靈草根本不理會她們。一顆顆汗珠，滾過她的面頰，又滴到孩子的臉上。

「拔拔拔！」

乳頭終於滑了出來。靈草的身子，不停地搖晃著。女人們剛要去扶她，她卻頭一扭，走進了院子裏。女人們從低矮的院牆外面，看見她並沒有到屋裏去。她站在了那棵榆樹的下面。她在撫摸那棵樹。

105

這一天，莊至桓收工比平時晚了些。他回到家的時候，他的兒子正在一聲高一聲低地啼哭著。他想，靈草怎麼會讓孩子這麼哭呢？他慌忙走進屋裏，看見兒子從搖籃裏翻了出來。靈草不見啦。靈草再也沒有回來過。

「你在地上滾了滿臉的土。」

以後兒子長大了些，他經常這樣對兒子說。

「鐮兒，鐮兒。」他在訴說著的時候，還會突然把他緊緊抱在懷裏，好像怕他馬上從他身邊消失一樣。他不停地抖動著。老大清晰地記著，父親身體的震顫。他是在父親不由自主的震顫中長大的孩子。

106

村裏人無不認為，莊至桓不該娶靈草這種半路撿來的女人作老婆，同時還認為，莊至桓為失去這樣的老婆而頹喪，是不值得的。「要娶就娶正經人家的女兒。」他們經常勸慰他說，「靈草可是有沒有娘家都不知道呢。」

「她有娘家。」莊至桓分辯道，「她是城裏人。」

「有娘家？有娘家你怎麼不去找她？」

「她是逃出來的。她大是縣城的老中醫，在縣城很有名的。」莊至桓說，「她大把她許給了縣城駐防司令的瘸腿兒子，立逼著要成親。」

「啊呀，至桓，」他們失色道，「你可是膽大！核桃園離城不到二十五里地，那司令早晚會有一天打聽到她在這兒。部隊開來，不得把核桃園給踩平嘍。你可是膽大！不虧是常在外面跑的人。」

莊至桓不說話啦。他彷彿覺得，自己這樣被人問來問去，是很奇怪的。他看了看他們。

「那個貨郎是誰？」有人又問。「看樣子他們早就認識。」

「至桓哥能知道是誰？至桓哥要是知道他是誰，還能讓他好好的回去？」

「靈草不會相中一個擔貨郎挑子的吧。」

「你沒看出，那人是裝的麼？村長盤問他一通，處處露馬腳。當時村長作主把他給逮住就好啦。村長做事總是猶猶豫豫的，先做好人。」

「他身上有股子草藥味，該不會也是行醫的吧。」

「哼，他行醫！說他是藥店的小夥計就不錯啦。」

「至桓，你就沒聽靈草說過她大開藥店的事兒？」

可是，莊至桓站了起來。他一聲不吭地走開啦。

107

這一天夜裏，莊至行來到莊至桓家。

「兄弟，」他說，「報個名兒吧，報個名兒當民兵。別村三十歲以下的人，都報名當民兵啦。上級也是這麼要求的。」

莊至桓扭頭看著自己的兒子。他坐在小板凳上，望著牆外的黑暗。他的目光，好像把牆壁給穿透啦。他把牆外的什麼東西，全都看到了眼裏。

「我的孩子還小，」莊至桓慢慢說，「等他大了就好啦。」

莊至行也去看那孩子。他嘆了口氣。「兄弟，你該再找個女人過日子。」他說，「世上的好女人有的是。你也別把過去的事看重啦，靈草她——」莊至行自己停住啦。

莊至桓能夠看出他心裏想到了什麼。「我栽了棵榆樹。」莊至桓說。他轉向板凳上的孩子，問道，「鐮兒，你今年幾歲啦？」

孩子低聲回答：

「我五歲啦。」

莊至桓接著說：

「那棵榆樹栽了差不多八年啦。它可以長成核桃園最大的一棵樹。」

莊至行費解地聽著。他打消了說服莊至桓參加民兵的念頭。他很後悔，當初沒有阻止莊至桓的親事。因為即便莊至桓對靈草一無所知，他卻是事先有所覺察的。那天夜裏，換一個人，就可能會發生那種事。他現在已是結了婚的人啦，而那個女人，當時竟差點使他一失足成千古恨。他僅僅是想一想，就有些後怕呢。可是對這位半路撿來的女人，莊至桓何以會如此地留戀不捨？他已經變得只怕連他自己也認不出來啦。

幸虧那女人還給他留下了一個兒子，不然，誰也不能斷定，他會做出什麼樣的事。

108

莊至桓是漸漸地才恢復了一些原來的樣子的。又過了幾年，那棵榆樹結的榆錢子，幾乎能堆滿他家的院子啦。到了冬天，他把兒子寄在一位親戚家，又重操起他的老本行。他走村串戶，收集了一挑子的乾蘑菇和木耳，然後在一天的拂曉，離開了村莊。

一個多月過後，人們才見他扛著一副空挑子，返回核桃園。他的兒子，蹒跚著兩條小腿，緊緊跟在他的後面。關於他這一個多月的行蹤，他從沒有向任何人提及，但人們仍能猜出一二。人們相信，他根本沒法打聽到靈草的去向。她不知早已跟那假貨郎遠走高飛到哪裏去啦。還有人想對空手而歸的莊至桓勸慰一番，不料，在他回來的當天下午，發生了一件讓人一想起來就對他肅然起敬的事。他把村裏的一個男人高高地舉過頭頂，整整圍著村子轉了一圈，嚇得那人尿了褲子，一個勁兒地向他求饒。很多人尾隨其後。他們一致相信，莊至桓一使勁，就會把那人扔到房頂上去。人群越聚越多。那人的老婆，牽著幾個孩子也來啦。「孩子娘，快求求他大爺。」那人一瞧見她，就失眉吊眼地叫喚。女人倒是機伶，馬上撲通跪在了莊至桓的面前，叫了一聲，「大伯哥。」

可是，莊至桓連看也不看她。他照舊高高舉著那個侵犯了他的尊嚴的男人，在原地轉著圈子。誰都認為，他就要把那男人拋到離莊至桓不遠處的火塘去啦。火塘的屋頂上，棲落著幾隻正在享受火塘餘熱的麻雀。眾人已把目光投到了那裏。麻雀受到了一束束目光驚擾，不安地抖起了短短的翅膀。人們的呼聲，也就要脫口而出啦。那女人像是已做好了一下子從地上彈跳起來的準備，可是她又陡然軟在那裏。

莊至桓一鬆手，就把那男人穩穩當當地放在了地上，彷彿那男人是一根直溜溜的木棍，被他順手插進了土裏。然後，莊至桓不緊不慢地邁開大步，離開了人群。那男人一見他已遠去，也不在那裏呆站，滿面羞慚地夾著稀濕冰涼的兩腿，一逕跑回自己的家。女人隨後跟上去，到了家裏，見男人用被子蒙住了頭，躺在床上啦。

「孩子的大，你是怎麼惹著他的？」女人問他。正要去揭他頭上的被子，不防被他突然從裏面踹了一腳，她就知道，他挨的這頓臊，起碼得讓他半年抬不起頭來。她拍拍身上的土，走到街上。「俺得要個公道，」她對人們說，「俺怎麼惹著他啦？」

有知情的人說：「算了吧，他六嫂，根兒爺也不會為你們管這事兒？」

「他不管，那村長也要管。」女人不甘心，「俺得找個說理的地方兒。」

「你吃飽撐的，還不回去問問孩子的大，看他讓不讓你去找說理的地方兒。」這人模仿著她的古怪的口音。

「老少爺們兒得給俺作主。」女人嘴裏嘟嘰著，悻悻地走去啦。

知情的人也無法說清，那男人是怎麼惹著了莊至桓的。他們一夥人去他的家裏，只是想打聽一下他在外面見到的事情，可是那位倒黴的男人偏偏一開口，就再次提及了那個在過去幾年中，人們不知提了多少次的話題。

「我是說過的，靈草早跟人跑遠啦，你信了吧。」他這樣對莊至桓說道。可是，沒容他把最後一個字吐出來，那莊至桓就一伸手，揪住了他的衣領。

109

莊至桓過了七八年的鰥居生活，媒婆第一次踏進了他的家門。媒婆進去不久，他就新簇簇地跟她走到外面。他們出了村子。可到了傍晚他才回來。他是一個人回來的。不用問人們也知道，他的這次相親是不成功的。

「我再不出去啦。」他對再次登門的媒婆的說，「你把她們領來我看得啦。」

媒婆為難啦。「媳婦子還好說，人家大閨女怎麼能——」

「她們願不願來我管不著。」莊至桓不容置疑地說。他看了一眼放在桌子上的一個布包。媒婆也看了一眼。「我說不出去，就不出去啦。」他說。

「你看你，怎麼能說不出去就不出去？」媒婆訕訕地說，「你倒擺起架子來。你倒是知道，人們都想儘快把閨女嫁出去。寡婦們也是越來越多啦。整天價打仗。」

媒婆開始把女人們一個一個往他家領，可她仍然只得把她們一個一個再領回去。

「你不能把她們跟別人比。」媒婆苦口婆心地勸說著，「她們都是能夠老老實實過日子的。就是霍古市的霍六寡婦，也是能跟你老老實實過日子的，她又沒帶犢。」

莊至桓就像是沒聽見她說話。

「明天我再領一個來，是萊河東康家橋村的。」媒婆說，「我可告訴你，這可是最後一個。她那眉眼倒像一個人——我不提出來你也知道。」

媒婆走啦，莊至桓覺得屋子裏空蕩蕩的。「鐮兒。」他叫了一聲，可是沒人答應。他走出屋去，又叫。院子裏，沒有兒子的影子。榆樹又快結出榆錢子啦。他覺得兒子不會跑遠的。可是，這會兒他就想馬上見到兒子。他走出院子，問街上的人，見他的兒子沒有。人們向他搖搖頭，他就繼續向前走，逢人便問，可是一直到天黑，也沒能找到兒子。他嚇怕啦。村子裏的人，都幫他找。他們不光在村子裏呼喚，還跑到野外去呼喚。人們都有了一種不祥的預感。那孩子可不能丟啦。他要丟啦，不要莊至桓的命才怪呢。現在僅僅是不知孩子的下落，就讓莊至桓恍恍惚惚的啦。莊至桓如痴如狂的，見人就問，「你們沒見鐮兒嗎？你們真沒見他嗎？」人們簡直不敢搖頭啦，可是即使他們搖頭，莊至桓也看不見。他好像對什麼都視若無睹啦。

110

半夜裏，村長莊至行打聽到了一點消息，說是黃臺子村的神算黃仙人，見過像他們說的那樣的一個孩子。他向萊河邊上的渡口走去啦。當時，黃仙人還以為那孩子在追著一個娶親的行列看。莊至桓一聽，就馬上跟人一起來到黃臺子，求見那位黃仙人。黃仙人很熱心，起床後，急忙領著他們向渡口走。他指著黑暗中不遠處的一條路，說：「上午過了一隊娶親的。」

渡口到啦，那裏有一個小碼頭，一隻船也沒有。河水，潺潺地流著。初春的夜裏，寒意依舊很濃。人們不由得聳了聳肩膀，茫然地望著黑沉沉的水面。村長對那位黃仙人說：「黃大仙，您就不能掐算一下，看這孩子是往北走，還是往南？」黃仙人倒也不推辭，但他要回到家裏，才能設壇問卜。眾人一聽，就跟他一起離開了河岸。

黃仙人把自己關在他住的小屋裏，別人一概不放進去。等了約莫個把時辰，黃仙人出來啦，滿面笑容地對人們說：「這孩子命大，丟不啦。他是火命，水火不容，水滅不了他，不但滅不了他，還能把他送回來。諸位放心，明日午時正，孩子自己就會走上門來。」

聽了黃仙人的一番話，眾人這才鬆鬆爽爽地回到村裏。莊至桓半信半疑，哪能睡得著，天不亮就坐在了院門口的地上。這一天，村子裏靜得像沒人一樣，可是莊至桓心裏明白，幾乎所有的村裏人，都在等待著黃仙人預言的那個時刻來臨。早晨灰黯的光線，漸漸散盡啦。空氣明亮得像一大塊透明的玻璃，若有若無地發著清脆的、細小的啰啰聲。莊至桓的耳根，熱辣辣的。日頭緩慢而頑強地朝他的頭頂移動著。他感到了不亞於盛夏的、強大的熱力。他突然筆直地站了起來。幾乎在同時，街上站滿了村裏人。

靈草款款地朝他走來啦。他無疑聽到了身後院子裏榆樹上的榆錢子驟然綻放的聲音。他向靈草跑過去。

靈草停下啦。在她的身旁站著的，是昨天還到他家來過的媒婆子。媒婆子驚訝地看著他，但她很快就顯出了一臉的得意。靈草有些害怕似的，往後一躲。她也很快變成羞澀的啦。她拉著自己的一根指頭，站在那兒，眼覷著得意洋洋的媒婆子。

「鐮兒。」莊至桓停在她們跟前，叫了一聲。

一個孩子，一個渾身是土，赤腳的，眼裏含著一股莫名其妙的恨意的孩子，從她們的後面走了出來。孩子一句話也沒說。

莊至桓彎腰把他抱起來。他們轉身就往家裏走。媒婆子一楞，就緊忙跟上去。

「我是說過這姑娘很像靈草，」她說，「我沒說錯吧。」

很多人，都湧來啦。媒婆子，夾在了他們中間。她不知道發生了什麼事。

「她長得簡直跟靈草一模一樣，大夥兒說說，你們也是見過的，你們說說，她是不是長得跟靈草，跟至桓大娘子一模一樣？」

莊至桓咣的一聲把院門帶上啦。他從院門上探出頭來。

「讓她滾開！」他朝媒婆吼道，「我恨靈草！」

媒婆只能楞住啦。她忽然聽到了一聲女人的號啕。她驚慌地撥開重重人群，朝那個扭身就跑的姑娘，追了過去。

有人注意到，莊至桓的兒子出現在人們視野中時，不前不後正好是午時正。黃仙人的神算，果真不擔虛名。那些好事的人，早已撒腿趕向黃臺子，去報告莊至桓的兒子準時歸來的消息啦。三天後，那孩子第一次走出了院門。他已經像他父親一樣啦，不論別人對他怎麼盤問，他也不回答自己去了哪裏。

莊至桓永遠地停止了自己的再娶計劃。他變得快活起來。兒子的失而復得，給了他極大滿足。他們父子形影不離，一塊出去勞動，一塊回來。可是這種快樂的時光，並沒有持續多久。

111

臘月裏，莊至桓參加了村裏組織的擔架隊。解放軍攻打金鄉縣城的戰鬥打響啦。莊至行帶領擔架隊，在一天夜裏上了前線。

一個星期後，擔架隊返回村裏，而莊至桓卻不知去向。孩子成了孤兒。

莊至行派出不少人去四處打聽，終於沒有得到莊至桓的音訊。他把孤兒領到自己家中，讓他跟自己的幾個孩子生活在一起。

當時，莊至行的小女兒ㄚㄚ，只有六七歲，是他的掌上明珠。他沒想到自己的善行，竟會讓女兒夜驚了將近一個月。

隨著時間的流逝，兩個孩子都漸漸安穩下來。

112

有一天，莊至行剛從塔鎮回來還沒歇口氣，ㄚㄚ就跑到他身邊認真地問他：

「大大，是你把老大的大大害死的吧。」

莊至行聽啦，大驚失色。「胡說！」他訓斥女兒。

「是你害了老大的大大。」女兒不服地說，「你把他大大騙出村子，你就把他推到火裏去啦。你是眼看著老大的大大燒死的。」

莊至行氣得把手舉起來，卻又停下啦。「你聽誰說的？」他問女兒。

「是老大親口說的，他還說他也要燒死你。」女兒說，「他要是燒不成，他就燒我。」她抓著自己的辮子梢，「你看，大大，他已經在燒我啦。」

莊至行看到女兒的辮子梢上，的確有燒焦的痕跡。他不知說什麼好。停了一會兒，就拍拍女兒的頭：

「老大哥哥是跟你鬧著玩的。」

女兒蹦蹦跳跳地出去啦，可是他卻不能安靜下來。到了晚上，莊至行走到孩子們的屋裏，把老大給叫了出來。

「鐮兒，你很想你的大大是吧。」莊至行和藹地對老大說，「我也很想他。你大大是個好人，村裏人都記得他的仁義。他從外面回來的時候，從沒忘了老人，總是給他們帶些點心。根兒爺到現在還抽著的玉煙嘴兒，就是他給買來的。可是他竟不在啦，我會讓上邊的人，把他封為烈士的。」

老大面無表情。莊至行忽然覺得，自己並不知道為什麼給他說這些。至於他準備努力讓上級把莊至桓封為烈士這件事，他心裏其實並沒有一點兒底。

113

隔了一天，莊至行無意中碰到老大把女兒騎在胯下，用手狠扯她的小辮兒。可是女兒一聲也沒有吭。他趕忙上前把老大從女兒身上拉開，好不容易克制住了自己火氣。

「老大，你怎麼能欺負你的妹妹呢？」他語氣平靜地說，「她比你小。」

女兒見父親在場，也沒敢哭一聲。她只木木地看著父親。他把女兒領到一邊，詢問怎麼回事。女兒緊閉著嘴巴，睜圓了眼看他。她越是不說，他的疑心也就越大。問得緊啦，女兒忽然一笑，像大人似的一攤手，「沒什麼，大大。」說了一句，就要離開。他一把抓住她，她回過頭，眼裏陡然充滿了淚水。「大大。」她撲在他懷裏叫道。他沒有再問，但他肯定老大威脅她啦。那或許是因為女兒前一天把他們之間的話說給了他。

果然，莊至行的大兒子跑來告訴他，自己聽到老大威脅妹妹。「你對你大說我燒你頭髮啦！」老大一邊氣洶洶地說，一邊做著樣子，「你要再敢多嘴我把你這條尾巴全燒啦，一根不剩！」妹妹嚇得蹲在地上，動都不敢動。

「孩子，」莊至行對他的兒子說，「你們兄弟要多照看著妹妹一點。」

兒子點點頭。莊至行自己也留心了許多。但他很快就對三個兒子失望啦。他們在老大的面前，馴順得簡直讓莊至行不敢相信。只要大人不在眼前，老大就會吩咐他們幹這幹那，而他們不僅對他言聽計從，還總是想法兒討好他，就像他屁股上沾著糖似的。十一二歲的孩子，卻已有了一份大人似的威嚴。莊至行有心糾正老大，卻總是臨到時候又突然打消了主意，自己也像正在受到老大不可違拗的指令。他更不想鼓動孩子們聯合起來，共同對付桀驁不馴的老大。村裏人把這情形看在眼裏，都說老大前世是只老鼠，他的孩子則是三隻白貓，欠了老大的孽債，今世要還上的。

莊至行堅信這只是孩子們的遊戲，等他們全都長大一些，就好啦。轉眼間，老大十五歲啦。他突然在一天下午悄沒聲兒地把自己的鋪蓋從跟莊至行的孩子合住的小屋裏搬了出來，一個人打開了他家緊閉了多年的院門。他很少再往莊至行家去啦。莊至行也幾乎是在突然間才發現自己的兒子一個個長成了大小夥子，丫丫也出落得異常標緻啦。

實際上，莊至行想讓老大跟自己女兒成親的念頭，並不是因為根兒爺的提醒才有的。在他努力為莊至桓申請烈士稱號泡湯之後，甚至在他剛剛決定把老大收留在自己家裏的時候，他就想過這件事。他經常站在遠處，溫情脉脉地注視著這一對「冤家」，直到他們爭吵得不可開交的時候，才上前拉開。

時過多年，他的期望，仍然沒有能夠實現。丫丫身遭不幸，另嫁他人，最終跳河死啦，連具屍首都沒找到。那一年河水太大啦，幾乎漫出了堤壩。河水的聲音，十幾裏外的塔鎮，都聽得到。不過，莊至行也總算讓自己的心靈得到了安寧。通過他的多方運籌，老大在丫丫去世之前代替他當了村裏的當家人。而且在他心目中最重要的，是老大在丫丫出嫁的第二年春天，從牛王廟村娶回了妻子麥。

他親眼看到老大娶了親，備感安慰。麥又是那麼好的一個女人，也只有老大能配得上。可是——莊至行沒有得到實現的期望，可不算少，連他也不能盤算清楚。在剛剛過了五十歲生日的時候，他自以為就要死啦。他在床上奄奄一息地躺了三四天，腦子裏就想這件事。

消息傳出去，塔鎮派人來看望他啦。後來縣裏的一個大官，也來啦。

114

大官是當年他們村的擔架隊從戰火中搶救出來的。大官一談當年的事，他就「嗚嗚」的哭啦。他想起了活不見人死不見屍的莊至桓。大官是坐著墨綠色的吉普車來村裏的。

莊至行一激動，掙扎著起來要送他。送到院門口，大官上車走啦，可他卻不想再躺在床上。對莊至行來說，五十歲上死就太早啦。

根兒爺還死不了呢——根兒爺有多少歲啦？莊至桓領著那位身上散發著草藥味兒的女人，前去他家見他的時候，他的鬍子，都快白光啦。如果他當時能夠從屋裏出來，看上靈草一眼，以他目光的犀利，他或許不會同意莊至桓娶她的。可是，他是一直到莊至桓的婚禮舉行時，才見到的那女人。

婚禮業已舉行，又讓人說什麼好呢？很多上了年紀的人都記得，根兒爺當時是一個勁兒地誇獎莊至桓恪守禮法。本來是半路上遇到的女人，最終讓他以禮法來約束啦。他沒有馬上把女人領到自己的屋裏去，而是首先徵求了老人的意見，把她妥善安置之後，才開始找媒人，去跟女人說。她雖然是半路上撿來的，卻也算是明媒正娶。後來的事不如人意，但那可不是誰能強求的。

115

老大的威名，很快傳遍了整個塔鎮。

有段時間，人們經常會見到一個從塔鎮來的人，跟老大在一起。人心惶惶。因為那人是來懇求老大離開核桃園到鎮上去的。塔鎮已經給他留出了一個不可小覷的職位。可是核桃園不能沒有老大。老大是核桃園的主心骨。換了別人，人家一來，就對人們指手劃腳，他敢說個不字！人家讓修大場院，你就得修大場院，要你種高粱，你就得種高粱，上千畝的良田毫無二致。……來人對老大說破了嘴，還有人親眼看見，他給老大跪下啦，淚眼汪汪地讓老大幫他。可是老大到底是沒有去。事過不久，長大成人的莊老八，幾乎成了塔鎮的魁首。很多人認為，如果老大肯的話，這一輩子是輪不到老八出頭的。

核桃園的自留地，一直沒有被取消，而且人們也不光在自留地裏栽種芋頭或者蘿蔔，人們想種什麼就種什麼。這種情況，在全塔鎮，以至整個金鄉縣，也是不多見的。不少村子的姑娘，都在朝思暮想嫁到核桃園來。核桃園沒剩下一個光棍，就是那些在別的村找不到老婆或者只能打一些殘疾女人主意的地富分子的子弟，也都娶到了如意的女人，甚至有一位王妹樓的半老寡婦，忽發春興，托人帶來口信，問金元願不願意要她。

老大的妻子麥，也得到了核桃園人無以倫比的尊敬。但她並沒有一絲一毫的凌人之氣，而那些做小隊長太太的女人，早就神氣了起來，宛如做了宮裏的娘娘。可是麥在生下女兒芒妹之後，就沒能再生產。

女兒轉眼五歲啦。誰都知道，老大一心想要麥給他生個兒子。老大會看著人家的兒子，長時間地發呆，但是芒妹也是夠讓他喜歡的。麥也想為老大生下個兒子。她想了很多的辦法。她的娘所打聽到的民間的偏方，她幾乎全都試用過啦，可是沒用。老大常見她把別人家的孩子，領到自己家來，給他們說話。如果有上一段時間，她不往家領啦，他還會拐彎抹角地催她。

「你娘說的偏方或許是準的。」他這樣說。

麥常往家領的是莊道潛的兒子。那個小男孩，瘦弱得讓人可憐。當初，村裏很多人都在擔心，他不會長大成人的，可他也已經有六七歲啦。他的姥爺莊至行，卻幾乎還沒有跟他說過一句話。莊道潛總不讓他有接近孩子的機會。

116

丫丫死後，莊至行的耳朵，有了毛病。他經常會聽到一種聲音。不知從什麼時候起，人們漸漸地不願跟他在一起參加勞動啦，因為他總是會突然對人發問。

「又下雨了嗎？」他挺認真地等著別人回答。

別人也不好意思不理他。「這不天好好的嗎？」

「那我怎麼聽到有下雨聲呢？」他說，「雨水嘩嘩的。」

他還會毫無來由地聽到河水的聲音。「萊河決了口子，可不得啦！」

人們都讓他鬧得耳朵裏嗡嗡的，好像四處都是聲音。

「那是什麼響？」他又問啦。

「是核桃林響。」

「刮著風了嗎？」他伸出手去，試探著，「沒颳風啊。我沒看見飛起來的塵土，核桃林怎麼會響呢？」

「核桃林怎麼會不響呢？」別人反問他，「村長，核桃林生氣啦。」

「論輩份，你該喊我行大爺爺。」他說，「核桃林怎麼會生氣？它又不是人。」

「不是人，就能不生氣麼？人家都要把它砍啦，砍了當柴火燒，改種芋頭地。現在講究科學啦，芋頭乾子不光能吃，送給兵工廠還能做原子彈用。全塔鎮今年都要種芋頭。號召下來啦。老大能不能擋住號召，還不一定呢。」這人說著，就想走開。

可是莊至行又叫住了他。

「你是說號召下來啦？誰來下的號召？」

「誰？還不就是塔鎮的人？一個長臉瘦子，八字步，走路亂晃的。他一個人，就能把一條道給占住。你見他走來，還是趁早躲開的好。」

「這個人我認識，他叫胡世旭。他在雞黍公社當過調查員，剛來塔鎮沒幾年。」

還要再說，就發現自己身邊人走淨啦。他搖搖頭，無可奈何地嘆了口氣。他想告訴別人，核桃林不能砍。砍了核桃林，村裏再死了人往哪兒埋？砍了核桃林，就等於砍了村子。可他竟然忘啦，自己當年也曾打過那片核桃林的主意。要不是眾人反對，核桃林早就不復存在啦。他還想告訴別人，自己認識塔鎮的好多人。比如那位懇求老大離開核桃園到塔鎮上任的人，他就認識。那人名叫盧小魯，是當時公社的書記。他在那天從核桃園回到鎮上不久，就被人揪了出來，聽說現在已送到金鄉縣的菜園煤礦做工去啦。莊至行在當村長的時候，曾到菜園煤礦去開過學習會，那裏是一片離微山湖不遠的荒灘。

又過了多少年，村裏的莊老八也被送到了那裏。莊老八回來後，一副不堪回首的樣子。

「喝的水都是黑的。」他對人說，「幹一天活從煤窰上來，一張嘴才看見全身就剩牙是白的，閉嘴就找不到白的地方。你還以為自己是剛剛陰屍還魂呢。」莊老八隻在那裏待了兩個多月。其實，那是一所在當地很有名的監獄，但是人們仍然只管它叫做「煤礦」。

核桃林的憤怒，最終還是平息啦。可是莊至行仍然會聽到它的響聲。

117

這一年收穫的芋頭，幾乎全被村裏人曬成了芋頭乾。

在人們的記憶中，這個秋天成了歷年來最為繁忙的季節。整個田野上，都佈滿了勞動的人群。扎小腳的老太太，從村子裏走出來，一搖一晃地邁著山羊似的步子，來到野外，也跟在人們後面，幹起了切芋頭乾的活計。有的芋頭，大得像個娃娃，一般的刨刀根本不能使用，只好在人們的惋惜聲中切成幾塊。要是在前幾年就好啦，人們說，這樣的芋頭，能在塔鎮舉行的農產品博覽會上，得個第一。那次博覽會，很多人仍然記憶猶新。放在玻璃瓶裏的麥穗，長有一尺。張草廟送來的蘿蔔，比場院上碾麥子的碌碡還要大，塔鎮的人專門為它搭了五米多高的高臺，供人瞻仰。現在，核桃園收穫的芋頭，雖然不如碌碡，倒也算是可觀的啦。

芋頭切成的薄片，攤在地上。放眼望去，四處白花花的，好一個亮堂堂的銀色世界！天上晴得連條雲彩絲絲都沒有，瓦藍瓦藍的。根兒爺也參加了勞動。

「芋頭成了災。」他望著連綿不斷的鋪滿芋頭薄片的原野，這樣說道。別人聽到啦，就問他說了什麼。

「我在說芋頭很多哩。」根兒爺很明智地回答道，又加了一句，「這可不算少。」

芋頭乾吐盡了水分，四周翹翹著，像是漂在土海上的、一艘艘小小的船兒。人們把它們撿起來，運都不往村裏運，就裝上了一輛輛的馬車，送到了塔鎮。

趕車的人，全都唱著歌兒，因為他們聽說，哪村不唱就最後驗購哪村的。馬車在塔鎮的街上，排成了行。從塔鎮的街尾排出來，竟迤邐到野外三四里。

白色的芋頭乾，在塔鎮堆成的小山，遠遠的就能被人看到。可是，很多人不明白，它怎麼會被唱成金瓶似的小山，而不被唱成銀瓶似的。要是金瓶似的，無疑屬於等外品，塔鎮收不收購還不知道呢，還能讓你堆在那兒？但人們照舊這樣唱。

從塔鎮回來的車把式，向人們繪聲繪色地描述了在塔鎮親眼目睹到的一番盛景，卻並不能使人疑慮頓消。芋頭乾，要是能做原子彈，光塔鎮的芋頭，都能把地球給炸飛啦。聽說那玩意兒厲害著呢，鄰國的一支部隊，曾入侵我國的西北邊疆，一個原子彈就讓他們沒影兒啦。誰讓他不好好地在自己國家待著呢，我們說是在做原子彈試驗，他也只好吃下這個啞巴虧。

村裏每家都分了不少的芋頭乾。碾了粉，做成窩頭、芋頭葉餡餅、卷子、面疙瘩、麵糊糊，家家吃的它，喝的它。它是含著水，含著唾液，濕濕地落肚的，卻會發出很乾的火，燒得人耿耿難眠，讓人覺得吃下的不是原子彈，就是炸藥。

每天晚上，年輕人和孩子，放下飯碗就往外跑，瘋不到半夜是不會回來的。村子裏，不停地響著腳步聲，和喊叫聲。人們慢慢相信，自己聽到的傳言，是真的啦。芋頭乾能夠在兵工廠精煉出一種東西，裏面就包含著純純的熱火，裝在原子彈裏，一旦派上用場，就可以釋放出極大的威力。

118

莊至行家分的芋頭乾，也不少。他幾乎是頭一次見到自己家裏有這麼多的糧食。

「老大領導得好啊。」那些沒牙的老人，這樣對人處處頌揚。

莊至行想到自己也當過村長，他可從未聽到有人對他的政績說過類似的話，就覺得有些慚愧。可是，他在晚飯後，也會像別人一樣走到街頭，看孩子們跑來跑去，自己也走。

每個人的身上，都彷彿安裝了一部微型的內燃機。它催動著人們，健步如飛。莊至行向一群做著「跑馬城」遊戲的孩子們走去。他看到站在上方的那群孩子多一些。他們都牽著手，一起喊著：

雉雞翎，跑馬城，
馬城開，芝麻秸，
乾草垛，水裏摸，
你的人馬挑一個！

下方的孩子對著喊：

雉雞翎，跑馬城，
馬城高，架火燒，
你的人多我不怕，

我的人馬任你挑！

——挑誰吧？！

上方的，說了一個孩子的名字，那孩子就從下方隊裏向上方猛衝。上方的孩子們，緊拉著手，像一堵活動的牆，在夜色裏前後擺動著。如此反覆了幾次，孩子仍然沒有沖過去，便只好留在了上方隊裏。

莊至行聽他們喊了好幾個孩子的名字。他沒有聽到他想聽到的。他們又在叫啦，「雉雞翎——」吆喝聲此起彼伏。上方隊裏的人更多啦。不大一會兒，又少啦。莊至行出神地看著。上方隊裏的人，又多了起來。他轉過身去，離開了孩子們，來到一個寂靜的院子外面。他坐在牆根底下，遠遠地看著那些孩子的影子。後來，孩子們漸漸散去啦。莊至行忽然覺得，自己睡著了一會兒。可是身後的院子裏，仍然靜悄悄的。他探頭往裏望望。

窗口，黑漆漆的。在他想離開的時候，才聽見屋門輕輕地吱哇一響。趁著薄薄的星光，他看見一道淡淡的白水，從門內射了出來。裏面，有個孩子，在撒尿。莊至行緊盯著屋門看。屋門黑洞洞的，只有一道白濛濛的痕跡。很快，那道痕跡也沒有啦。屋門又一響，嚴嚴地關上啦。

莊至行在牆根下，又待了一會兒，就心情茫然地往家裏走。他不知不覺地走到了火塘那兒。金元的歌聲，也已經息啦。他忽然想進火塘裏看看。有很多年啦，他都幾乎沒有真正地朝火塘瞧瞧。他小心地走過去。火塘的屋頂，搖搖欲墜。照進去的星光，一閃一閃的。莊至行沒在裏面發現金元。但他並沒有馬上離開。他像金元一樣，蜷縮在地上。他覺得那樣竟然很舒服。也不知過了多久，他才聽到一陣由遠及近的、輕輕的腳步聲。他以為是金元來啦，就挪開了身子。他從火塘牆壁的缺口中間，看到了一個人影。他想叫他一聲的時候，他卻停下啦。

莊至行已經斷定，那人不是金元。那人遲疑了一會兒，還是向火塘走過來。莊至行看出，他走得比剛才自己走得還要小心。他來到牆壁的缺口那兒，向裏張望了一下。他的目光，落在剛才莊至行坐的地方，想來金元可能常在那裏安歇。他有些失望似的，在火塘外面，站了一會兒。莊至行以為他就要離開啦，可是他一轉身，順牆坐了下來，久久地沒有動靜。

119

第二天，莊至行見到金元，不由得大吃一驚。他傷感起來，放下手中的鐵叉，轉身從金元身邊走掉啦。他現在明白，那一年塔鎮要在全公社發展新村，核桃園在勘定新村村址的時候，老大故意讓人繞開火塘是為了什麼啦。火塘是金元喜歡的地方。老大要把火塘永遠地留給金元。

莊至行的古怪舉止，竟把金元逗得一楞。他望著莊至行走出幾步，就沖他傻笑起來。莊至行走了很遠，才回過頭。他看見金元移動起來，就像一隻黑色的草垛。金元在向村外走去，莊至行拿不准，他是不是又要離開村子。

莊至行心裏有了股衝動，很想馬上找老大談談他父親的事。當年丫丫學說給他的話，又清晰地響在了他的耳邊。可是，兩人已有多年，都是相互躲避著。莊至行倒不是像兒子們一樣記恨於他，他只是還缺乏一份回首往事的勇氣。

120

核桃園村的大隊部，離老大的家不遠。莊至行心情迫切地趕到那裏，看到一個叫劉福財的年輕人，已經在給住在隊部的知青們生火做飯啦。知青們是在去年的年底進駐核桃園的。莊至行直接趕到隊部的辦公室。老大一見他進來，就把一個跟他商量事的人，打發出去啦。

「行大叔。」老大臉上不自然的神情，稍縱即逝。

莊至行在這時候，還沒有後悔自己的到來。老大看到他就像準備一下子就把要談的話說完。「鐮兒。」他的激動，妨礙了自己說話的速度，「鐮兒。」他僅僅是低低地叫了兩聲。

老大已經感覺到啦，莊至行來得不尋常。他暗暗猜測著。

莊至行手扶著身旁的一把椅子。他有了些支持不住的樣子。在老大不動聲色的注視下，他慢慢地坐下啦。其實，他就像是軟在了椅子上的。「鐮兒。」他再次叫道。他自己也不明白，為什麼他會一見到老大，就感到一陣莫名其妙的心慌。而且，他也在想，為什麼老大見了他，總是會如此的鎮定自如。他要是能在老大的臉上看到一絲不安的神色，他的心慌，或許會減輕許多的。但他又覺得那是不可能的，老大從來都是穩若磐石，經受得起任何風吹雨打。他想，這時候老大能開口講些什麼，就好啦。他等待著老大再次對他開口。

時間一秒一秒地過去。莊至行白等啦。辦公室裏，靜得跟沒人一樣。靜得能聽出空氣流動的聲音。莊至行幻聽的毛病，陡然發作啦。他聽見了河水滔滔地衝擊著堤岸，聽見大雨傾盆而下，聽見雷聲如怒，核桃林喧嘩不息，還有火焰，身體裏的火焰，芋頭生成的火焰在嗞嗞地舔噬軀殼的內壁。莊至行臉色蠟黃，虛汗在脊背上滲了出來。

最終還是聲音拯救了莊至行。知青劉福財，在院子裏猛地嗷嚎了一聲。他又嗷嚎啦。他在院子裏嗷嚎著，像是獨自面對著一道幽深的峽谷。他停下啦，好像是抱著一捆柴，在唱一個小調。莊至行聽出他唱的小調是從金元那裏學來的。

「我想起了你的大大。」莊至行自己也沒想到，自己會對老大說出這句話，而這句話一下子讓他找到了一個從容表達的方法。他的臉色，好看多啦。他留心觀察著老大。老大顯然一楞。他向旁邊轉了一下頭。「你大要是還活著，會為你高興的。」莊至行繼續說，「他是我見過的最好的一個人，又仗義，又和善，但別人可不能惹他。那一年，有人惹了他，他舉著那人走遍了整個村子，胳膊肘都沒彎一下。人們都以為，他會把那人扔到火塘頂上。他有那力氣，可他沒扔。他把那人放下就走啦。」

莊至行漸漸自如啦。他在椅子上，調整了一下姿勢。

老大坐在一張桌子後面，低垂著目光。「我記得。」他輕聲說。

「不光你記得，村裏很多人都記得。」莊至行說，「你大能把場院上的碌碡，一腳踢飛啦。可他幹別的也行。他出門做生意，連軍營的門都敢進，人家竟不把他抓了壯丁。」

「行大叔，你想說——」老大抬高了一些目光。

「我看到金元啦。」莊至行說，「金元今天又出去啦，不過上十天半月，他是不會回來的。但他總會回來。」

老大又猝然把目光垂下去。「你是來說他的麼？」

「我就是看到他，才想起你大的。」莊至行說，「你大要是活著差不多也是他的那個年紀。我今年四十八，你大比我大一歲。」

「行大叔。」老大的聲音恢復了正常，冷靜，堅定，有一種隱藏不住的嚴厲的意味。這種聲音，經常可以擾亂對方的初衷，使對方止不住對自己懷疑起來。莊至行在他的聲音中，忽然意識到，自己把話題扯遠啦。

「我也很想我的大大。」他說，「可他已經是不在啦，我看得開。有一天，我也會不在的。人人都一樣。」

莊至行不由得一慌。他馬上又回到剛才的情緒裏。努力了半天，他才生硬地說了一句：

「鐮兒，你能不能對我說實話？」

老大直接說：

「我不明白你的意思。」

「是這樣。」莊至行吃力地解釋道，「我問你，你就如實告訴我。你說什麼我都不生氣的。」

「那你就說吧。」老大說。

「鐮兒，你不恨我吧。」

「行大叔，我真不明白你的意思。」

「那一天，我們從城牆底下，抬回來很多傷員。去抬傷員的，不只是咱村的。我們要把一部分傷員抬到西周莊。那裏有一個臨時醫院。那麼多人抬傷員，已經分不清誰是哪個村的啦。縣城攻下來，我們也跟著往裏湧。我心裏說，你大大對縣城熟悉，就叫他跟咱村的人在一塊，可就是找不到他的影子。後來，大家都聚到了西周莊，還沒見你大回來。從那以後，我就再沒看見過他。」

莊至行又沉痛，又急切，可是在老大看來，他說這番話的樣子，實在有些可笑。

「過去的事啦，都不要提啦。」老大說。

「不。」莊至行固執地說，「我早提了就好啦。你大大是怎麼死的，我不知道。我想，他那樣的好人，會死得很體面。你要覺得我死啦，你心裏好受些，我現在就可以把自己燒死。我活厭啦，我活著對人沒用，要是死了對人有用，我就去死好啦。」他悲痛地嗚咽起來，把頭伏在了自己的胳膊上。

老大若有所悟。「那是孩子說的話。」他慢慢開口道。

「我很後悔，當時沒有告訴你，我要是告訴了你——」

「沒用。」老大感到自己有氣無力啦。

莊至行擦了把眼淚。「鐮兒，我不逼你說，你是不是如願啦？」他直直地看著老大，「丫丫死啦，我也快死啦。我死前就想落個明白。你說不說我也管不著。」

老大無語。他也看著莊至行。

「丫丫當初要是跟了你，你會不會像你發的誓一樣對待她？你恨我是不是因為，丫丫寧死也不願嫁你？我想到的這些，是不是還太少啦？」莊至行連續對他發問。他的樣子，就像快要受不住啦。莊至行覺得，他就要撲在自己的腳下啦。他聽見了撲通的聲音。老大淚流滿面地呼叫了一聲，「大大！」

可是，老大只是從桌子後面站了起來。他顯得愈加冷峻啦。

莊至行恍恍惚惚地，又回到了當年老大的屋裏。那時候，他的面前，跪著兩個青年。一個青年，在另一個青年的嚴辭責令下，對天發著神聖的誓言。而今，他曾發誓說自己從來就不認識的麥姑娘，已經成了他的妻子，可憐的丫丫，則成了水中的遊魂。莊至行記得，自己在他的屋裏，再也受不住啦。他感到千年的寒意，在緊緊包裹著他，使他連顫慄都不能夠啦。在他從板凳上站起來的時候，他覺得自己的身體，早已凍僵。他差點沒有倒在黑暗中的門檻上。但他還是從老大屋中走了出來，一路跌跌撞撞地回到了家裏。有那麼長的時間，他想都不敢想，在老大屋裏發生的驚心動魄的那一幕。

121

現在，他敢想啦。因為他認定，自己死期業已不遠。沒誰能拿死人怎麼樣。核桃林不是還在麼？他是可以在那裏找到幾尺安息之土的。像他這樣的人，不能得到安寧，誰還會有指望？莊至行敢想啦。

122

後來，是老大先出去啦。他沒有回答莊至行的問題。莊至行在那裏待到四周又恢復了寧靜，才抓著椅背站起身，走到門外。他覺得腳下軟軟的，腦子裏空空蕩蕩，就像大夢初醒的那一刻一樣。知青們的廚房，在院子的邊上。

莊至行透過廚房的窗戶，看到那位劉福財，頭上頂著一塊毛巾，正手持一把鐵鏟，在鍋裏不停翻動。熱汽源源不斷地從鍋裏冒出來，充滿了整個廚房，劉福財頭上的毛巾，也就不那麼明顯啦。

他在咳嗽。他把頭從鍋上扭開啦。他好像看見了莊至行。他不咳嗽啦，但他又忽然嗷嚎了一聲。

123

莊至行離開了大隊部。走了很遠，還能聽見劉福財在廚房裏嗷嚎的聲音，單調乾澀，毫無意義。他會如此地嚎叫下去的，直到傍晚時分，知青們從田裏趕回來。莊至行慢慢地往前走。他恍惚記得，他在來大隊部之前是在村裏的小學堂附近叉糞來著。可是到了那裏一看，原來跟他在一起幹活的兩個人，都已走掉啦，而他的鐵叉還放在原處。他把鐵叉從地上撿起來，就一個人在那裏叉。他要做的，是把糞從堆上叉起來，放在地上拍碎。糞塊乾硬異常，本來是應該讓年輕人來做的，但他非要懇求小隊長自己來做。現在，核桃園共分五個小生產隊。莊至行一家。屬於第四小隊。

他從幾年前就只是一位普通的公社社員啦，但隊上對他還是相當照顧的。他有什麼要求，小隊長一般情況下都會予以准許。莊至行一邊叉著糞，一邊朝小學堂裏打量。校園裏，長著一棵核桃樹。夏季的時候，枝繁葉茂，灑下的綠蔭，能把院子蓋滿。但是秋天還沒過去，它的葉子就幾乎落光啦。

放學啦，孩子們三五成群地走出學堂，很快就走乾淨啦。又過了半天工夫，才見一個瘦弱的小男孩，跟一位幾乎跟他一樣瘦弱的高個兒老師走出來。老師拉著他的手。莊至行離開糞堆，迎著他們走去。那位老師，看見他，向他打了招呼。

「你怎麼出來晚啦？」莊至行對那男孩說，臉上帶著一絲討好的微笑，「你是不是不聽話，惹崔老師生氣啦？」

「他是我的高足。」那位老師笑著說。他怪有意思地瞅著那孩子。他又說了一句，用另一隻手，摸了摸孩子的頭頂。「我要把他帶到城裏去，讓他受到良好的教育。」

莊至行就像人家老師在誇他一樣高興。「你是文化人，跟你那是錯不了。」他瞇縫著眼說，「他大也算是咱村的文化人哩，可他跟你比就不行啦。」

「你過獎啦，行大叔。」那老師謙虛地說，「我也只是高中文化。」他低頭對孩子說，「稼祥，你是願意跟我去大隊部，還是跟你姥爺走？」

孩子抬起眼看了他一下，沒吭聲。

「讓他跟我走吧，崔老師。」莊至行說，「祥兒，你告訴老師一聲。」

可是孩子仍舊一聲不言語。他的手，握緊了書包帶子。

「祥兒，咱家裏給你留著核桃呢。」莊至行把他的一隻手，從老師手裏接過來。老師離開啦，可是孩子卻在看著他。孩子一直在看著他。

「崔老師對你很好是不是？他也不過是個孩子呢。你可別小看他。」

「我沒小看他。」孩子低聲說。

「這就對啦。他幹活沒力氣，可他——」莊至行想了一想，指著自己的頭，「他這兒有力氣。」他被自己的話，逗得莞爾一笑。「人腦子裏有力氣，就行啦。像你鐮伯，他的腦子裏，就有力氣。你這麼小，你是不會相信的。他要讓你長高，你就能長高，要讓你變得像一隻螞蟻，你就得只是一隻螞蟻啦。」

孩子依舊看著離去的老師。他就像根本沒有在聽姥爺說話。老師走得不快，讓你想到他腳下的路走不完似的。

「祥兒，」姥爺又說，「你晚上不出來玩嗎？他們玩跑馬城，玩得可熱鬧啦。他們還要在村子裏追。你要讓身子長得棒，就不能總待在家裏。」

老師的身影，被一個柴垛擋住啦。孩子看不見他啦。

「崔老師都教你什麼啦？」莊至行也直起身子往那兒看。他看見了那位老師的腦袋，在柴垛上方晃動。後來他也看不見啦，就像那位老師已經從世上消失啦，再也不會出現一樣。

那孩子掙一掙被他握住的手。

「跟我回家吧。」莊至行沒有放開他。「家裏有專給你留的核桃。」他把鐵叉扛在了肩上。孩子仍然在掙著自己的手。「你嫌我身上臭是不是？我回到家，就換身衣服。」

孩子卻說：

「沒有大糞臭，哪有五穀香。」

莊至行笑啦。「崔老師就是好老師。」他說，「他倒是知道怎麼樣教咱的農家子弟。他說的可是實在話哩。」

「不是他說的，是豆隊長說的。」孩子不緊不慢地解釋，「豆隊長給崔老師說的。他說還就是有人不怕臭。」

莊至行恍然想起，四小隊長今天從糞堆這兒離開後，是去了小學堂。孩子的話，讓他訕訕地一笑。在他還要誘說孩子跟他回家時，他看見一群收工回村的社員，從街口說笑著走了過來。那孩子掙開他的手，站在路邊，等候他們走近。他們漸漸散開啦，各自回了自己的家裏。莊至行無聲無息地走到今天幹活的地方。他細細地檢查著那把鐵叉。孩子的父親，已經來到了孩子身邊。他們一同離開了那裏。莊至行放下手中的鐵叉，出神地看著腳下乾硬的糞塊。他像是那樣站了好久啦。他把目光從地上抬起來的時候，好像他已有半天時間，沒有朝周圍觀看啦。他轉動著頭顱，也不像他在讓頭顱轉動，而是目光在遠遠地牽引著他。目光就要使他的頭顱完整地轉了一周，可是，它又忽然滯留在了剛才擋住那位老師的柴垛上面。

莊至行看柴垛，又看了許久。

第二年的秋天，莊至行就是在那兒發現了一樁秘密的。這樁秘密，差不多讓他在心底壓了一輩子。

124

那是在一天的深夜，莊至行渾然不知，游蕩到了小學堂的廢墟旁。

白天充滿整個校園的飛塵，已經降落下去。那棵核桃樹的氣味，在夜色裏是很濃郁的。莊至行並沒有清醒地意識到，自己是在注目廢墟，甚至可以說，他正在把這兒當成了他外孫家的院子。

他像在許多的夜裏一樣，緊靠著一面牆壁，靜靜地傾聽著，從院子裏發出的，哪怕是很微弱的聲響。但他不會在那裏睡著的。

核桃樹，像是在輕輕哀吟。

莊至行判斷出自己是在哪兒啦。他悵然地離開了學堂，來到外孫家的院門外。他很想知道，外孫是不是還在哭。外孫在這一天，哭得可夠厲害的啦。他倒在這個人的懷裏哭一陣，倒在那個人的懷裏哭一陣，一邊哭，一邊敘說，核桃樹倒啦。莊至行站在忙亂的人群中。他很希望那孩子倒在自己的懷裏。可是孩子的父親抱起孩子，從人群中走了出去。他們父子走遠啦，哭聲還能傳過來。

莊至行相信孩子已經入睡的時候，才從院牆外離開。但他走了不遠，又回頭朝院子裏看了看。他覺得好像屋門，在他背後響了一下。他首先想到，孩子是不是起夜啦。院子裏沒有動靜，莊至行就繼續向前走。他也不知道，自己怎麼又會來到學堂附近。這一回，他沒有在學堂外面停留。

他繼續向前走去啦。他停留的地方，就是那只柴垛。不過，這差不多可以算是一座新的柴垛啦，因為兩個月前，去年的柴垛就已經不復存在，這裏空無所有。那些柴火，還微微散發著植物在生長時的清甜的氣息。它們離完全腐敗還遠著哪，必須有足夠的雨水浸透到裏面。可是初秋的天氣，如此的乾燥，剛剛落下的葉片，就會在地上打起卷來。

莊至行靠著柴垛，回想著自己去年叉糞時看到的情景。孩子在看崔老師走到柴垛的後面。他也在看。他覺得那年輕人是會一去不返的。而現在，他果真是再也不能，回到小學堂上課啦。

125

崔老師是在這天的傍晚，被砸死在教室裏的。那幾間舊房子，就連房屋的原主人，也說不清修建於何時啦。所幸的是，當時孩子們都走光啦。如果不早不晚，正是學生上課的時候，那就更慘啦。可是這已是慘不忍睹啦。那崔老師，大也不過二十一二的年紀，從大城市裏遠遠地趕來，就在異鄉白白地送了命。當初，村裏也是為了照顧他，安排他到學堂代課，因為他的那個虛弱的樣子，實在不能勝任田裏沉重的體力勞動。不曾想，竟讓他把命搭上啦。

莊至行獨自為崔老師感嘆的時候，有一簇人影，出現在了前面的街口。他馬上斷定，他們是從知青點，也就是大隊部出來的。他們逕直走到不遠處的核桃林中去啦。莊至行滿心納悶。他隨後離開柴垛，跟了過去。

在核桃林的邊上，莊至行聽到了掘土的聲音。他悄悄地走了進去。在一棵核桃樹後面，他看見了村裏的幾個知青，在一個墳堆旁，挖出了一個長方形的土坑。他們還沒有挖好。他們挖得並不快。核桃林裏沒有一個人說話，只有一下一下挖土的聲音，彷彿在怕驚醒了沉眠於土層深處的人們。他們沒有聲音，又彷彿是在往幽暗中隱去。莊至行不時覺得，自己看不見他們啦，但他們總算又從幽暗中浮現出來，影影綽綽的，站在土坑的邊上。

土坑終於挖好啦。他們或拄著鐵鍬，或抓著伸到眼前的一個樹枝，靜靜地注視著它。誰又能說那不是一張舒適無比的床呢？土坑黑黑的，比人影和樹影都黑。但是只要能夠躺進去，那就是一個無以倫比的金壁輝煌的溫柔之鄉。他們不再站著啦。他們放下工具，彎下腰來。他們在抬地上的什麼東西。

莊至行哆嗦了一下。他看見他們抬的是一具屍體。他們開始把它輕輕地往土坑裏面放著，像在放一種極其貴重的東西。被他們的雙腳，從墓穴邊上踩落的土，簌簌地響著。他們把屍體放進去啦。有個人低聲說了一句，「太白，你到了你該到的地方啦。」

他們都把崔老師叫作「太白」，而他的真實名字，則叫崔明誠。他們重新撿起了工具，開始往土坑裏填土。莊至行偶爾能聽到一聲工具碰撞到一起所發出的短促的聲音。他們填得很慢。但他們終於把土坑填平啦。莊至行斷定，他們並不想在地面上留下墳堆。

他看出，有一瞬間，他們在為多餘的土，感到為難。

又是那個低的略帶沙啞的聲音說：「對不起啦，太白，你就暫且忍一忍吧。」他跨到了墓穴上，用腳一下一下地踩著。接著，又有兩個人，跨上去啦，跟他一起踩。剩下的人，則不停地往上面撒土。他們把土踩實啦，就從墓穴上下來。這樣，人們就看不出墓穴比別的地方高出多少啦。在他們離開之前，他們還沒忘了從核桃樹下抓起一些樹葉，掩蓋住墓穴的痕跡。

莊至行在他們走出核桃林不久，也離開了那裏。他已經看不到那些知青的影子啦，就站到街上，慢慢往家裏走。

在他又到達小學堂附近的時候，他覺得自己好像看到了一個人。他以為是金元，就走過去，可是到了那兒，卻見是一個墳包似的乾草堆。

他悄無聲息地回到家裏，躺在了床上。

孩子的哭聲，遠遠地傳過來。他仔細地分辨著，斷定那不是稼祥在哭。

126

在以後的半個月裏，村裏的孩子們，每天都會趕來，在學堂的廢墟上佇立。他們父母，也不叫他們去田野裏，割草撿柴火啦，就像他們是在替自己向崔老師表示哀悼一樣。縣裏已經來了人，調查清楚了崔明誠的死因，但他們並不想知道崔明誠死屍的下落似的，一點動靜也沒有地離開啦。可是孩子們仍舊要去廢墟上佇立。老大在這段時間很少說話，甚至在縣裏調查事故期間，都沒有正式出面。是那些知青替他做的接待。

孩子們的舉動，在核桃園引起了不安。老大走出家門。每個人都能看出，他在極力掩飾著自己內心的煩躁。他頭一次在崔明誠出事之後走到了學堂附近。他默默地朝那些孩子看一眼，就要離開。可是他發現有個孩子離開了廢墟，慢慢向他走過來。

「我要老師。」那孩子站在他的面前，低低地說，並向他抬起無所畏懼的眼睛。

他只是對這孩子看了一眼，就把頭轉到了一邊。他沒有理會孩子的話。孩子的眼睛，眨都不眨一下。他的慌亂，是那樣地難以克制，都快讓他為此感到羞恥啦。

「祥兒。」他覺得自己不由得叫了一聲，其實那只是他在心裏叫的。他像害怕了一樣，從孩子的面前走開啦，彷彿忘了自己剛剛從家裏出來。他又返回了家裏。

他的女兒芒妹，坐在榆樹下。她已經不哭啦。可是老大一來她又哭啦。老大抱起她，走到屋裏。

「別哭，孩子。」老大說。

芒妹哭得更厲害啦。

「別哭，別哭。」老大繼續說，拍一拍孩子的背。他覺得她接下來的哭聲，就像他用手拍出來似的。她哭得幾乎喘不過氣來。她把身子向後仰去，彎得很低。老大扶起她來，可她又彎下去。

屋裏，只有他們父女倆。「別哭。」無可奈何的父親說。父親從屋門口，看見了那棵榆樹。「孩子。」他含混地嘟囔了一聲。可是緊接著，那句話脫口而出，「刨掉它！」

孩子意外地停止了哭聲。她在看著他，眼裏還有一層閃爍的淚花。透過這層淚花，老大竟然像看到了另一個孩子的眼，同樣是什麼畏懼也沒有似的。「我要老師。」那個孩子說，大膽地看著他。他對這樣的目光是那樣的生疏，因為還幾乎沒有人能夠這樣看他。而兩個孩子，一個滿眼含淚，另一個眼神冷靜，竟對他發出了那樣的、讓他感到心悸的目光。

「刨掉榆樹」這句話，在芒妹入學之前，成了老大讓她止息哭聲的一件神力無邊的法寶。老大已不記得，自己夜裏對女兒說過多少遍這句話啦。可是，他並沒有把那棵樹刨掉。在芒妹失去母親的第二年，簇簇的榆錢子，把枝條壓得「嘎巴」響。老大還沒見過一棵樹會結那麼多的榆錢。村裏人，誰也沒見過。他們很想走進他的院子，可是他們只能遠遠地站在街上，朝這裏觀看。榆錢子老了之後，一片片地從樹上飄落，就像誰在漫空中撒下的紙錢，而且落地有聲。榆錢子還沒有落光，那些新枝，就瘋狂地伸展出來，讓人覺得不可遏止。

127

學堂在廢墟上重新修建起來，停了一年學的孩子們，又能坐在簡陋的教室裏啦。芒妹插在稼祥的班級裏。他們專注地聆聽著一位女老師向他們講述的故事。

通往山頂的路，開滿了繁花。路上，走著一位每個人都能見到的純樸的小男孩。他已經採到了許多好看的花朵，但是最美的一朵，是開在高高的山頂上的。他在向山頂上走，把路上的花朵，隨採隨丟，因為它們都不是最美的。雖然有一天從背後追上一個顯然是好心的人對他說，你可以採到山頂上的那朵花，但是你將在觸到那朵花的一剎那死去。

「那男孩沒有停步。」女老師說。她虛弱地伏在跟前的桌子上。

「他後來死了嗎？」

女老師微笑著，對發問的孩子說：

「他沒死，他化成了一團光輝，跟那朵美麗的花朵一起，飛到天上去啦。而且他早已忘了自己曾經採過很多別的花，那些花在山腳下枯萎，黴爛，只剩下很少的一撮泥。」

女老師不久之後離開了核桃園。她原是核桃園知青點唯一的女知青。村裏的許多人還記得，在崔明誠出事的那天傍晚，她所發出的陣陣嚎叫。強烈的刺激，使她流產啦。鮮血幾乎把她躺的那張床，給漂了起來。從那以後，她的身體就不行啦。村裏便讓她接替了崔老師。公社來人聽了她的幾堂課，就把情況逐級彙報上去。

一天上午，公社派來的新老師，跟學生們見面啦。可是那女知青還不知道，照舊拿著一根剝光了皮的核桃樹枝，和一本書，慢慢走進了校園。幾個老師，把她擋在了教室門外。她就把拿著書的那只手，往身後一背，另一隻手指院子裏的那棵核桃樹，鄭重其事地說道，「這是核桃樹。」老師們都忍不住笑了起來。可是她還不走，繼續說：「『核』！『核』！『核桃樹』的『核』！」老師們笑得更是直不起腰來，但她不笑。她用那根核桃樹枝，朝他們一指，很嚴厲地命令：

「你，一撮毛，用『核』組詞！」

那位老師隨口說：

「『核心』，老師！」

「很聰明，領導我們事業的核心力量是中國共產黨。」她說。她哭了起來，丟掉手中的核桃樹枝，一扭頭跑出校園。

女知青在田野裏四處遊蕩。她在回村的時候，不是捧著一把莊稼葉子，就是滿懷的野花。她很容易就能從野外的田埂、路邊或者溝渠上採到那些花朵。村裏的每戶人家，都經常在一天的清晨，看到有一朵小小的花兒，插在院門上。經過一夜露水的滋潤，那花兒，還像剛從野外採來一樣。他們並不把花兒弄掉，直到它們在院門上乾蔫啦，或者重又換上一朵。

128

人們恍恍惚惚的，像是處在一個極有神通的巫師的控制之中。那巫師躲在一個隱秘的角落，時時刻刻，念誦著催眠的咒語。在女知青離開核桃園的前一天，人們發現她手持一束野花，說不上是矢車菊，還是薊紅花，抑或婆婆丁。她把這束花捧在胸口，走進了核桃林。有好奇的人，隨後悄悄跟了上去。他們看見她一直朝核桃林的深處走去。而且他們誰都跟她一樣吃了一驚，因為他們誰也沒想到，會在核桃林裏看到威嚴的老大。女知青驀地停下來，眼睛直直地望著他。

老大正站在一座墳堆前。村裏人知道，那是他的妻子的墳。麥在核桃林裏躺了一年多的時間啦。墳上已長出了野草。麥比崔老師早死兩個多月。

那女知青突然向老大走去啦。老大這時候才發現她。但他還沒來得及弄明白是怎麼回事，那女知青就快步上前，把那束野花放進了他的懷裏。女知青向後退了一步。她望著老大微微地笑著，亂點著頭。老大呆呆地站著。他知道自己拿她沒辦法，就只好繼續把那束花兒捧在懷裏。但是，不要說那隱藏在暗處的人，就是他自己也覺得，自己懷抱花束的樣子，是非常滑稽的。女知青扭動著身子，依舊亂點著頭，從他身邊走掉啦。

老大深感自己受到了女知青的捉弄。他狠狠地把那些花兒扔開，不料卻扔在了麥的墳頭上。他想都沒想，就氣急敗壞彎下腰，重新把花兒撿起來，扔在腳下。

隱藏著的人，按捺不住自己，噗嗤一聲笑出聲來。

老大聽到啦。他臉色不是臉色，沉沉地轉動了著頭，向四處打量了一下。他到底不是浮躁的人，連打量都讓人覺得不像是打量，而是隨意向周圍看看，並不在乎看到了什麼。

老大看到的不是別人，而是莊至行。

莊至行裝著在地上拔草。他拔了一把草，朝他一回頭，裝著像剛剛看到他似的。莊至行不想讓他知道，自己把什麼都看在了眼裏。他善意地向老大一笑。他又拔了一把草。

莊至行帶著兩把綠草，離開了核桃林。他當然明白，剛才發出噗嗤笑聲的人，不是自己。

129

女知青從核桃園消失啦。在她遠去的路上，丟棄著枯萎的花朵。給她送行的，只有村裏的金元。他遠遠地跟在她的身後，把那些花朵一一撿了起來。人們都猜不出它們有什麼用。

有一天，村裏的幾個調皮的年輕人，洗劫了金元夜宿的火塘。他們從一張爛席子下面，搜出了一把乾草。

「這是他撿的花兒。」他們肯定地說著，隨手把它扔掉啦。

「金元很騷。」從火塘出來，小夥子們逢人便說。

130

差不多有兩年的時間，每逢深夜，村裏人都在懷疑聽到了一種神秘的腳步聲。特別是那些精力充沛的壯年男人和女人，他們為此感到非常惱火，腳步聲無疑干擾了他們歇去一天的累乏後，漸漸高漲起來的情緒。

不約而同的暗訪，在村裏進行了很久，也沒能得到一點線索。但他們仍然猜測那種神秘的腳步聲，是孤獨的金元弄出來的。他們甚至想像出金元躲避在他們的房前屋後，或直接潛伏在他們窗下，竊聽屋裏每一絲輕微的響動的情景。他的臉上，當然會流露出一種像是經受著極大煎熬的神色，那如炬的目光，恨不能將牆壁都穿透呢。

猜測歸猜測，證據卻一直沒有，因為有好幾個人曾在夜裏留守在他睡覺的火塘、草垛附近或離哪家空閑下來的豬舍不遠的地方，都沒有親眼看到他從火塘走出來，而他們自己不是坐著坐著就睡熟啦，就是忍受不住困倦回了家。

小夥子們從火塘搜出來的乾枯的花朵，點燃了他們積壓已久的憤怒。他們氣勢洶洶地四處尋找著金元，幾乎走遍了金元在往日裏夜宿過的所有地方，都沒有碰見他，便又回到了火塘那兒。他們把火塘翻了個底朝天，破席子、爛苫子等等雜物，在地上堆了一堆。有人放了一把火，就把它們點著啦。

這時候，人們忽然看見，金元慢慢從村口走了過來。

「抓住他！」他們齊聲呼喊。金元顯然沒有明白是怎麼回事。他們幾乎跑到了他的跟前，他還沒有想到轉身逃走。但他一想到他們是來抓他的，也就不再遲疑，撒腿就跑。

他的速度，是他們不敢想像的。他很快就把他們遠遠地甩到了後面。他出了村子，站在一道田埂上。他們已停在了村口，隔著一塊玉米地，威脅著他。玉米苗才剛長到半膝深。

過了一會兒，金元又嘗試著向村子走近，可是他們馬上向他跑了幾步。他又回到了田埂上。他站在那裏，就像是個被雨水澆黑的稻草人，簡直像極啦。村裏人對他望了一陣，就開始往回返。不料，還沒走出兩步，金元就又想回來。這一回，他們把他趕得遠一些啦。他來到田頭的一棵幾乎彎到地面上的柳樹旁。

那棵樹光禿禿的，只有幾根細細的枝條。金元停在那裏。他的樣子，像在考慮，人們是不是就要准許他走過去啦。他歪著頭，怪認真地瞧他們。那棵半枯的柳樹，也像在瞧他們。又過了一會兒，人們看見金元慢慢轉過身，向原野深處走去啦。他漸漸地變成了綠野中的一個小黑點。

可是這天夜裏，那神秘的腳步聲，再次響了起來，不前不後，幾乎就在很多男人剛剛爬到女人身上的那一刹。他們悻悻地仰躺下來，苦惱地聽著那聲音或近或遠，彷彿是響自虛無縹緲之中。

131

天剛麻麻亮，就有了屋門開啓的動靜。接著，男人們紛紛走到還很灰黯的街上，漸漸聚集在了一起。他們悄無聲息地向火塘湧去。他們首先看到的，還是火塘旁邊的，那堆烏黑的灰燼。可是他們無疑撲了一個空。火塘裏除了一團幽暗，什麼也沒有。他們聞到了一股金元的特殊的發霉的氣息，但那是正在逐漸淡去的。他們默默地站立了片刻，就離開啦。在回家的路上，清晨的氣息，才鑽進他們的鼻孔中，很像一種冷卻下來的塵土味道。

上工的鐘聲，接二連三地在村子裏傳揚開來。

男人們打著哈欠，扛著農具再次走出家門。他們在路過莊至行家的院子時，隱約看見他穿得整整齊齊的端坐在屋子的門口。他給人留下了那麼深的印象，使人們一整天都在談論他，而且人們也得知他今天整整五十歲啦。

天氣很好。在這樣的好天氣裏祝壽，是再合適不過的啦。可是當地的人沒有賀五十歲大壽的習俗。只有到了六十六歲、七十三歲、八十歲，才會有相應的慶祝活動，而且也並不是在本人的生日這一天，習俗選擇了更為喜氣洋洋的正月初六、初七、初八這幾個日子。不過，核桃園村的人仍然破例給予了莊至行以盛大的禮遇。幾乎所有的人，都在收工以後來到他家院門外，肅穆地佇立，然後走過。

夜晚是寂靜的，就像村子被投進了絕對的真空裏面。但是那些身強力壯的男人，並沒有想到趁機取樂。他們跟村裏的所有人一樣，都在靜靜地回憶著莊至行村長一生中不朽的功績和他光輝的德行。

一連幾個夜晚，村子都是悄無聲息。人們每天都要有意繞到莊至行家的院門前，在那裏停留一下，然後再心懷崇敬地走開。他們知道，那位好心的老村長已穿好了壽衣平躺在了床上，就等著死亡的降臨。

132

這天正午，村裏人收工回來，因為他們的女人，還沒有做好午飯，就一起站在街上。幾乎每個人都注意到啦，老大走出了家門。

眾目睽睽之下，老大走進了莊至行家的院子。要知道，老大差不多有七年時間，沒有去過莊至行的家啦。很多人都想知道老大時隔七年之久來到莊至行的家裏，會交談些什麼，但他們不敢貿然跟過去。他們只是伸長了脖頸，遠遠地朝那院子張望。

老大進了屋子。院裏靜悄悄的，就像莊至行家的人都已睡著啦。不大一會兒，老大又走了出來。他從容不迫地走在村裏人好奇的視線之中。

等他消失在他家屋門裏面時，人們掃興地嘆了口氣。什麼事情，也沒有發生。

133

第二天，莊至行送走一位專程從縣城趕來看望他的貴客之後，奇蹟般地恢復了健康。他甚至沒過半個月，就又開始參加村裏的勞動啦。但是人們對那天老大走進他屋裏的猜測一，直到年底還沒有停止。一部分人認為，老大一走進屋門，就撲通跪倒在他的床前，可他一見老大進來，就把臉轉向了牆壁。另一部分人則說，他們在目光相遇的那一刻，達成了諒解。兩人還把手緊握在了一起。

「支書什麼也沒說，他一進去就在屋裏站著，站了一會兒他就又出來啦。」

「你又沒在跟前，你怎麼知道的？」有人提出了質疑。

「支書告訴我的。」

「嘻，你也不撒泡尿自己照照，老大怎麼會告訴你？」

「別太小看人啦，他怎麼不會告訴我？」

「那當然，」人們會意地一笑，相互閃閃眼，「你是什麼人嘛，你是你們那幫人裏的尖尖兒哩。」

「我就不服太白，他會什麼？支書對他是太好啦。」

「崔老師沒啦，誰還能跟你比？——許群也比不過你。」人們說。許群是一名知青。他們又轉過話頭，「噯，老大什麼話沒說，那村長呢？村長不會是光躺著不動吧。」

「那讓你說對啦，村長見了支書，就跟死了一樣，眼裏的光都散啦。」

說完，這人就站起身來，從人堆裏走開啦。走出不遠，人們看見他停下啦，正不知他要幹什麼，他卻猛地嗷嚎一聲，把人們嚇了一跳。他在朝知青點走。知青點沒人啦，因為正是年底，知青們接二連三地找藉口回了城。可是劉福財沒走，也說不出，他是不是喜歡上了核桃園，還是他真的風格高，把回家的機會讓給了別人，反正人們看見大多數的知青，都是愁眉苦臉的，唯有劉福財幾乎整天都是樂陶陶的樣子。他現在帶給人們的歡樂，遠比金元多得多。

金元逃出村子沒幾天，就又回來啦。人們沒有再次驅趕他，原因還是老大。金元走進村子，前腳剛踏到火塘的門口，老大派來的人，後腳就跟了來。那人聽老大的吩咐，給金元送了一張嶄新的草苫子。金元沒有馬上使用它們，而是把它們放在了火塘的門口的地上，故意讓那些路過的村裏人看到。

草苫子，在人們的眼裏，熠熠閃光，彷彿它們已不單純是一張普通的草苫子，而是一種能夠時時刻刻引起人們內心崇敬的聖蹟。一時間，不少人家的院門口，都放上了那麼一塊草苫子。

日子稍微一久，在院門口的地上放草苫子，就成了核桃園村特有的時尚。這種時尚，差不多持續到最後一名知青從核桃園消失。那已是七八年以後的事啦。又過了幾年，老大的大作坊興辦起來，生產一種用玉米棒子皮編織的墊子，賣給城裏人放在屋門口供來人進門時擦鞋底用。很多人都認為，這種擦鞋底的墊子，就是由金元放在火塘門口的草苫子演化而來的。

134

那時，人們對金元競相模仿，但只有一個人不買帳。他就是劉福財。村裏人都在有意無意間走到火塘附近，瞻仰那張草苫。知青點的大部分人，也去啦。他們不光在火塘門口看到草苫，也在家家戶戶的院門口看到啦。

劉福財心裏酸溜溜的。

這一天，又輪到他做午飯啦。知青們收工回來，在吃飯的時候，都變了臉色，牙齒也都露出來。他們把飯吐在地上，一起大叫劉福財的名字。可是劉福財已經走到了街頭。他對那些放在每家門口的草苫子視而不見。他一直走到火塘那兒。村裏人都在看他。他挺著腰桿兒，似乎在讓人們把他看得更清楚一些。人們清楚地看到，劉福財在正午時光裏撮起了嘴。他的嘴，蠕動著，鼓了起來，就像裏面塞著一隻球。人們知道在他的嘴裏積聚了豐富無比的唾沫。突然，他響亮地「呸」了一聲，就把滿口的唾液朝那草苫子吐過去。金元鑽出火塘，一時還沒有弄清怎麼回事。

「你算什麼！」劉福財神氣傲慢地說。還沒等金元搭腔，他就轉身走啦，他連頭也沒有回。可是他知道有幾個人追了過來。

「福財，你怎麼說他不算什麼？」他們故意問他。

劉福財乜斜著他們，彷彿他們提的是一個很蠢的問題。「他就是不算什麼。」他說，「支書給他送一張草苫子，他就自以為了不起啦，放在門口讓人看。支書不過是要利用他一下子罷啦。」

「利用他？利用金元？」他們反而覺得不解啦。

劉福財閃了閃小眼睛。「這還用問，這是明擺著的。」他煞有介事地說，「支書是要提高威望，他對一個乞丐還這麼好，誰再說得出別的。」

人們似懂非懂。「可是，」他們還有疑問，「可是，老大的威望，夠高的啦。」

「夠高？」劉福財不以為然。他做起了手勢，「高得過塔鎮的洪書記麼？高得過縣革委會的王主任麼？省裏的姚主任，毛——」他的手，已不能再往上舉啦。他停了下來。

人們不由覺得心中惶然，可是劉福財不等他們再問，已得意地走開啦。

劉福財在以後很長的時間裏，簡直成了老大肚裏的蟲子，好像老大要做的所有事情，都是跟他商量過的。人們還親眼看到，劉福財經常跟老大在一起，老大幾乎是有說有笑的啦。疑慮一旦打消，竟有不少人買起劉福財的帳來。那些小隊長不斷把他請到自己家裏，希望得到他的指點，因為他們實在有些摸不著老大心裏想些什麼。

135

就要過年啦，劉福財一個人待在知青點，但他並不是寂寞的。小隊長們接二連三地趕來邀請他去跟他們一起過年。由於一年來很有些春風得意，劉福財已向人透露了要在核桃園安家落戶的意思，核桃園五個生產隊，起碼有四個小隊長，羞羞答答地向他提了各自的小姨兒。可是劉福財矜持得很，並不是聽誰說小姨兒長得好，就答應了誰家。他首先考慮到的，還是那小姨兒的革命鬥志，是否堅定。

「我敢打包票，」他們說，「孩子姨兒的鬥志堅起來能治住一頭牛。」堅不堅光聽他們說不行。那得親眼看看。有必要的時候，還得狠狠地考驗一下。於是，大年初一剛過，小隊長們就開始把小姨兒往自己家領。他們事先安排好，讓劉福財裝作去串門，像偶爾碰上似的。

事情竟是如此地出乎小隊長們所料。那些小姨幾乎沒等到劉福財在他們家站穩，就哭鬧起來，連招呼都不打就氣衝衝地離開啦，弄得好心的姐夫們下不了臺。不是卻還是要賠的。這裏先忙著給劉福財說些好話，可那劉福財並不計較。

「我找的是志同道合的戰友，不是封建的小老婆。」劉福財說。

他們鬆口氣。再到岳父家裏，左一個小姨兒，右一個小姨兒地叫，同時做做鬼臉，倒也把小姨兒給勸樂啦。岳父在一旁頗具長者風度，見沒事兒啦，就說：「你願不願的吧，當姐夫的本是好心。」女兒說：「誰識那好心！把我嫁給那樣豬頭豬腦的人，什麼意思？說他是人他幾分像鬼，說他是鬼，他還算個人。看他的樣子，他碰誰一下誰就會想死。姐夫是說過讓我長點兒鬥志的，我要沒鬥志，早嚇得尿濕褲子啦。」說得一家人哈哈笑啦。

136

劉福財的喜事泡湯，情緒卻沒受到絲毫影響。他照舊整天樂陶陶的，照舊會在什麼時候突然嗷嚎一聲，照舊知道老大將要做的一切事，而人們也照舊會拿很多問題詢問他。劉福財對於回答人們的問題，總是樂此不疲的。但是，每當人們大膽問到他認為麥為什麼會自縊而死，他不但顯出惶悚不安的神色，而且連一句「不知道」都答不出啦。

到了後來，人們已不由得為他感到擔心。「福財，你就不怕麼？」他們正在為芋頭鋤草，休息的時候，這樣問他。

「我怕什麼？」劉福財卻反問道，他跟他們一起盤腿坐在地上

「你天天在說老大的事，你把老大的事說的夠多啦，老大是會生氣的。」

劉福財嘴裏嗤一聲。「笑話！」他說，「支書會生我的氣？支書親口對我說，福財，你有意思。他在我的肩膀上拍一下，對我說。他還問我福財你看形勢怎麼樣。再開社員大會，他還準備請我作形勢報告呢。我要說什麼都已經想好啦。」

「那你想說什麼呢？」

「革命形勢麼？當然是——」他停下啦，因為知青許群已經來到了他的跟前。

「支書在叫你。」許群說。

劉福財忙從地上站起來，他的屁股上沾著土。「在哪兒呢？」他說。

「跟我來吧。」

137

他倆離開啦。他倆走了很遠，人們還能看清劉福財屁股上的那片土，好像他根本沒有想到拍拍乾淨。他肩膀上扛著鋤。鋤頭有時候會打在路旁的樹枝上。他以為許群要帶他到村裏去，可是許群卻走向了另一條路。

「這是去塔鎮的路。」他說，「前面還有一塊地是核桃園的，支書是在那裏吧。」

許群說：

「你說對啦，福財。老大是在那裏。」

這時候，他們沒有走在路上。他們已看不見跟劉福財一起在芋頭地鋤草的那夥人啦，村子也遠遠地落

在了他們後面。他們走進了田野深處。

許群好像不願說話似的。他在前面走，連頭也不回一下，劉福財要是走掉啦，他很有可能一點都不會察覺。田野裏，幾乎看不到一個人影。

劉福財一心想著老大叫他，竟沒起半點疑心。可是許群陡然停下啦，他才發現來到了一個偏僻的機井房前。他的心裏格登一下，因為他看見有好幾個知青，從房子裏，走了出來。他剛想說什麼，他們就朝他撲過去，把他扭到房子裏啦。許群仍然站在房子外面。他沒有聽到裏面的動靜。

他在朝遠處看著。過了一會兒，才見有一個人走出機井房。兩人相互使了一下眼色，就像什麼事也沒有似的，從機井房附近走開啦。

田野上，籠罩著一層淡淡的藍煙。四處靜悄悄的，能聽得見陽光的沙沙聲。

那兩個人，又慢慢走到了一起。他們的視線，投到了不遠處的一個人影上。如果換一個角度，他們就看不到這個人影。他背對著他們，坐在穀子地裏的一條板凳上。

穀子長得剛如板凳高，看上去他就像是坐在穀子苗的尖上。

那兩個知青，顯然是想等那人離開穀子地。他們又等了一會兒。

「開始吧。」另一個知青對許群說，「他是一個死人。」

許群沒有說話。他還在看著穀子地裏的那個人。

「真沒想到，會派他看穀苗。跟他比稻草人就算活的，我倒怕兔子把他吃啦。許群，你沒想到他會被兔子吃了嗎？我敢說，在他的板凳下面肯定有一隻吃飽了打盹的兔子。穀子地裏滿是兔子。我都快聽到兔子吃穀苗的聲音啦。說真的，我很想走過去瞧瞧。我要是能逮住一隻兔子多好。我們一年也吃不上兩次肉，都快把我饞死啦。」

許群耳朵裏靜靜迴盪著囈語的嚶嚶聲。他向肩膀一側歪著頭，他瞇縫著眼，好像在十步之外，燃燒著一團熊熊的野火似的。

「我們不能讓別人聽到，我們被別人恥笑夠啦。」許群半天才說。

「那我們就回宿舍揍他好啦。」另一個人說，「我們住在村頭，沒人能聽得到的。他要是叫喚得狠，就把他蒙到被子裏。」

許群聽著，下了決心似的，收回遠處的目光。「我已經等不到晚上啦，我的手，現在就癢癢。」他握著自己的手，舉到眼前，又展開啦。手指，微微地彎曲著。他看著自己的手，可是他的樣子，好像那手並不是他的。他對這隻已長了繭子的手，感到很奇怪。「我的手很癢癢——你說得對，小川，他是一個死人。」他沒有再把目光轉向穀子地。

他們一同走進機井房。接著，一陣號叫和毒打的聲音，就從那裏傳出來。這種聲音幾乎持續了一個小時，可是，那個人影竟沒有在這期間動上一動。他們走出來啦，看見那人仍像坐在穀子苗綠幽幽的尖梢上。他們分散在田野裏，很快不見啦。

又過了半個時辰，一個人從機井房中爬出來。他環顧了一下四周，就朝著穀子地的那人呼喊，「快來救我！」可是那人根本沒有反應。他終於意識到自己的呼喊，是毫無意義的啦。他趴在地上，不停地呻吟著。

138

人們看到劉福財回到村裏的時候，已是午後啦。雖然他滿頭滿臉的土，一副喪魂失魄的模樣，連鋤頭都舉不起來似的，卻沒人對此產生疑問。人們絕沒有料到，從那天以後，劉福財會徹底地變了一個人。他每天啞默起來。村子裏少了他的歡笑，人們多少是有些失落的。

在穀子成熟的季節，劉福財也離開了核桃園。人們全都認為他的同伴嫌棄他，硬把他給排擠到了塔鎮另一個生產落後的村子裏去啦。

139

成群的麻雀，在一片秋色的原野上，飛來飛去。看守穀子的，已不止莊至行一人啦。那些年輕的社員，要是在金黃的穀子地裏，一起吆喝起來，十里八里的村子都能聽得見，原野都好像給震得一顫一顫的。

至於莊至行聽到了什麼，只有他一個人知道，因為他早已不再對別人問來問去啦。

140

時隔多年，莊至行在一天深夜突然醒來。他聽到了有人從他家屋牆底下經過的聲音。當時，他一點不知道，那是他的外孫，正偕同父親，遠離核桃園，而他此生最為懼怕的那個人，也正在一步步，走向一場熊熊燃燒的烈火。

第四部

你渾身哆嗦，臉都歪啦。但你的眼睛說，讓我喘息一下吧。等你喘息定啦，你會更加切齒地說它，再去加害與你有關的人。

141

老大在鄉村的七月，生出惶惑啦。

他沉思地望著院中那株唯一的半枯老榆樹，眼前全被浩蕩的日光填塞著。老榆樹黑沉沉的，在這片熾白的日光裏格外顯眼。

老大發覺，這七月已經對他形成了不可克服的威脅。他並不衰朽，臉上那些結實的橫肉，順兩頰爬下去，一直圍住他那堅強有力的脖梗，像是經過了一番刀削斧劈。但當他慌亂地閉一閉眼，那眉頭便鬆弛一些時，他竟頓時顯出了精疲力盡的模樣。那棵玄黑的老榆，也似乎正從龜裂的樹皮中，流露出一段惡劣的嗤笑聲。

在老榆的枝頭，只有七八片殘存的葉子。它大抵沒有完全復甦的希望啦。老大曾對女兒芒妹說過，刨掉它，卻一直沒有動手。這並不是因他一心撲在他的作坊上。他明白，它在他的心內扎下了根，定會從它的傷口裏流出血來。他對它懷著敬畏，以為果真會那樣。

142

芒妹通過他的身邊時，他嗅到一股香氣。這種夢幻般的氣息，永無止息地從她的身上產生著，跟當年的麥一樣。他的麥，在很年輕的時候，就死啦。

老大從未向芒妹講過麥的事。

芒妹到了十多歲，還跟老大睡在一起。她把腳放在老大的身上，整夜不動。可是她有例假啦，她便收拾了一張窄窄的小床，放在另一間屋裏。

起初的幾天，老大和芒妹，誰都不願說話。老大再聽不到深夜裏女孩子均勻的呼吸。他一下子就失去了很多東西。但他很為自己的女兒自豪。隨著她的愈加標緻，老大喜悅之餘，又無端地憂慮起來。

芒妹走到院中，便被太陽的白光浸淫著。那香氣在陽光中，如同化成了一團蠕動的彩霧。老大一陣陣迷惑。他猛地從門口叫住了她，但是他似乎沒聽清她說了什麼。她已經走掉啦。

他還在那裏獨自生氣。他的氣憤並不全由著芒妹的執拗。就在前日傍晚，他離開作坊回家，碰見了剛進村口的稼祥。瘦弱的莊道潛，緊擁著兒子走，怕要失去他一樣。老大立刻心中痛苦忙亂，像被颶風襲擊著。

稼祥上前與他招呼，他忽然覺得這稼祥大換了一個人，聲音、形貌全部地改變啦。他默默地走開，回到家裏面壁苦想。他的心，被兩排利齒撕咬著。芒妹從外面回來，卻只顧對他誇著稼祥。他聽著她的聲音，逐漸覺出自己對那青年又恨，又怕，既蔑視他，又輕輕地熱愛著他。

老大已暗暗地盼望芒妹今年秋後就出嫁。

143

村莊的上空，響起了爆竹。

這真是惡劣的習俗！老大心中咒著，怏怏不樂地離開家門，朝村口走上塵土灼熱的街道。他踏在自己的影子上，和影子一起移動著。

從一家的門坎裏，跳出四五個幾乎一般大的孩子。隨後，一個矮小的媳婦，追趕著，一溜兒煙地向發出爆竹聲的方向飛奔而去。

老大兩耳轟鳴著瞇起眼，望著他們一直轉入一個街角有高聳木桿的胡同裏。那木桿頂上，架著條細細的廣播電線，已經化入天色裏啦。幾點小麻雀，蹲踞在那裏，如同懸空一樣。忽被人驚動，便直飛起來，落入道旁槐樹的綠葉中。

老大一個人在原地待了一會兒。他意識到自己徹底的孤獨，似乎心境漸漸淒涼啦，心也脆弱得很，彷彿再也承受不住任何一種突入其來的打擊。他困躁地搖搖頭。

稼祥的影子，便加入到他的眼中。一口白得慘慘的牙齒，和一架具有誇張神氣的眼鏡——這很像許久以前那個懂點醫術的下鄉知青。老大記得他的名字，叫作崔明誠，有著一個「太白」的諢號。

稼祥很像那太白。老大真正覺得，這個農民子弟該稱作叛徒與敗類，該為公眾所共同討伐的人，但自己說不出話，因為核桃園的族人們，俱以稼祥為大家的光榮，為祖宗蔭德的輝芒照射。

老大因眾人的表現，而感到驚訝和悲哀。這時，他的腳下，竄過一條低頭覓食的狗。他不知道自己是否正像這條狗一樣恓惶。他狠狠地踢了它一腳。它翻過一個滾兒，詫異地向他吠了一聲，夾著尾巴，逃向一面牆下，驚慌甫定地喘息著。

144

那個太白！老大內心咒著他。忽然又鬧不清自己咒的是他，還是稼祥，反正中午的日光，一排排地壓在他身上，令他頭腦昏亂，且渾身滲出了汗，開始有些異味啦。

不遠處那片核桃林，綠瑩瑩的，陽光似乎不能走近它。

從那核桃林中，裊出清爽甘甜的氣味，鑽入老大鼻中。他不由得認真看著那樹林，以為那裏蕩漾著澄澈若無的水。

他的麥，便寂寞地躺在這核桃林的深處。

145

隔著核桃林，就是他的廣為金鄉縣八方鄉民所熟知的大作坊。那裏原是核桃園大隊第五生產隊的牛棚，再早，就是核桃園合作社的大場院。這作坊現已擁有二十幾間廠房和兩部大卡車，固定下來的幫工，也有五六十人，核桃園村將近一半的村民，曾在作坊勞作過，除此之外，還有從外村聘來的能人。作坊已不單設有犁耙、苕帚、耩子、木鍁、木杈之類的傳統生產項目，還兼作粉絲、火紙、豆腐等，規模相當可觀。

老大一讓賢，就組織了這個作坊。他當了近二十年的村長，每天都覺得沒有直起腰來，便果決地辭掉啦。可是，當他想到自己是怎樣通過手段掌握住核桃園大權的時候，他的心就有些顫抖。但這無關緊要，他要代表一方土地，就必須那樣做。他不願去想它，果真就不想啦。而在他辭職之後，他不由得佩服自己的果決行為。他的作坊，隨後就帶給他前所未有的榮譽、尊嚴。他經常在黑暗中冷冷地發笑。

他不怕上邊的人怎樣抱怨他的不開化和閉塞，指責他身上的農民意識。他一味地冷淡他們，十分傲慢。他甘心把自己當成一位農民，雖然他很少在田裏勞作啦。他覺得，他可以這樣做。他鄙視那些趨之若鶩的記者之流，這是些稱不上什麼官的人。他總不近人情地對待他們，甚至對抗一切新機器——他很愛聽古老的石磨，在自身的沉重摩擦中，發出的聲響。

那些新機器，他對它們懷著幾乎不可消除的成見。他把它們跟離他的生活很遙遠的，他並不熟悉的城市，聯繫起來，正像他把太白跟城市聯繫起來一樣。

老大意料到會這樣。他的尊嚴獲得了勝利，他相信這個。

如果不是村裏銀鬚冉冉的老族長根兒爺，前來作坊說，老大是不會讓那些雇工們，去吃稼祥的賀酒的。

他對根兒爺說：「依您吧。」那些雇工，便一個個不能把持。他看了心中氣憤，好像正受著愚弄。他想，豈不是莊道濳的主意！他扔下與司馬鄉門市部簽訂的合同，便走出作坊，回到家裏出神。

在他離開不久，作坊的人，一走而空。

146

現在，老大不知要往哪裏去。他沒敢進核桃林，在麥的墳前站站。他要離開村莊，便漫步行著。耳朵裏，肅靜了片刻後，忽然又低低地響起，似乎聆聽到亙古年代冰冷的聲息。他想弄清楚，這種聲音是虛無的。努力使自己冷靜地聽著，但結果那聲音很快糾纏在他的周圍，像陽光一樣難以逃避。

他疾走了兩步，眼角看見一個黑衣的人進了村子，被一堵栽著仙人掌的土牆擋住啦。他這才發覺自己遠離了村莊。

於是，他立在那裏不動，希望看見那個人重新出現，同時，一絲悲哀一樣的情緒，從他心底泛出啦，令他的嘴角搐動了一下。

村裏的那段土牆，在太陽光下黃黃的一片，背後好遠又沒有樹，看上去就像沉積在那裏的一團濁霧。終於沒有再出現那黑衣的人。老大的悲哀，大抵是因他而起的。自己卻困惑起來，驀然回首，依然見往事歷歷演出在這古老的土地上，依然見，形象卻變化成兇惡的樣子。

——老大艱困地生活過很多的年頭，現在兩鬢寒霜微微，整個人像要衰頹下去。他大抵艱困地生活了大半生；那黑衣的人也一樣活著，但他安於現狀，他才真正像狗一樣地活著呢，他卻微笑，他很快活。老大不由得為過了大半生乞討生涯的金元悲哀啦，以為他是一條狗。

路旁可能有一棵樹的，因為老大的頭上，襲下一陣陰涼。他略略放低了眼，見地上斑駁的陰影，覆蓋在雜亂的車轍、馬蹄印和一些碎草上，淡得幾乎沒有。

天已正晌。老大聽不到村裏的動靜。他覺得孤獨很啦，也依然困惑著煩躁著。耳朵中那個低低的嚶嚶聲還在響，很清晰，彷彿有一根線通到遙遠的淡薄的空氣裏，不可捉摸的雋永的波動，順著這根透明的線，不住地傳遞著。那像是對他的神秘的召喚。他試著排除這聲音的騷擾，搖了一下頭，讓耳朵傾斜著，隨後留心地分辨，看是不是將那怪聲消滅啦，但它仍舊在響，而且不住加強。一瞬間，響聲大作，直要撐破他的腦袋。

與這響聲一並出現的，還有太白的名字。而他又看到了那棵老榆，生病的樣子，蕭瑟地站立著。他自己正朝老榆的形象變化著，從腳部向上開始僵硬。一種沉重的死屍般的負荷，施加在他的心靈上。

他恐惶地將手一伸，探在灼熱的陽光裏。

那樹影已悄悄移到一邊去。路上走來一個撐黃紙陽傘的女人，被他古怪的舉動吸引住啦。

「看什麼！」他喝了一聲。那女人輕輕吃了一驚，便加快了步子，直往一塊綠瑩瑩的玉米田後面去啦。黃紙的傘頂，在玉米田上方，移動著。

老大掉轉頭，向村裏去。他要去作坊。

午後時分，天氣才真正熱啦。天空白花花的，找不出太陽這個光點，因為整個天空都在閃光。

147

當晚，老大守著窗子躺在床上。他覺得芒妹今日大有些異樣，已失去往日的殷勤。她悶聲不響地在廚房幹了一會活兒，就走進自己屋裏啦。老大想起白日裏對她的粗暴態度，這時候忽然心中不忍，考慮是否走過去問問清楚，父女和好。他已有兩三百萬的存款，但他們父女仍舊住著農村中這種破舊的老式的土構房屋。他不準備為自己留下什麼。

能夠讓他生鐵似的臉，綻露笑紋的，大概只有女兒對他的愛。他越來越感到自己最終只能在女兒身上獲得一種寄託。人總要有自己的歸宿吧。但是今晚，令老大激動的，還有一件讓他自己都感到有點過火的事情。下午他對那位喝得醉醺醺的、點了苕帚當火把的雇工，很有些不講情面。他一想到自己對那位雇工吼叫的樣子，就有些懊悔，但事情已經過去，決無反悔的道理。就隨它去吧。老大還能感到一種做人的說一不二的威力呢。他說要踢開誰，就踢開誰！他盡力把這件事從腦中丟開，便想去芒妹那邊看看。

他猶豫了一陣，只隔著牆，向那裏呼喚了一聲。芒妹便站在他的跟前，的確有一臉不滿的神氣。

老大試著對芒妹微笑一下，沒有成功，心中作痛。這時他望著女兒，痛苦一下子明確啦，迅速扼住了他的喉頭。

好芒妹呀。老大一時辨不清心中的滋味，只要說話，卻不知說什麼好。他的目光，移向牆隅的陰影。

「哦。」他的喉管裏，發出了很低很沉的響聲，又戛然斷啦。微笑在臉上出現。於是，他感到一種快樂。只有在家庭中，從女兒身上得到的這種自然的快樂，才不使他急劇地衰老和瘋狂。老大明白，這種歡樂的溫暖情緒，對於自己是如何重要。

芒妹不快地坐在一把椅子上，捏著自己的手，拗過頭，看一會兒後牆小窗孔裏的黑暗，才說：

「你這樣畏縮下去！」

她的一隻手，被捏得發脹，熱剌剌的痛，心中氣憤著，想起白日裏的熱鬧場面，和隱約籠罩在那場面上的不愉快的氣氛。她極想馬上和稼祥說上幾句話，但稼祥忙碌不已，等她在絲瓜架的柱子旁擋住了他，他一問老大為何未來，她便立刻侷促啦，想說的話也一時全無。她啞啞地望著他蒼白的面容和文弱的背影，有些發痴，腳下蕩悠悠的，不知整個兒飄向什麼地方去。身體總被稼祥那種特殊的、新鮮的、動聽的聲音包圍住，像湧起了所有嶄新的感覺。她逃在一邊，繼續窺望著他。熱的空氣，使她出過一陣汗之後，又變得涼颼颼的，似乎害起了打擺子。

「你能不能講清楚你不去的緣故。」她又說，「難道要人三番五次地請你不成？我覺得不是人家丟了體面，是你丟了體面！再說，又憑什麼趕走大巴村的雇工？他是稼祥的親戚，你不知道麼？你將什麼都做得忒過分啦，只索強全不顧人議。這事總不讓人敬服。我真恨你，大大。」

芒妹堅決地站起身，頭一低，如欲哭的樣子。

惱人的葵花香味。她心裏說。

老大的心，被重重地敲擊了一下，隱約覺著似乎破裂了四五葉。他用孤獨而又暗含著哀求的目光，看著女兒。

眼前匆匆擠過來一片渾濁景物，分不清天和地，但一頂華彩的轎子，悠悠地在渾濁之中清楚地游動。他馬上滿懷驚懼，胸膛裏呼呼地翻湧出勃勃氣流，使他的眼裏流露出久遠的憤怒的神情。他聽到一個聲音說：「恨！」他尋找芒妹，芒妹已經出去啦。

老大不能向女兒解釋，但他不願意女兒也開始強烈地仇恨一種事物或者現象。他不希望芒妹這樣。他相信芒妹絕不會恨起他來。老大肩扛著仇恨這副沉重的枷鎖，走過了漫長的路。他不想看著自己的女兒，也像他一樣，苦苦承受這不可擺脫的桎梏。但是，他憎恨的，絕不容許女兒去愛。他要阻止她這樣做。他要保護女兒，使她不受任何人或勢力的侮辱。

148

老大相信，自己是位扎根於黃色沃土的非凡者。他的女兒，便不用再獲得仇恨。老大知道，任何一種仇恨一旦產生，便是永遠的負擔和折磨。他不願向女兒解釋，不願說明白，這只是他自己的事。

可是，老大一個人在寂寞的房子裏，感覺到一隻陰險的手，正向他的女兒逼近。他料到他們會向他復仇的。他有些提心吊膽，側身聽取屋外的聲音，知道芒妹在院內立住啦，才穩一穩情緒，把雙臂攤在兩側，無力地閉上眼。他感到疲勞。從未有過的疲勞。

似乎就在這兩天他迅疾地衰頹下來，而且那似乎已得到的一切，全部喪失殆盡。他向那個可憐的會縛苕帚的雇工大發雷霆，只能說自己進入了絕境，如失敗的鐘聲，在空中敲響。

老大一時間覺得自己其實跟微蔑無能的金元一樣。他想再次呼喚芒妹。他不能失去他最後的財富，他所保護的對象。但是一個太白的影子，忽然又閃現在他的混亂的腦際中。有一具懸掛在老榆樹上的屍體，也輕輕飄落在地。

一剎間，那女人臉上的蒼白消失，光彩閃耀在她的頭上，照得人睜不開眼。她穿著一件藍印花的薄夾襖，有些憂鬱，嫻靜地淡淡笑著向他搖手，似乎在召喚他。她的腳，踏在蔚然的橘紅雲氣中。這景象，十分清楚。那女人的鼻翼左側，匿藏了一個芝麻粒大點的痣，不留意就看不出來。老大熟悉它，印花布夾襖裏住的窈窕勻稱的肉體，他也熟悉，因為那是他的。

是他的。他珍愛它，把它當成自己的榮譽和財富，但是後來他感覺到自己辜負了她，他仍然把她當成自己生命的一部分。他撫摸她，使她酥軟地要化作虛幻的泡泡，悠上深邃的空中去，最後他頹傷而自卑地嘆了口氣。他努力使自己振作，但總沒有成功。

她守著他，熬過了一個又一個難熬的漫漫長夜。老大對她說，你再找人吧。她生氣啦，握他的嘴。他一激動，又將她抱住。她掙脫開他，氣吁吁的，將一旁沉睡的女兒，掇放在兩人之間，讓他意識到他們還有女兒。她說，要是我死啦，你或許還會行，就讓那好人，給你生個兒子吧。

——那一夜，一年之前抑或兩年之前吧，他口中不斷地說他要個兒子！他激烈得要死，但從那時起他便不幸地失去了能力，而他的女兒卻在那個激蕩不安的夜晚開始孕育。她說，是她毀了他，要是換了別的女人，保不准就是個兒子，長大了就能跟他一起幹事。她有罪過，害了他。老大不讓她說下去，他在女兒臉上親了親。他發誓，一定要讓她們母女幸福，絕不用自己的煩惱痛苦，去影響她們。

他發過誓了——他似乎曾在——他發過誓啦，但是太白……

老大記得，太白是一個瘦弱得可憐的高個兒青年，從側面望去，就像刀刃一樣狹窄。太白臉上，架了副眼鏡。在眉叢下隱秘地沉靜地笑微微的。

149

老大記起了太白。在一團紛雜的事物中，一棵老榆樹勃然而起。一根粗大的魔鬼的黑色手指似的。

「刨掉它！」老大對芒妹說。當年的芒妹，腦後拖著兩根樹枝似的極細的小辮子，在他的膝間，捏住那兩隻又黑又硬的乳，哭泣說：「大大。」他從芒妹稚嫩的面貌上，辨認麥的影像，他小聲地對她說：「刨掉它。」

芒妹已出脫成妖嬈的女人，胸脯高高的，頂著黃色的碎花布衫。他又對芒妹說那句話。終於沒有刨。他對它懷有一種莫名的懼怕，他似乎擔心那龜裂的樹皮裏，蓄滿了猩紅的血水。

老大說那句話說了二十年。而老樹還在默默地生長著。有幾年，他以為它死啦。今年的稀疏葉子，說明它從未中斷過與空氣和土的聯繫。它似乎具有一種神奇的力量，令老大有時都不敢靠近。他對它懷著敬畏的心情，芒妹都因此感到奇怪。

日子久啦，芒妹也未加盤問，但畢竟有些驚異。她曾經望著黑老榆曲曲彎彎地蒼勁地探出在黃土牆之上，費神地思索，心中似乎有所啓動，但畢竟不清晰，也便作罷。

核桃園大隊知青點的男女，後來走得一個不剩，而太白卻留下啦，留在這片土地的下面。村裏的很少有人知道，他埋在哪裏。對他們來說，這成了永遠的秘密。

150

老大忽然想要去探望老榆。他站起來，趿上鞋，走進黑暗的院子。夜空青色的帳幔上，輝映著明亮的星星。老榆樹不懈地直刺上去，像作著某種召喚。老大走到老榆樹跟前，靜默了一會兒，便把臉貼在有些發燙的樹幹上，低叫道，「麥啊。」

他在樹身上默然流淚，又搖撼那樹，樹竟紋絲未動。他覺得無力，順著樹滑下去，癱在樹根上。

老大從未在人前流過淚。他只為老榆落淚。從屋裏射出來的光柱，落在他的前面，在地上。通過淚眼去看，好像是土地的一道豁亮的裂隙。

老大就處在這道地獄的裂隙之緣，悲慟得不能回憶。他正朝著地獄之門走著似的。而實際上，早在多少年前，在他身後的屋裏，面對年輕的莊道潛和老村長莊至行，他指天發出的誓言還沒有落地，他就已經走進了這道門。

他的手，在老榆的樹皮上，隱約獲取了血氣的溫柔的感覺，似乎生命正在裏面舞動，要引渡他通過那道裂隙。他覺得自己是無力和朽敗啦。

151

老大不能往下想他的麥。於是，他抖抖地站起，抹去臉上的淚水，卻猛地慌張啦。他在院子裏搜尋著芒妹。他沒有找到，便慶幸自己的舉動沒有被芒妹看在眼裏。但是院門開著，發白的街道，有一截便映在那門的空缺處。

他吃了一驚，重又恐惶啦。他呆呆地立著。不久，聽著有人說著話越走越近，他趕快走進屋裏，熄掉燈，靜靜地等候。過一會兒，他聽見了院門處芒妹和稼祥嘰嘰咕咕的交談聲，親兄妹似的。

芒妹開始笑出聲啦。他們說了什麼，老大聽不分明。到了後來，院門吱呀一聲關上啦，芒妹的腳步聲，就走向隔壁的屋。如果芒妹那裏有什麼動靜，老大是能夠被驚動的。

「她以前從未出去過！」老大反覆地對自己說。他不由想起當年自己深夜趕到麥的窗下約會的情景。

他伏在麥家的牆頭上，一動不動，狗從他下面走過，也沒有發覺。他的身體，被露水打濕啦。等到麥的父母房中，鼾聲冒起，才聽得麥的房門被輕輕打開的聲音。她穿著整齊地擠出門，在微微的星光下，靜聽了一會兒，便悄悄來到牆下。他一下子掉在地上，拉起她的手，一路向野外跑去。

他們滾在田溝裏。紫穗槐的長枝，壓得低低的。兩人仰躺著慢慢說話。說到分際，便相擁著。他的手，就扣在她的紅絲腰帶上。那兒，打了一個蝴蝶活結。可他的手顫抖著，不能行動。

老大心中不安啦，人便沉入黑暗裏。他覺得身體傾斜，腳部向上運動著，頭部卻在下墜。暈眩圍著他。他覺得自己肯定老啦。

152

次日，老大眼裏充了一點血。他一早起來，就站在院內薄薄的光亮裏。他早已不管地裏活，農具家什，一律付與芒妹掌管。農忙季節，也不用他幫助收拾。他每日為了作坊奔走，將雇工轄制得服服貼貼。幹這種事情所需要的目光和膽略，他還是有的，而且說得上綽綽有餘。

他冰冷的眼睛深處，總閃爍著精明，時刻要撲到外面咬人一下似的。他首先要在清晨以飛快的速度，將這一日的工作盤算妥貼，然後從容去做。

現在，他往院子中一站，便看見芒妹從屋後的菜園裏，挾著只藤籃走出來，進了廚房。她總趕在他前面起床。他一想這個，便心中暖暖的，想起自己似乎虧對了女兒，將過多的家務加付與她，而且是過早的。

他沒讓女兒去讀高中，芒妹當時一聽到他的意思，便馬上低頭服從啦。後來，他仔細一想，才知道芒妹不願意離開他，讓他每日孤另另的。

老大一切都想要順從著她。他似乎對芒妹深懷著一種罪過。他心裏最明白這個。可是，他卻不由自主地開始掌握她的命運啦。他簡直把這當成了他的義務。

鄉間的清晨，各種各樣的聲響，漸次隨著亮光的加強繁多啦。空氣顫動著。植物的花粉微粒，如張著小翅膀，在晨風裏游動。

153

早飯時，芒妹臉色蒼白，只在兩頰處，有兩片淺淺的紅潮，卻不像昨日有過什麼不愉快的事。但那蒼白很讓老大擔心，他問芒妹是不是哪裏不舒服，芒妹向他輕輕笑一下，說道：

「你忘啦，天天早上都是這樣。這不是病，待會兒太陽一照就好啦。」

她將手扭轉著慢慢舉高，靜止片刻，又伸到老大跟前，果真連手也蒼白起來，如玉琢的一般。

老大想想往日，或許如此，但這日定比往日蒼白了些。他悔恨不對芒妹細心。在他起身要到作坊去的時候，芒妹又叫住他。

「大大先別走。」她說，「聽我說些話。你要先答應我。」

老大站著，一邊嚴肅地聽著，一邊脫下身上揉皺的襯衫。芒妹趕快從櫃裏取出另一件給他。他邊穿邊說：「若說不過去，大大便不應。」

「先要你應！」芒妹逼迫他。

他忽然臉色緩和啦，道：

「依你吧。」

「大大，」她說，「稼祥表哥的事，你還是不要做過分啦。況且他又不是不幹事的一個，光咱核桃園找他縛苕帚的，就不知有多少。我看他人也實在，不能就許你那樣對待人家。別說別人看不過，連我也看不過。咱們也興隨便解雇嗎？公家還不這樣，咱們一個作坊倒做在人先啦。大大，諒他醉酒啦，說了混話，頂過你兩句，無非將苕帚燒去兩把，又沒引起火災。」

「我說過啦，」老大打斷她的話，臉上重又繃得緊，近於冷酷地說道，「他休想再進作坊！我出了錢，他便出力。這中間難道還攙雜著誰的情分！」

「大大，你還是要再聽我兩句話。」芒妹聽他這麼一說，有些激動，「你從當村長到現在，憑我看見的和聽說的，我覺得你待人太狠。特別是現在，你完全變成另一個樣子啦，只兩天時間！你為什麼不去稼祥家？人家眼中裝著咱，以為咱能給人家體面，你不去也便罷啦，趕跑的那個人偏偏又跟他家有關係。這不是硬讓人往明處思想嗎？在你眼中，稼祥不會太壞吧。他必定懷揣著本領，是第一個為核桃園大家增了光。他又不是鼠偷狗盜的，是吃苦受窮熬出來的。根兒爺還說是聖人住過他家。你難道自己當成了聖人，竟連這樣有本事不尋常的人也看不起！」她用銳利的目光，緊盯住老大，心中異常激動。

「胡扯！」老大忽然吼一句。他說，「休再提什麼人，我是說了算的，說了做的，沒有後退的例子！」他怒氣衝衝地跨到門外去。

芒妹臉上大紅，感到非常委屈，也為著父親的不近人情而難過。扭轉頭尋找門，遇著牆壁，又折回來。老大一見這情景，就立刻慌張啦。剛想捉住走過身邊的芒妹，說些體貼的妥協的話，又急改了主意，咬一咬牙，反而再嚷一句：

「我先告訴你，也休隨稼祥亂走。不許你！」

說完，直接出了院門。他想起昨夜，芒妹說過「恨」字。現在，他甚至希望芒妹能夠仇恨起來，隨便仇恨什麼東西，因為並不是隨便哪一個人都能夠仇恨的。有些人的可悲，就在於他連恨都沒有。他愛也不能，恨也不能。這樣的人，才真正是一個可憐的無用的人。

老大的芒妹，是應該有所仇恨的，也應該得到愛。但是，他又不希望芒妹產生仇恨。他相信，恨是一種負擔。即便是很微弱的恨，也具有一般人所想像不到的極大的威力。它使人生活艱難，可以造就一個人，更可以摧垮一個人。老大希望自己的女兒拋離一切的怨毒、苦惱，而完全以溫情、健康、幸福為伴。那也將是他的幸福。誰來毀掉芒妹的幸福，老大就會與他鬥爭，直到最後打敗他。

老大想，芒妹可能不會恨的。她今天早上沒有說。但是，當他想到芒妹的目光，也便不由得發抖啦。可是，老大全部為了芒妹好。現在她不理解，但她將來可以理解的。

154

老大在街上，和迎面的人打著招呼。他走過一段路，雙腿便不能動啦，於是停住，回頭望一望自家的院落。

它真是低小古舊！那老榆探出在空中，隱約地從樹身上流瀉下來血色的東西。當他愈看愈清晰時，他發覺老榆上微紅的光亮，在不斷地滑落。他像被人狠狠擊打了一下。

腦際中，竄出一個幽靈似的人來。他知道這個幽靈折磨了他幾乎二十年。那是太白，太白！當年他沒有打過他一巴掌。

老大不讓自己碰他一指頭。他放棄了毆打太白，太白明擺著不是他的對手。太白連鋤都不會使，隊上只讓他蹲在知青點淘淘糧食，用小車載上糧食，去磨坊打面，整理柴垛，或幹一些別的輕鬆活兒。他走不上半裏路，就臉色通紅。冒汗。氣喘。喊腿軟。輕風都能把他折斷。後來，隊上又派他到核桃園大隊的小學堂代課。他便整日拿著兩本書，一本是課本，一本是厚厚的什麼名堂的書。

他的同伴們，那些從濟南、濟寧、金鄉縣城來的狗男狗女們，卻十分敬重他，樂意聽他的話，受他的指揮。

夏日，他坐在小學堂裏那棵核桃樹下，蹺腿讀書，眼鏡都要掉下來，非常危險。他不時將手從書上抬起，扶那眼鏡端正些，然後抬起了頭，四顧一番，凝住啦，嘴角有些微笑。他倒是樂得輕閑自在。老大想起城裏人最愛用這個打敗鄉下人。他們詛咒日光、風雨，以為受著日曬雨淋，是極可恥的事。鄉下人羡慕城中人，也大抵從這方面說起。

老大不屑於碰他一指頭。他還是以為打敗了太白！可是，很快，他覺得他的勝利，遠比他失去的東西菲薄微末得多。他為這不足道的勝利，付出了慘痛的代價。況且，那也不見得就是他的勝利。他肯定受了愚弄。

而太白的影子，在老大的眼前，忽急忽緩地晃動了一陣後，那稼祥卻又闖了進來，全部如太白的神氣。老大本能地意識到一種恐懼。

155

作坊裏各行的人，已在等候。今日該領工資啦。他們喊喊喳喳，議論昨日的事情。

老大一來，便鴉雀無聞啦。大家只用眼色，互遞信息。老大走到他的辦公室門前，停住啦，叫過人群中的一個高個兒子青年，遞過一串鑰匙在他手裏。這青年十分恭順，唯唯喏喏，聽得仔細。老大向他說過話，便轉出作坊。

雇工們圍住那位得寵的青年，戲謔了一陣。

156

老大喪失掉管理作坊的心緒。他出了作坊的門，便順著草木叢生的牆角走。這裏寂靜，尚無人來過。草叢上的露漬，白濛濛一片。

他淌了一身露水。

緊挨牆根，有一條生滿雜草的小溝。幾棵細柳，在雜草中，支撐著柔弱的枝幹。

老大越過小溝，轉入枝繁葉茂的核桃林。大顆的冰涼的露珠，「啪啪」的，響亮地砸在他身上。一隻棲息在枝頭的鳥，飛下來，又猛地穿過綠葉，向核桃林上空飛去。

在那一剎間，溫柔的陽光，從那葉隙中閃出一條光路，淡淡的，帶著些夢幻般的彩色。似乎有一部分黑夜，躲到這裏來啦。而且它們還在驚慌甫定地喘息著。

陽光無空不入地照在林子裏。風一吹，那些光斑，就如澄清的水中的氣泡，飄來浮去的。一個破滅啦，消失得無影無蹤，而更多的卻迅速誕生啦。但是，這裏的天光依舊很微弱。核桃枝條，光滑細長，將空間全部充分地利用啦。

從地下腐葉和草叢中逃逸出的大大小小的昆蟲，有的展開透明的鞘翅飛起，落在黑紅色的枝幹上，鎮定下來。

157

老大走到一片樹木稀疏的地方，在一座小小的墳堆旁站住啦。墳堆的北側，長出一棵楝子樹。長柄羽狀的葉翠綠欲滴，因為附著太多的露珠，而顯出即將脫落的樣子。一叢牽牛花，圍著墳堆，蔓延著，爬到小楝樹上去，正張開藍色的喇叭似的口。裏面有細黃的蕊，很有些發白啦。它的每一朵花，都生命短暫，最易受到傷害。但那花又幾乎是最嬌美的。在這片土地上，它們安靜地純潔地微笑著，夢幻般地在陽光逐漸增強的清晨，閃爍著淒艷的讓人落淚的輝芒。

死亡之前的笑容。

老大被這花朵攫住了心。他來看他的麥。他的麥，就在這墳堆下面。

朝陽照得核桃林上空，清亮亮的。陽光滑過樹頂，落在麥的墳堆一部分，而老大也只腰部以上浸在光中，似乎生活在兩個時間裏面。一個是芳香的早晨，一個是陰冷淒涼的殘夜。老大確實沒有從某一個已過去的時間裏走出來。

他來看望他的麥。

藍色牽牛花，掙扎著，在作最後的淒傷的笑容。

老大神思搖曳。藍花幽幽地化作一股煙塵，向四方飄散，漸漸散入大片的綠影當中。他克制著自己，上前一步，繞了麥的墳冢一圈。

他低低地說：「墳真小。」忽然好像想起什麼，向愈見明快的渺遠的天空望一眼，又喃喃地說一句，「墳真小啊。」

一隻蝴蝶飄來，如彩色的紙灰，在空氣中搖搖擺擺，漸漸落下去，倏又輕輕飛開。老大發現了它，便仔細地盯著。那彩蝶已落在一朵藍花上，並不時地開合著翅膀。翅膀上的羽粉，細細地閃光。

他勃然動了氣，將那貪戀的蝶打飛。

他看著它驚懼地逃向密林中，不見啦，便急速地走出核桃林，返回家去。悲哀的牽牛花和蝴蝶。他想，多麼恓惶。

158

芒妹眼皮上，像抹了層油脂，影影綽綽地發散著光亮。老大見啦，心中一陣痛楚，卻並不表現在臉上。他鄭重地叫過芒妹。芒妹要避開。他又喚了一聲。芒妹就立在門中，沉靜地等父親發話，心思卻並不在這上面。

其實，她往常最不怕老大發脾氣。她知道他捨不得，而多數時候是雷聲大雨點小，最終也是以相互讓步而告終。她懂得怎樣籠絡住自己的父親，但是，這兩天，她總覺得她往日的一切手段，都無法奏效啦。

可恨的七月。

所以，她竟然在父親的面前，感到膽怯。她不知道老大此時會說出什麼話來。她快速地思索一下，會不會又是關於稼祥，或者那位雇工。大大是糊塗的。他真糊塗！芒妹沒有想到，大大竟然連一件很簡單的事都思謀不透，也虧他還是作坊主。芒妹如此一想，心才忽然輕鬆起來啦，一點不緊張。她還是直望著老大，使老大在很短的時間裏，臉上出現了躊躇的神色。

「芒妹。」他的聲音顫抖微微，如風吹過徐緩流淌的水面似的，斷續地有光片忽明忽暗。他有些說不下去，肺腑內在攪動。他準備將自己的態度坦白地展示給女兒，取得女兒的寬容和理解。他接下去說，

「你大啦，芒妹，能自己作主，我不影響你。」

芒妹正想著昨夜她一賭氣坐在家門口的石階上，那時村子裏還不算太暗，星光遙遠地照在地上，能夠分辨清路徑。她感覺傷心，心中又理不出個頭緒，就只好靜思。稼祥從北邊慢慢走過來，只一個黑暗的身影。她看見啦，喊他。兩個人一起走到村外。

「我不影響你。」

她聽到啦，專注起來，目光閃爍後便凝視著父親。她不由得端正了心緒，靜穆地聽著。

「你是個有心計的孩子，不用大大多操心。」父親說，「你心裏有沒有人？這且放在一邊，芒妹，你告訴大大，你要不要出嫁？」

「你說什麼？」她叫道，左右看著老大。

「你思不思嫁？」

她諤然。

「思不思就出嫁？」老大又說。

「不，大大，」她連聲道，「不。」

老大停住，嘆了口氣。「又沒你娘，你就直說。」他又自怨道，「唉，我在胡鬧什麼？我不用問。」

「大大，我不走！」芒妹激動地上前抓住父親的衣服，又放開手，抱住他，抬起焦急的眼，懇求他不要說下去。她不願別人拿這煩心的事提問她。

「你不傻，孩子。我耽誤過你，可我不想再耽誤你。早些想總比晚些想好。你苦就苦在當大大的沒當娘的想得周全。可我不想讓你再苦下去。我要讓你為全核桃園全金鄉縣的人都羨慕。我的錢買個縣長也買得下啦。那我好受一些。可是，我不能眼睜睜看著你走錯了路，你會走錯路，知道不知道？」他說著，眼前的血光，撲刺刺一閃。

他發起了顫。

159

麥死後不到三個月，太白對他的那些同伴說，自己要到學堂去看看。他的同伴說，都放學啦，去看個什麼，別去啦。他心裏忽然悵悵的，告訴他們，自己總想到那裏去。這時候，他的一個女伴擠過來說，你是把書丟在那裏了吧，你可要快些回來。她一說話，別人都不約而同地向她笑，瞧她的肚子。她並不察覺，似乎有些麻木。

太白能夠看出男同伴目光裏的含意。他便答應著，到學校去啦。去了不到半個時辰，忽然學校所在的那個方向鼎沸似的響聲大作。

大家正疑惑不定，眼望著一群孩子慌張地飛翔了過來。跑在最先的那個，鴨子似的一個脖子一個勁兒地向前探著，跑到他們跟前，上氣不接下氣，喘成一個。大家緊張了起來，追問他，他一時說不上來，後面的孩子也趕到啦，喊喊喳喳地講，含糊不清。

大家一句話一個字也沒聽懂。他們好不容易靜下來，起先的那個孩子說：「崔，崔老師砸在學屋裏啦！」大家一起待啦。而那位剛才被大家笑過的女伴，當場就昏了過去。有幾個人便把她抬到女知青的房子裏。其實，這個知青點只有一個女知青。他們自嘲這裏等於「光棍窩」。

接著，大家飛快地向學堂奔跑。迎面又來了好幾個人，雙方相互打著手勢，便一同往前走。趕到學堂，見一排土屋倒坍了四五間，幾個男人正在廢墟上小心地扒著。

一個哭泣的男孩說，崔老師在不遠處碰見他，還拍過他的頭，問他長大要幹什麼。崔老師說完，就開了教室的門，進去啦。男孩眼看著房屋搖搖晃晃。他以為自己的眼睛出了毛病。

那屋頂上的狗尾巴草，確實在擺動。於是，他害怕地叫了一聲。同時，轟的一聲悶響，崔老師壓在裏面啦。塵土揚向四方，迷住了他的眼。

校園裏的核桃樹，倒下去啦。被塵土埋住，猛又彈起。

男孩說，他還聽到崔老師在房子裏呼喊過。他聽得真真切切。

旁觀的大人小孩，對他後面的話不大相信，但這孩子堅持這樣說。他把這個過程講了十多遍，每次都不顧別人的懷疑，仍舊說「核桃樹倒了」。

人們望著劫後餘生的核桃樹，繼續懷疑這孩子的話。那核桃樹沒落一片葉子。

有人說：「核桃樹一片葉子也沒落。」

太白的同伴，早已沖到搶救的人們前面。他們在斷牆土塊中發瘋地走來走去，一邊慌亂地呼喊著。

支書老大站在人群裏，他剛趕來，他大喝一聲「滾開！」

那些人仍在廢墟上走，聽得見土塊下面，簡陋桌椅啰巴啰巴地響。

老大紅了眼，又吼，「滾開！」他竄上去，把他們拉開。然後，他仔細地察看過，便和兩個社員掀開一塊沉重的土牆，扒開柴草、梁椽、碎土，終於找到了血肉模糊的崔明誠。

崔老師身上的血，繼續向外湧著。衣服被撕碎啦。人們將他放在校園的平地上，身下墊了草。看到這面孔，全被泥土和血遮蓋著，人群慟哭起來。

「核桃樹，倒啦。」固執的男孩，嗚嗚咽咽地說，抓住大大莊道潛。有人從家裏拿來毛巾和水，老大在崔明誠的臉上擦了一擦，露出他蒼白的俊美的面孔，絲毫沒有受損傷。

人們驚奇啦。

老大明白，他的手曾用一塊當課桌的木板護住頭部，並在不能支撐的時候，轉過了臉去。他的面孔露出來，英美，脫俗，有一股子高傲的冷雋的神氣。老大幾乎因此而痛哭啦。他以前從沒有發現這張臉美麗的地方。他弄不清心中這股如何的情緒。

這時，崔明誠那雙眼上的整齊而梗直的長睫毛，慢慢掀開啦。這雙眼，隔著幽冥界，冷靜地留戀不捨地看了看人群。他看見了他的患難之中的朋友，他所接受再教育的農民，這大有作為的天地。他像要和人們說什麼，但什麼也沒有說。那些話停留在晦暗之中，一直沒有走得出來。他的同伴驚喜地望著他。他的目光，在扶著他的受傷的頭的老大的臉上，滯留了許久，讓老大一陣陣心寒。他又轉過臉去，就一動也沒有動，蒼白地死去啦。

——核桃樹又起來啦！那個男孩說，帶著哭音。

人們發現，崔明誠的眼睛一直睜開著，和別人的眼睛一點也不一樣。是藍幽幽的。有光在那眼眶深處，凝固住啦。人們一注意這眼睛，便不由得懼怕，好像有幽靈在他的身體上徘徊。用手給他闔上，過不多久，它又會張開。繼續以藍幽幽的眼睛，漠視著世界。

村上的民辦教師說，他們在這學屋教過十多年書啦，怎麼會料到，會有這麼一天！

核桃園的人，全部驚疑不定。這是命啊。他們每時每刻都在告誡自己，這是命。更讓人驚異的是，崔明誠停在知青點的屍首，一夜之間不翼而飛啦。人們繼續嘆息，惶惶不安。老大有所心動。他沉默了好些天。

他沉默啦。他不說話。他不敢去麥的墳。

160

老大的眼睛，被那恣肆的血光矇住啦。那是幾月呢？他自問著，猛打了一個激凌。他哆嗦起來。他望著芒妹，說：「你會走錯的。」

161

那天，人們正望著死去的太白哭泣。有一個知青說：「還有一個人呢。」

於是，大家抬起太白，走回了知青點。一進知青點的院門，迎面撲過來一股血腥氣。

那位唯一的女知青，滾落在地上的血泊中，衰弱地喘息著。一見有人來，就連連問道，「他呢，他呢？」沒有人說話。她聽見壓抑的哭聲，又連問，「他呢？」她似乎非要知道不可。但她馬上又昏了過去。

這一群人從她房間退出來，換上兩個女人。男人等在外面，女人輪流出來報告。許多知青憤怒地盯著她們，她們全不為意。

「她小產啦，」她們說，「三個月，有鼻子有眼的。」

她們進去啦。

她們又出來啦。

「這閨女說啦，是崔老師的。」她們如實報告著，扎煞著血淋淋的手。

從人群裏竄出一個叫劉福財的齷齪知青，向她們一笑，「我可從沒碰上過，她說沒說有幾次？」頭上就挨了一拳，屁股上也頂了一腳。翻翻白眼，又縮回人群。

而老大望著這一切，內心狂笑啦。他冷冷地看了人群一眼，喪魂落魄地走開。他想，他的麥看錯了人。

162

老大若有所失地闔一闔眼睛。他撥開芒妹的手，向她示意有一綹頭髮遮住了她的半邊臉。

「大大，你太好。我知道你全部為我。」芒妹說著低了頭，趁勢將頭髮攏到原來的地方。「但是，你有不明白的地方。我自己也沒法說清楚。我不能告訴你。我沒有喜歡上一個人。」

「一個沒有？」

「沒有，大大。不行，大大。」她語無倫次地說。

「怎麼？」

「大大，你聽我說，即使將來能夠那樣合心，我也要將你帶著。我不離開你，大大——不，大大，我永也不嫁！」

最後的話，她幾乎是吼出來的。她無法掩飾住自己的哀傷，匆忙走開啦。

老大乏乏地垂下雙手，呆呆地站了半天，才慢慢踱起步子。他是希望女兒不嫁嗎？芒妹大啦。他第一次想到這件事的時候，把自己弄得非常痛苦。他們相依為命了二十餘年，說什麼也不能輕易分開。但是，那又將是不可避免的。因為她是女人。

女人！可怕就在這一點上。麥就因此而死。老大記起青年時的自己。那時他尋找著同道和朋友，能夠安慰他並與他共同奮鬥的人，但是他失望啦。沒有人能夠理解他的願望和性格。麥也不行。他不忍心將自己的苦惱和恥辱加給她。於是，他希望麥能夠帶給他一個兒子。他將會成為他的同志和朋友。他相信。因為他將是從他強壯的身體中跳出來的，也將是強有力的。老大懷著這樣的計劃，但他沒想到他會因此而喪失再獲得兒子的能力。他只得到了芒妹，後來卻又失去了麥。那時他無法得到麥的全部啦。他惱羞成怒。

老大的腦子中，有一朵藍色的花朵，在柔細的藤蔓上，夢幽幽地吟唱著。他不忍打斷它的歌聲。芒妹，他的芒妹，也應該永遠地清純地唱著。他應該把對願望中的兒子的要求，深深埋在心底。

老大要這樣活著。可是，芒妹終究要嫁給別人。當他意識到這也是他生命中一件極其莊重而神聖的事物時，他坦然了些。而那種隱秘的痛苦，卻無時不在影響他。只是有時不太明顯罷啦。但它永遠存在。它攪亂他的心緒。他努力克制，既想成就在眼前，又想成遙遠的事。

老大站在自己的角度，觀察他所見到的所有年輕人，發覺沒有一個合他的口味，也絕稱不了女兒的心。他以為這些人垮掉啦，生下來就垮掉啦。他們像缺少靈魂一樣的東西。他相信女兒和他有同樣的想法。可是他有時候不相信。他覺得芒妹會愛上一個人。會的。

在這七月，他以父親的本能，感覺得出來。但這世上，不可能現在就有一個人被她愛著。芒妹喊她永也不嫁，那麼，她就能永遠安全地陪伴她的還不被她理解的父親啦。老大隱隱感到喜悅。

「不過，」他望瞭望門外穩定下來的明亮的光芒。世界的顏色，已經分明啦。他想，「這也不行。我想不出辦法來啦。這又不像算帳，不像整人，不像縛苕帚、打耩子、安耙，也不像吃荷包蛋。如果我沒有見過外面的東西，我就不能全部知道那裏有什麼。當初我不相信毛澤東這個人，因為我沒親眼見，那准是人們發了瘋亂嚷嚷。後來我信啦，但仍不知他在幹什麼，要他到底有什麼用。我就在牆這邊，想不出那邊有什麼。但我一定要想辦法知道，必須這樣！」

他嗅到一股花的香味，而且很濃。夏天的氣息中，有那麼一股濃郁的芳香。它如醇酒一樣醉人。它比春天的香氣有力多啦。春天是一隻憂傷的蝴蝶。它四處撲動著飄移著，時刻都會被風吹散。

163

老大正處在一種奇怪的興奮之中，連背後站了一個人也不知道。他發覺啦，止不住笑了笑。這可能是對自己的暗笑，卻轉移到臉上，令那青年喜之不盡。因為老大向來不在外面露出笑容。人們怕他，不知因何而怕。見了他，全部不由自主地崇敬且畏懼啦。

那青年手中緊捏著一串鑰匙，怯怯地叫了聲，「鐮伯，我是袁廣田哪。」老大聽著挺彆扭，似乎是頭一次聽到這種聲音。他心裏忽然出現了一個殘酷的念頭。他可以盡情地羞辱捉弄這青年一番，但他看到這青年謙卑得有些可憐，便打消了念頭。

「怎麼樣啦？」他只是淡淡地說。

「哦，鐮伯，」袁廣田說，「工資全發下去啦。我按帳來的。大巴村的那份，我從我的工資中額外抽出二十塊，讓人捎給他啦。」他暗暗打量著老大的神情，頓下了等老大說話。

「得。」

「您信得過我，我會好好幹。」他又說，「莊全海的毛刷，栽得不合格，我讓他家裏的當場返工。不能沒這規矩，這麼大個作坊，十多項行業，都像他胡來可就亂了套啦。有初一就有十五。馬集定做的二十套響鈴鞲子，我派了莊建國和友良送去。這兩人可靠，又算得上聰明。我聽說馬集前日就來催您啦，今天可不能耽擱。鐮伯，莊老八沒把坊門報警鈴掉下的杵及時安上，聽說他昨夜出了酒，半夜根本沒起。那麼大一筆款子在作坊裏，幸虧您的門鎖得緊。怎麼處理他，還要您說。」

「我回去看。」老大心不在焉地說道。

但是青年並沒有離開，眼睛四處瞅著。

「還有什麼事？」老大不耐煩啦，又問道。

他猶豫了片刻，醒悟過來老大並不愛他遮遮掩掩的，便說：「剛才進來，看見——」老大瞥他一眼。他說：「看見芒妹的眼發紅，別是有病。噢，對啦，昨日稼祥跟芒妹說話，芒妹沒理他。我看稼祥當上研究生，話會說啦，卻不知了天高地厚。」

老大不則聲。

「傍晚我去作坊，回來見稼祥一個人走。」袁廣田又說，卻被老大喝了一聲「瞎扯！」他驚了一跳，看清老大臉上的怒色。

「快滾！」老大說，「你把自己當成養老女婿啦，沒臉沒皮的。你說的話我不待聽！」

這青年雇工，狼狽地走近院門口，卻又回過頭，把鑰匙的圈套掛在一個手指上，舉過頭頂。那鑰匙串，在他手指上，丁鈴鈴地一陣響，十分清脆。他沒有馬上放下去，因為他發現，芒妹正從她的窗裏往外張望。他想讓她看清楚，她父親把鑰匙交給了他。

鑰匙又在響，而且探在陽光裏，就像幾塊碎冰。

「記住，」老大又向他叫道，「你給了大巴村的二十，我補給你一百！」那青年幾乎是逃出了院門。

老大這種反覆無常的古怪樣子，太可怕啦。

老大猛地狂笑起來。他罵著自己。他詛咒自己。他趺趺撞撞，往後退去，很困難地站直啦。

這時候，芒妹出現在門口。因為院裏陽光很亮，使芒妹只有一片黑暗的影子。這影子奇怪地望著老大。

「真是笑話！」老大笑著對芒妹說，「真了不得。」他繼續不由自主地笑著，臉上那些皺紋和肌肉，如被船隻衝開的一道道波浪。

芒妹也止不住跟著笑啦。她倚在門框上，說：「沒事兒了吧，笑得你。」

「沒事啦。」

「我只跟著你害怕，你總在騙我。沒事也那樣子，嚇得人要命。」

「用不著。我不再問你啦，芒妹。我知道你對。」

「我覺得也不像，你以往從沒這樣過。弄了好半天，你在故意騙我，把你笑得這樣子！」

他的淚流下來啦。他自己感覺到啦，但芒妹沒有看見。

「大大，大大，你成了髒娃娃啦。」芒妹看著他的衣裳說。

「一下子小啦。還要女兒擦鼻涕，不像話。」

「我還這麼大，該我伺候你。」

「可是小啦。」他低聲說。但是又怎麼能不小呢？他猛地在記憶中找到了什麼。他馬上止住了笑聲。

時間在這個時候，裂開了一剎，又彌闔上啦。

核桃樹又起來啦！那個男孩說。北方夏天瘋狂的樹。

164

老大聽見院裏忽然傳來一陣孩子的哭聲。一個婦女，在怒罵自己的孩子，發了狠地踢打著。老大靜靜聽了一會兒，漸漸有些興致勃勃。哭聲戛然而止。婦女在罵。但哭聲沒有再起。老大聽得那動靜單調無味啦，耳中空洞洞的，感覺不圓滿。他問了自己，我狠不狠。他便立刻停住了一切意識，專注地等待曠漠的空間中的回聲。意識停止。

世界寂滅了一般。眼睛若看，便是不斷的蒼茫，浩渺無際。老大沒有遇到回聲。他將目光從地上一路看起，視野裏便立了那棵老榆樹。

「我成了極壞的一個。」為了隔斷與老榆有關的一切回憶，他果決地對自己說。「我幹了多年的大隊支書，呵，不識一個字，我領著三百多戶人家過了近二十年。為什麼？我看這些人不頂事，窩囊，我想讓他們不被人小看，叫他們過還日子，叫他們什麼都得到！可他們仍舊是窮！窮了就有人欺負，自然受屈辱，又沒志氣。我以為，我能帶給他們好生活，讓他們過像人的日子。可是，十多年啦，我幹什麼都不管用，說不出心裏多難受。我為這些人受苦，他們全不知。我才知道當支書也是沒前途的。……有些話沒法對人說。我一說出來他們准會嚇死。我身上有兩個人，我就總是這樣一個對另一個說。但是，無論如何我都不是壞人。為了眼前的這些人，為了，」他望望腳下的土地，沒有說下去。他身上的兩個人，重新彙成了一個。這一個便一時忘記了老榆。

點點輕鬆，在心裏。

165

核桃樹又起來啦！

老大耳中卻又聽到這麼一聲喊，眼前便飄揚著枝頭上潔淨的綠葉，亮光閃閃。說這句話的男孩哪裏去啦？從那時起，他就發現，這男孩開始有些異樣啦。時如白駒過隙。一副大的眼鏡，架在了稼祥的鼻梁上。老大便驚奇啦，以為他不成樣子啦。全不是當初他所想望的人，分分明明地可惡下去，且令他可怕啦。老大迅速地判斷，稼祥在芒妹身上引起了如何的變化。

變化是有啦。以往的經驗，使他堅信不移。

在與麥幽會回來的路上，他感到頭上有樣東西。伸手一摸，便摘下幾片草葉。他的衣服上，儘是土，不能穿啦。可他就只有一條黑褲和一件汗褂，只好小心地拍掉土，繼續在明天穿。

老大走進芒妹的屋。芒妹下田去啦。窗框的投影，斜斜地落在地上，襯得屋中幽暗了不少。在衣繩上，他望見一件淺灰色的長褲。他不由得伸出手，觸著那褲，身上立刻如過了電，令他馬上縮回去。他呆望了一會兒，害怕地退出屋。他感到一切都很可疑。

時間緊迫！已經有人在危害著芒妹。昨日他見到芒妹穿的就是那條褲，如在過去芒妹不會只穿一天就換新的。青年時的一切，老大不會忘記，況且對於他，有關麥的一切，是如何的珍貴。過了近二十年，他的居處和一些習慣還如老樣子，也全部為了紀念他的麥。

老大一站到院裏，便驚奇地望見老榆樹上垂下一個身子。藍色印花夾襖。風一吹，慢悠悠地旋轉。

他內心叫了一聲。

166

一群人，擁擠在院子裏。根兒爺也在裏面。那時，他的鬍子已全白啦，像一捧雪掛在胸前。他的腦後，拖著一條短短的白辮。沒人敢讓他當成「四舊」剪掉。那會要他的命。他以為他所以能夠長壽如松，就因為他格外珍惜這小辮。他在人群裏，面色悽切切的。汪汪的一眼老淚，就是不往外流。

根兒爺起初一聽老大的媳婦麥自縊身亡就要昏倒。他怎麼敢想，這麼好的孫媳會死。他堅持不用人的攙扶，從村後徒步走來，用藤杖不住地點著地，像在質問不語的土地神。

知青劉福財也在人群裏。他努力擠到前面，立刻嚇白了臉，呆住啦，渾身抖將起來。

老大發現了他，兇狠地盯了他一眼，他才反應過來，縮回人群裏，總覺得心驚肉跳，便跑回知青點，蒙頭脫衣，嗚嗚哭泣。

當時芒妹才四歲多，蹣跚著腳步，在人們後面呼叫。她還不知道哭，要往人群裏鑽。人們幾乎忘了這是死者的女兒，沒人照顧她。

崔明誠很晚才趕來。他面無血色，憔悴得像單單一層殼，沒了活力。他抱起芒妹，眼中一顆淚落下，落在芒妹頭上。他很快地把臉孔貼在她身上，把淚痕擦了去。

他舉高了芒妹，擠到麥的跟前，氣喘喘地低聲叫「麥」。

沒人聽見。

老大一把搶過女兒，冷笑著盯著他，齒間若有冷風穿過。同樣，也無人察覺這冷笑。

崔明誠望了幾眼死者，轉身躲開啦。

芒妹在死者上方這狹小的空隙裏，感到危險，這才哭出聲。

眾人無不落淚……

167

老大定睛再望老榆樹，並沒有麥的影子。但悲痛扼住了他的喉頭。悲哀不同於憂傷。它是極有力量的。而憂傷，則只是一種輕柔的夢魂般的情緒。悲痛又使老大渾身搐動。他覺得這身體站立不穩，左右搖晃。

老大的麥，被送進了青蔥的核桃林裏，那座小小的綠茵茵的殿堂。那裏，與世隔絕著，如進入宇宙最深遠的寧靜的中心。而老榆樹下面也安靜。冷清清的。

168

深夜，幼小的芒妹，哭著入睡啦。那哭聲開始化作虛幻的花朵，游動在斑斕的彩輝裏，如翩翩的蝴蝶的影子。

老大離開芒妹，走到老榆樹下面徘徊。終於仆倒在地，臉孔緊貼著被人踐踏過的地面，和那黑褐色的樹幹。他說，麥啊，我知道你為什麼選中這老榆，你是不願離開我。麥啊，我知道，你為什麼不把那死扣結在咱屋裏，你是怕我。老大喃喃地情深地低聲說，麥啊，我欺負了你。我在你面前不是人，不如我死啦——我不能死，我不怕死，要活著。我心狠。麥啊，你走在我前面啦，我就好好地看著芒妹長大。一千種心事結啦，你一定結不下這一樁。你放心。今世的話對你說不清，來世再對你說吧。他想嚎叫，但他憋住啦。

在夜的深闊憂傷的氣息中，老榆樹傲然挑著乾淨勻稱的紫色夜空。那夜空，就如一面寬大無邊的悲哀的靈旗，招展在無極無限的神秘永恆的宇宙。一面古老的久遠的靈旗。

老大沉沉睡去。醒來，嗅出了土腥味。他貪婪地嗅著。他的腦子裏，清爽了許多，似乎忘記了一切哀痛，忘記了一切來由。他攀著老榆站起，依在樹身上，望著深沉的星夜，感覺到靈魂正向四處無垠地擴展，一直擴展下去，具備了威凌一切的勇氣。

老大不住地想，那太白該領教了吧。他覺得太白這綽號，是他同伴對他的一點小小的侮辱性的表示，所以總叫他太白。

老大時常跟他在一起，見了他也不說話，只冷漠地堅毅地注視著。他終於受不住啦，向老大吼，「別再找我，你這惡棍！」他叫著撲過來，要抓老大的眼睛。老大伸出粗大有力的手，扭住了他的胳膊，一動也不動。太白極度痛苦地瘋狂地扭歪了嘴臉。雪白的牙齒全部露出，也是一個醜陋兇神的模樣。

「放開我！」太白啞聲叫道。

老大仍舊捏住他如柴的胳膊。那胳膊在他手中幾乎快粉碎啦。

太白眼睛發紅。血珠子走跳在眼中。他掙扎著。雙手剛巧碰住老大的胸膛，便使勁地刮著。血流出來，浸濕了老大胸口上的叢叢黑毛。

太白仇恨地發抖地抓他。那裏已是一片血肉模糊。

老大穩若磐石，任他這樣做著。他一邊看著太白，一邊體味著，臉上開始滲出笑容。他嗤笑這位柔弱的瘦削的男知青。

太白絕望地住了手。老大就把他的胳膊鬆開，沉浸在一種殘忍的愉悅之中。太白像要死啦，張大了口，搖晃著頭，癱倒在他辨公用的方桌上。大抵堅硬的桌緣硌住了他的肋骨，他便轉換了一下位置，又伏在薄薄的一小疊作業本上。他伸出手指，將這沾著鮮血和肉的、顫抖的手指，含在嘴裏，無力地切齒地向老大說：「我，恨不得要殺你。」他喘成一團，說不下去。

老大沉靜地凝視著他，讓他困躁得如落入陷阱的一隻可憐的受傷的小獸。老大平日在眾人面前很關心他，詢問他的工作，並額外給了他一些可觀的生活補助，又準備在教室一側，騰出一間房子，讓他住。這令人不滿。

169

一夜，知青點的劉福財，悄悄來到老大家裏，講起自己對太白的意見，說：「他又怎麼優先？不就多識倆字兒，上過高中，會念『吾輩豈是蓬蒿人』麼？脫不了坯，打不上場，走不遠路，最是小資產階級氣。我對支書您說，那不久，就是他最先勾引……」

老大知道他要說出什麼話，啪的一記耳光，搧紅了他的半個臉面，用眼逼住他，說道，「你一千個劉福財，也不抵崔明誠的一截腳趾。虧就你一個，城裏多生出一個，還不知再糟到什麼地步哩！」

劉福財自討沒趣，瑟瑟地連說：「好，好。」說完，就拖著鼻涕，哭著走回知青點。

老大急劇地鄙視那類的一切人。他發了狂似的關心太白。但當他孤另另一個的時候，便不斷地找到他，面對著他。老大覺得，在這相對中，自己獲得了一種無比的尊嚴，洗清了他以往深重的恥辱。太白也明白，老大正陰險地向他施行報復。他終於吐出了這句話，「你想要殺我。」

他的痛苦，已被老大當成永不厭倦的快樂。但是，老大心裏，卻不由得欽敬他，因為他具有良心。老大想儘快中止這種侮辱性的表示，但是他身不由己。他得知，太白從未把這事告訴給知青點的同伴們。他越想儘快地結束，反而越是發狂地折磨太白。

他相信太白的痛苦，是真誠的。而這真誠的程度，卻決定了老大取勝的規模。這也是一場戰爭。

可是，當他不再相信太白的痛苦的時候，他的勝利的旗幟，一下子被無情地撕碎啦。如奠墳的紙灰，被強烈的寒風吹散。他猛覺得，自己從沒有勝利過，而且自己一直被矇騙著愚弄著。

那女知青肚中的胎兒，竟是太白的！老大打心眼裏鄙視虛偽的太白之流，而且也開始意識到自己付出的代價是多麼的慘重，再也不能挽回啦。麥啊，他心中慘慘地叫了一聲。他是再叫不應他的麥啦。

170

老大恐惶而痛苦。它們不斷加劇，化作兇惡的情緒，這令他的臉變了形。他意識到芒妹不在眼前。他剛才似乎忘記啦。現在忽然想起，以為芒妹走到他追不上的地方去啦。他悔恨自己沒有攔住芒妹，或者將她禁閉起來。

晚啦，他覺得。

171

芒妹的話，又響在他的耳邊。老大不會簡單到這種程度，竟相信女孩子能對人說出關於婚姻的真實的計劃。即使她是自己的女兒，也不成。老大從芒妹反射性的、匆忙的分辯中，體會出芒妹內心的苦惱。他能夠瞭解女兒的心。兩種截然不同的痛苦。

他在院中，如一株生長在堅硬土地上的古木。他的雞群，安靜地集合在牆下越來越小的陰影裏，開始發困。老大如沒有看到。

他回到自己的房間，找出一根煙，遞進嘴裏。靜默了一會兒，點燃啦。他平時沒有煙酒的嗜好。這細碎的草葉一樣的東西燃出來的煙霧，很可以讓人減輕痛苦，麻痹人的神經。但老大需要清醒。他需要一眼就能看清事物的本質。而那繚繞的東西，一定會妨礙他。所以，他在苦惱或低沉之際，從不求助於它。由於香煙放的時間太久，他口中的這根燃燒得一點不旺。他用了勁，終於討厭地把它丟在了地上，用腳踏滅啦。

他抬起頭，空氣中已經擴散著微微的煙草味兒。一股細細的煙霧，靜止著。發白的一縷，如魂魄一般。老大出神地凝望著，煙霧依舊不動，只漸漸地暗淡下去，似乎在一瞬間，已無跡可尋啦。他的目光，便射到對面牆角。

一隻黑色的、油漆已斑駁脫落的、帶銅把手的衣櫃，放置在那裏，如一段憂傷而絢麗的往事一般，寂寞在那不顯眼的地方，與屋中的黑暗聯結在一起。

他們住的這土屋，光照不好。屋中時刻幽暗著，所以，山牆上的小窗和正面的低而窄的木窗，在屋中的投影，便十分鮮明，如幾片陽光下的鏡片。黑色老衣櫃上面，蓋著塊土織毛藍方格布，仍然潔淨。

在布片的皺褶中，顯出一個匣子的形狀。那是麥的梳妝匣，匣上描著金花。是麥的？老大問了自己一句，好像長久時間不關心這個問題啦。他淡忘啦。為了這一自問，他又特別激動了起來。他沒忘這全是麥留下的記念。麥留下的記念太多啦。可是，他珍視它們。

芒妹那年索要這匣，他沒許。芒妹搖著衣櫃上那把精巧的橢圓柱形的小銅鎖，沒有說話。眼中閃落了一點淚。老大最後還是未許。

這匣裏。有一把核桃木梳，已磨得發亮，還有一個黑色發網，用紙包裹著，放在裏面。這發網上，綴著細碎的白銀鍍成的小扣。老大的舊衣，和麥的舊衣，全躺在櫃裏。他忽然想，它們全被蟲蛀了吧。也許已發霉啦。這時，他發覺了潛藏在自己心底，卻從未注意到的一種願望：腐爛個淨光吧，兩個人摻和到一塊，永遠地不分啦。

有一年，雨水旺。核桃園的一些老房屋，被泡坍啦。老大的這屋，從牆根往上起的潮土，有一人高。那衣櫃底下的木架上，也生起了白毛，用手一摸，濕漉漉的。芒妹說，架出去曬一曬吧，大大。老大說，盡在那裏吧，用不著。不久，從衣櫃的縫隙裏，鑽出了暗色的蟲子，四處亂爬。老大才驚慌啦，允許芒妹在櫃子頂上擱了樟腦球。

172

老大的思想，逐漸地細緻起來。衣櫃和梳妝匣，也煥然成嶄新的模樣。櫃子的正面，也宛然出現了一張火紅的喜帖。老村長莊至行，那時對新郎倌老大說，我這心該放下啦，我對得起你和你大大啦。而那匣，老大無法忘的是，它的一個角摔去了一塊，像深重的疤痕一樣，強烈地殘缺著。

那幾天，他發現梳妝匣每日都開。而麥的形象，也愈加豐神啦。情幽幽的兩隻眼，望著一個地方一動不動。他去叫她。她有些驚懼和羞愧地望望他，便憂傷啦。老大鬧不清是怎麼回事。

夜裏他聽到麥的壓抑的哭聲，便拉過她，將她的頭扳過來，輕輕給她拭著淚，一邊說，別哭啦，看驚了芒妹。麥繼續哭，忽然問他，怎麼辦，我怎麼辦！他不知如何勸她，只好隨她一個人傷心去，直到耳邊沒有聲音啦，便知她睡去啦。自己的頭腦，也昏沉沉的。

第二天，麥沒有去動梳妝匣。她沒有出工，像得場大病，亂亂一頭，守著屋。老大很擔心，邀了春嫂，在家照顧她。他整天很忙。要抓革命促生產。要開會參觀。有些事，他不樂意做，卻必須做。他走出院門，碰見了乞丐金元，不想理他。金元卻叫住他，對他說：「什麼也瞞不住我，可我不會說出來。」

這時候，崔明誠從知青宿舍到學堂裏去。金元又對他說同樣的話。

崔明誠跟老大點點頭，便說：「你會知道什麼？」說著，一路匆匆，電線杆似的一個人，直直地向前去啦。

老大的頭，驟然疼痛起來。他身子微微搖晃了一下，對金元說：「淨胡扯！」

隔了一天，梳妝匣又開啦。老大看著樸素而嫵媚的麥，胸中吐出一口氣，問她好了沒有。她抬頭望一望他，又急速地低下去。

老大發現她的眼裏，有淚光婆娑一閃，便以為她仍舊不大健康，自己卻先動了心。麥像淒艷的花朵一樣。只是無奈，自己悵悵地出了門，到五生產隊囑咐了一聲，不讓派了麥重活。五生產隊長說，今天崔老師帶小學生到芋頭地裏翻秧子，麥跟著看看就行啦。他聽了小隊長的話，心裏滿意啦，便往大隊部走。

夜裏回到家，他一下子就發覺麥變了樣！他明白啦，一腳踹倒了麥，捉住她的頭髮，在地上磕著。麥起先痛苦地嚎叫了兩聲，就不再發出聲音。她任他捽打著。他發狂地扯她的頭髮，將她耳鬢的一朵很小的不起眼的花朵扯掉啦。

小花兒，像紙屑一樣，落下。麥的頭上，從未在人前插過花兒。這一朵，是她從田溝裏摘下的，偷偷插上，以為別人不會發覺。

老大住手時，麥的兩隻胳膊分放在兩側。他拋下她，斜見桌上燦爛的梳妝匣。它今日在油燈下，十分的艷麗。黃色花紋，像燙著金。他飛步上前，將它打落在牆根下面，啪的一聲，很響。它失去了一個角。

於是，老大氣喘吁吁地站著。絕望而憤怒的目光，直視著對面的牆壁。他努力使自己鎮靜啦，胸中也不再喘。但他的目光，卻由憤怒而變得兇狠和冷酷下去。

昏黃的燈焰，從桌上照到地上麥抬起的頭。她的嘴角，流出了血，看上去是黑的。老大忽然低低地冷笑啦。他轉過身，看見床上的芒妹睜大了眼。她嚇呆啦。老大托起她，走到另一間屋子。芒妹沒有哭，她忘啦。

173

……那櫃，已退到幽遠的地方去，幾乎不令老大看出。他忘了自己在幹什麼，但好像覺得是在尋找一種東西。不對，他為什麼要尋找？他失去了什麼呢？但是他終究在做一件事，只是一時說不出。無意中，他又看見丟在腳下的那根煙捲。

腦子忽然清楚啦——稼祥有沒有約她？芒妹肯定出去啦。什麼事都會發生的。老大將徹底地喪失他已經爭取到的一切。……危險的七月。今天，芒妹去幹什麼啦？是否也是約定？稼祥究竟懷有怎樣的險惡用心？他這樣的人！這樣帶著誇張神氣的、自以為見多識廣的人，只會讓人噁心。老大現在討厭他，絕沒有通融的餘地。

我要老師！他聽見很遠很遠的地方，有這樣一個聲音。他懷疑自己聽見啦。他自問，我聽見了嗎？不，他聽見的是一聲巨響，極其莊嚴的響聲。但是，他不懷疑從芒妹的眼中，發現了一種神情。他看到了那眼中的傾慕，嚮往，柔情蜜意。甚至還夾雜著不可避免的痛苦或無望。她用怎樣的聲調談到稼祥！老大分不清那目光中的更多的內容。

他幾乎弄錯啦。而他越想弄清楚，那些內容也便越複雜、繁多。他只能說是憑直覺判斷芒妹精神和肉體上的變化。她似乎已不是一位純樸，簡單，克制，順從，甚至盲目的一位農村姑娘啦。她變得多思，複雜，衝動！多麼可怕。她也有些痴痴的。衝動和痴情，會令人作出如何不易理解的事情！

老大不相信，自己當年由於衝動而喪失了理智。他根本沒有喪失理智。他知道，怎樣對一個人的征伐，才是正直和良心所不能承受的。

174

他托著小芒妹走到另一間屋子，點上燈，把她安置在一張窄窄的木床上。他沉靜地問芒妹，能不能不說話也不鬧？

芒妹點點頭，說：「大大和娘快接我。」

他說：「芒妹快快睡，闔上眼不害怕。大大在屋外。」

芒妹跟著說：「闔上眼不害怕，大大在屋外嚇貓。」

老大離開芒妹，就走出家門。順著人家的牆根，往西走。走不多遠，就是一個大土坑。坑裏也無草生長。坑岸上，只有稀疏的幾棵樹。天已黑沉啦，看不清路。他摸索著，下到坑裏。坑底很熱。走出土坑，繞過金元住的火塘，便到了大隊部院裏的知青宿舍。他悄悄站在附近，猶豫了一會兒，不知怎麼進去。

正焦急間，又聽到背後有人。老大聽出他是劉福財。老大抓住他的一隻手，覺得他手上髒兮兮的，又黏又濕。他在劉福財耳邊說：「你去把崔老師叫來，別驚動了別人。」

劉福財聽啦，去過不久，便和太白一同出來。太白一見老大，便不由得在黑暗中慌張啦。老大看得出。他拉住太白。太白止不住打戰。

他說：「求你啦，崔老師，麥得了病，赤腳醫生不管用。麥說非得你去不行。」

太白更加慌張啦，不知真假，回身要拿器械。老大攔住他，說：「家裏什麼都有，不必再拿。」扯住他，一同向大道走，又對劉福財說，「待會兒你去。」他一抓太白，覺得太白枯瘦如柴，輕飄飄的，沒一點分量。這個人！他心裏罵著。

半道上，太白覺出來不妙，要不走。那老大不由分說，一直拉到家裏。他將太白一把推進屋，自己站在屋外。

坐起的麥，輕嘯了一聲。他們兩個，恐懼地相對了片刻，麥忽然喊道，「快回去！誰讓你來！你完啦，完啦！」她撕打著自己，痛苦地說著。

太白嚇呆啦。他木立著。

麥繼續叫道，「快回去，完啦！」

她癱成一團。梳妝匣從懷裏脫落，噹啷一聲。

太白反應過來，要向門走，邁了半步，又折回身，蹲下去，看望麥的受傷的面容和身體。他鎮靜啦，對她說：「麥，我不走啦，咱倆要在一起。」

麥沒有聽清似的，抬頭細望著他。他翕動了嘴唇，說：「我離開濟南之後，沒有一天不想回城，可自從見了你，我就不再想啦。既然如此，我想老大也會明白，會理解我們。麥，我要留在核桃園當一輩子農民。我跟他明說了吧，他在外面已經聽到啦。」

太白說著，內心激動。熱情的語言，讓他覺得胸口痛。他的身體，太單薄和虛弱啦。

麥在他說話的時候，連聲叫：不。她說：「你不知道！那絕對不成，我⋯⋯」她嘴裏，又開始流血，使她噎住啦。太白趕忙用手去擦。她撥開他的手，極莊重地看著他的眼。他把這眼神當成了懷疑，於是，他說：「政府會允許的。他們鼓勵知青在農村安家落戶。我心裏愛你。」

這時，老大走進來，往燈光裏一站。他的身材魁梧，如一根頂樑柱子。麥用乞求的目光，看著他。太白緩緩站起，面對著他。

這種久經風雨的土屋，所特有的潮濕的氣息，把他們溫柔地無聲地纏繞住，十分慵懶的樣子，如富貴之家餵養的貓，出現在陽光昏然的陽臺上。這氣息裏面，混合著一種麻木的感覺，似乎稱得上是一種幸福的氣息。

他們沉默著，如在命運的莊重的宣告席上。他們等待著命運的裁判。災難即將降臨在誰的頭上呢？他們同時聽見院裏響起的腳步聲。

老大嘴角，落下一絲陰毒的笑意，而另兩位對此還有些莫名其妙。老大開了門。從門外閃出一張猥瑣的臉。這副尊容，被他自己諸色的欲望折磨得歪扭著，似乎縱橫劃著幾束骯髒的皺紋。

劉福財面帶不快，而又不敢發作。他一踏進門，便暗自吃了一驚，感到非常奇怪。他打量著這些人，想說話。那張嘴的四周發白，像被水浸泡過一樣。他想退回去。

老大堵住他，命令他說：「你把麥嫂抱到床上去。」

劉福財沒聽清，楞了一陣，心中發抖，四肢也顫顫的。他暗罵自己沒有勇士氣概。

老大又輕輕說了一句。

劉福財詛罵著自己連女人都不敢摸。他想，他家的女人都厲害，他不敢碰她們。他從沒有緊緊地挨過女人的皮膚。他多想碰女人，為此他要發狂。他胸中漸漸聚起一股勃然之力，挪到地上的麥跟前。剛要伸手，衣領被太白捏住啦。他回頭一望，看見太白正切齒地盯著他。他又一抖，想說脖子斷啦，於是他掙一下，「放開我吧，醫生，病人要上床。」

太白狠狠地低聲道，「你這個髒鬼！」卻鬆了劉福財。

劉福財又瞅了瞅老大，似乎老大在鐵著臉催促他。他手一滑，擦過麥的胸，勾住了她的背。

麥要反抗，但已被啞默的憤怒奪去了力量。她抽搐著。

劉福財的手上，立刻轟的一聲，傳上來一陣顫慄。腿肚子，也擰了筋似的，很乏，很僵。他口裏囁嚅著，想叫「麥嫂」，但沒有講清楚，只嗚嗚低聲。他獲得了女人這一部分肉體的痲酥的感覺。他的欲望增大啦，但他還不能放縱。他的心，像有野狼在啃一樣。一時間，他忘了該怎樣把軟化了的麥托起，另一隻手也不知如何使用。這是老大交給他做的事。他不願求太白幫忙。他忽然靈機一動，扯住麥的兩隻手背了起來。到床只有兩三步遠。在這兩三步的歷程中，他清楚地感受到了異性的體溫。他全身浸入那種浩蕩的感覺裏面去，一下子沉醉啦。他的眼前迷蒙一片，燈光飄忽，似乎正走向芳香的理想的世界裏去。在那裏一切都是縱情的，一切都不受壓抑，美食，服飾，女人，權力，財富，榮譽，殘害——全部的自由。他就像正往那個世界裏去。這一瞬，抵得上他的所有過去的日子。他終於把麥放在床上啦。他喘息著。他退回，依戀地——忽然一隻手從後面擋住他。他迷亂地回頭一看，老大正對他說著什麼。他明白啦。他像瘋子一樣跳起來，高舉了胳膊。他什麼都忘啦。他撲向了麥。

太白被這意想不到的事嚇僵啦。他的嘴角顫抖，目光破碎了似的。他盯著床上，沒有任何舉動。老大不動聲色地看著他，猛地放聲狂笑啦，前仰後合。劉福財在這可怕的笑聲中，跌落在地上，屁滾尿流地逃去啦。

175

老大無力地閉上眼。眼裏黑紫一團。他的心，又開始流血啦。但他就像一條要征服一切的狼，腳被獵人的鐵鋏捕住，他就把那只受傷的腿細細啃斷，然後竄向叢林。他甘願承受這種痛苦。他要那樣做，他痛苦。他想，如果那個人不具備道德，我便不屑於報復他，但為了尊嚴寧願犧牲一切，付出慘重的代價，如果那人具備道德，不管他的道德從哪裏來，我就能夠更猛烈地復仇，徹底打敗他，那是我的勝利，為著這個勝利，還有什麼值得保留的嗎？我什麼都做得出來——狗也會具備道德，人總比得上一條狗吧。老大相信，自己根本就沒有喪失理智。他預料到啦，那種行為，將會給他帶來無比的傷痛。

176

那天夜裏，太白走啦。臨走之前，他抓住麥的手，深沉地望著那張連痛苦也沒有的冷漠的臉。老大沒有阻止他。當他深一腳淺一腳地剛一離開，老大就頹然跌倒在地，睜大了眼睛，望著前方。

夜深啦，他渾身涼透啦。她小聲叫他。他聽清啦。她叫他，你過來。他沒有動。她又叫他。他瑟縮著，走到她的跟前。她使勁在他臉上打了一下。但他不敢望她的臉。

她哭啦。哭聲又弱又低，卻含有一種說不出的悽慘和溫情。他真怕她，既怕她的責備，甚至仇恨，又怕她的溫柔與寬容。他低著頭，看她蒼白的手。

這樣靜了一會兒，她突然幽幽地說，我錯啦。你把我怎麼都行。

他像得了當頭一棒，想起自己某方面的無能和這幾年麥的苦情日子。他的仇恨，在他身上又加重啦。

她又慢慢說，鐮啊，不能怨崔老師。他活得艱難，命都要保不住。你可不要整治他，跟他為難。鐮啊，你恨我吧。我忘記以前的話啦。你也忘了吧，我不值得你記念。

麥說著，就喘，很微弱。

老大望見她的臉蒼白得沒有一絲血色，頭髮堆在兩鬢，遮住了臉孔的四周。他竟然伸出了手，默默將那亂髮給她攏到腦下，露出她的全部的美麗的臉型。臉孔的線條，清晰優美。他猛地跪下去，將麥的手壓在自己的嘴上。

他們一動不動啦。

最後，麥輕聲說，你上來吧，你再試一次。我不要緊。這讓老大的心頭湧起一陣迷惑，但立刻被麥的真情驅散啦。無以復加的痛苦和疲勞，使老大昏昏入睡，睡得非常沉。他沒有在深夜醒來。他什麼動靜也沒在睡夢中察覺。

177

老大心中，一滴一滴的血，在紊亂地跳動。他煩躁地環顧四周，要把狂亂的思緒，寄託在一個實實在在的物件上，但所有的東西都脆弱不堪，不足以承受他的無邊的痛苦和焦灼。猛一昂首，老榆樹又落入視野。

他立刻如牢牢地束縛住了手腳。

178

鄉村七月的上午，天朗氣暖。日子美麗，微微地發著癲癇。村子裏一片寂靜，連狗也隨著勞動的人，跑到綠蔥蔥的田野裏，只剩下雞鴨與一些山羊。整個村子，如一團發酵的麵，在七月的陽光照射下，悄悄地向外界膨脹。

老大的注意，終於停留在鄉村信貸所的事務上。他的作坊每月帶給他的利潤將近四萬元，他全部將它們存在這信貸所中。

在他的眼裏，這信貸所，就像是專門為他而設。他真的希望它是他自己的。還有這一片鄉土，也全部是他自己的。那麼，他就可以在一夜之間將它們全部毀掉。但只能說可以在一夜之間，將這土地之上的東西毀掉，因為土地是永存不朽的。他有時一個勁兒地想燒毀作坊，因為這作坊對他造成了一種莫名其妙的威脅。

他親眼看著它，在這土地上迅速壯大起來，像位不知疲倦的產婦一樣，創造著財富。他不得不為這種事操心。作坊帶給了他榮譽和地位。但是，他因為對於錢財作用的失望，而對作坊的一切事開始感到厭倦啦。他不想再像以往一樣，將每月全部的利潤用來修葺廠房，擴充規模，增加雇工的工資。這些事情，他開始懶得去想，而且一到總結考核的時候，他對自己的嚴厲和吹毛求疵，都感到一種由衷的憎惡。但他不得不如此。這樣很能夠引起雇工們的敬畏之情。如果一個人總表現出隨意和謙和的話，他的威力，就會在某一天喪失殆盡。

處在無本而殖的境況中的老大，時常覺得自己尋覓不到目的。他不知道自己究竟在為誰辛苦為誰忙。那些大把的鈔票，放在他面前，就像一團要向他撲來的猛烈的火焰。他對它感到恐懼和懷疑。這東西，能夠使一個人把生活的意義理解得太簡單太惡劣，根本談不上崇高和嚴肅。他看著這些被無數貪婪的手指撫摸過的錢鈔，就覺得自己正混跡於這些手指的主人之間，覺得自己被鎖在了它身上，不得飛動，因為它們像石頭一樣沉重，緊緊地繫住他的雙腳，不由他支配。

他由此想到獲得它們的手段——他明確意識到，自己不曾參與勞動，雖然他心血來潮時，在作坊各處轉上一轉，見到雇工彆扭的地方，便去演示，好像自己精通所有的工作。這種事也是可惡之極，不管你做得好與不好，得到的必是讚許，而他自己扮演了一個什麼角色呢？他不可避免地在讚許聲中，成了虛偽粗淺自以為是的人。但是他得到的錢，比任何一個勞動者都多，而且只要他樂意，再多上一倍也是可能的，自己無疑在盤剝他們。他這時就可以從內心嗤笑他們啦，因為他們縱使只得到一分錢，也是從他的作坊得到的。他們從別的地方，撿不到這裏的一分錢。他們離不開他。

老大猛覺得，自己高大尊貴。他的心得到一時的滿足，也得到了幾分的渲泄。他想到自己去塔鎮、馬集、葛村、大義、司馬、魚山、興隆、胡集等地商談原料和購銷合同時的那一股子豪氣，不由得飄飄然啦。他很少去金鄉縣城。……他覺得自己無愧於土地。

他想到了土地。

他開始激動。被寬厚的土地，那渾樸浩蕩的氣息包圍著，如君王置身於祥雲之端，俯臨眾生一般。他超越眾生，俯瞰城市、鄉村，意識到自己的智慧和氣魄。但是，這一切努力最末是為了那些雇工嗎？為了和他一樣生活在這片土地上的兄弟姐妹、父老鄉親嗎？

他暗暗地詛罵了一句，要說為了別人，那才叫可恥呢！你在暗暗地侮辱別人，利用別人。這一切行動，全是如此。不過，也不見得能說清。他從他的事業，得到了許多東西，以至他都有些對它們厭倦啦，似乎這不是他的目的，他的終極目的。他想毀掉作坊，也毀掉自己，不是在今天。

明天。後天。似乎都不是。但他有預感。他預感到，他最終會毀掉自己的。他是一個骨子裏的苦難者。

179

現在，他還沒有放棄他的作坊。他立刻起身到作坊去。這一段由信貸所引起的思索，減輕了他思緒狂亂的程度。他倒是真正希望每一天都是平靜的。

作坊的雇工們，正在勤懇地專注地勞動著。廠房裏半手工操作的機器，發出很大的聲響。有幾個婦女，圍坐在院子裏，把高粱穗子上殘留的高粱顆粒在小石塊上敲落。她們朝老大看了一眼，沒有說話。

老大逕直向他的辦公室走去。

180

從旁邊閃過一個人，呼住他，告訴他剛才袁廣田離開作坊，找稼祥去啦。他心裏暗暗一震，口上卻只淡淡問一句，「稼祥來過嗎？」那人說，「來過。」門鎖著，無從可入，便百無聊賴地走到門衛室坐啦，喝了一杯茶。看看房外的柳樹上，一隻大鐵鍾，正好端端地懸在密密的柳葉裏。

來過幾個人，跟他說話。他沒那心緒，便打發開他們。他把手一揮，把他們揮出去，就像揮著一把大苕帚似的。後來意識到這個動作可笑，便不再以手示意啦。漸漸地只剩下自己，隔著玻璃窗，望著外面有些走形的景物。想，如果一把火燒了這地方，會怎樣呢？這些人往哪兒去呢？

他還能聞到一股牛糞味。

181

當年的牛棚，還兼作生產隊的會場。社員們，常聚在這裏，幾乎成了他們的俱樂部。他們三五成群，穿著寬寬肥肥的衣服，懶洋洋地魚貫而入。婦女們手指上，纏著白色的麻線。沙沙的聲音，從那指間發出，十分動聽。男人們抽起嗆人的辛辣的劣質煙草，不時嘎嘎地大笑，乜斜了眼，窺望誰家的俊俏媳婦。

他們的臉孔，在繚繞的煙霧裏紅光閃閃，帶著一副醉相，彷彿被什麼符咒完全鎮住啦。

隊長坐在飼養員床鋪上的小桌子旁邊，嗓子裏「喀喀」幾聲，說到「分紅」或「結算」的字眼，大家方才靜息下。但這隊上的知青們，對此不大關心。他們擠在婦女堆裏，坐在穀捆上，輕輕說些挑逗的話。

老大一開始就不願接受這些人。他對他們有股強烈的反感。聽說是運動，才勉強答應下來。後來一打聽，又說城裏鬧饑荒，這些人是來分農民的口糧的，便更對他們不屑啦。這些人有金鄉縣城的，有濟寧的，也有省城濟南的。但全部是浪蕩的、不穩重的樣子，又像是悲苦不堪，又像是歡天喜地。頭一個月，就累倒了幾個。有的便哭鬧不休，很久才安穩啦。

崔明誠平日不愛與人言語，不像是活生生的人，倒像是一個瘦弱的影子。他一勞動，便大口大口地喘氣。臉上的汗粒，一顆接一顆地落，必須乾一乾，停一停。摘下眼鏡，掏出一片布，細細地擦。然後戴上。過不久，再擦擦。社員們瞅著他發笑，時刻照顧他。

他們中間的劉福財，不乏力氣，但總出差錯，幹錯了才明白，嘴中的話又無板無眼，如沒心的人一樣，最為大家所鄙夷，也便成了公眾嘲笑的對象。

相比之下，還是崔明誠較可人意。他的同伴，叫他「太白」。太白時常在田頭休息的時候，念上一句，沒頭沒尾的。他的同伴聽啦，臉上恓惶，蒼涼。於是，大家不說話，也不笑，各自低頭去想。忽然太白說，編個歌兒大家唱，叫作農村公社春光好，很通俗。

於是，大家唱，調子熟悉，取廣播上唱的那種。太白也唱，嘴在動，卻不像有聲音。老大從遠點的地方見啦，也忽然可憐起這些人。

他們「窮作樂」，是來混口飯吃的呀。不過，他畢竟心懷成見，不喜他們的言談舉動。

182

一日，老大碰見他們一群人議論，太白說，高大挺直的陰魂。

他沒聽清，趕上前來，他們不說啦，全部看著他。

忽然，一個知青說，你聽聽，支書，太白說人該有靈魂。

他走開。

太白嘆道：一個人心裏的黑暗，誰也想不出。每個人都有痛苦，只是沒立刻顯出而已。有的人的痛苦，深重久遠，只仍舊沒說，但他的行動時刻會受到它背後的支配，與別人不一般。他孤獨，但不淒涼，他是倔強虔誠的一個。

自從知青們一到核桃園，便多出了街談巷議的資料。有的人開始罵啦。有的人想仿效，但做不得，便暗恨自己身上的鄉巴佬血液。

老大似乎初次面對真正的城市的人，印象開始深刻啦。

183

又有一次，四五個知青，圍住一個女的。那女知青，扎一條黃黃的細毛辮，拖到屁股下面，像貫穿全身的一條尾巴。她總愛把那辮梢也扎上，細細的，尖尖的，再拴上一朵帶葉的野花，自以為美得令人心碎，滿村裏招搖，眼中渾沒有鄉間的一個人似的。那男知青拿她開心，但並無惡意。她樂得自在，與人家一來一往、唇槍舌劍地說笑話。

這時老大望見，她便衝破那些男知青的圍困，跑到老大跟前，嗲聲嗲氣地說，支書，你幫我拿主意，他們都愛我，我該應誰。

老大心裏以為可恥，神色鄙夷。

她繼續說，劉小川富有智慧，許群慷慨大方，張鍾華英俊瀟灑，胡立德幽默詼諧，王若水溫柔體貼，就是有點傻氣，你說我應誰？我想都應啦，但總不行吧。你來幫我出個主意。

老大向她嚷一句，隨你的便吧！說完就走。

劉小川、許群、張鍾華、胡立德、王若水，攏過來，共同笑她。

她說，笑什麼！支書說你們這些人都有生理缺陷，不實惠。

他們都說，那是說的他自己。

她說，阿Q！

他們又說，你是找錯人啦。

後來，他們對太白說，你是找錯人啦。

太白已經當了老師。他淺淺一笑，沒話。他們都為太白擔憂，因為他竟然不怕陰魂。但大家全知道，太白陷入了情網。他們知道。那唯一的女知青不知道。後來再想想，麥美貌絕倫，也便覺得為她付出點代價，冒些風險，是值得的。

184

這牛糞味，可能是回憶喚起的感覺。那時的一切，能拆的拆啦，能賣的賣啦，能分的分啦，單剩下兩排草房。現在的廠房，是後來在草房的基礎上重建的。

老大想，在這片土地上發生的事，永遠也不會消亡，就象這醺然的奇特的牛糞味，經過了多年時間，仍然在這空中滯留徘徊。但是，稼祥來幹什麼呢？這裏是老大的世界，容不得他。

稼祥曾在這作坊帶著令人惱怒的採訪者的神氣，煞有介事地走來走去。他有這個權利麼？——這個稼祥。……老大要將他從這塊土地上驅逐出去，但願他沒有出生！稼祥卻也如這牛糞的氣息一樣不會消亡，因為他出生過啦。

老大想要證實一下自己的猜想。正巧，門衛莊老八走了進來。

「稼祥來做什麼？」他問莊老八。

莊老八曾參加過文革時期的械鬥，屬造反派的成員，受過監禁，有一套拳腳功夫。那時候，他像大部分人一樣，稀裏糊塗的。他現在還不到五十歲，還很強壯。他說：「他只是隨便問問。他很欽服你。他說咱們的作坊很有特點，眼前能興旺。如果再進一步發展，就必須解決新技術問題，產品更新問題。從目前的情況看，作坊還淨是些粗笨的手工活，將來能辦成聯合的大公司，必須生產跟社會發展合拍的產品。比如那耩，將來會淘汰。這一項重要的去掉，作坊也就變得有名無實啦。」

他打住話，又思索了一會，「我說不出。反正他那比方，一聽倒覺得明白。」

老大聽著，冷冷地低笑一聲，有些乖戾地說道，「我看他行啵。」

這時候，一個小女孩，提著黑色瓦罐，走進作坊，到一間房子的門口喚出一位滿頭塵埃的男子。那男子顧不上擦手，就把瓦罐裏的飯，倒在一隻藍花紋的鐵碗裏，坐在地上，快速地吃起來。各處也陸續走出來男雇工，吃起自己家裏送來的午飯。也有回家去的。

有些女人，留下來，靠近男人坐著。作坊裏的工作聲，便稀落啦。

185

老大回到家裏，發現芒妹正握住一尊笑逐顏開的金色佛俑看。他心裏明白，但還是問她哪裏來的。芒妹沒有回答。從外面走來一位嘴裏塞著東西的婦女。她把芒妹拉到外面，嘀咕了幾句，就離開啦。

芒妹返身回來，已是滿面通紅，氣咻咻的。她手中還抓著老佛俑。

「那個拿你鑰匙的，是不是袁寨的袁廣田？」她問老大，顯得非常氣憤、激動。「我明白啦，大大。上午你跟我說的那些話我都明白啦，你還問我！你乾脆把我送給人家好啦。原來你蒙我，什麼樣的稀罕人，牛頭馬面，沒羞的人，你倒先看中啦。我隨你啦，大大，我隨你啦。你願怎麼就怎麼，反正我就是這樣不關你輕重的人。」

她說著就要哭。兩眼裏，淚光點點。淚水竟又潛滲下去。兩眼變得乾乾的，如充了血。血絲絲在眼裏，分明地散布著。

「你說什麼呀！」老大叫道。

「好好好，還要問我嗎？」芒妹依舊激動地說，「你把作坊當成嫁妝吧，多少人都在盯著呢。那個人是那樣合你的心。你們親，比和我親。他對稼祥講了那樣的話，他說出來啦，都是你教的。他多會跟你學呀！我在昨天就看出來啦，你有意跟稼祥和道潛大叔作對，原來你們暗自聯合好啦。不光把我送人啦，還要打死人呀。」

「他說了什麼！」老大急得頓足。

「全是那袁廣田的緣故嗎？你別又作成了好人，你心裏比誰都明白。我敬重你，可我再也不啦！隨你怎麼打發我都行，我就是再也不把你當成中用的人！」她猛地哭出聲，淚水下來，滴在她緊緊抓住的佛俑的金身上。她轉身向外面去，不顧老大喊她。

老大疾走到她前面，把門關上。他顫抖著說：「芒妹，芒妹，你不許到稼祥家去。你不要去。相信大大做的沒有對不起你。大大沒一點錯。袁廣田說的是假話，他昏了頭。你回去，我好好跟你說。」

「你知道稼祥怎麼樣啦？」她眼瞪著父親。「剛才還好好的，想不到竟受那種人的惡氣！你不說看他一看，還要我不出門。稼祥呀，全因為我！他以後怎麼再見人？怎麼對人說？你想了沒有？」她頓著足。

「我只告訴你，不要跟他見面！聽見沒有！這個你答應啦，我自會收拾袁廣田。」老大說完，就去搶芒妹手中的佛俑。

芒妹高叫了一聲，卻把佛俑舉到了老大跟前。佛俑向老大奇奇怪怪地惱人地笑著，就又被芒妹帶回去，靠在她的胸前啦。老大一把抓住它，手指戳著了芒妹的身子。芒妹經不住這猛烈的衝擊，摔倒啦。老大手中抓著了仍舊歡快的佛俑，舉過了頭頂。它高高地閃光。

「大大，還給我！」芒妹叫著，「你不能動它！你捏碎啦，我掐死你，大大！」

「讓他滾吧！讓他高興吧！他們打不敗我，從我手裏他們什麼也奪不走！」老大興奮地嚷道。

芒妹絕望地傷心地看著半空中的佛俑，搐動著搖著頭。

佛俑在老大的手中粉碎啦。石膏粉簌簌地順著他的手掌落下來，起了一陣輕淡淡的煙。

芒妹從地上騰空而起，扼住了老大的脖子。

老大沒有躲閃。他沒有動。他向芒妹說：「扼吧，扼吧。」

芒妹瘋狂地繼續扼著他的脖子。

他的臉色變得紫紅，額頭上冒出了汗珠。他還能夠說：

「你使勁啊，芒妹。」

芒妹咬緊牙，用仇恨的目光盯著他。

他的臉色，又開始發青，但他仍然站立著，絲毫未動，像一座山巒。他相信，山的根，扎到土地最深的地方去啦。

「再使勁啊，芒妹。」

他又叫道，卻叫不清晰啦。

芒妹頹然鬆下手，向老大腳下倒下去。她沉痛地叫道：

「大大。」

老大面上露出了一些苦苦的笑容。

「大大，我恨你。」

芒妹在他腳下低低地說。她倒在佛俑碎掉的心上。

老大臉上仍舊有微笑，苦苦的。他的呼吸通暢啦，但是喉頭還在一陣一陣地發痛。脖子上，留著芒妹扼出的紅色手指印。他聽到芒妹的話啦。他接受啦，坦然地接受啦。他獲得了一陣陣鬆爽的快樂。

「大大，我恨你……」

186

屋內的聲息，微弱下去。空氣仍在顫動。

老大壓制住內心即將湧起的更可怕的風暴，向關閉的門板望去。門板經過長年的日曬雨淋，已經走了形，半朽啦，罅隙擴大啦。這門顯得很矮。通過門的裂縫，投下的陽光的痕跡，十分短小。光痕劃在鋪著青磚的地面上，亮得很，因此又像是突兀出來的條紋，將這片地面分割成互不相關的幾個部分。但有的條紋是傾斜的，擁有彎度，便把旁邊的陰影擠得瘦削了些。這些陰影暗暗擴張著，影響著，時刻要衝破那光紋的拘囚約束，使光紋的出現，顯得缺乏意義。像是空空洞洞的，幻覺般的東西。沒有區域。看到它們，就想到一切都不存在分界。不存在分明的區域。

所有的一切，都在暗暗流動，就像人的一生。從生到死，不存在分界。從生到死，都是每一個瞬間的連續，而且連續得天衣無縫，像一股長長的吹過原野的風。它產生在不知不覺的微茫的一瞬。在每一瞬加強著，衰弱著，反反覆覆，經過了田地、樹林、村莊、大道，直至輕輕地無聲地消失，全部地死亡——這死亡之末，又是一個神奇的無聲無息的一瞬間。在這人生的長途上，生與死之間的距離，就如一趟完整的風的旅行。

沒有界限。只有印象。

老大不由自主地向生命之末滑行著。他只清楚地擁有印象。你看不出這個來，你就一定是個蠢笨的人；如果你真的看不出來，你起碼要有感覺。感覺不斷地增多，你便會在某瞬間獲得認識的能力，你才變得聰明——又一個一瞬間，這是生命的、無數顫動著的微粒中的一個。你不懂，但你要感覺到。你的本能，會使你感覺到。老大感覺到啦，也認識到啦。他用他的語言對自己說：

「多快呀！」

在這個神不知鬼不覺的、飛速的行進中，他覺得應該結算一下的帳目，一個也沒有結算，而且這帳目，已經變的非常龐大繁複與沉重啦。他覺得他要算帳啦。這種要求，潛伏在他心底，就要掀起一場更大的風暴。同時，他覺得，自己欠的別人的債也就要到期啦。

孤懸的太陽。……他看著地上的光痕，以為太陽靜止了在空中。那樣孤獨地懸掛著，蒼闊悲壯。它沒有移動，簡直一直就在那裏頑固地孤懸著。它停留著，遽然地燦爛，像剛剛從一片幽藍的繚繞的雲霧衝出，粗獷地照射。

老大按下自己的頭。他怕懂得一切奧義。但需要重新抬起頭，把這一段再想想。他明白自己的一切故事。

在他的頭腦中，這輪壯觀的明亮的太陽，依舊狂暴地將一束束光芒，向大地發射出去。漸漸地，卻在腦際的黑暗裏化作一個淡藍的光環，又慢慢被什麼侵蝕著，殘缺啦。

他分不清晝與夜。思想彷彿一個倒旋著的陀螺，失去它的形狀啦。倏忽的，如擴散的一個濕暈，落在鬆弛的細沙土上似的。

187

……夜空均勻幽邃。一個孩子的窗，被那纖細的鐮刀月，黃黃地照著。

孩子不能入睡。他在等待大大的到來。臘月的天氣，寒冷使他不能夠將脖頸伸出被窩更長一些。他因此沒能看清全部的月亮。從縣城方向傳來的炮聲，使那纖月眼看就要落下來。他快九歲啦，膽子又大，但他牢牢記著大大的囑咐。大大告訴他，不要走到屋外去。他大睜著眼望著黑暗，內心充滿著燃燒似的興奮。

天已到後半夜啦。可是孩子有一件什麼樣的事要做呢！他用牙咬住自己的手，默默地等待。血液燃燒著他小小的身體。不遠處，尖利地呼嘯了一聲，馬上發出猛烈爆炸的聲響。孩子耳朵裏，被那氣浪灌滿啦。從屋頂上，立刻揚下一陣細土。他的眼裏，沒有了那個月亮。在爆炸的餘波中，他聽到有人叫他。他喊了一聲：

「大大！」

他的大大，已經站在跟前，用手撫摸著他的頭，輕聲責怪他：「怎麼還不睡，鐮啊。」

大大怕炮聲嚇著了孩子，所以責怪他。又一想，在這炮聲隆隆的不安定的夜裏，如何就睡？他摸出孩子的頭髮冰涼，但額頭像發了燒一樣，便靠著窗坐在床上，將孩子的被窩守得嚴嚴的。

大大寬闊的背，幾乎占住了整個小窗的面積。屋中立刻更暗啦。

大大不能把孩子揣在懷裏。這孩子長得飛快，一眨眼就要九歲啦，身子長長的。大大以前經常懷揣著他，用自己的胸膛溫暖他。

大大一時有些悵惘，真是沒來由。他不說話，停了一會兒，才開口：「鐮啊，天明不興亂竄，只待在家裏。大大要進城，抬擔架，懂嗎？我們不知道什麼時候回來，你要好好地照看自己。」

孩子激動啦，問他：「這就去嗎？」

大大說：「大大還想摟著鐮兒睡睡，又怕冷了你。我只伏著你吧，不要緊，大大不會壓壞兒子。讓我的手捧著你的頭。大大真喜歡你。」

孩子抓住大大伸過來的粗糙的手掌，說：「我也喜歡你，大大。你要讓我跟你去。」

大大說：「不行，我們都是大人，戰場上顧不了你。你是大大的命根子，大大捨不得讓你亂走。」

孩子眼裏一熱。他忽然急切地說：「大大，大大，這次你要帶我去。」他從被窩裏竄出來。在大大捉他時，他已經穿好了衣服，跳在地下啦。他說：「大大，我等這一天好久啦，你要讓我去，我看牌樓！我看牌樓！」

他幾乎是狂叫。

大大說：「說不定那牌樓早炸平啦，賭局裏連個人影都沒有，看它做什麼。不如以後大大親自帶你去，去看共產黨的新牌樓。」

孩子發怒地叫喊：「我就去看炸平的牌樓！」

大大嘆口氣：「唉，忒強的孩子。大大不放心。」

孩子說：「不讓我去我就在地裏亂跑，你再看不到我。」

大大想，不如半路上寄給親戚照管，等戰鬥結束後再領回來。想到這裏，便說，好吧。

這時，外面有人喊大大。大大就慌忙和孩子一起出去。

外面一大群人。不光核桃園的，還有別村上的青壯漢子。擔架隊由村長莊至行帶領著，出了村，走入田野裏的道路。

天空的盡頭，火光一閃一閃，像血溢到半空裏去啦。四處黑黢黢的，只留下灰白的一條道在田野上彎曲著向遠方延伸。路不平，但人們走得很快，沒有一個說話的。他們聆聽著槍聲和炮聲。可以分清，是兩方距離不遠地開火。槍炮聲不是連續的，響了一陣，又停一停，彷彿一個人走累啦，要喘口氣，聽著十分入耳，有節奏。

冬天的原野，曠漠而寒冷，但人們不住地走著，卻感到迎面的夾雜著灰土的風，有些溫柔。仔細辨別一下，裏面飄蕩著一絲絲血腥。大大要抱起孩子，把擔架先讓別人扛著。孩子不應，堅決地跟在人們身後。在他的眼前，有一堵堵牆似的身影，在黑暗中晃動，把遠方的火光給擋住啦。他努力往前跑，總沒有超過他們。

遇到一個村莊。大大領著孩子，走到一家門前。敲過了門，從裏面走出一個男人。大大低低地給他說了一些話，便捉住孩子的手，遞進那男人手裏。那男人死死地捉住孩子。孩子痛得想叫，不知大大要幹什麼。

大大抱住他，說：「鏮啊，過不了兩天，我來接你，要聽舅姥爺的話，不准惹舅姥爺生氣。記住。」說完，大大飛快地跑開，繞過土圩子，追趕他的擔架隊去啦。

孩子叫著，眼裏流著淚，撕打著那男人。他很快看不見大大啦。那大道上，寂靜下來。忽然，那男人彎下腰去，抱住了肚子，撒開他，在地上打滾，痛苦得直喊。孩子顧不上了他，追大大去啦。

可是，他漸漸迷路啦。等停住腳，發現正站在麥田裏。孩子想哭，猛看見火光，便一直朝那個方向跑去。一顆炮彈尖嘯著，落在他身邊炸開啦。

泥土和空氣，將他掀在一邊。他被埋住。他奮力爬出來，感覺到塵土還在往下落。他坐下，揉揉膝蓋和腳，繼續向火光照射的地方跑。他忘記了大大，只在心裏默念著，燒啊，炸啊！

天越來越亮。槍聲，似乎不大緊啦。遠處，有一條長長的隊伍的影子，在向縣城移動。找不出隊伍的頭，也找不出隊伍的尾。

孩子穿過田野，來到公路上。

公路上塵土飛揚。黃黃的塵埃，一團一團懸浮在隊伍的上空，像沉重的霧。隊伍裏走著扛槍的士兵。他們從成武、單縣方面來，前進了一個通霄，好像仍舊不知疲倦。他們精神抖擻，眼睛向前方一致地望去。另一部分，是走在兩側的老百姓。他們推著獨輪車，和隊伍共同前進著。獨輪車，吱吱哇哇地響滿公路，與行動的腳步聲，一起進入飄浮不落的塵土裏。

一些推獨輪車的年老的人，因為實在走不動啦，而停在路旁，大口大口地喘息著冬日清晨的污濁的空氣。沒有人從隊伍裏走出來拉他們一把。紅色陽光，從東方，通過遼闊的中原田野，微微地照過來，使公路上所有的人彷彿行走在一條橘紅色的巨龍腹內。那累壞的人，躺下來，或者坐著，眼看別人的腳步，從自己旁邊閃過。

孩子來到公路上，摔倒在路旁。他無限崇敬地望著這些扛槍的人，知道他們要去進攻縣城。他望著他們，感覺自己太小啦。孩子旁邊，還有一位頭扎白羊肚手巾的、五十多歲的老民工。那老漢想要站起來，但雙腿不管用。

他對孩子說：「我要走哇！我從山西來，渡了黃河。我們要打羊山，打河南，打南京去！」

孩子想去拉他，自己的腳卻也不管用。他只得光望著。

「打南京去！」那老漢說，臉上充滿了自信，「打了老蔣，跟了毛主席，過上新生活！」

孩子走進金鄉縣城內。街道上，橫豎躺著無數屍體。他在這些屍體之間，飛也似的奔跑。街上彷彿見不到人影。子彈在他的左右不時地響著，也不知是從什麼地方，由什麼人發射的。他興奮地跑著，一點也不感到驚慌。在屍體中間跳躍，他感到一種喜悅。

孩子來到他曾來過的那條街頭。他大笑啦。因為那座高聳在倉坊街口的華麗的牌坊，已夷為一片廢墟，蕩然無存。孩子踩著瓦礫上面的血跡，興奮地大笑。他慢慢走進這當初遍地繁華的倉坊街，觀看著四周倒坍的房屋，和燃燒的樑柱。陽光已發白啦。

孩子走著走著，忽然聽到從一陣碎磚斷瓦中傳來的微弱的呻吟聲。他停下啦，想了一想，便向那聲音走去。他發現地上有兩個傷兵。他們閉著眼，嘴唇乾燥，低低地叫著：「水，水。」

他認出其中的一個，和他遇到的那支隊伍裏的人一樣。於是，他蹲下去，將那人的頭扶起來，看了一看。那人的胸上，被血濡染遍啦。彈片嵌在他的皮肉裏。孩子想把他放到平坦的地方，就將壓在他腿上的一根柱子，吃力地抽掉啦。他的手裏，還捏著一桿裝了刺刀的步槍。刺刀已穿進一旁躺著的另一個人的肚子裏去。

孩子站起來，要去踢那肚子上插著刺刀的人，忽然又聽到他準備搶救的這個士兵，在低低地講話。

孩子趴下來，把耳朵對著他的嘴唇，仔細地聽著。孩子聽他好像在說：「家，家。」

孩子馬上疑惑啦。

那人斷斷續續地微弱地說：「你，是個，孩子吧，好，好孩子，把我扶到那土牆上去，我要看，看，家。我是逃走的，跟一個好女人，也沒告訴爹娘一聲，八，八年了……那女人已經死啦。我盼著這一天，來啦，也要死啦。我一進城，就拼命向這裏跑，可……我要死啦。」

孩子仍舊疑惑著。眼前又出現了塵土下面長長的隊伍。

那人又說：「你，幫我找那木桿，木桿上，有布幡，寫著……」

他的呼吸急促啦，不能將話說下去。孩子抬起頭，用目光搜尋著，果然看見一個游竄著火苗和黑煙的木桿，不過那所謂的布幡沒有啦，只剩下一根長繩，從桿頂垂下來，被風吹著，還不曾被火燒著。他盯著這垂危的傷兵。傷兵的臉上，血跡斑斑。沒有被血染的地方，已經蒼白如雪啦。

他猛地站起身，從褲襠裏掏出紅撲撲的小玩意兒，射出一道細細的尿液，澆在傷兵的臉上。

一顆子彈打在他的腳邊，擊起了一股煙塵。

那傷兵臉上的血沖去了一些。他張一張嘴，竟然震動了一下，眼睛睜大啦。這雙眼睛懊惱、憤怒、絕望、茫然地從水珠中，看見一個幼小的孩子的身影。他終於不甘願地閉上了充滿屈辱的眼睛。

孩子心情昂奮，急劇地喘開了氣。他將最後一滴尿液灑盡，感到恐懼起來。匆忙將那小玩意兒塞入褲中，就要逃走。

這時候，他發現那肚子上插著刺刀的人，活動起來啦，正伸手去抽那槍。孩子走過去，那人求救地眼望著他。孩子的頭，被劫後的陽光照得發熱。他彎下身子，搬起一個土塊，朝那人臉上砸去。那人立刻不動彈啦。

孩子跑開。他蹦蹦跳跳地跑在寂靜的大街上。他想唱個歌。他尋找牌樓。猛然瞥見牌樓巍然聳立著。大扇窗子，安然無恙地對空氣開著。孩子驚叫了一聲。他恨這牌樓。但是它卻如碩果僅存，在一片廢墟中顯得分外高大。

孩子瘋狂地跺著腳。他四處找到一抱柴禾，放在牌樓的牆根底下，從別的燃燒的房屋上，取下一把火，伸向那堆柴禾。

正在這時，從一個快要傾倒的小房子裏，竄出一個人來，大叫道：「別跑！」就追了出來。孩子看清了這怒氣衝衝的一個人。眼看就要被捉住，便扔下火把，轉身就逃。

那人在後面追趕著，大罵著。孩子覺得，還有幾個在小房子裏躲著的人，一起將目光射向他。他想哭，但他忍住。他不能被後面的人捉住。等他停下來時，他才發覺那人早已返回去啦。

孩子狂躁地踢打著地上擠擠挨挨的屍體，瘋了似的。他覺得再也無臉回核桃園啦。他寄託了巨大希望的炮火，什麼也沒有帶給他，反而又緊箍上了一層詛咒。但他還是傷心地回去啦，路上很多人他都不認得。

188

走到家裏，他沒有見到大大。他這才哭起來。莊至行把他領到自己家，給他吃的。他餓極啦。可是大大沒有回來。一同去的人，都在這天回來啦。他們把傷號送到了西周莊的臨時醫院裏。

過了兩天，也沒見大大的影兒。

後來傳來一個消息，說一個農民闖到城裏人家的屋裏搶東西，不料那屋裏還有活人，於是一夥人將他打了個稀爛，扔在火堆裏啦。

後來又有個消息，說一個農民從坍塌的房底下，救出一個被壓在裏面的小女孩，而他自己卻被砸在裏面啦。究竟哪一位是大大，誰也說不準。莊至行和村裏的人，到城裏去打聽，最終一無所獲。

189

孩子成了孤哀子，就一直跟著莊至行。莊至行是村長，後來又改稱大隊黨支部書記。他有一個女兒名叫ㄚㄚ，她就是莊稼祥的母親。孩子在那個冬季裏，整天站在村後，朝著縣城的方向，發狠地望著，希望再來一次炮火。不要和平。

那個縣城奪去了他的大大，侮辱了他的大大。

孩子希望再來一次炮火。

190

孩子長大啦，長成了一個把太陽看成藍色的人。他的抑鬱，近於瘋狂。

191

老大記得莊至行的女兒丫丫。在莊至行的身邊，老大漸漸發覺他是一個優柔昏瞶的人。老大一懂事就開始利用他。於是，老大成功啦。

丫丫喜歡莊道潛。他瘦弱，溫和，卻是村裏唯一一個讀過中學的人。她不喜歡老大。她怕他，看破了他，瞧不起他。而老大心中自有他的麥。一切原該十分正常。

192

老大將腦中的那片淡藍色日影驅散啦。他拉開房門，陽光便蜂擁而入。他迎面看見了瑟瑟縮縮的袁廣田。袁廣田在他的面前，微屈著身子。一隻手插入褲兜中，撫摸著什麼。他一見老大便惶亂不堪。老大無話，不由一退，袁廣田便進入屋裏。芒妹早站起啦，目不斜視地走了出去。

老大坐在一把椅子上。「你幹得不錯，」他說道，「大爺很看重你。」他擺出一副寬厚長者的態度。他的喉，猛一痛，止不住伸手去撫摸啦，剛一觸到脖子，又放了下來。

「他再也不敢啦。」袁廣田忽然睜大眼睛說，「他那一套一文不值，全沒用！」

「你能保票嗎？」老大探出半個身子，逼在他跟前，問了一句。他似乎明白，自己在說些什麼，又似乎不明白。

「能！能！」袁廣田連聲說，很有把握。他的手，從褲兜裏抽出來，帶出那串霧濛濛的鑰匙。一拿出來，那層霧漬就消失啦。他啪啪地弄響了兩聲，便腆著臉，向老大笑了笑。

老大飛起一拳，打歪了他的半邊臉，凌空站起，喝道：「奴才！這人心淺到這種程度！不就是給你說了兩句好話，竟連自己是誰都不認識啦，可見人也真得分分等級。平常好好的一個人，心中卻早早的齷齪啦，還把自己當成個人物！大爺我不愛你這英雄氣概。你多待這兒一時，我替你羞恥一時。還不快低下頭，做你的人去！」

袁廣田驚慌躲閃的時候，將那鑰匙一下子甩到牆角去啦。他急忙朝那兒望一望，猛覺老大逼近，便回轉面孔，駭怕地瞪著眼，呼道：

「芒妹救我！」

老大聽了這話，自己穩住啦，嘴角露出嘲弄的惡毒的一點笑容。

袁廣田「通」的跪下，說：

「大爺，我低頭去做，只求你還讓我在作坊。我以後多學著點，跟您求些長進。」

老大笑出聲來，說：「我不會攆你走的，只是告訴你，以後別再惹事。」

袁廣田還在猶豫。老大看了出來，就說：「扔在那搭兒吧。再換新的。」袁廣田溜走啦。

老大用腳踏住那串鑰匙。他為著芒妹感到一些的茫然，不知命運為她安排下什麼。他開始暗自策劃，進一步的行動。對，他不能放過任何有關的一個人。而稼祥——老大的心隱隱作痛。

他該怎樣戰敗稼祥？用怎樣的炮火轟擊他呢？老大仇視稼祥。他仇視稼祥什麼？老大費神地思索著。

那串鑰匙，就在他的腳下。他拿開腳，見鑰匙上沾滿了泥土。他想，無論如何，要換幾把鎖。

這位袁廣田，可憐的年輕人，真是不可思議。他開始可憐那袁廣田啦。可是，現在還沒這工夫。他緊張地使用大腦，一點也感覺不出饑餓。他想把事情的一切緣由，向芒妹解釋清楚。不過，他又很快反對這樣做。芒妹一定不會原諒他的。這是一塊好不容易才結了疤的傷口，能夠再去揭開嗎？它會帶給許多人痛苦。

這時候，他才感覺到對於稼祥，在他內心深處，是有一股愛憐的甚至要去親近的情感的，好像出於本能。

他的目光，又看到了那個常樂佛俑的殘骸。

或許，一切都沒有發生過。如果相信什麼也沒有發生，即使發生啦，也是毫無意義的，那麼，人就能變得多麼坦然快樂，因為他失去了以往的經驗和印象。在他還沒有失去已經在真實繁複的世界裏面，產生過的經驗和印象時，對於他本身，這東西就像一個無孔不入的、難以預防的黑色幽靈，頑固地加劇著他生命的苦難和負擔。……老佛俑的殘骸，在老大的眼中，失去了它的粉碎的意義。一時間，一片斑駁的痕跡，左右搖動啦。又悄悄向後遁去，一直退到遠遠的混沌的地方，如不曾有的一般。

老大在它的暗自消退中，恍惚啦，一下子如失去了所有的生活過的日子，來歷像是不明，斬斷了與以往的一切聯繫。他在這恍惚之中，掙扎著。那殘骸，又一步步移向他的眼，漸漸分明啦。

——核桃樹又起來啦！

尖銳銳的童音響起。他的耳膜，立刻像鑽了無數的孔，變成篩底一樣的東西。於是，他便全部陷入無聲裏面，得不到一點聲息的感受，如走進冰凍了幾個世紀之久的荒涼的世界中。他驚駭地在這個世界裏尋找，迫切地尋找他熟悉的感到溫暖親切的東西。他首先顫悸著，發起抖來。

193

老大害怕那個聲音。從前不知道是不是害怕，但是現在，他體會到自己是害怕它的。他覺得稼祥在對他進行報復。他開始相信這個。

老大沒有戰勝他，從來沒有。

他覺得稼祥就像全副武裝的戰士，雖然瘦削無力，卻如身藏利器一般。

老大對他有些無可奈何。他只有恨恨的，把稼祥當作可惡的人看待。這可惡的人，正在奪取他的女兒，從他手中奪取。那稼祥明白事情的全部麼？老大想知道這一點，但他無從知道。他就去想小時候的稼祥。

核桃樹又起來啦！那個孩子叫道，心情激動。

194

老大斷定他一無所知。麥還活著的時候，經常把這孩子叫到家裏，讓他喊「大娘」，教他唱短歌。麥十分喜歡稼祥，給他做新衣，拆舊衣，給他吃好吃的東西，畫護身符。

老大懂得她的心事。她企望有一個老大的兒子，並準備全心地熱愛他。她知道那樣做不到啦，便望著學語未成音的芒妹嘆息，眼裏悄悄冒出淚。老大也不像在外面一樣，以冷冷地近於殘酷的目光看這孩子。他頹喪似的，呆呆地望著麥與稼祥說笑。

稼祥聲音清脆，又十分愛笑，每次都憋得臉色通紅，要馬上背過氣似的，令人擔憂。老大忽然衝動，走上前拉住他，抓住他瘦的手指。那手指很細。他凝望著孩子，仔細地辨認孩子面部的特點，嘴唇哆嗦著。這孩子嚇得要哭，忙向麥的懷中躲藏。

老大丟開他。老大不相信這孩子會成人。他懷著惡意，讓這孩子說喜歡不喜歡他。孩子膽怯地在麥的懷中看他，緊閉著薄薄的嘴唇，一句話也不說。老大出人意料地答應麥，留稼祥同她住一宿。但是就在他答應的時候，莊道潛前來索取兒子啦。

莊道潛抱過孩子，默默地走開啦。麥在他們身後，無限同情地說，他們爺兒倆夠艱難的。老大聽見啦，臉上一些活動的表情都沒有。麥又說，莊道潛也不讓稼祥到他姥爺莊至行那裏去，都不成親戚啦。

老大相信，自己強烈地畏懼這稼祥。他想到那緘默的莊道潛，已經把一切希望，寄託在兒子身上啦。

莊道潛能夠這樣做。他不會把一切輕易忘掉的。他有兒子。他有一個兒子。他面色蠟黃，一臉病容，不能下田勞作啦，整日坐在簡陋的家裏，把一雙枯瘦的手交叉著放在膝上，沉入回憶，像在等待什麼。稼祥的學習費用，已經由他的幾個舅父——莊至行的兒子們，全部包攬了去。莊道潛也不再固執地拒絕他們的資助。他們為自己的甥男獲得了幾分豪氣，臉上光彩。

老大覺得自己已陷入了圈套。他立刻讓自己振作起來。於是，他離開那一小堆殘骸，去找他的女兒。他最終還是需要女兒的協助。

195

村莊在午後的天氣裏，出現了神秘的寂靜。那寂靜帶著潛藏在狂熱中的淡淡的憂鬱和不祥。太陽光把天都快照黑啦，得了病狂似的。

「芒妹。」老大一開口，就感到詫異和一些慌亂。他想，芒妹見了他一定會背轉過去的。可是，芒妹卻用詛咒的銳利的目光，緊緊盯住他。

那目光一直劃破他的胸膛，刺向他的肺腑。但他終於喊出了一聲。他知道自己也深深地傷害了芒妹的心。當他一想到自己的一切作為，便以為芒妹的態度一些不奇怪啦。

「芒妹，」他又叫她，有些可憐，「你恨大大，把大大想得那樣壞，可是大大也並不全像你想的那樣。大大活得難，你知道嗎，孩子？活得難。看在這份兒上，大大求你一句話。我求你，芒妹。」

「只喜歡還不行嗎！」

芒妹大聲地叫，打斷老大的話。她的眼裏，摻雜著從心底流露出來的絕望和憂傷。

「我告訴你不行！」老大這樣回答她。他認為，作為芒妹，必須逃避稼祥。必須如此。

「為什麼！為什麼！」芒妹激動地舉起拳頭，在空中發抖著。「哦，我知道啦。可你以為他會真的要我嗎？我是什麼人！一個農村姑娘，才識得幾個字！」

「是農村姑娘又怎麼樣！這不是罪過。」

老大的心，猛地產生痛楚。他不明白，在這位農民的女兒靈魂中，還潛伏著這樣一種可怕的思想。他在這個世界上真正地孤立起來，心中一直牢不可破的堅韌的對土地的信念，被女兒的幾句話，打擊得搖搖欲墜。他懷疑眼前的芒妹就是自己的女兒。

「就因為我是村裏的人，我才沒法愛他。」芒妹說，「儘管我一跟他在一起，聽著他的聲音，我就怕，就像什麼也不知道啦，什麼也聽不見啦。我變得多麼可憐，大大。可是我仍想跟他在一起，聽他說話，我就沒法愛他啦。只有這樣，我才能鎮靜。你知道嗎？我不能愛他，我只能喜歡他。你知道這個嗎？」芒妹咬住嘴唇，停了一下，傷心地，「我說這類話，因為我恨你。大大，別人不知道我，你怎會不知道？你是不想著我的心的。」

「可是你摸清了他的心沒有？」老大問道。

「我為什麼還要知道他也愛我？他只喜歡對我說話就行。」

「他是什麼人，你明白嗎？」

「還要我像你一樣懷疑他嗎？他那樣非常的人，我用得著揣度他！在村子裏，全沒一個似他的。」

「芒妹。」老大的臉，沉痛起來。左面頰，開始抽搐，很快地波及整個面孔。他忽然又低下聲音，好像在對自己說話。「不，不，說不清啊……我不行，我不能對你說。」

「你又裝作可憐！大大，我看透了你！我看透了你這一套。你還我的佛俑！我再也受不了你，再也不能這樣啦。我不能光喜歡他。我想要怎樣做就怎樣做！」

她變得難以控制啦，在地上狠跺著腳。

「什麼都不許我，這個鬼地方！整天就是這個樣子。為什麼你是我的大大！為什麼在這裏生我！這房子你看不出它會倒下去的嗎？光禿禿的院子，你總讓它永遠是這樣，一年又一年總沒變過。在這裏除了你的聲音我聽不到別的，除了你我見不到別的人，你把什麼都堵在門外。你防賊似的防著別人，別人都怕你，人家一來你就像惡人一樣沉著那張臉，把人家嚇跑。你給我的就這些東西嗎？你只讓我愛你，在家裏，你不喜歡別人來影響你。可是，大大，我想新鮮，希望別人帶來熱鬧，歡樂。為了你，大大，我什麼都聽你的，從不敢邀別人到咱家來，不敢在外面多待一會。我每天都對自己說，我要喜歡這房子，這院子，這老榆樹。我那樣做到啦。我不知道我失掉了什麼，我只覺得我應該得到的你一點也沒給我。你像關鳥一樣，把我放在籠子裏。大大，你明白多少年啦。我要說我恨你，恨這座破廟，恨這塊土地。你還我佛俑！你不還我我就永遠恨你。隨你把我怎麼辦。我再也不信你在我跟前的可憐樣子啦。」她最後叫道，「我忍受夠啦！」

淡淡的葵花香氣，從屋後飄進屋裏來。

老大像是被擊垮啦，茫茫然看著悲憤的芒妹，卻沒有一點注意力。他覺得有個聲音在他頭上頓喝了一聲：

「你敗得多麼慘啊！」

老大的勇敢，還在於他敢於否定既成事實，敢於扭轉事實的發展趨勢。五十年啦，他一直是這樣。雖注定一切努力都是徒勞的，但他仍舊為著他的意志，做最堅韌、最頑強的永不止息的努力。老大現在仍是如此，他在那「你敗得多麼慘啊」的聲音，還在半空中繚繞不絕的時候，惡狠狠地對芒妹說：

「你不能喜歡他，連提也休要提他！」

「不，我現在還敢愛他。」芒妹冷笑著向老大抗議，神情堅決，不可動搖。

「你這樣會毀掉。」

「在這裏注定會毀掉，我不用擔心。」芒妹說，「我們女孩子心迷的事，休想止息。為他毀掉，我再不怕啦。是你逼得我，大大。」

「我逼了你？」

「剛才我還不這樣想，現在我這樣想啦。你等著吧，大大。只要他還願意總對我說，『芒妹，想一想故鄉多可惡』，我就一心在他身上，不離開他。他對別人不說他不愛故鄉，他覺得我值得聽。等他有一天不對我說『故鄉真可恨』的時候，我就一個人孤零零活到死。他不那樣說是他不願把自己的心交給我看，他討厭我啦。你聽著吧，是你逼的我，我不想再跟你說話。」

芒妹的目光，溫柔平靜，深不可測。她鎮定地望著前面。從臨家傳來壓水泵的聲音。

「你不明白，芒妹。」老大楞了片刻，痛苦地叫道。他忽然低聲自語著，「我也再不說啦。」他漫無目的地走了兩步，搖搖頭，又說，「我再也不說啦。你會後悔的，芒妹，到時候你就明白啦。」他的手想舉起，還未舉平卻又放下啦。

芒妹目中完全沒有老大這個人。她陷入無望的愛情的痴想中啦，而且為這愛情沉醉著，神色幸福動人。她顯得那麼美，充滿了生命力。

「我沒料到會這樣。」老大心裏說。他覺得芒妹彷彿一團旺盛的火焰，正熊熊地燃燒著，幾乎令人承受不住那種燃燒的力量。

他再不能取得芒妹的幫助啦。但他還沒有認為，什麼也不能幫助他。他悄悄走開，繞過街頭樹蔭下的人群，來到一座離作坊不遠的，已廢棄不用的，孤單單空蕩蕩的磨坊裏面。這磨坊原是一座祠堂，百年之久啦。他沒有敢到核桃林中去。

196

磨坊四壁透風。地上，滿是乾燥的塵土，有些發白，像當年的麵粉，還殘留在這裏。屋頂，有幾根椽子被人抽去啦，天光照進裏面，岌岌可危，時刻都有坍塌的危險。門口已荒蕪，人跡罕至，生著牛羊也不吃的難聞的穢草，十分茂盛，自由自在，無憂無慮。它們不怕被牛羊啃去，打柴的人也不屑來鏟除它們。

老大滿心驚懼地走進這磨坊，懷疑自己是不是走進了自己的陵墓。荒野之中，一座絕世的陵墓。自己瀕臨死亡了嗎？他在磨坊安靜的空氣裏思想。死亡無時不在覬覦著生命，老大也在它的監視之中，已經一些不怕。他倒希望，這空落落的磨坊，成為他永久的靈床。他將在這靈床上腐爛，化為灰塵，化為水，失去嗅覺、味覺、聽覺及一切官能，完全不存在啦。

他這樣想著，看著頭頂上的青灰色瓦片，沉靜下來。他把手搓了搓。在這兒不會被人發現。遠處的道路上，有幾個騎自行車的人，在陽光中飛速地閃過。他能看見他們，而他們看不見他。

他聽到磨坊後面有個兒童走來，隨口唱著，「飛到西來飛到東」。那兒童停住啦，自言自語著。

「我要割這草嗎？日它媽太臭啦。可我能讓我的鼻子不覺得它臭。我的鼻子很管用，瞧著——嘿，果真不臭啦。」

他在草叢裏徘徊。

「天是個沒娘要的壞蛋，可它夠厲害。狗操的，我不怕你。呸！我娘罵我狗操的，我大大就笑。我開始懂事啦，他們瞞不住我。我看見過他們幹什麼。我想說給別人，別人准笑話我。我就給你說說吧，臭草，不管你叫什麼名字。我罵你『狗日的』，你惱不惱？你不惱。我可惱，要是別人不相干地罵我。瞧，我對自己說話，罵自己『狗操』。我說啦，我卻不惱。唉，飄到東來飄到西。喂！告訴你，天！我不怕你，天！你這個獨眼。可你卻有兩個眼啊，一個是日頭，一個是月姥娘。它們一個在臉上，一個跑到腦袋後面，你就成了獨眼啦！嘿，我最不愛跟別人說話，我願意跟不會說話的人說。」這位亂嚷嚷的孩子跳起來，將草踩倒啦。「喂，你聽著，天！我會長大，說不定就在明天。我明天就會有一個叫『狗操』的孩子。日你娘，好痛快。我知道那叫什麼事兒。我現在還小啊，只能割草。不過，過幾天我就大啦。聽著了嗎？你好好聽著，有人來了我就什麼也不嚷嚷啦，你就聽不到啦。」

老大走出磨坊的門，繞到後面，叫了那孩子一聲。那孩子大吃了一驚，撒腿就跑。老大又大聲喊他，他才猶猶豫豫地磨蹭過來，臉上羞得發紅，有些站立不穩。荒草抽打著他的小手。

「您不揍我吧，爺？」他小聲地問了一句。

「不，你是個了不起的好孩子。」老大說，「爺喊你有件事，你能不能辦？」他用手摸著孩子冒汗的腦袋。柔軟的頭髮裏，沾著曬乾了的綠草葉。

「我最愛給人做事，爺說吧。」孩子說。

「你到作坊去喊袁廣田。你認得那個人吧。你就說有人找他，叫他到外面來，再告訴他我在磨坊等他。這事莫讓別人知道。」

「你自己不去嗎？你是那裏的頭兒。那是你的地方，是你的地方，你想要怎樣就怎樣啊。」孩子不解地問。

「小人兒要聽話，這些事不要多知道。」

「好吧，」孩子說，「我是什麼事都幹得了的人。你說了我就去。」他握住鐮刀往，草梢上一甩，齊齊地削下一片。他往前走了幾步，又轉回身：

「爺是不是要打袁廣田？你要打他嗎？大人都說你饒不了他。他昏啦。」

「不，孩子。爺要跟他商量重要的事情。還有，孩子，今天的事你對誰也不要說，好不好？爺信得過你，把你當大人看。等著瞧吧，明天你就能成為大人。」他比劃了一下。

「我不朝外說。」孩子答應啦。「我不願意跟人說話。你可要給我什麼。」

老大說：「這聰明小人兒，你到我家去，隨你拿什麼都行。」

孩子說：「我想要的東西，不知你有沒有。我想你會有。」他快活地跳著，向作坊跑去。老大便回到磨坊裏等著。他要得到袁廣田的援助。

197

門口，投來一個短短的影子。這影子顯出很猶豫的樣子。

袁廣田站在那裏，十分害怕和遲疑。那孩子背倚在滾熱的牆上，看著戰戰兢兢的袁廣田發笑。老大對那孩子說：「走吧。記住啦。」孩子像用兩條腿走路的兔子一樣，飛快地跳進草叢，離開啦。草叢裏，出現了一道綠色的波浪，在陽光下搖蕩著。看見太陽便知道時間。太陽正熱烈。

「大爺！」袁廣田恐惶地叫了一聲，將高高的背彎下。他身不由己地對老大產生恐懼。

「不用怕。」老大鼓勵他說，並拍了拍他的肩膀。「我不會怎麼著你。」袁廣田觸電似的一個激凌打起，又漸漸驚定下啦。老大慢慢說：

「廣田，中午是大爺的錯，我現在賠個不是。你不要總記著。我早看中了你的才幹，將來必定不可小視的，我也不敢怠慢，你可理解我這心才好。我一個老絕戶，老了總要靠一個中用的人。這連片的大作坊，也不能白白就散啦。有人說這作坊辦不長，說咱缺少新技術，產品老一套，我就不信！共產黨也吹過多次，我也跟著鬧騰了不少年，那時說『再過三五年』，現在過了幾個『三五年』啦？不又回到老年的時候啦？糧食多打啦，錢多賺啦，這是真。靠的是什麼？離開杈耙苕帚揚場掀了嗎？沒有。將來是什麼樣子，我不敢說。不過我敢斷定，我這輩子是熬不到啦。你們也會熬去半輩子。你們這一茬人將來如何走，靠自己去求。我半個身子入土，料不到這許多。我這些話，你該明白。」

「明白明白。」袁廣田抬起一隻手。張開。清清楚楚，五個長短不一的手指。他點頭說。

老大又靜了一靜。「我問你一件事，你敢不敢！」

「我有什麼不敢？」袁廣田說。

老大忽然放低了聲音，陰沉地說：「我要你殺人！」

袁廣田一時楞住啦，不知聽了什麼話，大睜著眼看著老大。

「我要你闖進他的門，砸開他的腦袋，把他拖到深溝裏，讓他爛掉。你要燒了他的房子。一句話，要讓這世上再沒有他的影子。我不要再想到他，再聽說他，再見到他。你敢不敢！我替你擔著罪，保你活下來。」老大氣洶洶地說。

「只要你把芒妹嫁給我，大爺，我會殺人。我死也甘心。」袁廣田熱烈地瘋狂地說，「你說了，我聽真切啦。我得到芒妹啦。她那麼好，簡直不像這世上的人。她就要是我的啦！」

老大的臉上，暗暗露出嘲諷的、捉弄的、厭惡的神氣。袁廣田一點也沒看出。他激動地傾訴著，向老大表白。

老大卻又說：「我可不會讓你殺人。」

袁廣田粗喘著氣，停下來，仔細地、急切地聽著老大的話。他渾身出汗。

「你不用殺了他。只要讓他無法在這核桃園待下去，讓他沒臉見人就行。他離核桃園越遠越好。他早不是核桃園的人啦。他在勾引芒妹，你知道嗎？」

「我早就看出來啦！」袁廣田咬牙切齒地說，可他一時又懷疑起來。「怎樣才能讓他丟盡臉呢？我怎樣打敗他？該怎樣做呢？」

「這就看你的聰明啦。」老大淡淡地說。

袁廣田馬上沉思啦。他的腦子，急速地運轉著，臉孔十分地僵硬。他忽然驚喜地叫道：

「有主意啦！我想起我的妹妹啦。我的妹妹一定會幫助我，她肯定做這個很在行。我家的人全聽我的，我一說話她們就害怕得打哆嗦。我妹妹一定會把他搞臭。」

「敢情你還有妹妹。」

「我今天就回袁寨，我不會耽擱。我妹妹如果不答應幫忙，我就不讓她跟別的臭小子胡來。」袁廣田轉身要走。他喜形於色，手舞足蹈，甚至笑出聲來。「我等不得啦，我辦事向來就是這樣。你聽我的好消息吧，用不了半天，核桃園就會熱鬧起來。」

「虧你還有妹妹！」

「我真走運。這麼幹一下子，我就什麼都有啦。你說不是嗎，大爺？」

「虧你還有妹妹！」

「你等候著吧。」

「虧你還有妹妹！」

「你算是看準我啦。我可不能白白地活著。我不是笨蛋。他娘的屄，我的腦筋一點不死。你早就看出來啦。」他興奮地向門口走去。半條影子，已進入陽光裏。他成了灰暗的啦。

「回來！」老大大喝一聲。

袁廣田立刻停住啦，身體機械地將一顆狂熱的頭顱轉向磨坊裏面。「什麼事」？他問。

「滾開！」

袁廣田醒過來啦。老大像一個青筋暴露的孤憤的鍾馗，在被明亮的陽光狠狠刺激了一下的袁廣田的眼睛看成黑暗的空氣中，兇惡地、狠鷙地盯住他，吼叫著。袁廣田醒悟啦。他絕望地叫了一聲，「我都幹了些什麼」，落荒而逃啦。

「夠了夠啦！這套把戲夠啦！」

老大大聲說著，在當年作為磨坊的祠堂裏，不安地走動。房頂露下的迅疾的陽光，不住地落在他的頭上，肩上，使他在磨坊裏閃閃爍爍，掛了一身鬼火在夜晚的曠野裏行走一樣。腳下沉積已久的塵土，飛揚起來，迷住了他的眼。在這一瞬間，他決定再不求助任何人——他天生是孤獨的，但他想求助於他自己，和道德——傳統——驕傲——犧牲，諸如此類的複雜的東西，就像當年他對付太白一樣。他在這時候又十分自然地想到了這個他已經掌握住了的方法。

「你敗得多慘啊！」他壓根兒不相信這句話，但他確確實實，已完全陷入狂暴的陰暗之中啦。

老大竟然忘了自己為什麼還要留在舊祠堂裏。眼前的光線，不知不覺地淡多啦。等他走出祠堂，天已經黑了下來。田野上，升起一些輕柔的薄霧。它們靜靜地在沉寂中飄行著。

198

內心依舊狂躁不安的老大，通過田野上的小路，走進村子裏，來到家門前，發現院門緊閉著。他努力壓制著，心中那些可怕的正在攢動著的念頭，在門前站了一會兒。

街上空無一人。他一轉身，就向北走，果然沒被人碰到。在莊道潛家附近的一堵斷牆頹圮旁邊，他停住啦，朝前面的幾間茅草覆頂的土屋窺望著。這是他多少年來，第一次，這樣留心莊道潛的家。他總是有意無意地躲著這兒，也躲著莊道潛。

那幾間破屋，還跟往昔一個樣子。他覺得自己又驀地退回到過去的某個年代。他在這裏遲疑著，思索怎樣把稼祥從家裏叫出來。他著要親自跟稼祥談談，並做出最壞的準備。但是那個院子，在濃厚的夜色裏，一直很靜。他想，自己的耳朵，可能出毛病啦，很難再聽到現時的聲音。

他又不由得想到，自己這樣躲躲閃閃的，難道不是心有所懼嗎？說到底，老大是在懼怕著誰。那個人肯定是稼祥。

不，那是莊道潛！可是，想要老大甘心於此，並不那麼容易。他鼓鼓勇氣離開斷牆，就走進了莊道潛的院子。

他這一步的穩妥與否，他並沒有事先想到。當他身處莊道潛的小院中時，有一種渾然無形的東西，將他侵蝕著，很快地將他消融盡啦。他剛想朝照出燈光的門中那麼一站，便馬上明白自己該是多麼愚蠢，這無異於自投羅網。他想及時退掉，可是莊道潛已經看見了他。他只好停住。最能使他不由得慌亂起來的，還是在莊道潛跟前坐著的女兒芒妹。

芒妹也止不住驚了一下。她又立刻低著眼，鎮定下來。老大首先問一問稼祥在不在。

莊道潛臉上平靜如水。這一個在生活的重擊下，棄絕了大部分憂思煩愁的人，用一種淡泊閑散的語氣，告訴他，稼祥出去啦。老大難以很快把自己武裝起來，跟莊道潛較量一番。但是他們其實已經較量過啦。

在兩人的目光開始相碰的那一瞬間，老大就已居於下風。但要他迂迴而戰真是妄想！他倒要繼續跟莊道潛試一試。

他滯留住啦。

199

一無所知的芒妹，張著茫然的眼，望一望莊道潛，又去望著老大。她已經意識到，這兩個父輩的男人，將進行一次激烈的靈魂的搏鬥。她不由得戰慄了一下，無所適從。老大進門之後，一眼也沒看她。這又使她心裏很難過。眼前發生的事情，把她給搞糊塗啦，想不出自己究竟處在一種什麼樣的複雜的關係中。莊道潛對她點點頭，輕聲說一句，「你先出去吧，芒妹。」她疑慮重重地站起來，走出去啦。

徒有四壁的屋裏，只剩下老大和莊道潛兩個人。老大體腔裏的心，跳得像擂鼓。而那形容槁枯的莊道潛，卻一直地沉靜下去，竟如睡去或死掉啦。老大要說話，就等於吵醒一個墳墓中的人。

他極其希望莊道潛正在恨著他。他向來認為，莊道潛對他懷恨在心。如果真的那樣，他們兩個人今天就都可以動一動真格的啦。難道隨著時間的流逝，莊道潛對往事已經淡忘了嗎？

老大忘不了，也相信別人忘不了。他不能寬容別人，別人又怎麼能寬容他呢？他忽然明白啦。他覺得莊道潛正在使用詭計，好在他智窮力竭的時候，向他痛痛快快地清算。他忍不住想笑。老大是打不敗的，任你採取什麼惡劣手段。他歷來都是讓別人在他跟前趴下。一股狂笑，已在他的腔子裏冒起。就在這時，莊道潛卻請他在牆下的椅子上坐下。

莊道潛的臉部，正好處在一片燈影裏。老大看不清他臉上的表情。

兩個人沉默了許久，老大內心的鼓聲漸漸小了下去。他緊盯住莊道潛，說道，「你又把我的女兒奪走啦。」

莊道潛聽啦，渾身打了個寒顫。他費去好大的勁，才恢復了常態。從他口裏，跑出來低低的、幾乎聽不到的聲音：「你總是誰也不會放過。我們躲不過你。」他垂下頭，慢慢搖著。

老大立刻覺出自己那句話的份量啦。他重又變得興奮啦。莊道潛衰弱的樣子，並沒有引起他一絲的憐憫之情。

在他的眼裏，莊道潛是那樣的不堪一擊，竟使他無情地冷笑了一聲。

「你的盤算真不錯。稼祥就要遠走高飛啦，大家誰也得不到他，你就可以放心了是不是？」他說著，心頭猛地痛了一下。「你還想讓他把我女兒毀掉，那樣你就更高興啦。」

莊道潛氣得打哆嗦，險些從椅子上跌下來。他痛苦地張一張口，卻沒有說出一句話。

「你怕什麼呢？」老大繼續殘忍地折磨他說，「我是不值得把什麼都告訴他的。你盡可以教他幹壞事，反正他要蒙在鼓裏一輩子。等你和我都死啦，他就再也不會知道啦。他將只記著他的大大是你，別的人他都會忘掉，核桃園也將不在他的心上。」

莊道潛不由自主地從椅子上站了起來。乏軟的腿，又使他搖搖晃晃地坐下去。他面色蒼白地喘息著，眼望著老大，像要馬上撲過去，扼住他的喉嚨。但他又朝著角落轉過了臉。

他的雙肩，微微顫抖了一陣。等他再次面對老大時，他又沉靜起來，彷彿剛才什麼也沒聽到。從這身上閃出一種肅穆的光輝，狠狠地逼了一下老大的眼。

「可是你先怕啦。」他鎮定地說道。「你害怕到了極點。我是無用的人，你自己去把一切，都告訴給稼祥吧。他會恨你的，你等著瞧吧。這個世上沒有人再愛你，大家都將用可憐的眼光看著你。」

老大的臉色頓時變啦。他張慌失措地喊了一聲「住嘴！」卻用手指抓住了自己的頭。

莊道潛繼續說下去：「你這個人寧肯捨掉自己的性命，也絕不向誰示弱一下。你會有那麼一天走到稼祥跟前說出一切的，即使他恨你你也不在乎。你總會把他打敗的。你就是這麼個人，絕沒有心軟的時候。」

老大弄倒了椅子，兇惡地向莊道潛揮動拳頭。「我要敲碎你的嘴！」

但是莊道潛的心已橫下啦。他不管老大怎樣，就向屋外叫了一聲，「芒妹！」芒妹呆呆地出現啦。她顯然已經聽見了他們說的話。

老大一看見她就更加驚慌啦。他怕莊道潛會說出更多的事情。但他絲毫沒辦法阻止他。他發狂地揪住自己的頭髮。

「輕易算了嗎？」莊道潛又開口，「我知道你心裏經常這樣說。你再找不出比說這句話更順口的啦。我敢肯定，你現在說不出啦。你渾身哆嗦，臉都歪啦。但你的眼睛說，讓我喘息一下吧。等你喘息定啦，你會更加切齒地說它，再去加害與你有關的人。」

「你說完了嗎？」老大哀告著莊道潛。

「我要看看你的心有多硬！」莊道潛說。他忽然又轉向芒妹，「你知道你娘是怎樣死的？」

芒妹茫然。

老大眼裏露出兇光。「我殺了你，惡鬼！」他叫道。

「我真要笑你，老大。」莊道潛說，「你不知道崔明誠在地下陪了麥近二十年！他被他的朋友埋在了核桃林。」

老大垮啦。他把額頭，抵在牆上。牆上的土，灌了他一脖子。那土也落進了他的嘴裏，苦鹹，腥澀，古老。

莊道潛身體太虛弱啦。他臉上冒出了冷汗。他微微搖著頭，用低緩的聲音對芒妹說：

「有一件事，你大大不敢讓稼祥知道。我們大家都要瞞著他，那就只好告訴你啦。四十年前，老村長莊至行收留了一個孤兒，他還有個閨女，叫ㄚㄚ。他們在一塊長大。十二年後，ㄚㄚ生下一個男孩，這就是稼祥。ㄚㄚ那時已經嫁給了我。在稼祥生下來不久，她就跳河自殺啦。人們沒找到她的屍首。你知道稼祥那孩子的親爹是誰嗎？他就是你的大大。他不愛ㄚㄚ，可是ㄚㄚ的大大是村長，他得到村長的歡心和信任，村長就私下把ㄚㄚ許給了你大大。可是ㄚㄚ心上只有我。他為了能當上村長，就讓ㄚㄚ失了身。ㄚㄚ還是想著我，她更討厭你的大大啦。莊至行拗不過她，就同意她嫁給了我，這是她在世唯一的願望。莊至行卻一直認為對不起你大大。你大大一直不喜歡稼祥那孩子，那孩子一點也不像他。但他想靠近稼祥，這真是對他的報應，他又想得到這個兒子啦。我在背後看得清楚，每見你大大單獨一個和稼祥在一起，就趕緊走上去把孩子拉開。誰知道他會不會殺了這孩子！儘管他從小瞧不起這孩子，可這孩子的影子時刻在折磨他，糾纏他。到了現在，他對稼祥已經說不清是什麼感情，可他懷疑我在利用稼祥為ㄚㄚ報仇。如果報仇，便首先看准了你。你大大就是這樣想的。孩子，芒妹，你是一個苦孩子。你的命多苦。你的哥哥還被矇在鼓裏。他什麼也不知道。我從來沒告訴過他。我忍受了二十多年。我終於要看到你大大的兒子就要離開土地啦。你聽他說過他恨這土地，如果他知道了一切來由，不知道還會怎樣恨呢。誰知道呢？芒妹，我們這茬受苦受難的人完啦，世界就安寧啦，就聽不到鬼哭啦。可是，孩子你，你的命苦哇。你卻把不該知道的事知道啦。在你們這茬人裏面，唯獨你要承擔這痛苦。你大大和我並不想讓你們知道。你們兄妹，總要有一個承受。總有一個逃不啦。芒妹，芒妹，別怪我給你講這些事。你是空愛了一場。不過，我信你會抗得住！好孩子，你要抗住。」

芒妹哭泣著撲到莊道潛的身邊，抱住他。

200

老大身不由己地接受了這一次嚴酷的打擊。他已經像空中飛旋的飄蓬，忽高忽低、忽左忽右地擺動。這時間，一如弓弋發出的翎箭，急速地射向高空，似乎正奔向必定令人失望的遙遠的目標。在這超速的失重的跳躍中，他又頓時下墮著，墮向不可知的淵藪裏面。

他被苦難繳了械，面對著無邊的困窘，像挨打的狗。在這逐步加劇的窘迫之中，他聽到了那個他曾經當成幻覺的聲音：「你敗得多慘啊！」但是，老大能夠在劇烈的痛苦折磨中，高傲地、頑強地使那心靈的膿瘡不至於崩潰，而奪去他作為人的力量。那膿瘡雖然急遽的腫脹起來，而老大卻隨之擺脫了這種困境。

莊道潛打不敗他！他告訴自己，迫使自己相信。誰也不行。誰也不能戰勝老大。可是，老大需要弄清楚這是怎麼一回事。他何以會被窘迫圍困住呢！他的目光面對七月這眼前的生活，忽明忽滅，一時他信心堅定，一時他失意迷茫。現在，老大竟像一個孩子似的受著人生痛苦的煎熬，和外界力量的傷害。是的，他沒有年老。他年輕，他體內的血液，如二十年前四十年前的血液一樣活潑熱烈，澎湃地流動。他不能安靜。他不能安靜啦。

他發狂地跑出莊道潛的家門，在院子裏幾乎撞倒一個人。他聽見那個人說：「是鐮伯嗎？你走得可真快。」

他來到沉寂的黑黢黢的大街上，一停也沒停地穿過村莊，走向田野。

201

老大的血，在體內禁錮著，尋找著突破口。他這一生，從來沒有得到過，那種自由流暢地傾瀉歡樂與痛苦情緒的快感。在他自以為得到的時候，卻又很快被新的罪惡代替啦。他並不知道，苦難在他的血液中，沉積了多厚多重。苦難和他自身，融合成一體啦。

他多麼害怕自己重新回憶往事。有時，他想欺騙自己，告訴自己，那一切是與他無關的，要不以為意。這樣的自欺欺人，只能使他更加地沉痛和困躁。他的五十多歲，和他的十歲是相同的。他在路上想著，他沒有長大！一下子小啦。他相信這個。

他永遠是年輕的。狂熱的自尊心，受到痛苦的摧殘，被體內迅猛的情欲，時刻折磨著，支配著。

他離開道路，跳進田溝，摔在溝底，沾了一身泥土。他爬起來，抓住田溝裏柔軟的青草，或者被珍惜土地的農民種在溝坡上的棉花、玉米、豆秧，翻上去。這些東西絆著他的腿，但他像利刀劈水一樣，將它們碰斷，弄得一路「唠巴唠巴」響。

他越過一道道田壟，向田野深處走去。在他幾乎喪失啦，他在這片土地上努力奮爭，所獲取的全部生存的信心、驕傲、尊嚴、力量的時候，他已經變得一無所有。但他還沒有因匱乏而驚懼欲死。他想到了土地。土地會保護他。縱使世界上，他成了最後一個熱愛土地而無援的人，他也會執著地熱愛她——土地。她，他不會背叛她。他不管有多少人吵嚷著，我恨土地，我恨土地，看著土地發紅了眼，他也還會說我不恨我不恨。

一片一片的田地，接納了他。他像久別重逢的一般，摔倒在一個土崗上面，又向崗下，滾落到芋頭地的壟溝裏，陷進莊稼的發著幽光的、冰涼的青葉裏面啦。他覺得，自己就像流浪的人一樣，生活了漫長的歲月，最終需要這片博大深厚的土地超度他。他必定要在這片廣袤的土地——一座無限的永恆的陵墓中，化為一抔土。

他分不清天和地。眼前一片天地之初的混沌，浩漫難測。但是一個太陽，倏然出現在這片混沌之中，散發出奪目的光輝。

202

那是一個九歲的好動的太陽。它在漸漸有分際的田野上的藍瑩瑩的天空中，跳躍著。它的下面，有一個孩子。和它同庚。土地在孩子的腳下。孩子赤著足。足黑棕色。皮膚黑棕色。陽光白白的。燦爛已極。包含著藍幽幽的火焰。橙紅的火焰。橘黃的火焰。火焰在孩子身上燃燒著。逐漸把他燒製成純潔的、透明的一棵小榆樹。他的足、皮膚，手和頭顱，全部進入太陽的光焰裏啦。大地，永無盡頭地為他的赤足展開。他快活、熱情、天真、善良、好奇，毫無拘束地大喊大叫著，幻想著。一個孩子，像個野孩子。他幻想著，不知疲倦，無憂無慮。純潔得像水滴。熱情得像野花。這美好的精靈，在陽光下，舒展著心靈的翅膀。他停下來歇息，看見地平線上冒出一列隊伍。隊伍越來越近。他聽到了隊伍裏，嘹亮的吹奏聲。而且，一頂華彩的轎子，也清晰地印在他的視野。

他們越走越近，彩轎前後的人，戲謔著，走著，嚎著。他們又折向遠處去啦。

那彩轎顛動的影子，開始變小。在陽光下，化為鮮艷的紅色的斑點。孩子追了幾步。那彩轎堅持縮小下去。最後，只留下一個朦朧的光環。再最後，與歡快的吹奏聲一起，消失在那渾樸的土地下面。

孩子若有所思地望著遠處寂寞的地方。他有些惆悵。沒來由的惆悵，無端地騷擾著他。孩子慢慢地在土地上無目的地走。他覺得眼睛有些發乾。

在一棵剛剛冒出嫩芽的歪柳樹下，他停住啦。一抬頭，前面一條河。

河上走著船。

一個箬笠老翁，撐著船，移近啦。勇敢的孩子，便跳上去。他向老翁說話，老翁便把船駛向孩子心目中，神仙住的地方去。在那裏，也許會見到他從不記得是什麼樣兒的母親呢。

孩子下船後，向老翁道別。他飛快地鑽進牽著驢騾、趕著馬車、挑著擔子、吹著橫笛、打著響板的人群中。他第一次見到這麼多的人，不由得有些害怕。但他是一個大膽的孩子。他立刻挺著小胸脯，東張西望，尋找人群中的金童玉女，隨著人流，進入了兩側站著持槍的兵的金鄉縣城城門，來到了瓮城。

瓮城裏的牆根下，踞滿了做買賣的攤販。他們把要賣的東西放在獨輪車上，或者架起的薄木板上。一個吃食攤旁，有幾個胖大的男人和婦女，在水汽和油煙中忙碌，全部紅紅的汗臉。一旁有一寫著「南門李」的布幡，掛在一根木桿上，絲紋不動。像被水濡濕啦，發沉。孩子站住，眼睛像看不過來啦。桿下面，一位老總，正和南門李的掌櫃攀談，「嘎嘎」的大笑著。掌櫃夾出幾隻黃燦燦的油包，老總接過一隻填在嘴裏，十分滿意地嚼。孩子曾見過這種老總。

核桃園也住上老總啦，可他們不常在那裏。他們待上半天，攪擾半天，就退走啦。老總們砍核桃園的樹，不成材的樹也砍，砍榆樹、槐樹、楝樹、楊樹、柳樹、椿樹，也砍棗樹、核桃樹。他們砍倒啦，運到不遠的西周莊做樹圩子。

孩子從老總身上往高處看。那裏出現了連續不斷的垛口。孩子就發現，這裏的天，是那麼狹小而熱鬧非凡。這裏的天，不是渾圓如鍋底的，而是齒輪一樣的天。

一個白菜擔子，抵住了他的背。他聽見有人吆喝。在斥咄。便身不由己地往前走。又過了一個拱形城門。忽然豁朗開闊。街道也直多啦。而且一幢幢房屋全展在面前，好大氣派，全不似核桃園那裏，稀稀落落。這裏。沒有一片土地。

孩子驚奇這裏的人。是怎樣生活的，便四處亂走。似乎天下的人們。全集中在這裏。躺臥在道旁與亂石、亂瓦上的人，閑散散的。路上還走著諸色的人，有好多好多比核桃園的保長、財主都氣派，目中無人的樣子。孩子要知道他們怎樣活著，痛快不痛快。

有一個蹲著石獅的軒闊門，不讓靠近。那是衙署，不是瑤池。一個水泮的學堂裏，有一些學生，跑到街面上，又被先生喚回去。等等。孩子覺得這裏熱鬧，人們總想著玩樂，不像愛勞作的樣子。他走到一個街口豎著大牌坊的街道。這牌坊，彩繪了許多圖案，朝天空，昂揚地豪華地探著，高出兩側房屋之上。孩子觀賞著，被一個人罵了一句。他沒聽清是不是罵，反正他知道那人十分惱怒，面目兇惡，身上衣服寬大發亮。他往裏走。他知道了這條街叫倉坊街，在城中最是繁華。街上鋪著石板，堅硬，整齊。有人拉著雙輪車，在石板上格登格登跑。車上坐著得意洋洋的乾淨人。這街巷深處，高聳起一座窗高門大的牌樓，許多人，正在出出進進。

孩子聽見牌樓裏吵吵鬧鬧，吆五喝六，歡聲笑語，就走進去啦。他是個勇敢的孩子呀！別人沒看見他。他卻看見裏面擺著深色的圓桌、條几、椅子。有一個樓梯子，陡陡地通到上面去。樓板通通響。這裏的人有禿的，有胖的，瘦的，跛的。揣著長桿煙，叼著紙棍兒的。老的，少的，男的，女的。但他們都不像神仙。他看見一個女人，穿著全身的綠衣服，艷乍乍的。他驚奇，但不願看。她在一個老頭子的一邊，抽著一根紙煙向樓上去。老頭子伸手捏住她的屁股。

孩子覺得所有的人，都在相互打招呼。其實，他們並不完全說話。他看見一隻櫃檯左邊，用布幌擋住的地方，桌子小，全部放著凳，許多人像病了一樣，無精打採，而且並不坐著。一個人要往上走，被一個小二攔住，叫到那小桌子旁邊。孩子看得很清楚。而且，有人在另一個角落裏吃飯，雞、魚、肉丸子，熱氣騰騰，又香噴噴的。孩子猛然想到，大大說去城裏賣東西，大抵是賣給這地方的人啦。那麼，孩子想，大大在田裏生產的糧食，要供他們吃，是大大養活了他們，使他們不那樣愁眉苦臉，可以坐在桌子旁，邊談邊笑。孩子的腳步，似乎踩在發燙的土地上。

他多了一分豪氣，就走來走去，竟然走到牌樓後面的一個大院子裏。他不避人。

孩子想，別人難道不該感謝他嗎？他四處打量，忽然從一個冒出白氣的低矮的瓦棚裏，跑出一個夥計。

這夥計滿臉和滿手的油，上前捉住了他。孩子覺得這人十分無禮，就掙扎著，但總是沒有跑開。隨後，一群人湧出來。後面還有一些好像閑得難受的太太、小姐。另兩個身材瘦小、臉色蒼白的青年，被別人叫作「少爺」。

從人群中竄出一條黑狗。

孩子感到害怕，他不知道這些人要幹什麼。他等著，等著，想告訴他們自己是大大的兒子。忽然被牽動啦。低頭一看，自己腰上。已繫了一根繩索，另一端拴在狗的尾巴上。

狗在院子裏跑。

眾人哄堂大笑。那笑聲真開心。

孩子憤怒啦，想停住，但他太小，差點被狗拉倒，只好隨了狗。

那個夥計不住地打狗。狗在叫喚。

孩子越來越激動，越來越累。

這時候，牌樓後面的窗子裏，有人高聲喊：「餵，誰的好主意，真絕啦！」

下面的人回答：「他呀，這個東郭的矬子！他今天聰明起來啦。」樓上的人嘎嘎地笑，探出身子看。又有人，大聲叫好。喂，給狗雞頭吃吧。它餓啦。夥計們，別乾看著，打狗呀！我扔下幾個錢，拾起來吧。怎麼？沒人動手啊。嫌沒傢伙是不是？喂，這桿槍，你敢不敢用！使勁踢它呀！鄉下崽子，他走不動啦。看呀看，蓋啦！真絕啦！鎮啦！鄉巴佬，見見世面吧。瞧瞧，他連條褲子都沒有。光腳，光腚，窮光蛋，加把勁，快跑！老爺會賞你的。前天縣長老爺子嫌悶得慌，他什麼都玩膩啦，怎麼會沒想到用一個孩子！我倒要介紹去。喂，掌櫃，讓你的小姐公子、夥計們後退一下，那窮小子都跑不開啦。

他們在縱情的歡笑中議論著叫嚷著。

孩子聽著這一切。他覺得他的太陽失去啦。他終於站住，腳下像生了根。那狗也要站住，別人上前踢它。孩子憤怒地盯著眼前的一切。

他抓起繩子，放在嘴裏咬斷啦。他吐出血和幾粒牙齒。幾個人趕上來要捉他。他舉起手，仇恨地望著他們。他們竟然猶豫啦。

孩子轉身飛快地跑出去。他詛咒著那些吃糧食蔬菜的城裏人！

203

老大的牙床，忽然疼痛起來。他的臉部，抽搐著。

他結束了他的一切回憶。他知道那次奇恥大辱，在一個九歲的孩子心靈上，深深地刻下了一道傷痕。這傷痕化成了難以愈合的瘡口，並不住地腫脹著。他的一生，全被這種最原始的尊嚴慘遭折磨的痛苦充滿著。他一方面仇恨，一方面熱愛。他默默地這樣生活著。

他分不清天和地。但他最終分清啦。澄澈的神秘夜空，覆蓋著大地和大地胸膛上的老大。芋頭的甘甜味兒，沁入他的感官。

土地沒有拋棄他。即使他已經變成了罪惡深重的喪失了道德良心的幽靈，土地也仍舊慈愛地擁護著他，給予他生命的一切元素。他感覺到一種真正的勝利的喜悅。

在這七月的、青蔥的、溫情的芋頭田裏，他覺得這土地是他一個人的。別人說恨她，可是老大從來不恨。她是他唯一的母親。或者父親。或者姐妹。或者兄弟。這土地是我的。他那麼自豪地想。他是個可以成為暴君的人。現在，老大完全拋棄了以往的糾纏不清的煩惱、不安、仇恨、憂慮。他的思想，在這個念頭產生的過程中，得到了發展。他成為完全的一個偉大的人。這是土地帶給他的運氣和幸福。他回到了他九歲之前的未受傷害的純樸的歲月中，老大是土地的優秀的兒子。他的頭上，有一個莊嚴明亮的太陽。

太陽和大地聯繫著。老大就處在這種神聖的實在的聯繫所產生的精神之中。大地托著他的跳躍的腳。太陽在他頭上光芒四射。

渾厚大地的胸膛，有力地起伏著，托著老大的身體。他的血液在激昂地呼嘯著，一股分散在全身各部的熱流，逐漸凝聚著，凝聚著。這熱烈的流體漸漸彙聚在他身上的某個部位，使他重新獲得了年輕時的狂熱的欲望。他永遠年輕，不瞭解自己，東奔西突，血氣方剛。他用不著瞭解自己。他從來就沒有長大。他站起來，不再是一個廢人啦。大地渾樸宏闊旺盛的氣息，滲透在他的每一條血管中。

他熱烈地望著遠處那座籠罩在黑影中的村莊，忽然朝它瘋狂地迷亂地跑去。

他跌倒在一個土堆上。

「麥，是你嗎，麥？」他嘴裏自語著，雙手在土地上瑟瑟地摸索，「唔，是丫丫。」

他重新爬起，搖搖晃晃，不擇路徑。

星光照不見路。風吹起，軟綿綿的氣息，擦過他的身體。他越過一片片田野，輕捷迅速。他不住地在這片土地上跌倒，又不住的爬起。他又跌倒啦。這次他的臉摔在地上，眼睛被草葉扎痛啦。他知道已來到了核桃林。

他什麼也不能多想，一意在他的麥身上。「是你嗎，麥？唔，是丫丫。」他嘆息著，失望著；也希望著。

他爬起來，跑進村莊，走進在村頭露宿的羊群之中。這些青山羊蜷臥在地上，就像夜之海底的黑礁石。他驚起了它們。

他尋找著他的家，那座窄小的院落和低矮的土屋，以及屋後的小菜園。

七月的葵花，正開著啊。他從村頭開始敲著每一家的院門。

「麥，是你嗎？唔，是丫丫。」他尋問著，自語著。他沒聽見裏面有一個男人說：「誰著魔啦！」女人也跟著抱怨。

剛才男人睡醒啦，便搔他的女人。勞動了一天，睡到現在不累啦，他就搔他的女人。女人也醒啦，春情熾熱，知道好時候要來。女人抱怨。老大沒有聽清。他的麥，也不會是這種聲音。

他繼續頑強地在黑夜中四處尋找著。

204

……第二天清晨，人們在核桃園大作坊的廢墟上，發現了一具燒焦的骸骨。那骨頭不斷閃出鐵青色的寒光。人們靜穆地立著。

太陽慢慢有些暴躁，到了正午時分，就無邊地燦爛啦。

第五部

她滿耳都是火舌的呼呼聲。火舌像長長的鞭子一樣，盤旋竄動，擰足了勁兒，在她枯瘦的身上抽打，並且兇惡地舔炙著她的皮膚。

205

這天的午後，是一個無異於往日的、昏昏欲睡的時辰。

一個年輕人，慢騰騰的，從野外，走到村口。

大火發生之後，人們還是頭一次見到他。誰都以為，他會走向核桃園大作坊的廢墟。因為在過去的十幾天裏，幾乎所有曾在大作坊做過工的外村人，都是這麼做的。他們滿懷敬仰之情，經常要在廢墟旁邊佇立很久，就像是在憑吊一種不朽的聖跡。可是這個年輕人，卻逕直朝村中走了過來。他的步伐，充分顯示出了他內心的堅定。同時，他在路上的絕無旁顧，也無疑引起了人們深深的驚訝。

村裏每個角落，都會隱藏著一雙瞪大的眼睛。

他們注視著那年輕人，穿過空無一人的街道，和一株株枝繁葉茂的樹木所留下的綠蔭，停在了一個圍牆矮矮的院門前。他伸手輕輕一推，院門就無聲地開啦。他側身走了進去，根本沒有理會，自己背後那些閃爍不定的目光。院門，又悄然闔上啦。他走向了院中的那座土屋。

「芒妹。」他低低地叫了一聲。

他站到了芒妹背後。可是芒妹幾乎沒有什麼反應。他站在那裏，他沒有再叫，好像並不期望芒妹回答他似的。時間一點點地過去，他們都沒有動。

芒妹坐在靠窗的一張木桌前，桌子的黑色油漆已有剝落。她望著窗子，其實她什麼也沒有望。她的目光投在遠處，那裏卻一無所有。那個年輕人，在她身後站著，讓人相信，他可能會一直就那樣站下去的。後來，他聽到了一句話。這句話是那樣的出在他的意料之中，竟沒有帶給他絲毫的驚喜。他幾乎是無動於衷地聽到這句話的。

「你準備娶我吧。」芒妹說。她繼續望著那扇窗戶。

過了好一陣，年輕人才開始挪動了一下，站得有些麻木的雙腳。他慢慢走到屋門口，像一個不堪重負的老人一樣，坐在了低矮的門檻上。等他走出院門的時候，他發現街上竟站著很多人。

他們看著他，面無表情。他在門口稍作遲疑，仍舊保持住了起初剛剛走進村子裏時的從容。他抬起頭來，向人們走去。他就要跟他遇到的第一個人打招呼啦，可是很顯然他又臨時改變了主意。他默默地往前走，絕無旁顧，一直出了村子。

從此，村裏人每天都會看到，那青年從村外慢慢走過來，然後不聲不響地走進芒妹的家裏，而且也總是在午後時分。

村子裏，一派寂靜，使人備感困倦。很少有人站到街上去。那青年幾乎在這個時辰碰不到一個人。在人們發澀的眼裏，午後陽光下的街道，飄飄忽忽的，連同走在上面的青年，構成了一種夢中的情景。

206

青年再次走進芒妹的家裏。他看到芒妹仍舊坐在老地方，仍舊背對著他，好像在他離開之後，她根本沒有動一動。青年停在了門口。他的下半截身子，還被太陽照著。他沒有像過去一樣，走到芒妹的身後，他在門檻上坐了下來。

「芒妹。」他說。他有些結結巴巴的。「芒妹。」他叫了幾聲，都沒有說出下面的話。芒妹的樣子，讓他感到說話很吃力，也讓他感到陣陣畏縮。他不知道自己怎麼會變成這個樣子。他的信心，總是在見到芒妹的時候，不可抵擋地潰散下來。有很多次，他站在芒妹的背後，一心想著把手放在芒妹的肩上，可是不要說放在那兒，就是輕輕碰她一下他都不敢。現在，他連越過門檻向她再走一步的勇氣，都不復存在啦，而且他囁嚅了半天，也只是叫出了芒妹的名字。

他一坐下來，太陽就照到了他身體的全部。太陽只是稍微西移了一些，仍然像是當頭照著。牆根底下，幾乎沒有陰影。他從自己家裏出來，已經走了一大段路啦。他身上很熱。他的這種畏縮的樣子，讓他自己都隱隱感到惱怒。他身上更熱啦。太陽的光線，就像一根根細小的銀針，在朝地上灑落的時候，相互碰撞著，嘈嘈有聲。他聞到自己胸前的汗味，可是他的背後，卻在散發出絲絲縷縷的焦糊的氣息。他心底的惱怒，越來越明確啦。他直一直身子。

「芒妹，」他說，「等一等吧。」

芒妹不吭聲。她就像已經長在了那張木桌上。

青年心想，芒妹可能沒有聽懂他的話。他停頓了一下，又接著說，「過去七月，見了村裏人也好說話。就過去這個月，不然——」他又停下啦。他覺得實在沒有必要向芒妹解釋。他扭過頭去，看著院子。那棵樹的蔭影，斑斑駁駁的，像一張破爛的魚網，因為樹上只有一些禿枝，陽光可以很順暢地穿過樹枝間的縫隙，投到地上。青年不再說話啦。他出神地望著那片樹蔭，不知不覺地，樹蔭不見啦。天色灰暗了下來。他站起身。「我走啦。」他說。他向門外邁出了步子。可是，他忽然聽到了芒妹的聲音。他起初還有些不敢相信呢，但芒妹的確是在叫他。

「你明天就娶我吧。」芒妹清晰地說道。

青年驚愕萬分。他微微地張開了嘴。「芒妹。」他小聲說。

「你不想娶就算啦。」芒妹向他轉過臉來，但沒有看他。「那你走吧。」她堅決地說。

「村裏人是會——」青年想說什麼，可是芒妹馬上打斷了他。

「你怕村裏人會說三道四嗎？」芒妹盯著他。她的眼睛裏，黑幽幽的。她盯著他。「你還是不是姓袁的？」她繼續盯他。

他終於有些受不住啦。「也好。」他說，他從門外收回步子。「家裏的房子已經拾掇妥啦。」

「我不想離開核桃園。」芒妹說。她望著窗外。透過窗欞，她看見了那棵榆樹。在灰暗中，樹的影子，也是灰暗的。「我要守著這棵樹。」她說。

青年還沒有拿定主意。他感到很為難。「芒妹，」他說，「咱再商量商量，我家裏有的是住的地——」

「別說啦！」芒妹幾乎是嚷道。當她看到青年驚異的臉色時，她又讓自己緩和下來。「你走吧。」她聲音冷靜地慢慢說著，背過身去。

青年沒有動。「我依你。」他說。他的心裏，已經開始覺出喜悅啦，但他並沒有讓它有一絲一毫流露到臉上。「可是，明天也太急啦。」他說。他從容多啦。「你想想，還要登記。」他說，「我們明天去塔鎮登記吧。」芒妹沒有說什麼，他也便以為她已認同了他的話。停了一陣，他覺得已沒有必要在這裏站下去啦，就再次把腿邁出去。「我明天一早來。」他口裏說著，幾步就走到院子裏啦。他覺得渾身輕快無比，彷彿有一雙手，架在了他的臂下，正托舉著他。他走到院門那兒啦，可是他又聽到了芒妹的聲音。他停住了腳步，朝窗口張望了一眼，便轉過身去。他重新來到屋門口，芒妹沉在幽暗中。他聽到了幽暗裏的聲音，止不住猛地一抖，雙膝一軟，差點跪在了地上。但是他重又站直啦。他喘息著，四肢僵硬地走了進去。

207

這天夜裏，古老的核桃園村，失去了她最為優秀的淑女。對很多人來說，這都是一個耿耿難眠的夜晚。第二天一早，他們佇立街頭，眼裏佈滿血絲，肅穆地等待那棵老榆樹下的院門開啓。

208

天色漸漸明亮起來。他們看到一個青年，出現在院子裏。他站在那裏，好像對周圍的一切毫無覺察。後來，一個女人從屋裏走了出來。女人逕直走出了院門。她顯然沒有看他。她的臉色蒼白，發出一種幽光，跟天上的光線截然不同。它讓每一個能夠看出這種幽光的人的心，都不由得顫慄起來。女人向村長家走去。過了好大一陣，那青年才離開院子，走出村莊。他再次回到核桃園的時候，已是陽光燦爛的正午時分啦。村裏人，整整一個上午，都沒有出工。他們丟下地裏的活兒，站在街上。他們沒有說話，村子是寂靜的。他們彷彿正在全神貫注地聆聽著寂靜的聲音。

女人和那青年，走在了一起。他們手裏捏著各自村裏開出的介紹信。村裏人目送他們，一前一後地走向了通往塔鎮的道路。女人走在前面，她最先走到了村外的田野裏。人們看到那青年稍停了一下，就加快了腳步。他們走得更遠啦，村裏人就只能看到，被強烈的陽光照耀著的大片綠野。在天際，原野變成灰濛濛的，迷幻而不可知。

傍晚，他們又回到了村裏。回到了那個對很多人來說，還很生疏的院落。可是一直到半個月後，那青年才第一次慵慵地走出屋門。雖然人們並沒有走近他，但人們斷定，他的身體已經很虛弱啦。他在院子裏站了一會兒，就順勢蹲在了地上。

209

女人每天都要出門。她在田裏勞動。人們似乎並不想走到她的身旁跟她說話。很顯然，她的眼中，也幾乎沒有看到任何人。即使她有可能走在人群中，人們也會覺得她是遠在天外，甚至更為遙遠。她孤獨地來，孤獨地去。村裏人的沉默，持續到很久。如果不是莊老八的妻子，這沉默說不定就會永遠持續下去。多年以來，八嬸的小賣部，在每天的幾個固定的時間裏，一直是村裏人聚會的場所。晚飯後，一些人習慣地走到那裏。現在，莊老八經常要幫妻子賣貨，無疑使她有了很多空閑。她站在人群裏，訴說著她今天剛剛遇到的一件事。上午，她在菜園裏摘辣椒的時候，看見芒妹從路上走過。當時，她還以為芒妹是不會理她的，可是芒妹突然掉轉了頭，對她凝望了起來。在那一刻，她的心裏難過極啦，卻什麼也說不出口。芒妹久久地凝望著她，又突然直直地向她走過來，走得飛快，像是在跑。辣椒棵在她腳下啪啪響。她來到八嬸的面前，停住啦。八嬸還以為她就要哭啦，可是沒想到她只說了一句話。

「我嫁給了袁廣田。」芒妹吃力地說。

「閨女一扭頭就走啦。」八嬸說，「她踩倒了一大溜辣椒棵，當時我真該把閨女抱住，可我硬是在那裏傻愣著。」

「咱可不能再這樣對她的事不管不問啦。」人們說，「芒妹可是個好閨女。」

有人卻感到為難。「那個姓袁的，一天到晚不離家。」他說，「沒人能到老大的院子裏去。山羊家的在院子外面叫他，他都不理。」

八嬸嘆息著。她看了一眼櫃檯後面的丈夫。她又嘆息了一聲。丈夫在土坯壘成的櫃檯後面，低著頭，竟像無動於衷。她有些生氣啦。「老八！」她大聲說，「你是個死鬼啊，酒瓶子都快倒啦，你都不扶一扶。酒瓶子掉下來，我盼著它不歪不斜，正砸在你頭上。你早死好啦。我這輩子跟你過得黑夠白夠！你儘管去死好啦。我為你守一輩子寡。你還有什麼好怕的？你總不死，總不死。」

人們驚異地看著她，又把目光移到她的丈夫身上。那丈夫慢騰騰地站起來，默不作聲地將貨架上的酒瓶往裏面推了推。他重新坐在了那裏。

「我們有什麼辦法？」過了一會兒，人們才開口，「豆村長聽根兒爺說，芒妹姑娘是孝順，人都知道的，老大是有把她許給袁廣田的意思。」

「誰說的？」莊老八忽然抬頭問了一句，可他像並不期望別人回答他似的，又把頭低下去。他的聲音，顯得那樣突兀，使人不由得噤了口。他們都在看他。

小賣部裏很靜。人們像是忘了是在看莊老八。他們呼吸著。空氣流動的聲音，都聽得到啦。他們是會這樣呼吸下去的。可是，八嬸站了起來。「我很想哭。」她說。她打開了櫃檯的門，走進去，消失在一個通往後院的門洞裏啦。門洞上，掛有一塊花布簾子。人們的目光，全都匯聚到了那兒。八嬸沒有再出來。

「我要是那天夜裏不跟姓袁的賭氣就好啦。」莊老八低聲說。

人們轉向他。「老八，你到底喝了多少酒？有人說，光老白乾你就喝了三瓶。」

「三瓶？」莊老八說，「沒那麼多。有一瓶是半斤的，我在窗臺上放了快一年啦。」

「老八，我不相信，依你的酒量，三瓶酒是灌不倒你的。你怎麼會走不到作坊去？」

「我躺在黑蛋大小兒家屋後啦。」莊老八說，「你知道那裏有一堆柴，我一躺就睡過去啦。柴堆裏很舒服。我是想過，就讓那王八犢子，到這裏來找我好啦。可是那王八犢子沒影兒啦。黑蛋大小兒，叫醒我的時候，我還以為是他，剛想『呸』，黑蛋大小兒就告訴我，出事啦。我再見到那王八犢子不比你們早。」

人們都在期望看到他的痛悔疾首的樣子。但是，他們失望啦。莊老八臉上，什麼表情也沒有。他木木地垂著頭，就像小賣部裏只有他一個人似的。人們聽到八嬸在後院裏走來走去的腳步聲。他們猜不出她在幹什麼。後來，他們聽到她在大聲訓斥著。她在摔一件東西。不像是在摔碗，倒像是把一根棍子打在誰的身上。村裏人都知道，她是一位很厲害的母親。她的兩個兒子，已經成年，但都像小孩子一樣怕她。她的兩個兒媳婦也怕她。有人親眼看見過，她揪著一位兒媳婦的耳朵，疼得那兒媳呲牙咧嘴，卻一聲不敢吭。人們聽了一陣，後院裏就重歸沉寂。

210

芒妹照舊每天出門幹活。可是，她忽然發現，自己的身後，總是跟著村子裏的一些女人。她們遠遠地走在她的後面，好像是在專門觀看她的勞動一樣。在這些女人裏，既有她以前非常尊重的長輩，也有過去跟她要好的同齡女伴。她們顯然看出，她並不喜歡她們走上去跟她說話。很多時候，她就要收工啦，而她們的筐子裏還是空的，或者一塊地鋤不了一壟半壟的。芒妹開始想辦法避開她們啦。核桃園村人口多，每人只能分到一畝多地，可是她家的三畝二分地，卻分布在村子周圍的五六個地方。

211

這一天，她本來是要去給她家的棉花打杈的。等她走到地裏，她忽然改變了主意。她轉身走開啦，而且步子很快。那些已經站到自家田裏的女人，也不好馬上跟上去，就裝著正在專心幹活。可是，她們一轉眼，就看不見她啦。她們只看見一塊棉花地的後面，有一個人的腦袋，在朝前移動。她們的土地，是如此的肥沃。棉花差不多長成了一棵棵茂密的樹。個子矮小一些的女人，走進棉花地裏，經常會不見個人影。她們從地裏走出來。可是她們沒有發現芒妹。

她們四處張望著。眼前的棉花，擋住了她們的視線。她們就往高處走。她們走到了每一處玉米地、芝麻地、蓖麻地後面，但哪裏都沒能看見芒妹的影子。她們已經不想再回到自己家的田裏啦，就開始四處搜尋起來。

核桃園最遠的一塊地，緊靠著萊河的堤岸。女人們知道，芒妹在那裏種了一小片穀子。可是沒有人相信，這麼短的時間裏，她會走到那裏去。因為，即使就近穿過田野，也得有三四里路程。中間還隔著別村的幾塊地。她們遠遠地相互看著，終於不約而同地向那裏走去啦。

金元忽然從一塊玉米地的拐角處出現啦。他依舊穿著黑色的棉衣，就像剛剛從嚴寒的冬天走出來。女人沒心理他。可是，等她們也走到了那個拐角，她們一眼就看見芒妹正一個人坐在芋頭地裏。

芒妹沒有轉臉看她們。她的手裏，抓著一把碧綠的芋頭葉，像在傾聽葉片的語言似的。女人們停下啦。過了一會兒，她們就悄悄躲到了玉米地後面。她們也在傾聽。玉米葉子，倒是在發出輕微的聲息。芋頭地裏，卻一直是寂靜的。她們的目光，從玉米地移開。於是，她們就開始背對玉米地啦。金元在朝遠處走。她們恍然大悟，離開玉米地，追了上去。

「金元，」女人們急切地問道，「芒妹對你說什麼啦？」

金元沉默不語，使她們感到擔心，因為她們知道，只要金元不想說話，那麼，誰也別想從他口中問出什麼。金元要是想說，你就是用手把他的嘴給堵上，也是沒用的。

女人們不想放他走。她們圍住了他。「芒妹對你說『我嫁給了袁廣田』了吧。」她們問他，急切地捕捉著，哪怕是金元臉上的一絲一毫的表情。「芒妹就是這麼給八孀說的。她可能對自己說過一千遍啦。」

金元神情默然。他在看哪裏有縫隙可以讓他走出去。

「你點一下頭，就是芒妹給你說啦。」女人們分明在懇求他，「芒妹要總是這樣對自己說下去，就會不行的。」

金元向一位姑娘走去，那姑娘突然蹲到了地上，捂住了臉，全身抖動著。金元繞過了她。可是，她又突然站了起來，彎腰從地上抓了一把土，狠狠地撒到了金元身上。

「你不是人！」那姑娘滿面通紅地叫道，「你又聾又瞎，你是個可恨的啞巴，是個遭人嫌的瘸子！」她叫著，氣洶洶地跑開啦。她跑起來，像個男人。雙腿叉得很開。但是，她的胳膊，卻緊緊地抱在一起，這使她很容易就能被地上的莊稼絆倒。她沒有倒。她撲進了棉花地裏。棉花晃動著。女人們看不見她啦。原來她是一位個子小巧的姑娘。棉花又不動啦。

212

芒妹開始回村的時候，很多女人還在田野裏停留著。她們一無所獲。已經收工的男人，發現妻子不在家，就站到街上等候。他們看見芒妹從野外走了進來。她這一次沒有往自己家裏走。她來到了一個關閉了多日的院落前。看樣子，她也是忽然意識到自己竟走到那裏的。她遲疑了一陣，似乎在考慮是不是要走開。但她沒有走。她推開院門，進去啦。

院子裏，落滿了塵土，和被風吹來的細碎的柴草。芒妹想不到，僅僅過去一個多月時間，這個院子竟會敗落得如此厲害。跟別的院子相比，這裏幾乎可以算作荒郊野外。院子裏沒有一棵樹，光禿禿的。圍牆被雨水沖刷的痕跡，分外顯眼。牆根下，也沒有一棵草。可是，在那座低矮的屋頂上，青草蓬勃，讓人想到，它們實際上是生長在一座高大的墳堆上。在這個墳堆裏，埋葬著一位處事不驚、品德高尚的父親。雖然他總像是與世隔絕地生活著，但沒有一個人能像他一樣，深入到生活的核心中去。芒妹像他的兒子一樣，對他滿懷敬意。芒妹還能感覺到，那位父親正無言地端坐在屋子裏。她不想打斷他的沉思。芒妹相信，這座房屋，早在多少年前，就是他的墳墓啦。不論他現在已走到了哪裏，他仍然沒有走出這座墓穴。芒妹面對著它。淚水，在眼裏打轉。她一扭頭，就看見了緊挨這座屋子的小廚房。廚房比正屋低小許多。可是屋頂上的草，似乎長得更為茂盛。它們因支撐不住自己過高的軀幹，而匍匐了下來，垂到了屋檐底下。廚房也像一座小些的墳墓，在正屋的旁邊，彷彿埋葬的是一位兒子。芒妹覺得自己倏忽間走了進去。她在裏面，感到了讓她舒適安寧的黑暗和土的溫暖。

芒妹離開莊道潛家荒涼的院子時，天色幾乎黑透。在很多黑黢黢的牆角和屋後，都有一些村裏人在默默地注視她，但她毫無覺察。她來到自己家的院門前。她的丈夫，正在朝院外張望，猛然發現她，便急忙走到屋裏去啦。芒妹卻沒有馬上開門。她在門外，停留了一陣。一轉身，又走開啦。可是，她還沒有走出幾步，很多人都已斷定她要去核桃林啦。果然，她沿街出了村，就閃進了在高遠的夜空下像一座黑色城堡似的林子。

芒妹是什麼時候走出核桃林的，沒有誰能說得清楚。整整一夜，人們都在傾聽核桃林的聲音。可是核桃林靜靜的，他們的耳朵都直啦。半夜時分，倒是聽到了遠處充沛的河水，在幽深的河道裏，所發出的喧嘩聲。這是一個無風的夜晚。夜晚結束後，又是一個晴朗的日子。陽光嘩嘩啦啦地響，彷彿透明的玻璃。

人們忽然記起，在芒妹剛剛長成一位大姑娘的時候，她會向每個人冷不防提出一個問題。「我娘得的什麼病？」她認真地等待人們的回答。大多數人都會感到一陣惶悚，但仍會有一些老練的長輩告訴她，

「你娘的病很急。芒妹，你當時還很小。」那一年，人們不由得對她有了防備。她是一個聰明的女孩子，也便不再隨便去問他們啦。可是有一天，她在從地裏回家的路上，看見了金元，就故意落在了女伴後面。

金元同樣沒有回答她。

芒妹笑啦。「我知道。」她說，她笑出了聲。「我娘是暴病身亡。」

後來，人們就再沒有聽她問過此事。

213

那棵由芒妹的祖父，在盛怒之下，親手栽種的老榆樹，早在許多年前，就已快枯死啦。可是村裏人誰也沒有想到，冬天剛剛過去，甚至連一直早發的柳樹，還沒有萌芽的跡象，麥田裏的薺菜，剛剛抽出星星似的一點綠苔，老榆樹就陡然發出了滿樹的新枝。榆錢子簇簇。整個樹冠，就像是用榆錢子堆出來的。很多人經常會走到院子附近觀望。他們當然還會看到芒妹的丈夫在院子裏走動的身影。他好像忙碌了起來，不是一次次地掃地，就是提水往後院裏澆灌那畦已安全越冬的蒜苗。有人曾從院外叫他，但他理都不理。他精心地伺弄著那些蒜苗，使它們長得整整齊齊，幾乎一樣高，幾乎每一株，都擁有同樣多的葉片。

可是，村裏人從去年的初冬就沒有看到芒妹，好像她已經永遠地消失啦。人們對這個院子裏獨特生活的猜測，持續到了冬天悄然而去。在這期間，沒人能夠敲開她家緊閉的院門。芒妹婆家的人，來過一次。別人斷定，他是芒妹的公公。

這個看上去只有五十多歲的男人，神情畏縮，一進村就向村裏人打問芒妹的家。別人指給了他，可他走到了那裏，好像仍舊遲疑不定，從院牆上，朝裏張望了半天。他還下意識地抻了抻自己的衣袖。很顯然，他身上的外衣，是為探親才換上的。下擺像一張展開的荷葉，裏面鼓鼓囊囊的棉衣，使他的上身很像場院裏的碌碡。他終於伸出了手，輕輕地拍了一下院門。院子裏沒有動靜。他不由得轉一轉頭，朝街上看著。沒有人給他肯定的表示。他再次試了一下。過了一陣，屋門悄然開啦。

芒妹的丈夫，出現在門裏。他看到了父親飽經風霜的臉。

「滾！」他馬上低低地吼了一聲。

那位自卑的父親，不由得從院門前退後了一步。他的嘴微微地張開，參差的髫鬚，也跟著張開啦。總是有些茫然的眼睛，這時候就像塞滿了不透明的泥土。

他的兒子，無法掩飾住自己極端厭惡的目光。「滾！」吼聲雖然並不比頭一次大，在他自己聽來，卻如一堵高牆的傾頹。

那位父親，無聲地離開啦。

榆錢子，一團一團地飄落下來。芒妹的丈夫，不停地在院子裏清掃著。

村子裏響起了一陣貨郎鼓的聲音。

近年來這種聲音是很少見的。芒妹的丈夫，在起初聽到的時候，根本沒有在意。

「嘣，嘣嘣。」他抬起頭來。榆錢子落在了他的肩上。榆錢子「嘩嘩」的落。他握著掃帚，站著。榆錢子落了他一身。貨郎鼓的聲音，漸漸近啦。他放倒掃帚，向院門走去。可是，院門開得那樣突然，就像他根本沒拉門栓似的。外面的風，一下子撲進來。他頂著一頭的榆錢子，走到一個推自行車的貨郎跟前。

「你有撥浪鼓沒有？」他的聲音沙啞。他清了一下嗓子。

那貨郎一驚，怔怔地看著他奇怪的樣子。他改變了一下自己的姿勢，身上的榆錢子，就紛紛地往地上落。貨郎又看著自己手中的鼓。

「我要的是小孩玩兒的那種。」芒妹的丈夫，清晰地說，「你看你的幹什麼？」貨郎把自行車插起來，從貨匣裏，拿出了他想要的一隻童搖。「是不是這樣的？」童搖發出清脆的聲音。

芒妹的丈夫，接在手裏。他看了看，挺了挺身子。那貨郎在他面前似乎有些膽怯，已經不敢像剛才那樣直視他啦。他又看貨郎，發現貨郎是一個老男人。「我就買這種。」他說，「我小時候，一直想有一隻撥浪鼓，可我沒錢買。」

貨郎討好似的看著他。

「你等著，我給你拿錢去。」他說著，就轉身走回院子。他很快又出來啦，把錢交給貨郎。他又轉身往院子走，卻又忽然停下來，回頭對貨郎說，「你想不想喝水？」他覺得貨郎很老。貨郎怯生生地望著他。他對這樣的神情，可以說是非常熟悉的。

貨郎反射性地搖了搖頭。

芒妹的丈夫，這才走回院子。人們全都以為他會隨手把院門關上。但是，他沒有關。院門開著，一隻開到第二天的早上。他再次走出來，只那麼一站，就回去啦。人們看見他幾乎在院子裏清掃了一個上午。

榆錢子源源不斷地飄落著。天氣暖洋洋的。

214

中午時分，每一個關注這個院子裏的生活的人，都睜大了驚奇的眼睛。芒妹的丈夫，從屋裏抱出一個白白胖胖的嬰兒，走到了大街上。嬰兒的手裏，緊握著一隻小撥浪鼓。嬰兒握得很緊。芒妹的丈夫，抱著嬰兒。人們發現，他臉上的鬍子，已經在今天剃得很短啦。

女人們首先朝他走過去。

「是一個兒子。」他含笑對她們說。

她們滿眼疼愛地看著嬰兒。「啊呀，兒子。」她們說。「廣田，你好福氣。」可是她們並不想把嬰兒從他懷裏抱過來似的。她們只是看著。「啊呀，兒子。芒妹好麼？」

「很好。」

女人們一起湧向院子。芒妹的丈夫，繼續停留在街上。那些一直跟他保持著一定距離的男人，也向他走來啦。幾乎全村的人都出現在了街頭。天氣非常暖和，老人們脫下了身上的棉衣，哈哈地笑著。

215

晚上，芒妹的丈夫，坐在屋裏。他在看那棵樹的影子。門沒有關，吹面不寒的微風，暢通無阻地經過門洞，充滿了屋裏的空間。

「芒妹，」他說，「我要蓋一座村裏最好的房子，最高，最大，地基要伸到老榆樹那兒。榆木很結實，我要用它做門框窗戶。」

芒妹側身躺在床上。被子只蓋到她的腰部。嬰兒躺在床的裏面。她的身子，擋住了他。從她的懷裏，傳出嬰兒吃奶的聲音。

「你要蓋就蓋在作坊那裏。」芒妹說，她拔出了乳頭。嬰兒短短地哭了一聲。「可是你別想刨掉榆樹。」

「芒妹。」丈夫叫她。聲音不高。她沒有動靜。他就不再說話啦，繼續看著那棵樹的影子。

芒妹又開始給嬰兒餵奶。嬰兒嘴裏嗚嗚不止。

丈夫回過了頭。「芒妹，」他說，「我快閑了一年啦。再不幹活兒，我得完。」

芒妹不搭腔。她背對著他。她的脊背，比往年厚實多啦。

「我是一個男人，我不能總讓你養著。」丈夫說，「我想也搞個作坊，你不反對吧。」

芒妹再次從嬰兒嘴裏抽出乳頭。

「你搞吧。」芒妹狠狠地說，「你想搞就搞吧。我會把大大掙的錢全燒光的。你要是敢說我燒錢你不心疼，袁廣田，我就叫你大！」

丈夫訥訥地說：「芒妹，你怎麼能——看你說的，看你說的。」

芒妹紋絲不動。

丈夫朝院裏的那棵樹影看著。其實，他已經什麼也看不見啦。院子裏漆黑一團，連地上落下榆錢子，也看不見。但是即使在夜裏，榆錢子也在靜靜地飄落。它們通過枝頭到地上之間的空氣，無聲無息。芒妹的丈夫，看不見它們。他忽然站了起來，走到門口，解開了褲子，退下裏面的褲衩，衝著門外的夜色，撒起尿來啦。他知道自己把尿撒到了滿地的榆錢子上。他撒了好大一陣。撒完啦，他就把門關上。但他沒有提上褲衩，也沒把褲門拉上。他叉著兩腿，走到床前。他的心，跳得嘭嘭響。體內的每一條血管，都脹鼓鼓的。他在床前站著，看到芒妹的身上猛地一抖。他還沒有伸手，芒妹就仰面躺下啦。芒妹緊閉著眼。她的嘴唇，抽搐不止。

被子從她身上，滑落下來。她全身都在哆嗦。丈夫的褲子，也滑落啦。他的燃燒的目光，往下一瞥。他感到了那裏的力量。他伏到了她的身上。他用手把嬰兒撥到一邊。嬰兒就像一灘泥，一動不動。芒妹猛烈地搐動著。

「袁廣田！」她突然叫了一聲。

可是，丈夫卻看到她的牙關仍舊在緊緊咬著。那聲音，就像是透過她的牙齒，發出來的。

「這是我大大的床！」

「別吱聲！」

「是我大大的床！」

「別吱聲！」

丈夫壓著她。從自己粗粗的喘息中，他聽到了狂風暴雨的聲音。

「袁廣田是我的丈夫！」

「別吱聲！」丈夫的下腭垂著，語音含糊不清。「你總這樣說。」

「我嫁給了你！你這個，你這個——」

丈夫的兇猛不減。他的眼神迷亂。他漸漸不知道芒妹嘴裏在叫些什麼啦。可是，他驀然清楚地看到芒妹睜開了眼。她直直地望著他。眼珠黑幽幽的，深不可測。他感到一陣暈眩，就像站在了陡峭的懸崖上。他再也站不穩啦。一個倒栽蔥，全身變成了一股灼熱的岩漿，飛速地向深淵裏墜去啦。

216

半夜裏，丈夫醒來啦。他是讓嬰兒的哭聲吵醒的。屋裏的燈還亮著。他看見芒妹仰面朝上，姿勢一點沒有改變。他從床上欠了欠身子，想提醒芒妹注意嬰兒的哭聲。可是嬰兒卻又安靜啦。他下了床，熄滅燈火，又趁黑爬到床上，再次沉沉睡去。雞叫的時候，他睜開眼，想看一看芒妹是否還在睡著，但是屋裏一片灰暗，芒妹就像躺在離他很遠的地方。他看不清她，卻知道她還在保持著起初的睡姿。這座土屋的窗戶很小，即使在白天，也不易透進充足的光線。他轉動了一下頭，打量著窗戶。窗戶上灰濛濛的，散發著像是只有朝露才能發出的一線微光。他輕輕地爬起來，沒有弄出一點動靜，就穿好了衣服，開門出去啦。院子裏顯得亮一些，地上落滿了榆錢子。他從地上看到了一片水漬，心裏明白是怎麼回事。濺上水漬的榆錢子，呈現著一種微黑的顏色。他從水漬上邁過去，又輕輕開了院門。他站到院門外，向著空無一人的街道，打了一個長長的哈欠。接著，他就走到村外去啦。

這一天，他沒有回來。

217

次日的午後，人們發現，他從野外走來的步伐，已經完全恢復了當初的堅定。可出人意料的是，當他走到核桃林旁邊時，他並沒有繼續向前走，而是轉身踅進了樹林。沒人相信他在林中作了停留。他進樹林，只是為了抄近路而已。不長時間過後，他出現在了樹林的另一端。

核桃園大作坊的廢墟，兀立在他的眼前。時光已經沖淡了焚燒的痕跡。黑灰，混入土中，幾乎無跡可尋啦。能夠看出，青草將在已經來臨的春天裏獲得蓬勃的長勢。它們從廢墟的縫隙裏，探出了油綠的新芽，彷彿只要聽到一聲令下，就會像箭一樣，射到空中去。

就眼前的景象來說，你無法斷定，這座廢墟是怎麼留下的。它的殘垣斷壁，倒更像是一場地震的產物。那位青年，從容不迫地走到廢墟上面。他屈起一條腿，一隻手按在膝蓋上，微微地揚起臉孔，把目光投向遠處。

他看到一條路，與另一條從核桃林後面通過來的路，交會在一起，又向前延伸過去，將一直通到一個名叫黃臺子的小村莊。走過黃臺子，翻過一座小水庫，就到了他自己的村莊袁寨。那裏有他衰老的父母，和一位對他言聽計從的小妹。他們軟弱無能，一直像怕暴君似的害怕他。這使他每當想起這個來，都會感到不可言狀的惱怒，而且漸漸造就了他時常會有的冷酷的心情。

幾年前，他來核桃園做工的大部分原因，也許就是為了要遠離他們。可他走得並不遠。站在廢墟上，側耳傾聽，幾乎還能聽得到，他村子裏的雞鳴犬吠。

在他的視野裏，卻只是田野連著田野。沒有什麼，能夠阻擋他的視線。但他仍然看不到他的村莊。他的目光，消失在茫茫的天際，似乎他的村莊並不存在。

青年的眼裏，欲火炎炎，像是燒毀大作坊的烈火，重新燃了起來，向整個原野蔓延開啦。原野就快燒焦啦，一眨眼的工夫，他就只看到滿世界的火焰。他堅定地遠眺著。自己的眼眶，都在開始隱隱作痛啦。

青年費勁地熄滅了眼中的火焰，才慢慢從廢墟上走下來。他家的院門，在這兩天裏，一直開著。他走了進去，隨手關上了院門。但是院門重又被他打開啦。他那麼不經意地從門內朝街上掃了一眼。

透過洞開的院門，人們看見他的背影移到了屋裏。人們看不到他啦。可是他在門後的那一瞥不經意的目光，似乎依然停留在街上，而且他的重又打開院門的情景，也給人留下了深刻的印象。

「我聽你的。」他乖順地坐在芒妹的跟前，慢慢對她說，「咱就在作坊那兒蓋房，蓋一個大房子，蓋在那裏也沒什麼——我們就蓋一座三層小樓好啦。」

218

兩個月之後，核桃園信貸所的看家大叔，憂心忡忡地跨進芒妹的家門。

芒妹的身體，早已復原。她懷抱著嬰兒，坐在屋門口的椅子上。嬰兒含著奶頭，一隻小手捏著她胸前的衣服。

看家大叔的身影，投到門內的地上。可是芒妹幾乎沒有什麼反應，好像不管出現了什麼事，都是早在她的意料之中的。

「閨女，」看家大叔開口說，「你得聽我一句話，不能再讓廣田從信貸所提錢啦。這才一個多月，他就提了十五萬。你在家裏看不見，他每天都在跟建築隊的工頭王寶開，海吃海喝。你大大就是留下一座金山，也不夠他這樣糟騰的。他現在是連地邊兒也不站一站啦。你家的地荒成那個樣兒，也沒見他拔棵草，去年種的蒜也都爛在了地裏，他卻整天不是逛塔鎮，就是逛縣城。」他停下來，以為芒妹就要說話啦，可是芒妹卻只是直了一下身子，靜靜地呼了一口長氣。過了一會兒，他又說，「閨女，按說你們是一家人，你大大掙的錢，怎麼花我管不著。可是，我想為你作回主。廣田打算把信貸所的錢全提出去，直接存到塔鎮，我不同意。戶頭是你的大大，改成你的天經地義，改成別人的，我先說下，不成！」

芒妹看著信貸員大叔走掉啦。她忽然莫名其妙地一笑。嬰兒睜著黑豆似的眼睛，沉默地看她。她伸出手，在他的小臉蛋上捏了一把，又馬上把他緊抱在了懷裏。嬰兒還沒來得及哭，就被她哄安靜啦。

這時候，一陣摩托車的聲音，傳了過來。她聽到街上的人聲，很快就變得嘈雜啦。她斷定，人們是讓摩托車給吸引過去的。摩托車來來回回地在街上開著，呼的一聲，呼的一聲。芒妹沒有走出屋子看看，微笑又出現在了她的臉上。

丈夫推著摩托車，走進了院子。他的額頭上，汗津津的。芒妹靜悄悄地看著他把車子支在院子裏的地上。他有意躲避著芒妹的視線，雖然他明知芒妹實際上對他是漠不關心的。他離開車子，提著頭盔，走到屋門口。

「芒妹。」他低著頭，囁嚅著叫她。看上去，他就像一位心懷歉疚的孩子。他的臉色酡紅。身上帶著一股酒氣。「我買了一輛車。」他說，一邊撫弄著頭盔，「跟寶開經理的一樣。」

芒妹直視著他。其實，她的目光，在即將接觸到他的身體之前，就陡然中斷啦。她那個樣子朝丈夫的方向望了一陣，就站起身來。嬰兒被她挾在了臂下。她走向放在牆角的那只櫃子旁，一伸手。就把櫃子掀開啦。櫃子在不久前開過之後，就沒有再上鎖。

「你真好，芒妹。」丈夫說。

「給你！」芒妹把一張存款折舉到他的眼前。

「你真好。」他再次說。

「花吧。」存款折從芒妹手上飄落下來。

存款折，飄過他的手。他本來是可以接住的，但它仍然從他的手上飄過啦。「你真好。」存款折，好像一片輕飄飄的羽毛。他的目光，隨著它飄舞的軌跡，結束在乾燥的地面上。

「花吧。」這一回，芒妹的聲音，是很輕的，比羽毛輕多啦。那僅僅是一種虛無渺茫的氣聲。「花吧。」

丈夫屈膝低下身去。他把手伸到了存款折上面，但他並不馬上把它撿起來。頭盔抱在他的另一個臂彎裏。他往上翻著眼睛，露出很多眼白。他看著芒妹。他把自己的這種姿勢固定住啦。「你是天下最好的媳婦，我很感激你。」他說。

芒妹挾著嬰兒。丈夫暗暗想到，如果自己成了嬰兒，被她那樣挾著，是會哭的。可是，那嬰兒不但沒有哭，而且還顯出了很舒服的樣子。

「你想另立戶頭隨你好啦。」芒妹的目光，依舊中止在他的眼前。「我大大的錢，你想怎麼花就怎麼花。你在花錢的時候，別忘了告訴自己，你花的是我大大的錢。」

丈夫訕訕地咧嘴笑了笑。「怎麼能這麼說呢？怎麼能這麼說呢？嘿嘿。」

「你去告訴看家大叔吧，就說我說的，你可以另立戶頭。」芒妹把嬰兒抱端正啦。

丈夫撿起那張存款折，把他放在頭盔裏。他的臉上，露著鄭重其事的神色。

「錢是好東西。」他說，瞇縫著雙眼，「沒人不知道，錢是好東西。」芒妹抱著嬰兒，他也像抱著嬰兒。他們各自抱著嬰兒。丈夫的嬰兒，盛在嶄新鋥亮的頭盔裏。他要沒有那份鄭重的神色倒好。那份鄭重的神色，使他懷抱頭盔的樣子很怪。

「錢是好東西。」他再次感嘆道。他戀戀不捨地把頭盔連同那張存款折放到了桌子上，不知從哪裏拿出了一件女人衣服。

「你穿上試試。」他雙手撐開衣服，走到芒妹跟前。他又繞到她的背後。「我想給你買，寶開卻爭著掏錢。你沒見過他，他是一個很講義氣的人，早就想來看看你們娘兒倆。咱把房子交他來建，放心。」

丈夫把衣服搭到芒妹的背上。「很好看。」他讚賞著。

「你把袖子穿上。」他說。

芒妹沒有動，也沒說話。她把嬰兒抱得很端正。

丈夫又繞到她的前面。他離她很近。兩個人的臉，幾乎貼在了一起。他把氣呼到了她的額上。幾絲黑黝黝的留海，在輕微地拂動。他耐心地給她扣著紐扣。她的視線，變得更短啦，彷彿剛剛射出眼簾就已消失。

「很好看。」她聽見丈夫再次贊嘆道。「銀紅色的地子，淡金黃色的花紋。」

丈夫只能給她扣上三粒紐扣。因為她懷抱嬰兒，這三粒紐扣以下的衣襟，就很難拉到一起。她靜止不動，任他觀賞著。兩隻衣袖空蕩蕩的，使她很像一個無臂之人。衣服從她肩上張起來，又很像另有一個人在她的身上跳舞。她站在那裏。丈夫歪著頭，瞧她，怪認真的。他又往後退了退，瞧一瞧，點點頭。

「嗯，很好。」他說。「你可以走出去，讓村裏人看看。我敢說人人都會說好。」

芒妹的目光，像野草一樣長了出來，急速地充滿了他們之間的距離。

「我們用不著另立戶頭。」丈夫忽然改變了話題，他堅定地說，「用孩子姥爺的戶頭，跟用我們的戶頭，一個樣。我們就當他姥爺還活著。」

但是，他仍然止不住動搖起來。芒妹的目光，已經鋒利地穿透了他的軀體，撞在他身後的牆壁上，砰然有聲。他下意識地剛想扭過頭去，芒妹竟會噗嗤一笑，衣服上繫著的鈕扣，也隨之綳開啦。

219

時至今日，芒妹絲毫沒有想到過，自己會那麼快，變得一無所有。新房落成後，她隨袁廣田搬出老宅。雖然在她自己看來，此舉並非是向袁廣田妥協，但無疑助長了袁廣田要成為真正的一家之主的念頭。

幾乎是在他們剛剛搬進新居的當天，袁廣田以往在兩人之間做出的所有試探都已結束。他深信，即使自己把全部家產拱手送人，芒妹也不會皺一皺眉頭。

建房期間，他跟那位王寶開，結下了深厚的友誼。房子還沒封頂，他就自作主張，從信貸員看家大叔那裏，提出了老大生前積攢的所有的錢，加入了王寶開建築隊的股份。看家大叔，及村裏人，原是竭力反對的，但王寶開與塔鎮的人過從甚密，稍一打點，看家大叔就受到了來自塔鎮的威脅。想當信貸員的人，有的是。再加上芒妹一直沒有什麼反應，大家也就不再堅持。

220

芒妹在生下第二個兒子的時候，急遽地衰老啦。她很少走出房門。人們常常看見，她在樓上的窗子後面，靜悄悄地出現，臉上總是掛著一抹淡淡的笑容。整個人，已經變得枯瘦如柴。連續兩年，袁廣田從建築隊分到了豐厚的紅利。他頻繁地離開村子。

有一天，在回來的路上，把那輛摩托車騎到深溝裏，摔了個鼻青臉腫，車子也報廢啦。在以後的半個月裏，他閉門不出。可是，當他再次站到人們面前時，人們大大地驚異啦，因為在他的臉上，不但連一道淺淺的傷疤也沒有留下，而且臉色竟比過去白淨了許多，英俊異常。他走到哪裏，都會引起哪裏的女人們的陣陣慌亂。男人們暗懷著欽羨的心情，問他還買不買摩托啦。他一個勁兒地搖頭。

「不買啦，」他說，「絕對不買啦。不想活，騎摩托，這我知道。」

可是，幾乎是在他身體復原後第一次去過塔鎮之後，他就把一輛嶄新的摩托車，騎回了村子。摩托車，一路呼嘯，把很多小夥子都給驚動啦。他們緊緊追在他的後面，一直追到他的家門口。他停下車，哈哈笑著，邀請他們，走到他的院子裏去，但是即使最笨的小夥子，也能聽出，在他熱情的邀請背後，是一句讓人滾蛋的話。他打開鐵制的高大堅固的院門，把車子推了進去。

「立兒！」他嘴裏叫著。立兒，是他長子的名字。可是沒有人從房子裏跑出來迎接他。他並不是生氣。他打量著鋥亮的車子。「立兒！」他頭也不回地又叫。似乎根本就沒指望誰來迎接他。他一點都不生氣。可是，當他抬起頭來的時候，他的臉上，急速地掃過一層陰雲。「立兒！」他又叫了一聲。接著，他離開車子，走進屋裏。他躺在椅子上，面無表情地從門口朝外望。院裏的那輛車子，好像一匹小馬。他站了起來，走到樓上。

他的兒子，在玩一根柳木棍。他看見了上面有塊焦痕。他上前一把從兒子手裏奪下來，狠狠地朝窗外扔過去。木棍砸在了窗子上。玻璃，嘩啦一聲，碎啦，隨木棍散落在地。

「你知不知道這叫哭喪棍！」他訓斥著孩子，「老子還沒死，你給誰哭喪啊。老子買來的玩具夠多啦，你不玩，偏要擺弄那個。等我死啦，你再擺弄不遲。」

孩子兩手空空地望著他。既不驚慌，也不害怕，更沒有委屈。

袁廣田臉色，突然和緩啦。他彎下腰來，抱住孩子，在孩子背上拍了拍。「下樓去吧。」他說，「去玩摩托，那才是男人的玩意兒。」

孩子蹣跚著腳步，走到樓梯口。

「應該把那棵柳樹刨掉。」透過沒有玻璃的窗子，袁廣田朝院子裏看著，「我怎麼把那棵樹給忘了呢，就好像我是剛剛才看到它的。」

芒妹抱著她的嬰兒。她看到了院子裏的那棵傷殘的柳樹。那是一棵枯樹，枝頭還吊著一口沉重的大鍾。其實，她幾乎每天都是靠看這棵柳樹打發日子的。柳樹光禿禿的頂梢，與她的目光平齊。她根本不用仰起，或低下脖子。在這個整齊寬敞的院落裏，已經很難找到核桃園大作坊的影子。她也一直不清楚，袁廣田過去怎麼單單把那棵枯死的柳樹給遺忘啦。但她對袁廣田忽然記起它來，絲毫也不感到驚奇。

「它的樣子太難看啦。」袁廣田又說。「用它可以做很多哭喪棍。」

芒妹默默地收回視線，把嬰兒放在床的裏側。她彎著腰，並沒有馬上直起來。袁廣田看著她。她躺在床上啦。袁廣田慢慢走過去，坐在了床沿上。他向芒妹伸出了手。可是，他又停住啦。他轉頭看見兒子還站在樓梯口。他一看他，他才開始搖搖晃晃地往下走。

袁廣田出起神來。兒子已經在樓梯口消失啦，但他仍然朝那兒望著。「芒妹。」他很突兀地說，就像把自己也驚了一下。他定一定神，眼睛閃閃爍爍地瞅瞅四周。他的目光，落在床邊的桌子上。他伸出手去，從上面拿了一把木梳。那木梳黑紅色，看樣子很有些年歲啦。他記得芒妹總是用她來梳頭。他拿在了手裏，掂量了一陣，然後就越過芒妹的身子，把它遞給了嬰兒。嬰兒一把就攥過去，並飛快地放在了嘴上。袁廣田相信，自己的這個舉動，正在引起芒妹的注意。他又接著把木梳從嬰兒手裏拿了回來。木梳在他的手裏。他繼續掂量著。但已不像剛才那樣有些鄭重啦。他隨意地看著，就像看著自己經常隨身帶著的一件尋常的物品。在芒妹還沒有真正明白他的用意的時候，他就颼的一聲，從窗子裏，把它扔到了樓下。

他看著芒妹。「我有錢啦。」他說，「我退出了王寶開建築隊的股份，雖然不到一百萬，但要開個作坊還是足夠的。」

芒妹也看著他。他轉過頭去，又轉回來。他看著她。

「錢是我的。」他說，一點不臉紅，「我是從王寶開的手裏拿到的。」他做了一個簡單的遊戲。通過那個一目了然的遞傳過程，他很自然地把那把本來是他人的木梳，看作自己的啦。他感到心安理得。

芒妹終於意識到，他想對她表達什麼啦。她在微微的驚訝之後，又沉靜下來。

袁廣田從她身邊站起身。他回顧著房間。他莞爾一笑。他離開了床，向樓梯口走了幾步，可是他又返回身來。

「當然啦。」他說，一邊脫著衣服，一邊向她走，「我得對得起你。」

他一絲不掛地站在了床前。芒妹對他微微笑著。他不由自主地側了一下身，好像不想讓她看到他正面的樣子似的。他挨著芒妹坐下，伸手摸了一下她的臉。他莫名其妙地嘆息了一聲，就開始慢慢去解芒妹的上衣。芒妹的軀體，呈現在了他的眼前。他從頭到腳地掃了兩眼。他變得坦然啦，就朝她轉過身去。不過，他的目光，又猛地移到了裏面的嬰兒身上。他對嬰兒看了一會兒，就伸手把他給抱了起來。他赤著身子下了床，把嬰兒高高地舉到肩上，從樓梯口走下去啦。

221

第二天，袁廣田從村裏喚來了幾個小夥子，把那棵枯柳連根刨掉啦。

芒妹站在窗口，看著他們。袁廣田用一根棍子，敲擊著那口大鍾。大鐘發出沉悶的聲音。小夥子們忽然爭搶起來，誰都想擁有那根粗粗的樹幹。袁廣田扔掉棍子，給他們主持了一回公道。樹枝分成了幾堆。每人一堆，樹幹則要鋸成幾段再分。一個小夥子走出院子，到村裏拿來了一把大鋸。袁廣田興致勃勃地看著他們幾乎鋸了一上午。

院子裏，亮堂多啦。從樓上往外看，視線可以直達遙遠處的田野。袁廣田開始為他自己的作坊忙碌起來。核桃園村委會，給予他相當大的支持。一聽說他要辦作坊，沒有一個不感到興奮的。批下來的作坊用地，離他的家不遠。芒妹推開小樓的後窗，就可以清楚地看到。

很快，作坊就興建起來啦。十裏八鄉的人，至今念念不忘莊老大。一聽老大的女婿，重振核桃園大作坊的雄威，紛紛奔走相告。一傳十，十傳百。定貨的，賣原料的，作工的，也不管作坊生產不生產，要人不要人，競相往核桃園湧。袁廣田頭腦靈活。隨著生產規模的擴大，不光在許多村子裏開了不少分號，還在塔鎮設立了一家直銷店。相形之下，核桃園大作坊獨領風騷的日子，已經不復存在，實際上唯有一個空名。

222

芒妹的衰老，不可抵擋。她現在很少在家裏看到丈夫啦。像在做夢一樣，她忽然發現兩個孩子長到了上學的年齡。他們雙雙進了核桃園的小學。只要他們一離開，家裏就會只剩下她一人。人們期望她會走出家門。可是，她頂多是在送孩子出門上學的時候，在那扇大鐵門後面一閃。

有一次，八嬸瞅準機會，趕在她關門之前，飛跑過去，叫住了她。她遲疑了一陣，放八嬸進來啦。

「閨女。」八嬸看著她憔悴的面容，差點掉下淚來。可她止住啦，因為她斷定，芒妹並不讓她在院子裏多待一會兒。她急促地接著說，「閨女，聽八嬸的，你可不能由著孩子大大胡來。這份家業，是孩子姥爺掙來的。」

芒妹還在看著遠去的孩子。她說了一句令八嬸驚異不止的話。「我什麼也沒有。」她輕輕說。彷彿在說與自己無關的事。

「怎麼？」八嬸瞪大兩眼。她指指院子，「這不是你的嗎？還有，那些錢不是你的嗎？要不是你大大在先，那袁廣田也幹不成這個樣。」

芒妹無動於衷地從門縫裏往外看。八嬸肯定她什麼也沒有看到。而且八嬸還覺出，她在無聲地懇求自己這就離開。

「芒妹，」八嬸慌忙地說，「你得多長個心眼兒。孩子大也不是那種安分人。我上次去塔鎮，親眼見到店裏的三個女孩子，一個比一個俏。有一個女孩子，還坐在孩子他大的腿上。塔鎮上的人議論紛紛，但他們拿他沒辦法。他已在鎮政府有了勢力。」

「八嬸。」芒妹突然叫道，她看著她，卻又猛地低下頭。

八嬸說：「閨女——」

「八嬸。」她又叫了她一聲。八嬸清晰地看到了她眼裏的懇求的目光。八嬸什麼也來不及說似的，忙不迭地從門縫裏擠出去啦。

芒妹在門後站了一會兒，就猛地跑了起來。上了樓，她來到一扇窗子的後面，看到那好心的女人，正慢慢往村裏走。她停下啦，回頭望著芒妹家緊閉的院門。她又走了兩步，停在了一棵核桃樹旁邊，從低垂的樹枝上抓了一把葉子。她沒有再回頭望，把葉子撒到地上，就在核桃樹後面消失啦。芒妹在樓上，靜靜地看著那棵核桃樹，既而又去注目村莊。村子裏繚繞著一片淡淡的煙霧。她幾乎是頭一次發現，即使是在晴朗的日子裏，這些煙霧，也是不會散去的。越過一張張的屋頂和一個個綠幽幽的樹冠，她希望能夠看到她的老宅。但是，她失望啦。她根本說不準它的確切的位置。她在窗後一直看到兩眼發痠，才走開啦。她不知不覺地走下樓梯，凝視著院子的高牆。

孩子放學啦。他們沒想到母親，會等在院門的裏面。他們一走進來，母親就把他們給緊緊抱住啦。他們喘不過氣來，但一時還沒想到掙脫。母親大張著嘴，恍恍惚惚的。他們感到害怕極啦，心裏剛剛萌出掙脫的念頭，就幾乎昏厥在母親的懷裏。母親一下子把他們全抱起來。她的骨頭硌得他們生疼。母親抱著他們走上樓去，又把他們放到了樓梯口的地上。

「你叫什麼？」她指著其中的一個孩子問，一副非要他們回答不可的樣子。

孩子神情膽怯。「我，叫，叫袁立。」他結結巴巴地說。

「你！」她又指著另一個小的。

而他根本說不出話。她簡直氣極啦，一伸手，把他搡到一邊。他爬起來，就要往樓下逃命，不料腳下一絆，又摔倒在樓梯上。那位如癲如痴的母親見狀，輕輕呼叫一聲，就奔過去，把他重新抱在自己的懷裏。她又走上來，一把拉住她的大孩子的手，幾步走到窗前。

「看！」她興奮地說，「那是核桃林。」她轉動身子，讓孩子的臉對著窗外。「沒誰對你們說過吧，你姥爺和你姥姥就埋在那兒。」

孩子驚懼地點著頭。

「你們知道你姥爺是怎麼死的吧。」她又鄭重地問他們。他們先是點頭，忽然又發現點頭是不對的，便急忙更正啦，把頭搖了起來。「你姥爺是因我而死的。我惹你姥爺生了氣，是我害了你姥爺。我很不聽話，把他給逼死啦。你看著他很厲害，可他卻是一個少有的好人。他心裏想什麼，別人可跟不上趟兒。」她說，「我得罰自己，是不是？你們都來打我吧，打得越狠越好。」她抓起孩子的手就往自己臉上打。

孩子極力控制著自己細小的胳膊，但這幾乎是徒勞的。

那母親又停下啦。

袁廣田站到在樓梯口。她對他看了一陣，就把懷裏的孩子放在地上，又猛地把他們朝袁廣田一推。「去！你們的大來啦。」她說，「你們的大，可以告訴你們怎麼回事。」

兩個孩子停留在他們兩人之間。袁廣田的臉色，同樣難看。

「還是讓你來告訴咱們的兒子吧。」芒妹搖晃著腦袋，似笑非笑地說。

袁廣田沉默了一陣才低低地說了一句，「胡鬧。」他彎下身，撫慰著孩子。「跟我去玩。」他說，他牽起他們的小手，就要往樓下走。

「他大。」芒妹在他身後叫道。

他遲疑了一下，停住啦，又拍一拍孩子的頭，讓他們自己下去。

「過來。」芒妹微笑著，向他勾起了一根指頭。「你得陪陪我。」

孩子們下去啦。袁廣田回頭望著芒妹。他顯然摸不清她想幹什麼。她主動向他走來，抓住他的胳膊，貼到他的身上，而且不停地扭動。他從來沒有見過她的這種樣子，止不住慌亂了一下。可是她並不放過他，竟在他身上越貼越緊啦。她哆嗦著，像有誰在扼著她的喉頭。「你可不能把我丟下。」她發出了含糊不清的聲音，「那一天你太狠心啦，你把我晾在那兒。」

袁廣田鎮定地看著她。她的手指，幾乎嵌到了他的胳膊裏面。他想撥開她，可是她又一下子跳開啦。她站在他的前面，微笑著。雙手交叉著，捏著自己的衣角。雙臂漸漸抬上去，一下子就從頭上，把衣服給脫了下來。她裸著上身，慢慢向床退去。在接近床的時候，又突然停住，然後以極快的速度，朝袁廣田撲上去。她再次倒在了他的懷裏。她像掉進了蒺藜堆裏一樣，渾身上下有股難受勁兒。她搐動著，死死纏著他，袁廣田別想把她推開。她的嘴裏嗚嗚著，一直沒有停止說話。「廣田，我越來越喜歡你啦。我現在什麼也沒有啦，就只剩下你，你可不能把我給丟啦。快來吧！把我抱到床上去。你怎麼來都行。你把我晾得也太久啦。來吧！」袁廣田快要在原地站不住啦，因為她不知從哪裏來的力氣，把他給推得東倒西歪。

「你瘋啦！」他生氣地說。

「不錯，我快瘋啦。」她向他抬起火辣辣的眼，「是你讓我瘋的。你為什麼不上我的床啦？我什麼都依你，我把所有的錢都送給了你，你卻不再上我的床。」她使勁拽著他，他覺得她就要把自己抱起來啦。

他們倒在了床上。袁廣田又翻身起來，可是芒妹又立刻把他給按住啦。

「就這一次。」芒妹說著，不停扭動，「就這一次，以後你，隨便跟哪個女人都行。」

袁廣田終於掙脫啦。他飛快地跳到了地上。芒妹的手，落了空，差點從床上一頭栽下來。

「芒妹，你胡說什麼！」袁廣田說，「我怎麼能隨便跟別的女人。你把我看扁啦。」

芒妹搖搖晃晃地看著他。她臉上狂熱的表情，現在一點一點地消退著。袁廣田看得出，她在暗暗使著勁兒。「我喜歡你，廣田！」她的嘴裏，突然迸出了這句話，而且好像用盡了全身的力氣。話音剛落，就撲通一聲，傾頹在床上。她久久地沒有聲息啦。

袁廣田朝她看了一眼，轉身走到樓梯口。他下樓去啦。

那兩個孩子，正坐在牆根下的那口舊鍾旁邊，靜靜地玩耍。父親從他們跟前經過的時候，他們連看都沒有看一眼。袁廣田推起摩托車，發動起來，騎到院門後，伸手開了門，就呼的一聲，從那道狹窄的門縫裏，開出去啦。

孩子每人手裏有一根木棍。他們開始輪番擊打著舊鍾。嗡嗡的聲音，在院子裏擴散開來，雖然沒有更高更遠地傳出院子，但那滿天的陰雲彷彿就是在它們的召喚之下匆匆趕來的。大雨傾盆而下，他們還在敲著。從屋頂上流下的雨水，彷彿鍾子一樣，墜落在他們的頭上。他們再也受不住啦，這才急忙躲到了屋裏。

223

大雨下到半夜，也沒有停止，而且雷聲突然響了起來。房屋都像是漂在了空中，被無數的鞭子猛抽著，抽一隻飛速旋轉的陀螺似的。孩子站在漆黑的潮濕的屋裏。他們瑟縮著。這倒不是因為懼怕，而是因為寒冷。他們還能看到院子裏白茫茫的，像一塊劇烈抖動的布匹。那種翻江倒海的聲音，時遠時近。

在他們聽來，這世界似乎正在不可遏止地塌陷著。忽然，他們發現一個閃著幽光的影子，從樓梯上走下來。這一回，他們真的害怕啦。兩個人緊緊抱在一起。他們已經聽過，村裏人講一些，以核桃園大作坊的廢墟為背景，杜撰出來的恐怖故事。很多人，都曾在夜間，親眼目睹過一個身穿白色長衣的幽靈，在廢墟上徘徊，起舞，嘆息，發出瘆人的笑聲。現在，那個可怖的幽靈出現啦。它輕飄飄地從他們身旁經過。冰涼的氣息，撲到了他們臉上。他們摒住呼吸，一動不敢動，才免被發現。它走到大雨中啦。它果真像村裏人所說的一樣，開始跳起舞來，低昂不已。只是它沒有身穿寬肥的衣服，但它的確在發出灰白色的幽光。兩個孩子竟然忘掉了內心的恐懼，彷彿受到了強烈的蠱惑。那幽靈越舞，他們也就越感到心醉神迷。後來，那幽靈終於停下啦，幾乎融進了大雨的蒼茫的光線中。它直直地站在那裏，任雨水猛澆。突然，緊隨著一個巨大的雷霆響過，雪亮的電光，照徹了整個天空。電光遲遲不息。

孩子們清晰地看到了他們的母親。

芒妹赤身露體。滂沱的雨水，奪去了她身體的溫暖，使她不停地瑟瑟發抖。電光照著她。她搖晃著，倒在地上。但她又站了起來，就像要在雨中升起一樣。雷聲一直沒有停息。她的孩子們，無法聽到，她是否在發出可怕的笑聲。但他們以一個孩子的心靈，堅定地相信，他們的母親，此刻就像火焰一樣的純淨。

224

大雨再次使核桃園村東不遠的萊河水暴漲。村裏連夜出人鞏固堤壩。黃昏時分，勞累了一天的人們，慢騰騰地趕回村子。他們滿身泥濘，已經沒有力氣多說話啦。袁廣田也是剛剛進村，恰巧跟他們碰在了一起。他很狼狽地推著摩托車，一步一滑。人們知道，摩托車在剛下過雨的土路上，很難行駛。從塔鎮到核桃園，一般情況下，有好長一段土路要走。這段土路，可夠袁廣田招架的。他們默不作聲地看著他推著摩托車，從眼前走過去啦。而他就像根本沒有看到別人一樣。他的身子斜斜的，跟同樣傾斜的摩托車，形成了一個三角。摩托車的車輪，塞滿了泥，已經不再轉動啦。袁廣田推起來顯得很吃力。他們竟忘了幫他一把。他們沒有馬上回到家去，而是站住啦，眼看著袁廣田在污泥遍地的村街上，艱難行進。

院門虛掩著，還是他昨天離開時的樣子。他沉著地把車子推了進去，可是他內心的狂怒，卻再也抑止不住啦，通的一聲，把車子重重地放倒在了地上，朝樓上的窗子望一眼，就快步走進屋裏，上了樓。那個女人坐在一張桌子後面，就像多年前的那天午後，他突然走進她的家門時一樣，一動也不動，對他的到來，毫無反應。

「我說過啦，」袁廣田竭力讓自己鎮定一些，但發出的聲音，卻顫抖得很厲害，「我說過啦，我得對得起你。」

那女人頭也不回。她知道他在幹什麼。她聽見他的沾泥的衣服，沉重地落在了地板上。他在向她走來。「我得對得起你。」他一遍遍地重複著，向她走著。

女人猛地站起身子，向他轉過去。他看到了一張冷若冰霜的臉。她的眼裏，滿是厭惡的神氣，讓他感到自己剛剛從齷齪的豬混裏爬出來。「滾開！」她低沉地吼了一聲。他不由得停下了腳步。其實，在兩人的目光相遇的一剎間，他就已經開始退縮啦。他無聲地從地板上撿起衣服，像有所防備似的，慢慢退到樓梯口，轉過身，就快步走了下去。

房間裏，重又恢復了寂靜。那是一種只有在黑暗封閉的墳墓中，才能感受到的寂靜。也許，天地之初，就是這個樣子的。過了一會兒，女人完全鬆弛了下來。她順手從桌子上拿起一把梳子。還是那把做工細緻的木梳，但上面已有數道齒，被折斷啦。她把目光投到窗外。黛色的天空，勻淨美麗，像是特意給她懸掛起來的一面鏡子。女人不緊不慢地梳理起自己的頭髮。鏡子漸漸黑透啦，但她仍舊從中瞥見了自己，像是一個自戕而死的鬼魂，瘦骨嶙峋，面無血色，正在茫茫無邊的灰暗中，沉浮不已。

225

在那個雨夜，雷霆擊中了老宅的那棵榆樹。

多年來，芒妹第一次走出家門，立刻引起了人們的注意。她穿過人們的重重視線，來到老宅的門前。如果不是院子裏有那棵飽經滄桑的老榆樹，這個院落，實際上跟莊道潛家的院落，沒有什麼區別。都是一樣的破敗，荒涼，一樣的遺世獨立。

芒妹走進院裏，看到幾乎整棵樹都給燒焦啦。地上淨是枯枝敗葉，連插腳的空兒，都沒有。芒妹穿著雨鞋。一踩上去，那些厚厚的枝葉下面，就會吱吱地往上冒水。她望一望自己住過的閨房，卻沒有向它走過去。她推開父親住的屋子，一團潮氣撲面而來。就是在這間屋子裏，在父親的床上，她主動把自己純潔的軀體獻給了袁廣田，並在這裏給他生下了一個兒子。如今她已是兩個孩子的母親啦，而且紅顏不再，心如死灰。

屋裏的舊物，一樣沒少。芒妹在它們暗暗吐出的霉腐的氣味中，坐了下來，面對著屋門。那棵樹的影子，落入她的視野。她吃了一驚，似乎頭一次，發現這棵樹竟正對屋門，不偏不倚，就像在栽的時候用尺子量過一樣。村裏有一種迷信說法，這樣栽樹一貫被認為大兇。連芒妹都知道的事情，她的祖父和父親，也不會沒聽說過。

芒妹輕易就能肯定，那棵樹並不是出於無意栽下的，但她卻很難判斷先人這樣栽樹的意圖。她沒能見到她的祖父。母親是什麼樣兒，她也給忘記啦。的的確確，她的父親對她說過多次要刨掉這棵樹。毫無疑問，父親對這棵樹心懷恐懼。這棵樹幾乎越是繁茂，父親心中引起的情緒，就越慌亂。在窮困的日子裏，那滿樹的榆錢子，簡直可以算作人們難得的美味。

芒妹眼前出現了一個瘦弱的男孩。他在春天的街上奔跑，臂彎裏挎著一隻小籃子。他一跑，籃子就會不停打擊他的屁股。他跑了好多地方，但他的籃子仍是空的。芒妹又看到他爬上一面矮矮的斷牆，膽怯地站起來，伸出空著的那只手，使勁夠著垂在斷牆上面的一根榆樹枝。他險些兒從斷牆上摔下來。但他終於把那根樹枝抓在手裏啦。樹枝堅韌地顫動著，就像要把他從牆上彈開一樣。他笨拙地拉著樹枝，又失望地鬆了手。因為樹枝上光禿禿的，只有幾片初萌的小樹葉。可是，在牆邊的這棵榆樹的高高的枝頭，卻滿是一簇簇的榆錢子。他沒有膽量爬到樹上去，而低垂在牆頭或者別的物體上的榆錢子，早被人擼光啦。在這幾天裏，他遭到了許多孩子的恥笑。他們像是一隻隻的鈴鐺，懸掛在高高的榆樹上。每當他從樹下走過，都會發出一陣噓聲。他簡直無法可想，自己再次經過那些樹杈上蹲著調皮孩子的榆樹。在為難的時候，芒妹飛跑到他的身邊，捉住他的一隻手，帶他跑到她的家裏。

很多孩子，早就開始覬覦她家那棵老榆樹上的豐盛的榆錢子啦，但他們壓根兒不敢走進去，或翻牆而過。村裏每個人，都非常懼怕芒妹的父親。即使哭泣的孩子，一聽到母親說「老大來了」，也會馬上停止哭聲。他們都很敬佩芒妹，因為她以小小年紀，竟能跟老大生活在一起。現在，芒妹已把那個孩子領進了院子。對他們來說，那個院子，不光有著繁多的榆錢子，而且還充滿了神秘的色彩。他們遠遠地看見，芒妹身上背著一隻籃子，爬上了那棵榆樹。

一轉眼，她就被繁茂的樹冠遮住啦。樹冠晃動著，偶爾露出騎在樹枝上的芒妹。很快她就爬下來。她把裝滿榆錢子的籃子挎在一隻胳膊上。孩子們想著那位採不到榆錢子的男孩，這會兒該從院子裏出來啦，可是芒妹卻就地教起他爬樹啦。他笨拙的樣子，讓很多停留在一棵棵榆樹上的孩子笑得肚子疼，還差點掉下來。

芒妹站在地上，向上托著他的雙腳。他終於爬到了芒妹的頭頂。不管芒妹怎麼托他，他都緊貼在樹身上，一動不動啦。芒妹不托他啦。她從樹的另一邊爬上去，就像一隻小猴子，又鑽進了巨大的樹冠裏。突然，一直在瞧那院子的孩子們，摒住了呼吸，因為他們看見芒妹的父親走來啦。

樹冠裏，還在發出芒妹清脆的笑聲。她的父親，走進了院門，嚇得那個伏身在樹幹上的孩子，像塊泥巴似的，啪噠一聲，掉在地上，爬起來也顧不得摸摸摔疼的屁股，撿起籃子，就跑了出去。

226

芒妹記得，那一次父親真的生氣啦。他站在樹下向她吼著，可她偏不從樹上露面。她用一簇樹枝擋住自己，並通過樹枝的縫隙，看著父親的怒容。當時她不知怎麼回事，只覺得那樣做非常好玩。而且，一種惡作劇的念頭是那麼強烈，幾乎沒讓她想到危險，她就雙手抓住一根樹枝，猛地將身子垂了下來，並故意搖晃著，踢動著兩條腿。她垂吊在枝頭，嘴裏笑個不住。父親在樹下轉來轉去，她又向他吐出了舌頭。可是她沒想到父親竟會很難聽地咆哮起來。他雙手抓著樹幹。手指都嵌到樹皮裏啦。她這才嚇怕啦，趕緊從樹上溜下來。為此，父親整整兩天沒理她。

227

時隔多年，那棵老榆樹上，只剩下幾根殘損的樹枝啦。芒妹凝視著它，似乎還聞得見榆錢清甜的氣息。她沉浸在往事中，彷彿又聽到自己的聲音。

「你得學會爬樹。」她對那個男孩說。

「我不。」男孩仰臉望著。「我不。我會看見很深。」

「你要學會了爬樹，這棵樹上的榆錢子就全是你的。」

「你們自己不吃它嗎？」男孩疑惑地說。

「大大從來不吃，」芒妹說，「也不讓我吃。」

「他怎麼會不吃？榆錢子比芋頭面窩頭好吃多啦，他是不是吃了噁心？」

芒妹不想回答他，一彎腰，就抓住了他的細細的腳腕。

「眼睛往上看，心裏想著是站在最穩當的地方，你就不會感到害怕啦。」

男孩緊緊攀伏到了樹上。「要倒啦，要倒啦。」他嘴裏連聲叫著。

「沒有倒。」芒妹說，還在托著他的兩腳。「樹還直著呢。」

「我看見樹要倒啦。」

「往上看！」

「可是我看見很深，我在往下栽。」

芒妹乾脆不托他啦。她自己爬上去。「你看我，沒有倒吧。」她沙沙地爬到了更高處。「你要想自己是在走路，像走在街上。」她能聽到自己爬樹所發出的沙沙聲。

那個男孩，就是稼祥。他後來成了一位爬樹的能手。村裏沒有別的孩子，能比得過他。

228

芒妹再次看到滿樹的榆錢子。一陣眩暈，向她襲來，因為她在看到滿樹的榆錢子的時候，像那位男孩一樣，還看到了很深。她開始相信眼前的這棵樹，實際上是生長在深不可測的地方，那是雷霆之所，風暴之鄉。在那裏黑氣迷漫，飄飛著數不盡的滿懷忿怨的幽靈。

時間一點一點地逝去。芒妹渾然不知。等她站起僵硬的身子，搖搖晃晃地走出老宅的時候，她才忽然意識到，已是第二天的下午啦。街上的積水連片，但比昨天淺多啦，露出細膩的一層淤泥，已經映照不出那些房屋或樹木的影子。芒妹直直地往前走，踩著積水，像是什麼也看不清似的。

可她走出不遠，就有一個人，朝她追了過去。這人邁的步子很大，追得很急，把腳下的積水給踩飛啦，引起了很多人的注意。人們認得他是核桃園大作坊，一個叫影兒的雇工，還兼顧在平時給芒妹母子買米買面。影兒追到芒妹前面，轉身停了下來，說了一句什麼話，人們就見芒妹稍稍一楞。她也大步奔跑起來。她遠遠地看見洞開的院門。她沖進去，因為剎不住腳步，差點撲倒在院子裏。四處靜悄悄的，雖然不見得比往常寂靜多少，卻讓她感到可怕。那天黃昏，袁廣田離開時把摩托車丟在了院牆下。他是走回塔鎮的，因為摩托車就像一塊泥疙瘩，路上又泥濘難行。可是現在，芒妹沒有看見那輛摩托車，院牆下只有一攤爛泥巴。

影兒隨後趕了來。「大嫂，」他再次對芒妹解釋說，「孩子只不過是去塔鎮上學，到了星期天，袁坊主就會帶他們回來。」

芒妹轉臉看著他，彷彿是他把她的孩子搶走啦。「他怎麼不告訴我？」芒妹激動地說。

「袁坊主昨天下午來的，看見孩子哭，他們是餓的。」影兒如實說。

「他是想把孩子接走！」

「袁坊主讓我去找你，別人告訴我你在——」

「他休想！」

「袁坊主就把我叫住啦。」影兒說，看了一眼氣咻咻的芒妹，「他是坐卡車來的，他把摩托車也捎走啦。」

芒妹快步走出院門。「我要去塔鎮。」她說，「我去要回我的孩子，我還要看看那些娼婦！讓他去跟那些娼婦生孩子好啦。我可不管他的事。」

影兒跟上去。「大嫂。」他慌忙說，他想攔住她。

可是，芒妹又突然在路邊停下啦。

「隨他呢。」她莞爾一笑，一甩手轉過身來，在那位雇工疑惑的目光中，走回院子。他看見她停都沒停，就走進了屋裏。碧空如洗，院子被西斜的陽光照著，溫暖，靜謐，而又顯得有些淒涼。雇工在原地站了一會兒，就慢慢向不遠處的作坊走去。他暗暗想著，自己對芒妹說的話，有多少是真的，有多少是他自己順口胡謅的。袁廣田就是來接孩子的。他並沒有想到要去告訴芒妹一聲。湊巧芒妹不在家，心裏喜歡還來不及呢，根本沒想到派人去叫她。

影兒離開不久，人們就看見芒妹再次出現在了院門口。她的身上，還帶著積水濺上的泥點。她在朝遠處眺望著。

229

到了小學堂放學的時間啦。一位打豬草的孩子，從村裏走了過來。他要到野外去。「星期幾啦？」芒妹問他。

「星期二。」孩子想躲但已經晚啦，便匆忙回答。芒妹臉上認真的神情，讓他不由得感到害怕。他加快了腳步。

芒妹上前擋住了他。「星期二？」她說，「你沒記錯吧。」她蹲下身子，伸手抓住了他肩上的草筐。她緊緊盯著他，並不停地點著頭。「你會不會爬樹？男孩子可得學會爬樹。爬樹好學著呢。你大大是不讓你爬吧。」她詭秘地一笑，「我可以教你。來，來，來，跟我來。」

孩子膽怯地望著她。

「到我家去吧。」芒妹又說，「你看我家有什麼東西，你想拿什麼就拿什麼。」

有個男人，出現在不遠處的房屋的拐角。她不說啦。孩子趁機奪過筐子，跌跌撞撞地跑掉啦。

「芒妹，袁坊主把孩子接走了嗎？」那男人走過來問。

芒妹沒有像過去一樣，見到村裏人，就想著馬上避開。「可不是。」她迎著他，含笑說，「鎮上的學校，要比村裏的好。」

「那是。」男人說，「鎮上的學校，比村裏的好，縣裏的還比鎮上的好呢。女人都想孩子。芒妹，孩子在鎮上你不想麼？你可以去鎮上看看的。」

「用不著。」芒妹一本正經地回答，「星期天他們爺兒幾個就會回來。」

「袁坊主是不是還要接你去？」男人說，「你就要成為鎮上的人啦。」

芒妹羞赧地一笑。「那得等他來商量。」芒妹說，「俺婦道人家可作不了主。」

在接下來的幾天裏，芒妹一早就會走出院門，站在院牆下的宅基上，向遠處翹望。她的家，處在村子的東南角，而塔鎮是在村子的西北偏北方向，因此人們看她就像在朝村子裏瞭望似的。沒有孩子，敢一個人從她家門口經過啦。如果被她攔住，她總會對人盤問半天，還經常表現出少有的熱情，要把他們拉到家裏。他們或者繞到別的路上，或者結伴而行。

「星期幾啦？」她問。

「星期五！」孩子們一起回答，然後匆匆走過去。

「怎麼？」她疑惑地在他們背後說，「才是星期五麼？」她無法攔住他們。「我得到八嬸那裏買一本日曆牌子，我自己翻翻就知道啦。」

她來到八嬸的小賣部。那裏像往常一樣，聚集著很多人。他們默默地看著她。她坦然地站到櫃檯外面的地上。「八嬸，」她說，「能掛在牆上的日曆牌子賣完了嗎？」

「這是六月底，芒妹。」八嬸說。「要買日曆牌子，得再等幾個月。」

「噢。」芒妹說著，就要往外走。

八嬸慌忙摘著牆上的一本已翻了一半的日曆。她叫住芒妹，「你拿這個使吧。」

「那你使什麼呢？」芒妹回頭連連擺手說，「你有的時候，記著給我留一本就是啦。」

「閨女，」八嬸手裏拿著摘下來的日曆。芒妹看了看她。她揉揉眼睛。等了一陣，她才說，「閨女，你還認得我吧。」

芒妹好像對她的話感到很奇怪。「我怎麼不認得你，八嬸？」她說，又轉身朝外走，「我家的門，還開著呢，我得走啦。」

街上站滿了人。芒妹從容地穿過人群，回到家裏。

230

第二天一早，人們又在她家院門外，看見了她，彷彿她已在那裏站了整整一夜，因為她身上顯得濕漉漉的。這一天，沒有一個孩子，從她跟前經過。村裏的每個人，都在急切地、又有些憂心忡忡地等待這一天的結束。

暮色降臨啦，漸漸加厚加重，像一塊巨大的黑布，擋住了人們的眼。……黑布揭去啦，悶了一夜的潮氣，化為無窮無盡的、細小的微粒，懸浮不定。人們看見，芒妹站在她家院門口的灰黯裏，身上依舊顯得濕漉漉的。

太陽，從遠處烏龍似的萊河岸上，升起了一樹高，發出的光線卻仍舊毫無暖意。它們持續而緩慢地通過田野，向村子推進，最終將隱藏在大地每個角落的陰暗，全給驅散啦。但是光線仍不見溫暖起來，彷彿在與陰暗和潮濕對抗的過程中，已把自身的能量，消耗得一乾二淨。清晨的村莊，包括那些農舍、房前屋後的樹木，以及處在村莊邊緣的菜園、核桃林，全都籠罩著一層寒輝。這時候，一陣摩托車的聲音，從村後傳了過來。人們看到芒妹離開了院門，站到了道路的中央。她哆嗦了起來。兩隻手，抱在胸前。脖子抻得那麼長，使人都不敢相信。

袁廣田騎著摩托車，從村後出現啦。車子的後座上，是他的兩個孩子。也許是清晨空氣蕭瑟的緣故，摩托車發出的聲音，雖是連續的，卻讓人聽起來感到短促異常，好像根本沒有來得及傳播，就已消失啦。摩托車穿過村中的街道，戛然停在了芒妹的跟前。但是袁廣田並沒讓車子熄火，也沒有從車上下來。

「你沒鬧，」他叉著兩腿，腳點著地，隔著頭盔，說，「表現得還算不錯。」聲音嗡嗡的。他想接著把車子開進院裏去。

「立兒。」芒妹突然叫了一聲。

立兒雙臂環抱著他的弟弟。他沒有說話。

袁廣田把車子開得很慢，顯示出了高超的駕駛技巧。「立兒，」他扭一扭頭，「你媽叫你們啦，你們怎麼不吭氣？」

芒妹跟在車的旁邊，還在叫著她那兩個孩子的名字。車子開到了院門口，袁廣田卻沒有再往裏開。車身跟院門成了平行的。他忽然暗暗地笑了一下。

「芒妹，」他面無表情地說，「你試試，看你能不能把他倆叫下來。」

「我的孩子。」芒妹說，向他倆伸著兩手。

「我坦白告訴你，芒妹，」袁廣田依舊在頭盔裏說，「我改變主意啦。塔鎮的老師，認為我們的孩子不可捉摸。家庭對他們的性格，造成了不良影響。我是剛剛改變主意的。是你的樣子，讓我改變主意的。不過，你要是能把他們從車上叫下來，我還會把他們帶到院子裏。你抓緊時間試試。」

芒妹聲音顫抖起來。可是兩個孩子，像是啞巴一樣，緊緊抱著，在他們父親的背後一動不動，就像是澆鑄在了那裏。其實，如果他們是在地上，袁廣田也同樣很難把他們叫到車上。現在，關鍵的是，他們在車上。他們是父親從塔鎮帶來的。

摩托車偏離了道路，緩慢地開到了院子南邊的牆根下。那裏只有一道行人踩出的淺淺的痕跡。野草覆蓋著地面，但並不妨礙車子行駛。

「下來，孩子。」芒妹跟在車的旁邊。她有些落後啦。

摩托車又繞到了院子的東邊。太陽照得那裏很亮。可是芒妹看不清孩子的臉色。她不知道他們此刻在想什麼。

「孩子，你們說，下來。」

「你再試試。」聲音像是從空洞的鐵筒裏發出來的，又像鐵片一樣扁平，不帶任何感情。「我要繞到北邊去啦。」

「下來，」芒妹說，「我不拉你們，你們給我下來。」

芒妹跟在摩托車的後面。摩托車軋倒了草。芒妹腳下發軟，她快站不住啦。她看著袁廣田的後背。在她眼裏，它就像是一堵厚重堅固的牆。牆在她家的屋後，向西邊的道路，移動著。

「廣田，」她喘息著，叫出了他的名字，「我求你啦。你把車子開到家裏去吧。你要把車子開進去，我就不會提那件事。你看我，從來沒有提那件事吧。」

袁廣田沉默著。他突然從頭上拿開了頭盔。可他又猛地把頭盔戴上啦。車子往前一竄，就開到了那條路上。他讓馬達繼續響著，再次把頭盔摘下來。他回頭，對芒妹說：「我很忙，但我還是會來看你的。」他說：「鎮上有很多事。我給國家交稅。我是鎮上的納稅模範。鎮上不能不給我那份榮譽。但我還是會來看你的。我想，你最好不要知道，有一天我會當上鎮長。我參加了競選，別人爭不過我。」他把頭盔戴上，戴端正啦。他加快了一些速度。「可是以後孩子不會來得太勤。他們的功課緊。村裏的學校耽誤了他們。他們得補上。」

芒妹追了兩步。「我不懂你的意思。」她說。「你不讓他們來，我會去塔鎮看他們的。用不了一上午，我就會走到那裏。」

袁廣田在頭盔裏笑了笑。「芒妹，你不瘋。」他說。又是那種空洞的聲音，扁平，乾巴，稍縱即逝。

「我還以為你瘋了呢，聽你的問話，你一點不瘋。」聲音不高不低。車子朝著來時的路。他加快了速度。芒妹跑了起來。他又加快了速度。「別回頭，孩子！」他說。

後面的孩子，環抱著前面的孩子。他們沒有回頭。

「笨蛋！」他威嚴地說，「我嘴上讓你們別回頭，其實是讓你們回頭——回過頭，看著！」孩子回頭看著。他們看見女人向前張著兩手，奔跑著。他們聽到的只是摩托車的聲音，但他們斷定那女人正像蛇一樣嘶嘶地呼叫。那是從牙齒縫裏發出的。他們回頭看著。他們家孤零零的院落，在呼呼地往後飛去。路旁的房屋和樹木，也在向後面飛去。但女人卻在向他們飛來。如果他們是那女人，他們就會感到自己奔跑的樣子，就像是在做夢。眼看著一件東西就在自己跟前，卻總是捉不到。這種情景，在夢中，是經常出現的。女人就捉不到他們。可她看樣子並不想輕易放棄。她恨不能自己的胳膊長到幾米長呢。恨不能也跨上一輛摩托車，或者一匹駿馬呢。……那就更有瞧的啦。

「你們要不回頭，我這就把你們給一個個踹下去！」他們聽見父親說。於是，他們就一直回頭看著。遠離村莊啦，他們還沒有把頭轉到前面來。他們相信，即使他們已經趕到了塔鎮，舔食起冰棍來，那個女人也不會停下奔跑的腳步。在烈日下奔跑的滋味，肯定好受不啦。現在，太陽就已燠熱起來。

他們暗暗盼望，父親能把車再開快些。那樣，他們就可以再早些結束這種回顧的罪啦。

231

袁廣田擊敗所有對手，如願以償地當上塔鎮科技副鎮長，已是五年後。在這五年期間，他總是在每月的某一天，或某兩天，脫開繁冗，從塔鎮，趕到核桃園，看望他的生病的妻子。他的高尚的德行，無疑給他爭取到了有力的支持者。他很清楚自己的一舉一動，將會在人們心中產生什麼影響。直銷店裏的那兩個姑娘，早就被他解雇，換上了兩個能幹的小夥子，另外還有一位半老的婆子，在他的店裏，幫他和孩子洗洗涮涮，操持一下必要的日常事務。見過那婆子的人，全都說她很醜。她寡言少語，任勞任怨，平時很少在櫃檯上出現。大部分時間，是在店裏的後院忙碌。人們斷定，她跟袁廣田的兒子們，相處得很好。

他的大兒子，已在鎮中學上初中啦。有一次，這孩子在跟同學交談時，失口把他家那位醜陋的女雇員叫作了媽，引得鎮上的不少人等在他回家的路上，有話沒話地跟他搭訕。他很快就聽出啦，隱藏在那些無聊的話裏的深意。他們在想方設法，探聽他的家事。他守口如瓶。終於有一個人因表達不妥，而惹起他的火來。他的模樣嚇人，說什麼也不願意啦，非得跟那人拚命不可，一口氣把那人追到家門口，在那裏，罵罵咧咧了半天，也不見裏面有動靜，才算罷休。這事發生後，就連想打他弟弟的主意的人，也不敢啦。

「立兒，」父親在得知他的義勇舉動時，這樣對他諄諄教誨，「你不用到他門上去說理，人家會覺得，你得理不讓人。我們出門在外，可得與人為善。以後，誰要再那樣問你，你只要倒在地上，拿頭搶地，他就得求你。」

孩子重重地點點頭。

232

這一天，剛剛當上塔鎮科技副鎮長的袁廣田，把兩個兒子叫到自己屋裏，再次對他們諄諄教誨道，「你們現在已不是過去的老大、老二啦。你們務必作一個道德模範，事事以謙讓為準則，戒驕戒躁。來，科技副鎮長的小子們！收拾一下，去核桃園看望你們的母親。」

他已經事先從鎮政府找來了一輛草綠色的越野車。那位半老的女雇員，站在後院裏的一株曲爪槐下，目送他們走出院門，鑽進了停在街上的越野車裏。他們一同踏上了重返核桃園的道路。

現在，他們從車裏看到，與五年前不同的是，道路兩旁滿是一塊塊的大蒜田。以前經常見到的小麥田，幾乎沒有啦。那麼多的大蒜，淨化了鄉間的空氣，也使空氣帶有一種辛辣的味道。越野車飛速地在路上行駛。兩個孩子，忽然矜持了起來，像怕冷似的地豎起了領口，把脖子縮了進去。一個村莊，遠遠地出現在地平線上。他們感到大惑不解，因為在村莊的上面，竟堆積著一團團雪一樣的東西。他們不知道那是什麼，而且相信自己的父親，那位新上任的科技副鎮長大人，也對那東西一無所知。連上默然無語的司機，車上所有的人，都沒想到，那會是盛開的榆錢子。

村裏人大都去田裏幹活啦。實際上，迎接袁廣田父子的，就是那些成團成簇的榆錢。他們坐著車，從一棵棵榆樹下經過，逕直來到那座院子外面。車子停在緊閉的院門口。袁廣田走下來，在院門上揭開一塊銹蝕的鐵片，露出一個小洞。他歪頭透過小洞，朝院子裏看了看，又直起身子，從懷裏掏出鑰匙，開啓著院門上的大鎖。那鎖可能銹住啦。他費了半天工夫才打開。他向裏推著院門。門軸發出生澀的聲音。院門，終於緩慢地移動到過道的牆上。他走到一邊，側身指揮著司機把車子開進去。可是很顯然，院門有點窄。車子只好停在了外面。他臉上露出一些懊惱的神色，暗自責怪自己當初沒能看出房子的設計錯誤。但他立刻按捺住了心裏就要湧起的不快。臉上，重又浮現了那種淡淡的笑容。他走上了車子。車上的人斷定，他在走上車子之前，原是打算招呼他們下去的。

「到村裏去。」在他們感到疑惑的時候，他吩咐道。司機開動車子，他坐在一旁指點著道路。越野車驚動了一些留在村裏的女人和老人。

「是找行大叔的吧。」女人們相互詢問著，瞇縫著眼，使勁朝黑幽幽的車窗裏瞧。她們已做好了為車上的人指路的準備。

「這準是城裏來的大官。行大叔不知怎麼樂呢。他每天盤算的，也就是有一個大官來瞧他吧。」她們竊竊私語。「上一次那個大官來瞧他，可有些年頭啦。」

車子從她們身邊開過去。開到火塘那兒啦。袁廣田看到火塘成了真正的廢墟。有一個人在火塘旁邊，四仰八叉地躺著，像一堆破爛。車子繞過火塘，在坑坑窪窪的村街上，轉來轉去。終於停在了一個普通的院子外面。袁廣田首先走下來。接著，他的兩個兒子，也走了下來。他們一起向院子走去。院子裏，坐著一位像是在打瞌睡的老人。他們的腳步聲驚醒了他。他一激靈，顫悠悠地抬起了白髮稀疏的頭。皮膚鬆弛的脖子，像是不勝重負似的。

「根兒爺。」袁廣田恭恭敬敬地叫了一聲。

那老人的瞳孔，先是散開啦，而後才慢慢匯聚在一起，流露出驚喜的神色。

「我是廣田。」袁廣田溫和地對他說，「你還記得我吧。」

老人一個勁兒地點頭，卻沒有說出話來。

袁廣田側一側身，「這是我的兩個兒子。小子，快叫曾姥爺。」

兩個兒子，一直把脖子，縮在豎起的領口裏。那小的一個，跟在哥哥的背後，也不看根兒爺，只看院子外面。那些女人，已經追了過來。

出乎袁廣田所料的是，他的大兒子，朝根兒爺直直地伸出了一隻手，嘴唇稍微一動，輕飄飄地跑出了兩個字，「你好。」

根兒爺一把抓住那只冰涼的手。他靠著椅背，挺了一下腰，身子就幾乎伏在了那只手上。渾濁的目光，在孩子身上游移著。「像，像他的姥爺。」他含糊不清地連連說，「他姥爺小時候就是這個樣。袁孩兒，你多大啦？」
那孩子抽出了自己的手，把手探在身子一邊，彷彿手被弄髒啦。
「十三啦。」父親代他回答。
老人還在試圖拉住他。「十三啦，個子可不小。」老人說。他在積攢著力氣，竟想從椅子上站起來。可是，他們走開啦。他們走到了院子外面。兩個孩子，鑽進了車門。車子開走啦。袁廣田一個人留了下來。
「你好。」他一邊微笑著，跟街上的人們打著招呼，一邊向家裏走。
人們無限欽佩地望著他。
「你好。」他不停地說著。他看到不遠處站著一個人，像一隻垂下雙翅的、巨大無朋的蒼鷹。人們以為他就要走過去啦，而且那兩個在榆錢子清甜的氣息中，變得無比美妙的字眼兒，也就要脫口而出啦，但是他忽然走到了另一條街上，就像從來沒有看到過那個人。
那是莊老八，村裏人無法猜出他擋在袁廣田去路上的意圖。

233

袁廣田來到家裏，關上了院門。他在院子裏，靜靜地站了一會兒，然後就走到了樓上。他順著芒妹的目光，向窗外望去。他覺得什麼也看不到。
「芒妹，」袁廣田說，「你該出去走走，村裏滿是榆錢子。」他坐在一把帶扶手的椅子上。那把椅子已經污濁不堪啦，放在那裏之後，幾乎沒有移動過。「你對影兒滿意麼？你要對影兒不滿意，我給你再換一個人。不過，我覺得影兒夠勤快的啦。我正要提他當核桃園作坊的負責人。他這幾年替我操了不少心。

我袁廣田對誰都蠻講義氣的。」他「嗤」的笑了一聲。

「世道真不錯。」他接著說，「我以前連想也不敢想，莊稼人也能當鎮長。雖然只是一位副鎮長，我姓袁的也知足啦。芒妹，你知道不知道，你現在是鎮長夫人啦，你該有點鎮長夫人的派頭。我說過我會對得起你的，你看我沒有食言吧。」他說，「我今天來核桃園的第一件事，就是去拜望了根兒爺。我當上鎮長，得算是給核桃園增了光。可我不會張揚出去，他們自然會知道的。芒妹，你試著出去走走，留心點兒他們的眼神兒，跟過去肯定不一樣啦。」他抓著扶手，欠一欠身。他說，「影兒以後也要忙啦。我想給你重新安排一個下人。你看莊老八怎麼樣？他會答應的。你就讓他住進院子，別再像過去一樣，把誰都關在外面。給你從院門上的那個小洞遞東遞西的，也有失你的身份。」

芒妹朝著窗外。他只能看到她的背。窗外亮堂堂的，使她的背顯得很暗。

「你不替我著想倒罷啦。」他說。他從一上樓就開始說話，中間幾乎沒有停頓。他說，「你得替你的兒子想想，他們現在已經快長成大人啦。他們很顧及自己的面子。」他滔滔地說，說得很快。「誰要惹他們可不成，現在誰也不敢惹他們啦。我讓他們離開核桃園是很明智的。他們學了新的規矩。他們見了別人，張口就是，『你好』。小小年紀就會跟人握手，也不像村裏的那些幹部，一見來了有派頭的人，就慌得不行，張著兩手去跟人握。我們的兒子，卻總是只伸一隻手的。他們的派頭，可是天生的。你不信不行。」

「芒妹！」他突然吼了一聲，猛地往下一按扶手，彈跳似的，站了起來。

他站著，一手抓著椅背，嘴唇抖個不停。

「你去告發我好啦。」他的臉色蒼白，減慢了說話的速度。「我懂得你，芒妹。你是想法讓我總記得那件事。好吧，我再幫你回憶一次。」

他重又坐在椅子裏。「我會讓你滿意的。」他說，聲音很低，但頭卻高高地抬著，目光直直地朝芒妹的脊背看著。「你聽著，芒妹。我這就開始說啦。為了讓你滿意，我要說得慢些。那件事一旦回想起來，還像就在我的眼前。我受到了你父親的侮辱，簡直感到沒臉見人。我從祠堂跑出去，在一個僻靜的地方等到天黑。火燒起來啦，但我並沒有想到馬上躲開，也不怕總在那兒待下去會遇見莊老八。其實那天晚上，莊老八根本沒有去作坊。他不知醉倒在哪個牆旮旯裏呢。我想看到火真正地燒起來，燒到救火車也不管用的程度。我恨你家的作坊。我的眼裏，在那個時候，只有材料堆上的火。我一點也沒有覺察到身後的腳步聲。你父親如果不喊我，我是不會發現他的。

「『廣田』，他說。他的臉，映照著熊熊的火光。

「說實話，我一見到你父親，就止不住慌亂起來。他讓我害怕。我總是一見他，就沒來由地發抖。這方面我很不爭氣。我嚇得想跑，可是你父親又叫了我一聲。

「『你幫了我的大忙。』他說，離得我很近。他沒有像我想像的那樣，一把揪住我的衣服，把我扯到火裏去。他要是把我扯進去，也就扯進去啦。我不會反抗的。我也不想活啦。我說過，我一見他，就會變成奴才。他要是摑我的耳光，那才叫好呢。那才叫舒服呢。可是他沒有摑我，不但沒摑，而且還對我笑了笑。在那種時候，我不可能看出鐮伯的不正常。我只是有些不解，他怎麼會說我幫了他的大忙呢。火在劈啪啪的響。燒不上倆鐘頭，大作坊就得完蛋。

「我還是想逃，你父親又笑啦。『你是膽小鬼。』他說。這句話讓我遲疑了一下，我就看見他在向火堆走。他是不是想去救火，我可拿不准。他也太沉得住性兒啦。『袁廣田是個膽小鬼。』他臨火堆很近啦，卻又回頭向我說了一句。

「我決定停下來。火是我放的，我要跑開我就得當一輩子孬種。可我沒有想到，鐮伯會一步跨到火裏去。火焰馬上卷到了他的身上。我相信火焰嗆了他一下。他咳嗽起來。他咳嗽得很厲害。我向前走了一步。當時我真的是想去拉他。

「他不咳嗽啦。他就看著我。湊著火光，我看出他是在恥笑我。我立即打消了主意。我站在了那裏。

「可是我根本沒有想到，火焰會越來越小，幾乎只剩下鐮伯身上的幾朵火苗。這時，你大大想從火裏出來，還來得及。我會幫他把身上的火撲滅的。慢慢的，就連他身上的火苗，也要熄滅啦。我不知怎麼回事，撲嗤笑出聲來。

「『你這個王八蛋，』你父親大聲罵我，『你要有膽量就把火生起來！可是你不敢，你只是一個沒臉沒皮的小人。』

「他連連罵我小人。我倒沒有生氣。我是什麼，我自己再清楚不過啦。別人罵不罵都沒用。我沒有生氣。我站在那裏靜靜地看著他。現在我想，我要是早一些走開，就什麼事也不會發生啦。但我沒有走開。我聞到了皮肉燒焦的味道。我還聽到鐮伯的皮膚在吱吱響。那是在鍋裏煎肥油的聲音。我想，即使我把鐮伯拉出來，他也是爛皮爛肉的啦。

「我有些為他惋惜。他幹嘛要燒自己呢？他要是被燒死啦，掙下的那麼多錢給誰花呢？後來，他已經不是在罵我啦。他在命令我。我那幾年聽他的命令太多啦。我總是按他的意思做事，細緻領會他的每一句話，連言外之意，都要揣摸得透透的。

「『生起來！生起來！』他威嚴地命令我。

「我根本沒有多餘的力量違抗他。我哆哆嗦嗦地伏下身去，拿起一把空高粱穗子，放在了火上。我把材料垛弄鬆散一些，火就又重新燃燒啦，並發出一股股的濃煙。

「『你真是好樣兒的，』你父親說，『廣田，我沒看錯你，你是好樣兒的。村子裏沒誰能跟你比。』

「他說得我怪不好意思的。火更大啦，很快竄到了垛頂。

「鐮伯靠在燃燒的材料垛上，濃煙撲到他的臉上。後來，濃煙消失啦，只有通明的火焰。鐮伯全身變成了紅的。變成了眾多火焰中的一道。我聽見，他繼續發出『吱吱啦啦』的燒焦的聲音。那時候我心裏沒有一絲一毫的害怕。他還在說我好樣兒的。『再加把柴，』他說。我就給他加了一把。『再加把柴，』他還在說。我沒有理他。我站開啦。我倒是覺得自己成全了他。我又站開了一點。這時候，我猛地想到，眼前到底發生了什麼事。我一撒腿，跑開啦。我一口氣跑到田野裏。等我快跑回我的村子時，我才回過頭來，遠遠看到核桃園發作坊上空的一片火光。我在家裏待了半個多月，沒想到竟引起了你的懷疑。從再見到你的那天起，我就知道，我不得不告訴你。

「芒妹，我又說了一遍。我沒忘，用不著你提醒。我是縱火殺人犯，你要是樂意，那我這就去自首。」

他動一動身子，接著說：「你以為我去自首啦，孩子們就會回到你身邊來吧。我勸你還是先問問孩子。他們都是很有頭腦的，將來必定比我有出息。」

他聽到院子裏有人在叫，「袁鎮長！」他們叫了一陣子啦。他不想理他們。

「你要是還沒有聽夠，」他說，「我會再說一遍。你要是罪沒受夠，我會找個時間，在一天夜裏，為你專門放一把火。」他騰的一聲站了起來，回身指著後窗，「從這裏，你就可以看到核桃園大作坊的火。我已經不看重核桃園大作坊啦。我現在有更多的作坊。它們分布在塔鎮的十幾個村子。我會找個時間的。你等著吧。」

有兩個人沿著樓梯走上來。

「火要再燒一次。」袁廣田說。

「袁鎮長，」來人是村裏的幹部。他們面帶謙卑的微笑。「我們去地裏幹活啦，剛剛得知你從鎮上回來。」

袁廣田樂呵呵的。「你們儘管做自己的。」他說，「核桃園是我的家，又不算什麼貴客。平時對爺們兒麻煩不少。」

「你怎麼不是貴客呢？」他們說，臉上是那種驚異的表情。「你早就是核桃園的貴客。是不是，芒妹？」他們把目光轉向芒妹。可是芒妹沒有動。

「有事咱樓下坐。」袁廣田說，「芒妹身上不舒服。」

「莊稼人還能有什麼事，」他們說，「咱也別坐啦，一起到村委會去吧。幾個幹部正想給您接接風。」

「不必啦不必啦。」袁廣田謙讓著，向樓下走。村幹部先站在樓梯上。「芒妹，你別忘了吃藥。」他回頭，對芒妹叮囑了一聲。那兩個村幹部，向上仰著脖子。顯然，他們從前沒有來過這裏。他們趁機打量了最後一眼空蕩蕩的四壁。他們走下去啦。

234

袁廣田從沒中斷，每月回村對妻子的探望。

一天的午後，他靜靜地走上樓來，一直坐到天黑，也沒有說一句話。夜空落在窗前，伸手就能摸到似的。屋裏也已黑透啦，跟夜色匯合在了一起。他什麼也看不清。他站起身。

「到時候啦，芒妹。」他說，「站在樓上，你會看到火光的。」他就像是在對著黑暗說話。「我安排好啦，」他說，「現在大作坊裏一個人也沒有。你會看到火光的。」

房間裏沒有別的聲息。這使他好像是在發出聲聲囈語。

「不過，我先告訴你，以後我不會再來啦。」他說，「這所大房子是你一個人的。」

他開始往樓下走啦。他摸索著，走得並不快，可他仍舊撞到了樓梯的欄杆上。他又停了下來，面對著無邊的黑暗和空虛。他忽然嘆了口氣。

「芒妹。」他沒有能夠掩飾住自己心裏漸漸湧起的激動。他的語調悲傷起來。「我對不起你，我把你活埋啦。」

說完，他就想馬上離開這兒。即使在慌張中一腳踏空，他也不會在意。

可是，他猛地聽到了芒妹冷靜的聲音。

「是我把自己活埋的。」芒妹在黑暗裏說，「是我把我自己活埋的，你該知道。」

那男人不由得一愣。他不管腳下踩到了什麼，只顧跌跌撞撞地往樓下走。芒妹聽到啦，他在樓梯上的急促的腳步聲。那腳步聲消失啦，過了一會兒，才又響起來，穿過院子，遠去啦。

渾身酸痛的芒妹，倒在了床上。她閉上眼睛。她感到自己的身子，就像一根裝在封閉的盒子中的羽毛。盒子帶著她飄了起來。她不知道自己正飄向哪裏。那盒子忽而朝上，忽而朝下，好像永無安寧之時。但是出乎她的意料，盒子又穩穩地落在了一個地方。她下意識地伸手摸了摸。她摸到一面牆壁，卻又讓她感到自己是躺在深深的墳墓中。她聞到了一股土的溫蘊的氣息。她驀地想到啦，她在那裏度過了童年和青春的老宅。她斷定自己是躺在老宅的床上。

那是她父親的床。

於是，她記起了多年前的那天晚上，她是怎樣的橫陳玉體，向那個男人，她一生中最為蔑視的男人，獻出她的貞潔。她把他叫住啦。他幾乎覺得自己是在夢裏，耳朵和眼睛，已經一無用處。他忙亂地走到她的身邊，急促地喘息著。她渾身滾燙地抱住他，使他難以自持。他沒想到她又猛地把他推到床下，像一個威嚴的法官一樣，對他聲聲逼問。

「你一走進這個屋門，我就看出來啦。」她說，「你知道我大大是怎麼死的。」

他快要招架不住啦。他流著冷汗，牙齒得得地響，根本控制不住自己。

「你說吧，我會嫁給你。我不反悔。」

他終於感到絕望啦。他處在一種譫忘的狀態中，低低地敘說著，毫無遺漏。也許他自己也不知道在說什麼。他說完啦，就精疲力盡地蜷縮在地上，久久沒有動一動。可是，他再次聽到了她的不可違抗的聲音。

烈火，從沉沉的黑暗裏，噴射出來。

她瞪大眼睛，默默承受著那個男人的重負，感到烈火正在她的四周燃燒不息。

235

……此刻，芒妹從床上挺直了身子。大火的光影，在房間裏不停地搖曳著。

她站了起來，通過後窗，遠遠看到核桃園大作坊已經變成一片火海。大火把夜空逼得很高，就像在漆黑的夜幕下，還套著一個穹形的紅彤彤的世界。

芒妹屏息遙望著，卻彷彿正站在那個世界的中心。她滿耳都是火舌的呼呼聲。火舌像長長的鞭子一樣，盤旋竄動，擰足了勁兒，在她枯瘦的身上抽打，並且兇惡地舔炙著她的皮膚。她持續不已地焦黑了下來。

236

在整個七月，以及在將來的所有日子裏，人們仍會看到樓上的那個影子。她總是端坐在窗子後面，絲紋不動。光線無時無刻不在改變，而使她在每一天的不同時間裏，都會展示出不同的風貌。

只有在陽光明媚的正午，人們才會感到，與她的姿態相符的一種沉靜。在這樣的時辰，她甚至會在臉上露出一抹微笑。

每天都會有人從這座孤零零的宅院旁邊經過。他們或者走進村裏，或者走到野外。芒妹注視著他們從不間斷地來來往往。她更多的時候，是注視那片青翠的核桃林。在核桃林的邊上，還會躺著一個人。

那是金元，他頭枕土埂，被陽光照耀著，就像一尊倒下的黑色的雕像。看到他的人，都會不由得發出感嘆。

「他可真是味兒。」人們說。

附近的核桃林，在陽光下閃閃爍爍，一派寧靜。可對於芒妹來說，通往那裏的道路，何其漫長。她都有些不敢想望啦。她還得苦熬多日。

237

這一天，芒妹忽然從窗後站起身子。

她清楚地看到一個年輕人，向她走來。就跟當初他離開核桃園之前一樣，雖然瘦削單薄，卻有股令人念念不忘的動人的神氣。她渾身顫慄著，迎上前去。很顯然，她看到的，只是一種幻象。

語言文學類　PG0637

老大
——王方晨長篇小說

作　　者／王方晨
責任編輯／孫偉迪
圖文排版／陳宛鈴
封面設計／陳佩蓉

發 行 人／宋政坤
法律顧問／毛國樑　律師
印製出版／秀威資訊科技股份有限公司
114台北市內湖區瑞光路76巷65號1樓
電話：+886-2-2796-3638　傳真：+886-2-2796-1377
http://www.showwe.com.tw
劃撥帳號／19563868　戶名：秀威資訊科技股份有限公司
讀者服務信箱：service@showwe.com.tw
展售門市／國家書店（松江門市）
104台北市中山區松江路209號1樓
電話：+886-2-2518-0207　傳真：+886-2-2518-0778
網路訂購／秀威網路書店：http://www.bodbooks.com.tw
國家網路書店：http://www.govbooks.com.tw
圖書經銷／紅螞蟻圖書有限公司
114台北市內湖區舊宗路二段121巷28、32號4樓
電話：+886-2-2795-3656　傳真：+886-2-2795-4100

2011年11月BOD一版
定價：380元

國家圖書館出版品預行編目

老大：王方晨長篇小說 / 王方晨著. -- 一版. --
臺北市 : 秀威資訊科技, 2011.11
面； 公分. -- (語言文學類 ; PG0637)
BOD版
ISBN 978-986-221-829-7(平裝)

857.7 100016345

讀者回函卡

感謝您購買本書，為提升服務品質，請填妥以下資料，將讀者回函卡直接寄回或傳真本公司，收到您的寶貴意見後，我們會收藏記錄及檢討，謝謝！如您需要了解本公司最新出版書目、購書優惠或企劃活動，歡迎您上網查詢或下載相關資料：http:// www.showwe.com.tw

您購買的書名：______________________________

出生日期：________年________月________日

學歷：□高中（含）以下　□大專　□研究所（含）以上

職業：□製造業　□金融業　□資訊業　□軍警　□傳播業　□自由業

□服務業　□公務員　□教職　□學生　□家管　□其它_____

購書地點：□網路書店　□實體書店　□書展　□郵購　□贈閱　□其他

您從何得知本書的消息？

□網路書店　□實體書店　□網路搜尋　□電子報　□書訊　□雜誌

□傳播媒體　□親友推薦　□網站推薦　□部落格　□其他__________

您對本書的評價：（請填代號　1.非常滿意　2.滿意　3.尚可　4.再改進）

封面設計____　版面編排____　內容____　文／譯筆____　價格____

讀完書後您覺得：

□很有收穫　□有收穫　□收穫不多　□沒收穫

對我們的建議：______________________________

____

____

____

請貼
郵票

11466
台北市内湖區瑞光路 76 巷 65 號 1 樓

秀威資訊科技股份有限公司　　收

BOD 數位出版事業部

(請沿線對折寄回，謝謝！)

姓　　名：＿＿＿＿＿＿＿＿　年齡：＿＿＿＿　性別：□女　□男

郵遞區號：□□□□□

地　　址：＿＿＿＿＿＿＿＿＿＿＿＿＿＿＿＿

聯絡電話：(日)＿＿＿＿＿＿＿＿＿＿(夜)＿＿＿＿＿＿＿＿＿＿

E-mail：＿＿＿＿＿＿＿＿＿＿＿＿＿＿＿＿